书有道 • 阅无界

策划出品 | YUEKE 阅客

陈雪

——

著

惠州
1907

SPM
南方传媒 | 花城出版社

中国·广州

图书在版编目（ＣＩＰ）数据

惠州1907 / 陈雪著. -- 广州：花城出版社，
2024.4
ISBN 978-7-5749-0224-4

Ⅰ. ①惠… Ⅱ. ①陈… Ⅲ. ①长篇小说－中国－当代
Ⅳ. ①I247.5

中国国家版本馆CIP数据核字(2024)第088377号

出 版 人：张　懿
责任编辑：陈诗泳　钟毓斐
责任校对：李道学
特约编辑：邹雄彬
技术编辑：林佳莹
装帧设计：阅客·书筑设计

书　　名	惠州 1907
	HUIZHOU1907
出版发行	花城出版社
	（广州市环市东路水荫路 11 号）
经　　销	全国新华书店
印　　刷	广州广禾科技股份有限公司
	（广州市黄埔区中新广州知识城工业园红卫路 15 号 1 栋 506 室）
开　　本	710毫米 ×1000毫米　16 开
印　　张	20.5
字　　数	310,000 字
版　　次	2024 年 4 月第 1 版　2024 年 4 月第 1 次印刷
定　　价	68.00 元

如发现印装质量问题，请直接与印刷厂联系调换。
购书热线：020-37604658　37602954
花城出版社网站：http://www.fcph.com.cn

目录

粤港周旋

一

王大彪没有走通"二哥"的那条路，他心有不甘，一是事前他已向洪兆麟夸下海口，加上又花了一大笔银子，如此无功而返，回去惠州根本无法交差，这也不是他做事的性格。

后来，他不知怎么七拐八弯地找到了一伙"摩罗差"，这伙"摩罗差"算不上香港黑道的一个帮派，充其量是一伙打野食的小混混，为头的是个叫"阿三"的印度人，长得牛高马大，一头浓密的黑发盖着一双阴骛而犀利的眼睛，两腮的黑胡子遮住半张脸，却仍遮不住那股凌厉狠毒的凶相。这个阿三，早些年在香港警署做警员，后因触犯香港律法被警队除名，除名后一直赖在香港。以前好吃好喝、灯红酒绿的生活过惯了，现在没有了固定职业和稳定收入，阿三便网罗了几个小混混，在香港干起了绑架勒索、贩毒走私的营生，总之，什么行当能挣钱就干什么。

开始王大彪找到阿三时，阿三以为是雇自己去打架收账，王大彪摆摆手摇摇头。

"劈党（意为杀人）？"阿三用黑话问道。

王大彪点点头。

"已踩了盘子？"

王大彪仍是点点头。

阿三有些迫不及待，用一口生硬的中国话说："你干脆告诉我是什么营生，再给个人头价码，我向来不喜欢与人兜圈子，价码合适就干，价码不合你另请高明。"

王大彪这才一五一十说，有几个侨居海外的商人，因生意上的事把老板给得罪了，并亮出了人头价码。阿三听罢倒也干脆，一句"OK"，这笔买卖即算成交。

阿三幼时练过"卡拉里"武功。印度的士兵和普通青壮年，大多都熟悉一些"卡拉里"拳脚。这个阿三高大健壮，不但具有天生的格斗优势，骨子里更是生性凶残，除了拳脚棍棒之外，又加习了短斧和长剑，飞刀使得更是得心应手。他可以在二十步之内将飞刀甩出，如同飞镖一样迅疾地命中目标。至于徒手格斗，他更练就了"腾展飞腿"的绝招，不用任何刀械，一掌一钩指，他就可把人的眼珠剜出来，一拳一脚就可叫对手倒地不起，致残终身。在黑道上他常用这两招制敌，若是连用此两招仍无法取胜，他便算是遇到高手了，只能用枪，但在江湖上打斗时，为了显示各自的武功，行规一般是不大用枪的。

阿三为了让王大彪对他充满信心，还是掏出那支插在腰间的毛瑟枪，一边擦拭一边对着枪杆吹气，随后眯着眼睛，对着窗外一边瞄准一边说道："我的枪会认银子，五十步开外鸡蛋般的银圆也能打穿。"这个动作，算是给了王大彪一颗定心丸。

几天之后的一个晚上，天色渐渐地黑了下来，薄扶林道基督教的坟场边，有一处茂密的树林，没有路灯的林内一片漆黑，"嘎嘎"几声，乌鸦的嘶叫划破夜晚的寂静，夜风裹着几许凄清，夹带着咸腥的海风味儿，悠悠地吹了过来。阿三一行蹲伏在林子里，静静地观察着眼前的情景，寻找着下手的最佳时机。不远处的坟场上几支蜡烛在燃烧着，火苗随风摇曳跳跃，昏黄的光亮把站在墓前的几个影子晃得飘忽不定。借着微弱的烛光，依稀可以看见石碑上写着"郑弼臣之墓"几个大字。石碑坟头上压着一张鸡血纸，站在中间的汉子，约莫三十岁。夜幕中看不清他的脸容，只见他一身紧身装束，动作灵活敏捷。他拿出一线香，就着蜡烛的火苗点燃，随后转了转香扎，再伸到蜡烛火苗上烧另一边。直到所有线香都在袅袅地吐出青烟时，他才把香扎分给旁边的人，自己留了三根，恭恭敬敬地对着坟头拜了三拜，然后把香插在碑前的凹槽处，随即跪了下来，一下、两下、三下，对着石碑连磕三个响头。叩拜完毕，他又打开墓前的酒瓶，用拇指扣住瓶口，小心地往三个摆放整齐的小杯里斟酒，尔后又对着果盘三牲打了一个"请"的手势，似乎在招呼亡人享用，再把杯中的酒一杯杯地洒在了石碑上。酒水沿着光滑的石碑往下流，像是祭拜人的一行行清泪。

少顷，才听祭拜人开了腔："大哥，我们兄弟几个来看你了。这杯酒敬您，喝了吧，也算是为我们壮行。"这位说话的汉子，正是王大彪日夜寻找的邓子瑜。他虔诚、专注，如同与墓中的郑士良坐着交谈一般，那种平静又不失庄重的氛围，把跪在一旁的陈纯、林旺、孙稳感染得心情沉重。他们依例一一给郑士良进香、敬酒、下礼祭拜之后，才把冥钱点燃，看着火光蹿起、纸灰上扬的同时，壮士的豪情也熊熊地升腾而起。

邓子瑜站立起来，绕着坟头走了一圈，他一边走一边想：郑大哥当年指挥义军与清兵作战，兵败之后清军四面围堵，星夜追杀，都没伤及他一根毫毛，却栽倒在清廷奸细的一杯毒酒里。这是不是印证了"明枪易躲，暗箭难防"？有盟友说，郑大哥过于轻敌，疏于防范，何不说他是不屑一防？他敢作敢为的勇气，他慷慨赴死的豪气，正昭示了革命党人推翻清廷的决心！此时月色暗淡，泪水无声，深沉的夜色中，邓子瑜看着坟头上摇曳的烛光，默默地凭吊，内心涌起一腔的悲戚和肃然敬意！

正在此时，突然传出一声响动，邓子瑜扭头一看，只见七八个黑影迅疾地向他们扑来。邓子瑜一脚扫灭了蜡烛，低喝一声："有刺客！"三人随即站了起来，拉开了打斗的架势。阿三躲在不远处，观察许久，他料定跪在碑前的，就是邓子瑜他们，于是瞅准时机，准备来个偷袭。不知哪个马仔弄出了声响，惊动了对方，以致蜡烛一灭，突然黑乎乎的什么也看不清了。稍后才看见几个黑影跳出了坟场，阿三一时也分不出哪个是邓子瑜，哪个是陈纯，忙招呼大家一拥而上，"把这几个全劈了，一个都不能溜掉！"他瞅准一个黑影，猛扑了上去，随即就想用"卡拉里"武功把对方制服。

阿三扑向的正是邓子瑜。邓子瑜看见阿三飞扑而来，赶紧马步一蹲，随即横出扫堂腿，"扑通"一声闷响，随着身躯倒地的声音，还有"哐当"的金属撞击声。邓子瑜自知杀手人多势众，且带着凶器，料定其是有备而来，加之坟场坟头林立，场地窄小，自己难以摆开阵势，如果正面迎敌，自己必定吃亏。

他赶忙吹了一声口哨,招呼大伙尽快撤出坟地。陈纯听到哨音,随手从坟头上摸起一块压纸的砖头,瞅着黑影的头颅用力掷去,听见"噗"的一声闷响,接着是木棍掉地的声音,他料知对方的脑瓜已经开花了,乘此空当,一下跳出坟场。邓子瑜刚跳出墓地,几个黑影又扑了上来。邓子瑜练的是龙形拳,在家时还带过狮队,当过教头,这拳脚功夫若在平时,三五个人难以近身,但在黑咕隆咚的夜里,目标模糊,他也只能边打边退。到了开阔处,他刚躲过一个黑影向头顶砸来的棍棒之后,另一个黑影又挥着一把亮闪闪的大刀砍了下来,邓子瑜头一侧,随即一拳击去,刀劈在坟头上,劈出一串火花,邓子瑜见状,使出一招"打蛇随棍上"踏前一步,在对方面前虚晃一下,旋即转身,用力从后面一推,对方重重地撞在了坚硬的墓碑上,只听见一声惨叫,又一个倒地不起。

林旺、孙稳两人虽然功夫略逊,但都足以防身,非但没有让对方伤着自己,林旺还在搏斗中夺走了对方手中的一条木棍。林旺原在武馆时练的就是棍术,每每狮队过街演出,他的拿手好戏也是舞棍和长矛。林旺手中有了棍子,如虎添翼,只见他一挑一刺,虎虎生风,他瞅准空当,棍棒下摆一阵横扫,正中对方膝盖,只听得一阵骨头断裂之响,接着是一声"哎哟"的惨叫声。阿三打不着邓子瑜,又看见同伙被打得东倒西歪,也知道遇到了刺儿头,开始后悔没有带上枪。他杀红了眼,再也无心出拳应战,而是掏出随身携带的飞刀,用力地向邓子瑜掷了过去。邓子瑜躲闪不及,小腿处让飞刀擦中,只听见他"哎哟"一声,脚步踉跄着蹲了下来,一摸小腿,血如泉涌。阿三见状快步上前,想一拳把邓子瑜击倒,就在这紧要关头,陈纯从侧翼猛冲过来,一条木棍用力地捅在了阿三的后心,待他"扑通"一声倒地之后,陈纯又一记重棍打了下去。

阿三痛得嗷嗷叫,他很是懊恼,自觉上了王大彪的当,什么华侨生意人,分明是江湖上的高手,再这般赤手空拳打下去,还不知谁杀死谁呢。就在这时,远处人声嘈杂,警笛由远而近,双方都不敢再恋战。陈纯迅速撕下一件衣服的袖子,把邓子瑜的伤腿捆个扎实,由林旺背起,快速地撤离了坟场。

二

夜幕下，陈纯警戒，林旺和孙稳轮流背着受了伤的邓子瑜，疾步如飞，先是走小路，跑着跑着，血水顺着邓子瑜的裤管流了下来，把林旺和孙稳的裤子都沾湿了。陈纯见状顾不得太多，一人跑到街中间一站，两手一伸硬是拦住一辆黄包车，车子还没停稳，陈纯打个手势，林旺和孙稳便把邓子瑜抱到了后座。

拉车的看了看这一行四人，又盯着邓子瑜的伤腿看一眼，惊恐地问道："去哪儿？"

"医院！"陈纯低沉着嗓音说道。

"去哪家医院？"

"哪家医院近就去哪家！"

陈纯对香港并不熟悉，车夫听罢也不再多问，拉起车子就往最近的医院跑去。

这是一家私人诊所，一排三间房子隔出几个小科室，还挂了个"香江医院"的大牌子。当值的是一个华人医生，他穿着白大褂，戴着一架黑框大眼镜，透过镜片露出疑惑的眼神，扫了几眼呼哧带喘的陈纯几人，然后轻轻地解开邓子瑜腿上裹着的血布。只见他右腿被剜走巴掌大的一块皮肉，白森森的肌肤上，正不断往外渗着血水。

"怎么弄的？"华人医生再一次盯着陈纯问道。

"不小心摔的。"陈纯语带焦急。

"摔的？在哪里摔的？"

"阳台，家中的阳台上。"

邓子瑜痛得浑身是汗，嘴唇因失血过多而泛白，微皱着眉头而无力搭话，只听到陈纯在随口应对医生的询问。

华人医生不再问话。他轻轻地按住邓子瑜的大腿内侧，另一只手抓住脚踝用力拉了拉，又连续做了两个弯曲推送的动作，再度抬起头来，推了推眼镜，对陈纯说："还好，没有骨折，马上进行缝针手术。"

护士把邓子瑜推进了手术室，华人医生进去之后，手术进行了一个多小时。华人医生从手术室出来，摘下白帽子，头上已是光亮亮的一片汗渍。他掏出手帕，一边擦汗一边举着三个指头，对陈纯比画了两下："缝了三十三针，三十三针啊！"随后，他把陈纯拉到一边，凑近其耳根说道："你对我说了谎。不是摔的，是刀劈的。你带些消炎药回去吧，近几日千万别让伤口碰到生水，防止发炎。以后不要到我医院来换药了，别的医院也别去，你们自己换，如果出现肿胀化脓，你再来找我，如果我不在，你就找刚才那个护士，带上这张卡片。"说完，华人医生把名片递给陈纯，正欲转身走开，又像突然想起什么，扭头补了一句："港警有新规，凡是刀枪外伤，都得报警登记备查，麻烦啊。"

陈纯听罢，连连拱手道谢。

回到东江客栈，邓子瑜躺在床上，摸着裹紧绷带的右腿，闷闷地问陈纯："那医生神秘兮兮的，他都跟你说了什么？"

"那医生鬼得很，他没有当面揭穿我的假话，却悄悄对我说：是刀劈的！还帮你配了些内服外涂的消炎药。"说罢，陈纯又挠挠头，讷讷地续了一句："也怪我当时急昏了头，胡乱地编造一通，如果连这伤他都看不出来，还敢在香港地头开医院？"

谈到这里，他们自然又把话题转到这场刺杀上来。邓子瑜很是纳闷，他们回来香港之后，还未惊动任何人，也没有公开露脸，怎么就被人发现并跟踪上了？这些杀手不可能是香港警署的公差，更不会是江湖上的派斗，他们一不贩毒品，二不开赌馆，去哪里结怨这些仇家？分析来分析去，无非是来自广督或惠府的清廷爪牙。难道新任的惠州总兵陈兆棠已经盯上了他们？如果真是如此，那以后的行动，不单须分外小心，也将更加困难重重了。

想到这里，邓子瑜又问道："今两广总督是周馥，惠州总兵是陈兆棠，我们在三洲田举事时，他们两个都不在广东，如今我们刚在香港露头，就被他们打探到了，而且要斩杀我们，你说这事儿是不是有些蹊跷？"

陈纯思索了一会儿，回答道："看似唐突，但细想也不难解。水师提督李准没走，德军没走，洪兆麟也还在惠州，这些人对我们并不陌生。而且在三洲田起事之后，清廷就在香港及海外布设了许多眼线耳目，甚至不少天地会的成员都充当了清廷的耳目，防不胜防啊！"听陈纯这么一说，邓子瑜决定暂时取消原定的计划，特别是与孙先生见面一事，即使约见，也不在香港，而是改去澳门或新加坡。"邓大哥，这一次幸好伤无大碍，若真是让杀手劈中，我们的一切计划将全部落空。"

邓子瑜听罢笑笑："如被劈中，那就真的要留下与郑大哥做伴了，明年清明节，又要劳烦你们来上香烧钱了。"邓子瑜庆幸自己大难不死，但如今让刺客劈伤了一条腿，也令他懊恼万分，许雪秋、黄耀庭是否到港？陈少白、冯自由如何才联系得上？当务之急，是要想办法把情况跟许雪秋、黄耀庭通报一声，一是阻止孙中山来港；二是大家分散隐蔽，暂不来往；三是查清刺客来历，采取措施，防止内鬼和清廷耳目的追杀。

邓子瑜接过陈纯递过来的温水，服下了两粒药片，随后对他说道："我这儿有两个接头地址，也不知他们如今是否在港，你去试探下。如果第一个地址联络不上，就往第二个地址，若是都联系不上，或者遇到什么意外，你就无须再联络，也别回东江客栈找我们，你自己想办法尽快乘船离港。"

临出门时，邓子瑜又给陈纯画了张简图。按照邓子瑜提供的地址，陈纯很快找到了地方。开门的是一个五十岁上下的小老头，操着一口带着潮味的粤语："你系边个？搵边个？"

"我找老表，烦大哥通报一声。"

"老表从边度来？"

"南溪庙。"陈纯说完还三指并拢打了个手势。

南溪庙指是福建天地会首创者陈近南的举事之地。这也是洪门中人为躲避清兵的追杀编造的一套接头暗语。

暗语对上之后，小老头赶忙把陈纯让进了屋里，他一边泡茶一边与陈纯说话："老表还没到港，这几天香港出了点儿事，风声较紧，薄扶林出了命案，香港的警员密探正在排查。虽然报上说是黑道斗殴，但港英政府心知肚明，他们要维护香港的治安，就不想在香港看到同盟会与清吏的搏杀，故巡警密探明察暗访，就是要将孙文会党查实并驱逐，你们以后的活动须多加小心。"

陈纯自然知道这些利害关系，正是因为这些紧急情况，他才急于与许雪秋接上头。但许雪秋没按约定时间来港，究竟是获悉了情况延缓赴港，还是出了其他意外？他心里有些焦虑，一个看门的老头儿，怎么知道那么多近日发生的事？是许雪秋的事先交代，还是老头有意回避？他揣着一团疑云，闷闷不乐地与小老头告辞之后，便按邓子瑜给的第二个地址，去找黄耀庭。

黄耀庭，陈纯很熟悉，三洲田起义时他们就在一起打仗，黄耀庭那时是起义军副总司令兼右路先锋官，他的原名叫黄恭喜，也有人叫他"盲公喜"。这个名字也有来历，他父亲老年得子，黄耀庭出生之后，黄家的亲朋好友、左邻右舍纷纷前来道贺，黄家一派喜气，黄父干脆把儿子叫作"黄恭喜"。加入兴中会时，孙中山曾幽默地对"盲公喜"说："清廷腐败，民不聊生，你何喜之有？不如改'耀庭'，耀庭、耀庭——推翻清朝，光耀门庭，天下皆喜！""盲公喜"听后觉得在理，随即改名黄耀庭。三洲田起义失败之后，他们被迫流亡海外，黄耀庭练过武术，且谙熟中医跌打，与陈纯师出同门，便一起在吉隆坡开了间"中和堂"医馆，以收徒教学和医治跌打损伤挣钱度日，那时他们还时常切磋武艺、深究医道，算是一对知己好友。

陈纯来到西营盘，站在水坑口街的一幢豪华公寓门前，他再次核对了一遍邓子瑜给的地址，没错，六巷 102 号。他便按下了门铃，开门的正是多年未见的黄耀庭。黄耀庭一见是陈纯，立即把他拉了进来，老友久别重逢，两人高兴得拥抱起来。黄耀庭四十出头，按理说正是青壮时期，但由于常年漂泊奔波，两鬓已白发斑斑，多年没见，确实苍老了许多。

"黄大哥真会找地方，西营盘闹中有静，临街近海，还有铁打的营盘拱卫，好住处。"

"老弟也看出门道了，这个地方交通方便，一有情况，无须港英政府下驱逐令，他们的布告还没贴出来，我拎个箱子就乘船溜了。"说完两人一齐笑了笑。

"老弟你还没吃晚饭吧？"

"黄大哥有现成的就马上弄点儿填填肚子。"陈纯一点儿也不客气。黄耀庭拿出了些饼干，陈纯一边吃一边向黄耀庭讲述事情经过和邓子瑜的伤势。

黄耀庭听完后说："你叫子瑜暂时居家疗伤，切勿露面，许雪秋估计没到港，陈少白我今晚就去找他，其他人少白会负责联络通知。别的事待子瑜伤好了再说！"

"邓大哥一时腿脚不便，惠州那边的情况一无所知，我想先回去一趟，探探风向，好做下步打算。"

黄耀庭说："好，我支持你先回去惠州，与其闷在香港，不如回去内地，凭你多年练就的本领，几个清差密探奈何不了你。"接着又说，"东江客栈人来人往，鱼龙混杂，你走前要把子瑜转到别处，留下林旺或孙稳一人，你呢，最好搬到我这里来住几天，这里离码头近，搭船也方便。"

陈纯点点头说："好，我回去就与邓大哥商量，先把他安排好，我的事好办。"

黄耀庭做事细心周到，他叮嘱陈纯出港时别坐客轮，到避风塘渔港坐小船，那儿的走私船多，到淡水和沙鱼涌的都有。他还提醒陈纯，万一回去惠州发现情势不妥，可把邓子瑜接到新安乡下养伤。陈纯问道："我们是要回惠州拉队伍的，躲到新安怎么拉？"

"过了风头再说。"黄耀庭喝了口茶接着道，"邓子瑜跟孙文在海外多年，有些不了解情况，似乎一声令下千军万马即探戈而起。不是我泼冷水、没信心，你说我一个光棍司令，一无钱二无枪，回去新安能搞出什么名堂来？真还不如跟着刘师复去搞暗杀团，干掉一个是一个，来得实际！"

陈纯也听到刘师复成立暗杀团的消息，听说他还专门跑去日本学造定时炸弹。孙稳在海外也跟人学过，陈纯还真萌生过与孙稳一起去拜师学艺的念头，到时呼应起义，把惠州府炸个天翻地覆。"对，要干就干他个轰轰烈烈！"

"不是去日本学制造，是去找定时引爆器。"原来黄耀庭早得知日本人发明了一种新型引爆装置，这种装置可以根据需要预设定时引爆，作用可想而知。他们已在分头行动，一旦采购到手，只要情报准确，并预先把炸弹安放在集会会场，待出行的车马经过时引爆，不但可避免伤亡，还可大大提高暗杀的成功率。

陈纯暗暗佩服黄耀庭胆大心细，夸赞他任何事情总是想得妥帖周到，狡兔三窟，留有余地。黄耀庭颇有几分得意："如果不是这样，我这颗被清政府悬赏五百大洋的头颅，早就落地了。至今还好端端地顶在脖子上，还能吃饭喝酒，也全靠那点儿细心了。"

陈纯被黄耀庭的几句幽默话逗笑了。

"时间不早了，你回去吧，这是我老家的一个地址，也是我新辟的一个联络点，连制炸弹的材料我都准备好了，就差那个装置，你也多加留意。"说完把地址和联络人写给了陈纯。临走时，黄耀庭又拿出事先写好的一封信，让陈纯当面交给邓子瑜。陈纯把信封放进口袋。黄耀庭先出门看了看，没见异常才转身说了句，不送了老弟，慢走。此时天色已晚，昏黄的街灯影影绰绰，把房子四周映衬出一片斑驳。一阵晚风吹来，树影被吹得摇摇晃晃，陈纯整了整衣帽，两手插进口袋，顺着那条长长的巷子走了出去。

三

薄扶林坟场的这次刺杀,与两广总督岑春煊没有直接关系,但深究起来,多少有些关联。时间往前推回一段时日。这一天,岑春煊端坐在两广总督府的书斋里,一张大台摆放在屋子的正中央,案头上搁着一大堆卷宗,书斋的一侧放着一套小叶紫檀的茶几,上好的材质,精致的造型,越发显示出主人的显赫和不俗。阳光从宽大的窗户照射进来,带着缕缕清风,让他今天的心情特别好,此时他无意去翻阅那些各地州县送来的邸报,而是坐在茶几边品尝着潮州知府送来的头春凤凰茶。他知道这是一款令粤人称道的名茗,偶尔也与粤人品尝用紫砂壶泡出来的工夫茶,那种独特的甘味和浓郁的香气,是其他茶品无法取代的。他端起茶杯,揭开盖子,轻轻地吸了吸茶汤散发出来的香气,待茶香沁润整个鼻腔,再轻轻地呷上一口,让茶水在口腔中停留几秒,再慢慢地吞咽下去,此时口舌生津,回甘隽永,浑身冒出了一种舒坦和惬意。至此他才渐渐明白,粤人为什么喜欢品茗,而且尤喜单枞茶,无非是它的茶香独特、味重霸道,这恰似粤人说一不二、不甘人后的秉性。

都说品茶是在品人生,岑春煊也在品自己。他1861年生于广西,父亲岑毓英曾官至云贵总督。他二十四岁才考取举人,以恩荫入仕,三十岁之前仕途并不顺畅,官运的转机出现在1898年,他因力主变法维新,被光绪皇帝重用派任广东布政使,第二年又调任甘肃。1900年八国联军入侵中国,北京告急,岑春煊当机立断,率军从甘肃星夜兼程赴京"勤王",并亲自护送慈禧太后和光绪皇帝安全抵达西安。这一功劳非同小可,从此他就像是一颗耀眼的政坛明星,在清廷冉冉升空,飘来飘去——先被提拔为陕西巡抚,次年转调为山西巡抚,而后入川任总督，不久又被提拔为令人艳羡的两广总督，这一年他才四十出头。

岑春煊心里非常清楚，两广地区人多地广，物产富庶，海岸线长，是中国南部的重中之重，若非当今皇上的心腹能臣，谁能坐在这个宽敞明亮的书斋里？远的不说，单是他的前任曾国藩、李鸿章、德寿，哪一位不是深得皇上信任的宠臣？至于唐传霖和陶模，两人加起来任期不到两年，只不过是清廷过渡的权宜人选。他岑春煊能出任两广总督，并兼广东巡抚，这与光绪皇帝的力荐、皇太后的信任密不可分。想到此处，一股踌躇满志的豪迈之情油然而生。此时岑春煊透过书斋的光窗，看见圣心大教堂那高高耸立的塔尖，府前街依序排列下去的三司衙门，那座雄伟的石牌坊和蹲踞两旁的大石狮，把总督衙门装点得神圣而威严，也把他的豪气和底气激发出来。

他不由得站起身来，在书斋内迈着方步，一步两步，突然像是戏台上的青衣来了个亮相，随即哼起了《穆桂英挂帅》的粤曲：

猛听得金鼓响画角声震，
唤起我破天门壮志凌云，
想当年桃花马上威风凛凛……

岑春煊拖着长腔唱得起劲，梆子二黄的节奏加上粤语方言，把他哼得脸红脖子粗，直到当差急匆匆地送来一份邸报，他仍在咿咿呀呀地拖着长腔，指指桌面，当差把邸报放在案头，悄然退下，岑春煊才边唱边走地踱到案头。坐下之后，他一边看一边用手指轻敲着案台，敲着唱着，渐渐面露愠色，转而发青，突然拂袖拍案而起，吼了声："这还有王法吗！"随差侍从听到声响，赶忙闪进室内问道："大人有何吩咐？"岑春煊自觉一时失态，只说了句"续水"，指指茶壶便继续阅览。当差刚送来的是一份澳门出版的《知新报》，只见上面写道："中国盗贼之多，以广东为最，而广东盗贼之多，以惠州为最……"看到此处，岑春煊赶忙在一帙帙各州知府送上来的文案卷宗中，翻找惠州府呈报上来的案卷，并开始认真地细看起来。

惠州府禀报：

　　龙川老隆乱党，虽经统兵组织三军围剿，逼其解散，但乱党仍四分走，和平、连平、河源、永安均有乱踪，时受劫扰亡害……

　　近期遣营房参谋赵省将会同清乡计划向省督汇报，乘惠州渡（惠州至广州客船）行至河面被贼匪等暗号齐出枪械，指禁搭客等人于一隅，分头恣意搜劫，历四点钟之久。适某游击王荣才卸任，携弟来省，为贼搜去军衣等物及砍伤致毙，王弟在旁哀求饶命，亦遭枪轰要害，事毕，贼等一并掷下水滨，始将渡船搁浅近岸，分赃登陆而遁去……

　　博罗县城李龄，曾在府衙任差，贼匪似有踩点冲其而来，一伙流贼蜂拥而入，将家中老小驱赶房外，遂将家中首饰细软金器等搜劫一空。此案绝非单一劫掠财物，疑因公事结仇会党，李龄公干外出幸免于凶，待城守县兵赶到时，匪踪全无……

　　五月初七日晚，惠州河南岸银岗岭监狱，九十余名囚犯乘守备不觉，一齐破关越狱，夺去洋枪二十支，布匹等物无数，随后向马安方向逃遁，官兵数百尾追围捕，竟与官军对峙开火，勇匪皆有伤亡……

　　五月中旬，一官船自老隆下至柳城河段，雇主为嘉应州致仕官员，帆船正欲靠近码头，忽遇数妇人划来数条小船把帆船团团围住，一经靠近，突然拔枪相向，声称打劫，雇主见对方气势汹汹，皆不敢动，任其劫掠而去，待之上岸报案时，劫妇早已逃之夭夭，经初查为东江上游龙川会党头领李彪门下之女匪……

　　岑春煊一连翻了几十份卷宗文案，全是大同小异的匪情禀报，他赶忙打开惠州知府送来的信札，原来是知府沈传义的一份辞呈：

总督大人在上：

　　下官沈传义原本布衣，世辈躬耕于垄，吾幸由科举入仕，得朝廷之恩宠，总督之提携，已任惠州知府数载；惜多年殚精竭虑，兢兢业业，却治惠政绩平平，更因三洲田暴乱之后，余党潜隐，匪患不断，扰乱地方，震动朝野。连累粤督遭劾，实为下官惠民无方，治乱不力之罪责。下官沈传义甘受降贬，特呈辞函，听凭总督调配发落。

岑春煊粗略地查阅了沈传义的履历政绩后，他盯着信函中"余党潜隐，匪患不断"八个字反复揣摩，他好像看到了惠州匪情的一个明显特点，无论是海盗、山贼、会匪，都似乎只针对官商官府，这是他在其他地方任职时从没有遇到过的情况。此时他感到有些口干，抓起茶杯喝了一口，茶香的回甘已荡然无存，留在喉间的却是一种苦涩的味道。他忖道，偌大的惠州府，沈传义主政多年，是不是有些心慈手软？一州军政之长官，是不能没有霸气的。那么该让谁去惠州当知府？他不得不冷静下来思索。

　　他进一步想，入屋偷窃、抢掠官船、杀人越狱、女匪持枪……这不是一般山贼海匪的谋财行径。东江天地会这个洪门组织根深蒂固，反清复明的宗旨没有改变，与清廷的仇恨越结越深。治乱总得从源头上去治，盗贼如果不单单是因为饥寒而起，那就不是通过减免税赋徭役可以标本兼治的了。惠州的会党与清廷作对，有其深远的历史原因——太平天国的农民暴动、翟火姑的红巾军暴动……一次次暴动、一次次弹压，仇恨越积越深，这些隐藏在民间的会党力量，在三洲田已被孙中山充分利用，发挥得淋漓尽致，若是再被鼓动，这偌大的地方还能有安宁之日？

四

谁去惠州当知府？

岑春煊不得不认真慎重地物色这个人选。他脑海中出现了两个人，一个是前任总督德寿推荐的堂侄德军，一个是成都知府刘心源推荐的陈兆棠。德军是八旗子弟，皇室后裔，跟随德寿多年，熟悉广东沿海和惠州的情况，且在镇压三洲田暴乱中功绩显著，是个铁杆人物，如果让他去替换沈传义，显然是个非常合适的人选，而且还顺便给了德寿一个人情。至于陈兆棠他也有所了解，真正接触他是在四川总督位上，成都知府刘心源向他汇报了陈兆棠在崇庆州治乱的经验，陈兆棠也正因为在四川时的显赫政绩，才有后来调任入粤统领武匪军的经历。陈兆棠虽然也是合适人选，但岑春煊想到广西地区虽然没有猖獗的会党活动，可由于地方贫穷，赋税徭役过重，加上连年的自然灾害，几乎没有平静过一天。地方上的匪情同样是迭起不断，把陈兆棠留在广西，继续统率棠字军剿匪治乱，可能作用更大。岑春煊由此权衡再三，惠州知府的初步人选，基本心里有数。

德军知悉，前总督德寿已向岑总督举荐了自己，他自然想趁热打铁，把这事尽快地敲定下来，于是找来了心腹秦林，一边喝酒一边商量着如何给岑春煊送礼表忠。

"据说岑春煊为官清廉，这礼不好送，送重送轻，送钱还是送物？我有些把捏不准。"德军带着征询的目光，对秦林说道。

"哪一个新官上任，不是一副正儿八经的样子，先架三把柴，再烧三把火？但又有哪个当官的不爱钱财？依我看，送轻不如送重，迟送不如早送，免得夜长梦多。"

秦林如此一说，倒让德军觉得在理，但他还是有些担心，万一岑总督拒收，会不会因此而弄巧成拙，反而授人以柄？

秦林打消他的顾虑，说道："若我送去，他肯定不会收，您是什么人？不看僧面看佛面，有德寿总督在前面铺路，您的礼数又做到了位，即便他岑总督不好意思收您的礼物，也不至于弄巧成拙。我们客家人有句俗话：'箩角上门路子宽，官宦见了都心欢。'"

"箩角是什么？就是客家人装礼物的竹篮子！"秦林又续了一句。

经秦林这么一鼓动，德军越发心定，趁着酒气壮胆，当晚就把一份精心准备的贵重礼物送到了岑春煊的府邸。

然而，德军的这份厚礼真的是送砸了。岑春煊本来已拟定把他调往惠州接替沈传义一职，偏就是这份重礼——两幅名贵字画和两根黄澄澄的大金条，把岑春煊闪耀得头晕目眩，也炫出几分警觉和慎重。

他先沉住气，既没有退礼也没有声张，只是差人不动声色地暗暗查访，随便一打听，竟得知德军有三房姨太太，在广州城有数处豪华府邸，这让他一下有了对比。一个小小的五品武官，去哪里弄这么多钱？他在西北、西南都待过，若是放在这些地区，即便是省督，也拿不出这份殷实的家底啊！

想想陈兆棠，在江西做了几年地方官，非但没有田产积蓄，听说连老婆孩子都不敢接来小住。岑春煊还听过陈兆棠的一则轶事，说有同僚有意撮合陈兆棠与黎承礼结成亲家。陈兆棠的儿子与黎承礼的女儿还挺般配，一个二十、一个十八，男才女貌，陈兆棠也很是乐意这门婚事。按理说，都是督府之后的官宦人家，也算门当户对，那时陈兆棠在成都崇庆州任职，黎承礼任新都知县。但当黎承礼闻知陈兆棠在崇庆州治盗滥杀时，便坚决辞掉了这桩婚事，他说此人脾气刚烈，生性残暴，日后难以相处。事实上，还有一个重要原因，是陈兆棠家里实在太穷，穷得连座像样的房子都没有。

平心而论，陈兆棠和德军都算年富力强、心志高远的政坛新秀，然而两相比较，一个清廉一个贪墨，一个忠诚一个圆滑。相比之下，岑春煊的天平突然发生了倾斜。谁去惠州当知府？他不得不重新慎重地考虑这个人选……

岑春煊再调看了惠州府辖地的税赋经济情况，更是了然于心。惠州府辖一州十县，有一百五十万人口，拥有数百里海岸线，粮食产量仅次于肇庆府，税收仅次于广州城，海产仅次于潮州，单是六大盐场税赋就占了全省的八分之一，用人多地广、物产丰庶来形容一点儿也不为过。岑春煊还留意到，相当一段时间以来，广东还有个不成文规定：惠州知府的"养廉银"高达一千多两，归善、博罗近千，小一点儿的县令如连平、和平都在六百至八百两不等。这些"养廉银"名目繁多，来路心照不宣，比如"耗羡"一项，就明目张胆，不遮不掩地公开收取。"耗羡"就是损耗的意思，即各县各府在追收税赋时多收的备耗，如谷物的鸟耗、虫耗、鼠耗，实物折成现银的厘头，等等，这一进一出，数目之巨，皆为地方官员所瓜分，老百姓暗地里称之为"分赃银"。这样想来，德军不惜重金，迫不及待要去惠州当知府，是冲着孙中山会党，还是冲着六大盐场和"耗羡"？或是两者皆有？自是不言而喻。

岑春煊心里明白，朝廷把他从西北调来岭南，无非就是要用他的铁腕手段来对付孙中山乱党。两广总督虽然位高权重，却也如履薄冰，要巩固大清江山，就要铲除祸党乱源，就不可患得患失，任人唯亲。他思虑再三，最后决定把陈兆棠从广西调来惠州，把德军留在提督府。为了对德寿有个交代，也给德军一个面子，他把德军提为都司，正四品武官，而把陈兆棠作为巡抚协管，放到惠州组建营务处，兼惠州总兵，惠州知府一职暂时仍让沈传义担任。

惠州营务处，一方面统辖了惠、潮、嘉的地方兵权，一方面又代表两广总督行使巡抚督军的权力。这不是岑春煊的首创，多年来，两广总督为了加强政治军事统治，文官设惠、潮、嘉三州道台，道员为正四品，惠州知府为从四品；武官方面，除广东陆路提督常驻惠州外，还驻防惠州协，协的统兵为副将（武官从二品），游击（正三品）。按照当时清廷的军务编制，广东设有水师提督和陆路提督，直辖惠州的水陆驻军，这个"广东军务惠州营务处"成了两广总督稽查军务、招募兵员的特别"助理"，也协助总督协调掌控了惠、潮、嘉三州的军政大权。

德军获悉后，把秦林这个烂"军师"骂了个狗血淋头。铁板钉钉的惠州知府一职，就像他送出的两根大金条，闪着灿灿的金光"黄了"。骂完秦林之后，他也没了脾气。岑春煊不但如数退回了礼物，又破格提拔了他一级，去哪儿找这等好事？无论是德寿还是德军，真找不出怨恨和责怪岑总督的理由来。

五

1905 年冬，岑春煊一纸公文，把陈兆棠从广西调到了惠州。

清代的惠州府，下辖二州十县，由于它位居岭东门户，数百里东江穿境而过，水陆通衢扼守了赣闽潮要津，南临粤港，北倚赣闽，西连英韶，东接大海，地理位置历为兵家要塞。早在宋代，朝廷就开始在数百里长的海岸线上建立了好几个海防卫所，到了明清时期，水陆提督也分兵移驻惠州，惠州便成了一座拱卫省城的军事重镇。陈兆棠初来乍到，很快被这湖光山色、两江合拥的水城风景所吸引，但迫于军务繁杂，人生地疏，他顾不上观赏碧波潋滟的泱泱西湖，也无暇领略苏东坡笔下的惠州八景，甚至连那座近在咫尺、被千年神化的飞鹅岭，也只能是站在总兵府门前，驻足远眺。

陈兆棠是湖南桂阳人，他父亲陈士杰，是大名鼎鼎的中兴名臣曾国藩的幕僚。陈士杰养有数子，陈兆葵、陈兆文均科举入仕，官至翰林院编修，唯陈兆棠虽也少年立志，发奋努力，并曾苦读于岳麓书院等多家书院，却文运不济，终与科举无缘。陈士杰无奈，只好捐五品同知衔让儿子进入官场，入仕后陈兆棠选拔四川兴文县，从文职做起，庸庸碌碌，仕途并不顺畅。跟刘心源转战崇州剿匪始渐露头角，后随岑春煊入粤平乱，在广西大显身手，终被岑春煊提为惠州总兵一职，这一年他已四十有六。

这一天，陈兆棠的案头上放着一份快马驿丞送来的密报，信封的右下角盖有广东提督的加急绝密印章，一看到"加急"和"绝密"的字样，陈兆棠不敢怠慢，随即放下手头的事情，开始拆封阅览。

急件其实是一封平信，是提督府德军写来的，陈兆棠与之交往不多，但也并不陌生。他来广东赴任不久，就曾听闻此人在提督府内的地位和声望，因为他有前任两广总督德寿的族兄背景，在镇压三洲田暴乱时立了大功，只几年间，从一个七品官吏晋升为正四品官员。为打压兴中会及洪门组织，他牵头组建了一个秘密侦探的特别机构，在内地、香港及海外安插了许多耳目，专门负责对孙中山、郑士良余党的清剿和追捕。郑士良、杨衢云被他派人刺杀之后，他在广东提督官衙中的声望更是如日中天。信如此写道：

澍甘兄：

据香港的探员侦知，数年前被驱逐出港的乱党分子，近期纷纷潜回香港，频繁活动于港九一带，意欲谋反。经查惠州天地会头领邓子瑜、陈纯等为郑士良铁杆余党，分别为博罗、归善人氏，极有可能于近期潜回惠州，望严守协查，尽快捉拿归案。

陈兆棠看完之后，一时不知如何回复。他仰躺在太师椅上，闭着眼睛静静地思索着。邓子瑜、陈纯的名字他早有耳闻，他们绝对是郑士良的铁杆余党，至今在惠州一带仍有巨大的影响力，如果真的让他们潜回惠州，东江的局面的确难以收拾。他一来惠州就查阅过当年三洲田暴动的资料，暴动被官军镇压下去之后，除战死和被斩杀的暴徒之外，有数千人逃亡海外，另有数千人没及时逃出，他们大都隐姓埋名，有的隐于乡间，有的遁入绿林，有的逃到外乡。惠州辖地多年来贼匪成灾、祸案不断，多与这些乱党余孽有关。现今只因群龙无首，难以成事。若真如德军所说，让这一伙党首潜回惠州，一经匪党串动，极易死灰复燃，一个比三洲田暴动更大的阴谋、更可怕的暴乱随时会发生，想想就令人不寒而栗。但让陈兆棠不解的是，为什么如此重要的情报，德军要通过私信来告诉他？这是对他示好还是另有意图？因为自己是岑春煊的人，在德寿力荐德军出任惠州知府时，岑春煊却把他调来惠州掌管军务营务处，这样安排自然让他们之间有了某种微妙的嫌隙，这一点陈兆棠已经感觉到了。问题是如今德军的这封密报，是给他一个人透露信息，还是同时给陆路提督、水陆提督，甚至两广总督都送去了？陈兆棠知道德军在港岛安排了很多耳目，江湖上也是黑白皆通，他不怀疑情报的准确性，更不怀疑他的抓捕能力。如果是这样，他德军干脆活捉乱党头目，立下头功，岂不更好？为何要把这么秘密的情报捅出去呢？

思来想去，陈兆棠终于窥知了德军的良苦用心：如果郑士良余党在惠州落网了，他提供了准确情报，自是功不可没；如果没有抓到，在惠州闹起动乱，那就是你陈兆棠的无能和治乱不力了，到那时，无论你如何辩白，有一千张嘴也难辞其咎。

想明白了这一点，陈兆棠才领略到德军的城府。他从椅子上站了起来，端起茶杯喝茶抽烟，随即吩咐侍从，传管带洪兆麟来衙议事。洪兆麟到来之后，陈兆棠没多客套，直接切入正题："洪管带，你在惠州时间长，熟悉情况，你对邓子瑜、陈纯的情况是否了解？"

"回总兵大人，卑职对他们基本了解，两个都是天地会的头目，也是三洲田暴乱的漏网之鱼。我还带人去查抄过他们的家。"

"他们老家还有什么亲属？"

"基本没有，都是些出了五服的同房族人，据说他们逃亡到新加坡后靠开店谋生，好几年都没听到过他们的消息了。"

陈兆棠点点头，话题一转继续问道："据可靠情报，他们已潜回香港，准备返回惠州。依你的推断，他们回来会在哪里落脚？又想干些什么营生？"

洪兆麟想了想回答说："依我看，大多会回乡下落脚，可能是为了拜山祭祖的事，客家人有此习俗，在外面时间久了，总是想着……"

还没待洪兆麟说完，陈兆棠立即打断了他的话："洪管带，你这个想法是不是太过简单了，你就不考虑他们是回来为给郑士良复仇？你就敢说他们不敢再搞一次四洲田、五洲田暴乱？"

洪兆麟听陈兆棠如此一说，一时不知所措，垂首而立没有吱声。

"你是带兵的，我也是带兵的，对于山贼匪首，我就是一个字：杀！对于孙文会党则加多一字：杀！杀！对于孙文须再加多一字：杀！杀！杀！"

听完陈兆棠杀气腾腾的一番话，洪兆麟不由得竖起耳朵，问道："那我们去哪儿杀？"

"据都司德大人向我透露的消息，说香港有个'东江客栈'，那是惠州人经常落脚的地方，极有可能是惠州会党与孙文的一个秘密联络点。如想把这个窝点端掉，把我们想要的人犯抓起来，是派人去香港捉拿还是在惠州截获胜算大些？"

"香港是英租地，我们捉拿不了，抓住了也带不回来，只有在惠州捕杀较为稳妥。"

"那如果换一种方法呢？"陈兆棠面无表情地追问道。

"什么方法？"洪兆麟一时没有弄明白。

陈兆棠用手朝脖子比画了一下，洪兆麟会意地点头道："这个得靠香港道上的人。"

"在你手下有谁可以担此重任？"

"请大人容我想想。"洪兆麟拱手作揖后，绞尽脑汁，煞费苦心地想着合适的人选。

"古人说，重赏之下必有勇夫，我们可以多花些银两，不惜重金，把这两个恶徒就地正法，可谓一劳永逸。"陈兆棠提醒道。

陷入沉思的洪兆麟一听到"不惜重金"，似乎看到了白花花的银子扑面而来，他突然灵光一闪地拍了下脑袋："有了，王大彪！"

六

"王大彪是谁？"

洪兆麟赶紧向陈兆棠介绍王大彪的情况。王大彪是七女湖夏村人氏，年幼时父母双亡，靠祖母拉扯长大，由于生性顽劣，又缺少管教，从小到大打打杀杀，倒成了一个出名的悍夫。早些年跟着一教头拜师习武，还参加过哥老会，因为小事与人斗殴、致人残废被逐出师门，后被归善县衙招为团练，又因吃喝嫖赌、到处勒索被人告发降了职。没有了官职的王大彪少了一些约束，多了一些放浪，他利用原先结交的三教九流，常常来往于香港与惠州之间，为一些商行捎带紧俏货物和违禁药品，惠州人称"江湖佬"。靠走私发了横财之后，王大彪不但娶了老婆，还在打铁街购了一座宅院。这人会钻营也会来事，当他知道自己在县衙团练难成气候的时候，便巴结上了洪兆麟。洪兆麟看他办事敏捷，拳脚又好，干脆把他弄到了巡防营当了个小兵头。他常挂在嘴边的一句话是："钱是大胆人赚，饭才是老实人食的。"

陈兆棠听罢，倒觉得是个合适人选，即叫洪兆麟去尽快落实。洪兆麟不敢怠慢，从陈兆棠总兵府出来之后，立即差人传王大彪到巡防营部。见到王大彪时，洪兆麟一改在陈兆棠处的说话口气，不再唯唯诺诺和小心翼翼，他清了清喉咙，提高声音有板有眼地说道："大彪，给你一个立功的机会。如果你把事情办利索了，当官发财大好前程等着你。但丑话说在前头，要是办砸了，可能连饭碗都保不住了。"说完便把一串名单和一张银票推到了王大彪面前。

王大彪看了下名单，顺手把银票装进了衣兜，他站直身子，拍着胸脯对洪兆麟说："请管带大人放心，我王大彪做事从不含糊，但去香港办此事，还真的是头一回。要给我一点儿时间，邓子瑜我不认识，陈纯与我还算一条村的，剥了皮我也认得出来。至于林旺、孙稳什么的，不过是陈纯手下的几个马仔，不足为虑。"

洪兆麟听罢，站起身来说："时间不早了，你快去准备下，尽快动身，等你的好消息。"便把王大彪打发出了门。

王大彪来到香港，在铜锣湾的一处寓所里找到了道上的哥们儿，这哥们儿在其团伙中排行老二，人称"二哥"。

二哥一边抽着烟，一边拿眼瞟了下银票，冷冷地用道上黑话问："爆江还是劈党？"

"劈党！"王大彪利落地回答。

二哥从椅子上站了起来，拿眼看看放在银票边上的名单，一长串的名字，让他不禁发问："你干的是什么惊天大事，结下如此多的仇家？香港不比内地，警署的探员比猎狗还灵，一招不慎就入册了。"

王大彪自然不傻，他听出二哥的言外之意，知道他在绕着弯子讨价还价。这没办法，在香港地头，轮不到他王大彪说话。寄人屋檐下，不得不低头，王大彪一脸堆笑，丝毫没有不悦的表情："银子好说，我也是受人所托，按人头计算，兄弟给个价码，这只是定金。"

二哥听罢又问了句："你敢确定这些人现在都在香港？"

"不敢确定。但能够确定的是，他们迟早会在香港露面，不是在香港活动，就是从这里经过回内地闹事。"

"闹事？他们是干哪一行的？不会是内地官府通缉的要犯吧？"二哥突然变得警觉起来。

"这个兄弟你就别多问了。"

"行，我们只管干活儿，这是规矩，这活儿我算接了，三天后答复你。"

王大彪从二哥的寓所中出来之后，长长地嘘了一口气，他知道二哥一伙在香港地头的实力，只要他们接手了，就没有干不成的事。他心里明白，这一次只要把洪管带交代的任务办成了，一定会得到重用和重赏。

王大彪走了之后，二哥直接来到大当家的住所，一见到大哥就兴冲冲地说："大哥，刚接了一单大活，够兄弟们一笔花销了。"

大哥忙问："什么活儿把你乐成这样？"

二哥没说话，只把银票和名单递了过去。大哥拿眼往名单上一扫，刚看到邓子瑜、陈纯的名字，目光就定定地怔住了。

"这活儿是谁给你介绍的？接不得啊兄弟！"

"惠州人介绍的，为什么接不得？"二哥赶忙问道。

"全是洪门道上的人。在香港地头，英国人也惧怕洪门三分，我们怎能与之结仇？以后还如何在道上混？"

"你怎么肯定他们是洪门的人？"二哥面带疑惑地追问道。

大哥拿眼扫一下二哥，"邓子瑜、陈纯谁不知道？东江天地会的头领，郑士良的死党，几年前的三洲田大暴动，就是这几个人牵的头，不知通缉过多少次的清廷要犯！"

二哥听罢，一下如泄了气的皮球，许久才又问道："那我已经答应了内地的来人，并约好三天后给他一个准确消息，今该如何去回绝？"

大哥沉思良久，叹了一口气："就这三天，你先带人摸摸情况，看他们这几个是否在港，我再来考虑如何回复他们，反正这活儿我们不能接，江湖大忌啊！"

三天后，王大彪准时来到了二哥的寓所，二哥不失热情地给王大彪冲了一壶西湖龙井，二哥端着那个透明的玻璃杯，一根根细长的茶叶芽儿在开水中不断地翻滚，又慢慢地沉到了杯底，一股浓郁的清香顺着热气冒了出来。王大彪不知二哥为何有此雅兴，这次会面好像根本不是谈正事，而是邀他来品茗。其实二哥是有些难为情，这也是他第一次碰到棘手事，江湖上最讲信用，一言既出驷马难追，这种出尔反尔的行为，在道上是很丢面子的事。

等了好一会儿还没见二哥开口，王大彪只好主动地问起来："二哥，所托之事有眉目了吗？"

"有，但大哥发话了，这活儿我们不能接！"

"为什么？"王大彪诧异地问道。

"因为他们都是洪门中人，在道上混有道上的规矩，我们不敢犯忌！这怪我当初不知详情。"

王大彪一听，心下冷了半截，他赶忙央告道："二哥，咱们可是多年的兄弟，你总不能不施以援手呀！"

二哥爽快地说："会帮你的，但我们自己不能干！"

接着二哥就把他手下兄弟这几天摸到的情况一五一十地告诉了王大彪。最后，他对王大彪说："薄扶林坟场有块墓地，实际上是郑士良墓地，但碑上没有写郑士良的名字，凡是海外回来的洪门兄弟，经香港去内地前，都会择时间去祭拜一番。你若要探知他们的行踪，在这个地方等候跟踪，八成可靠。再一个地方就是东江客栈，东江客栈的斜对面有间销售山货杂货的门店，也是这些人的落脚点，但凡海外来往于此的洪门兄弟多在此处落脚和接头。邓子瑜确实在香港，但下一步是回内地还是去海外不得而知，你若找不对人，想在香港下手可能比较困难，东江客栈人多眼杂，更不好办，余下的办法就靠你自己去想了。"二哥把话说到这个份上，王大彪自然知道再缠也是白费，虽然二哥应承过的事又失诺了，但他仍然很感激二哥提供的重要情报。其实他也明白，在香港地头想捕杀一个会党的头面人物，没有英方的警署参与，是很难成事的。再说港英政府为了当地治安，并不想结仇洪门，而洪门一直以来打的就是反清复明的旗号，并没有公开与港英政府对抗，所以孙中山的许多策划活动大都是在香港秘密进行。王大彪一时无计，本来想连夜乘船返回惠州，如实地向洪管带禀报，并商讨新的对策，但刚到码头，他又突然改变计划转了回去。后来不知怎么七转八拐，找到了那伙打野食的"摩罗差"，于是便有了开头坟场刺杀的那一幕。

七

　　邓子瑜躺在床上，盯着天花板出神，他想起了与郑士良的许多往事。他当年要去拜郑士良为师，父亲对他说："你跟他练拳习武、行医卖药，我都支持，但切莫去入这个会那个会，与政府对抗是要杀头的！"邓子瑜点点头答应了父亲。他知道自己是独子，家族人丁单薄，父亲要他学会经商，早点娶妻生子，做大家业，光耀门庭。但事与愿违，那几年他除了练拳习武，没学过一天医药，而天地会、哥老会、兴中会、同盟会却一个都没落下。

　　郑士良与孙中山是广州博济医院的同学，由于志向相投，读书期间就结为挚友，后经孙中山介绍又先后结识了陈少白、陆皓东、尤列等人。他们曾经有个美好的愿望：通过医药来拯救百姓苍生和这个苦难的民族。郑士良学成后回到惠阳，在淡水创办"同生药行"；孙中山则到香港继续深造，毕业后到澳门镜湖医院坐诊，成为首位华人西医。但当时的中国已沦为半殖民地半封建社会，西方列强加紧瓜分中国，他们开始寄希望于李鸿章的社会改革。孙中山还亲书《上李鸿章书》，在信中陈述了自己的救国主张。郑士良对孙中山的救国主张满怀期待，并决心一起为民族复兴而奔走呼号。由于清政府的通体腐败，无论是康有为、梁启超的变法，还是曾国藩、李鸿章的改革，都无法拯救民族危亡。孙中山和郑士良深感绝望，于是决心放弃医药转而"医国"，孙中山弃医携陆皓东远赴美国，1894 年冬在檀香山创立兴中会，取"振兴中华"之深意；郑士良则在淡水以东江天地会首领的名义，把邓子瑜、陈纯、许雪秋、黄耀庭等拢到门下，积蓄力量，呼应孙中山的革命行动。

　　1895 年 1 月，郑士良在香港与孙中山会合，成立兴中会总会，把邓子瑜一批人吸收为兴中会会员，同时策划广州起义。起义失败后，郑士良跟随孙中山东渡日本，与冯镜如一起在日本创建横滨分会，随着兴中会海外分支机构的不断建立，华侨华人中的革命力量也不断发展壮大，兴中会明确提出了"驱除鞑虏，恢复中华"的政治纲领，随后开始策划三洲田武装起义。1900年，孙中山委派郑士良全权指挥三洲田武装起义，邓子瑜一直跟随左右。

三洲田起义失败后，郑士良、邓子瑜等一大批革命党人都遭到清政府通缉，大家都劝郑士良尽快离开香港躲避，但郑士良把邓子瑜、陈纯等转移到海外之后，自己却坚持留在香港与清廷周旋。郑士良身怀绝技，胆识过人，但最终没能躲过敌人的暗害。邓子瑜仍然记得那次在香港码头分别的情景，郑士良一边拉着他的手一边拍着他的肩膀说："老弟，你多保重，我暂不能走，同盟会总部没人留守，兄弟人心会散。"邓子瑜仍不放心，他一再要求与郑士良一起留在香港，郑士良却说："香港洪门兄弟多，我地熟人熟，谅他们也不敢对我怎么样，你就放心先走一步，万一在这边待不下去，我即去新加坡找你们。"没想到，这一别竟是他们的最后一面。郑士良一死，同盟会同人悲痛万分，孙中山最先打算派邓子瑜回港吊唁和慰问遗属，但考虑到邓子瑜的安全又改派他人。在海外飘荡的这几年，邓子瑜与陈纯时刻想着为郑士良报仇，为了完成未竟的反清大业，他们按照孙中山的行动部署，把谢缵泰的那幅《时局图》在海外华侨社团中广为散发，到处动员华侨华人，认购"中华民务兴利公司债券"筹集资金支持革命，有力地配合孙中山的募捐行动。这次回港之前，孙中山多次召见了邓子瑜和许雪秋，一起密谋东江举事大计，并任命许雪秋为中华革命军东江都督，邓子瑜为中华革命军东江首领。这对患难兄弟既是同盟会的歃血盟友，又是实施东江举事的核心人物。

"邓大哥，这是你最爱吃的肉丸汤，没想到香港还有麻陂肉丸店。"孙稳说完便把那个大海碗放在了邓子瑜的床前，肉丸浮在汤碗里，油珠点点，与切碎的青葱一起漂动，一股浓郁的香气扑鼻而来。邓子瑜咬了一颗，还真是家乡的味道，这又勾起了他的一段回忆——

邓子瑜的父亲叫邓通泰，家境殷实，有田有地，在麻陂圩还有肉丸铺子，家中有长年帮工。其中一名帮工叫邓通明，农忙时干农活儿，农闲时在圩镇打肉丸。

邓通明的女儿细英还小，妻子又因为月子风去世了，就带着女儿过来上工。邓细英与邓子瑜一起玩耍，一起识字。两三岁时，邓子瑜常与小伙伴在门坪里玩泥沙，用瓦片刮泥土，垒成一条大坝。邓细英穿着开裆裤蹲在地上看，尿急了，也不知道躲避，对着大坝就是"哧哧"的一泡尿。邓子瑜气得抓起一把泥沙，对着她那出水的地方撒去，邓细英大哭着跑去找她爸了。

到了十二三岁，邓细英学会了打肉丸，她手脚勤快麻利，一大盆肉馅，她张开五指，不断地打，直到肉馅粘手而起，又不易掉落，才拿来淀粉、食盐、调料放入，再用手不断地旋转，搅拌均匀，用手掌一拍一抓，黏性起胶，随即拿来竹筛，垫上纱布，左手抓馅，右手拿一汤匙，拇指与食指一扣，汤匙一舀一刮，丸子一个个落在了筛子上，大小均匀，粉红透亮，起锅时拿起一个丸子往桌上一丢，"嘣"地弹起半尺高。这麻陂丸子正是因为脆香夹口、韧劲弹性而远近闻名。邓通泰看着这小丫头的劳作情形，笑逐颜开，邓细英一声一个大伯，把邓通泰叫得乐开了花。邓细英十四岁那年，父亲邓通明想给她找个人家，她不依，哭着说："要嫁就嫁子瑜哥。"邓通明说："傻丫头，我们是同姓，子瑜只能做你哥。"邓细英固执地说："那我不嫁！"邓通泰对邓通明说："老弟也不必多虑，就让她与子瑜成婚吧，同姓怕什么？我们已出五服了。"

邓通泰三代单传，人丁单薄，他恨不得邓子瑜早些成婚，也好让邓细英降住这匹野马，但邓子瑜不依，他要出门学艺，邓通泰只好依了他。邓子瑜初学武功时，一回家便找邓细英问："有人欺负你吗？"邓细英说："没，没有！""有人欺负你爸吗？""没，真没！""有人欺负你亲戚吗？""没，真的没！"话没说完邓细英就"扑哧"笑出声来，"你学的那半桶水的功夫无非是手痒痒，想找人比试陪练？"邓子瑜也笑了。

邓细英十五岁那年，邓子瑜去了南洋。在离别的码头，邓细英看着面前英气勃发的子瑜哥，眼泪不住地往下流。她舍不得这个邻家的大哥哥，但是却无法开口说出挽留的话。她虽然比邓子瑜小好几岁，却并不幼稚，她知道面前的男人胸怀家国，注定要远去。而邓子瑜看着出落得亭亭玉立的邓细英，亦是久久无言。第二年，邓通明再也等不及了，给邓细英在邻村找了户人家，结婚时邓细英大哭了一场。

三洲田起义前半年，郑士良派邓子瑜回来拉队伍，邓细英动员丈夫去，丈夫说："我除了一身蛮力，一不会操枪，二不懂拳脚，去了不是给他们添乱？""你不会烧水做饭，不会扛弹箱？你不去，我去！"在邓细英的动员下，她男人后来真的参加了起义队伍。起义军打到埔前时，被清兵四处围剿，她男人背着子弹冲了上来，为邓子瑜杀出一条血路，自己却在撤退时中枪倒地。邓子瑜与孙稳轮流背着他走了几里地，还没到家已奄奄一息。在弥留之际，他把邓子瑜拉到近前，伏在他耳朵上说："细、细英有了……我、我死了之后，孤儿、寡母……就拜托子瑜哥了……"邓子瑜含泪点头。

再后来，队伍转到了梁化山，队伍解散之前，邓子瑜把一包碎银托交给了一个麻陂义军，让他送到邓细英手里。随后，队伍解散，邓子瑜四下隐藏，就再也没了邓细英的消息。逃到新加坡之后，邓子瑜曾托水客带过银两，也曾托人打听邓细英母子的下落，但一直无果。邓子瑜比邓细英年长五岁，今年她该是二十五岁了，孩子也有七八岁了，每当想起她一家，邓子瑜心中就隐隐作痛，并生出丝丝愧欠之情。

八

　　洪兆麟匆匆地走进惠州总兵府，赶忙递给陈兆棠一张香港报纸。陈兆棠只用眼瞄了一下，就明白王大彪的计划没有成功。洪兆麟正想向他解释一番，陈兆棠摆摆手，独自踱到了窗前，看着窗外桅山上的几棵古榕出神。古榕枝繁叶茂、如伞如盖，枝叶之间又垂下一串串网状的榕丝气根，他感觉惠州的会党就像是那古榕般的擎天大伞，盘根错节却气息相通，曲虬盘缠又始终不倒。

　　"对方死伤不明？是死了还是伤了？是邓子瑜还是陈纯？或是其他人？你问清楚了吗？"陈兆棠扭转身，突然问道。

　　此时王大彪还未回惠，洪兆麟无处打听，一时不知如何作答，只好沉默不语。

　　"如果三死二伤是同盟会的人，孙文就少了几条走狗，惠州乃至东江地区，就会平静得多。你的那个王大彪，雇的是什么杀手？就怕没杀着敌人，反而是自个儿被一窝端了。"看洪兆麟久没作答，陈兆棠又续了一句，口气中带着一丝讥诮和不满。

　　洪兆麟看着陈兆棠扫过来的眼神，心里忐忑不安，许久才胡乱地回了句："回总兵大人，不管怎么说，经过这次香港刺杀，会党一定成了惊弓之鸟，更不敢轻举妄动，起码是近期不敢回惠州来闹事。"

　　陈兆棠没想到洪兆麟会如此回答，他盯着那颗油亮发光的大脑瓜，似乎在琢磨那硕大的头颅里究竟缺了哪根弦。"你敢如此肯定？须知惠州是他们的老家和大本营，只要回来惠州，他们就能如鱼得水、如虎进山。"陈兆棠看着这个洪管带，自感这个四肢发达头脑简单的小老乡，还是缺乏些深谋远虑。他不想再在这个事情上与之纠结和争辩，他想让洪兆麟回忆回忆，一来促他提高警觉，二来自己也多些了解惠州情况，于是便换了一种口气："庚子那年，我还在四川重庆，后来又调去江西，一年里换了两个地方，三洲田暴乱惊动朝野，其发端全在惠州，匪党头领也是惠州人氏。暴徒也是东江刁民，孙文为何敢武装暴乱与清廷对抗，不正是依仗着东江会党的这股民间力量？"洪兆麟点点头，陈兆棠继续说道："我当时虽不在广东，但早有耳闻。你是亲历暴乱并参与领兵弹压的，你给我讲讲庚子之乱的前后经过，下来我好有个防备对策。"

陈兆棠坐回椅子上，一副洗耳恭听的样子，洪兆麟不知如何是好，拘谨地站着，不敢出声，陈兆棠说："你坐下慢慢说。"此时的洪兆麟才坐下一五一十地讲述起来："三洲田，又称'三畴田'，一个靠山近海的地方。

"庚子年初春，孙文、杨衢云、郑士良、陈少白、谢缵泰等制订了一个庞大的暴动计划，决定以兴中会的名义，在这里发动一次大规模的武装暴动。他们最初的计划是先攻下惠州府衙，再攻广州督府，用三个月夺取粤省全境作为根据地。为了这次暴动，孙文做了严密的分工，他负责到国外筹饷购枪，杨衢云、陈少白负责发动华侨会党，培训军事骨干，郑士良负责回惠州联络天地会、三点会组织武装队伍……"

洪兆麟果然是扯远了，这些暴乱的背景陈兆棠当然清楚，也无须细述，他有点儿不耐烦地对洪兆麟说道："你着重讲讲惠州，讲讲郑士良、邓子瑜和陈纯。"

洪兆麟反应过来，继续说道："郑士良是淡水人，他不单是东江帮会的首领，连潮、嘉两州都有他们的爪牙会党。而邓子瑜、陈纯则蹲守博罗、归善两地，联络集中了数百名亡命之徒，起事前秘密集结，隐藏在新安大、小梅沙的偏僻山林里待命。"

"如此大的动作，不是一天两天的事，你们事先毫无察觉吗？"

"有，他们在集结的时候，我就曾多次呈报匪情，只是不明会党意图，又不在我的管辖地头，故鞭长莫及。"洪兆麟蜻蜓点水，轻描淡写地一掠之后，继续讲道，"直到7月17日，粤督才调六百兵马火速赶向三洲田，派一路人进兵沙湾，把我的一营派驻淡水。不知哪里出了疏漏，还是有内鬼泄密，郑士良不但提前行动了，还改变了进攻计划。9月15日深夜，郑士良不是进犯淡水，而是组成近百人的敢死队突袭沙湾防营，一出沙湾快速扑向深圳。暴徒这一扩散，我们整个包围计划宣告落空，暴徒越聚越多，短短几天时间竟发展到万余众。此时，郑士良兵分两路，一路向南杀回深圳，一路向北杀向横岗、镇隆，暴徒很快突破我军在佛子坳的防线，直扑惠州府城。陆路提督的邓万林大人此时已亲临惠州府城坐镇指挥，并连夜召开紧急军事会议，惠州知府沈传义、归善知县郑业崇、惠州陆路提督刘邦盛、水师防务统兵莫善积等都参加了会议。会后命我关闭惠州城门、加固板闸、堆置沙包准备与暴徒在惠州城决一死战，两广总督德寿大人，得悉惠城危急，又特派统兵德军率二营兵士驰援惠州。"

"德军？就是都督府的那个德军？"陈兆棠不由得插了一句。

"是他！他带着总督德大人的手令，协调水、陆两师，还主持在惠州临时招募乡丁兵勇，部署城郊外围作战。"

"他如何指挥作战？"陈兆棠不知为何对德军特感兴趣，示意洪兆麟顺着德军的部署继续讲下去。

"德统兵自恃有总督德大人的手令，不肯固守惠城，他立功心切，否决了军事会议的部署，非要带兵出城迎战。我军刚到马安、三栋一带，即与郑士良一路人马交上了火。德统兵凭着人多势众，又有新式装备，一味鼓动兵卒往前冲锋，殊不知郑士良鬼得很，一边与我们胶着，打打停停；一边派邓子瑜、陈纯带了五百匪党，偷偷地抄了我们的后路。待再次大规模开战时，我军突然被匪党前后夹击。他们都是一帮不怕死的亡命之徒，又缴获了我们很多无烟新枪，这一打，我们的阵脚就被打乱了，清兵伤亡数百人，那德统兵见状跑得比兔子还快。他这一跑，军心涣散，防线一垮，兵败如山倒，归善县丞杜凤梧、补用都司严宝泰被擒，邓提督中枪落马，匪党见状，一拥而上要活捉邓提督。万分危急之时，我不顾一切冲进敌阵，刀枪齐用，拼命杀开一条血路，掩护邓提督撤出了包围圈。退回惠州城后，邓提督命我固守城池。此时郑士良匪党追至城下，看到城高墙厚，我又防备森严，自知难以取胜，僵持了一天一夜之后，便放弃攻城，继续溯江而上，去进攻河源城了。"

"一帮乌合之众，一群贼匪流寇，郑士良、邓子瑜充其量只是个拳匪武士，称不上军人，何至于把广东的陆路、水路之师拖着在东江打圈圈，这仗打得也太窝囊了吧？"听到这里，陈兆棠忍不住又骂了句。

　　"怎么说呢？说窝囊也是，说指挥不当也是，惠州府可能自太平天国和翟火姑暴乱之后数十年间再也无出过如此之大的暴乱，官军队伍一时手足无措，又是多头指挥，再说匪党并非全是乌合之众，有的谙熟兵道，且熟悉地形，常把我军弄得顾此失彼啊。"

　　陈兆棠听洪兆麟如此一说，忙问对方如何谙熟兵道，不妨再说说，于是洪兆麟继续讲了下去。

　　"不说攻打龙川城，单是在河源崩岗圩、雷公岭一带，匪党已经被我们团团围住了，而且此时他们的弹药和给养也不充足，若在此时集中兵力，完全可以全歼郑士良的主力人马。可就是邓子瑜和陈纯，似乎摸清了我们的意图，连夜组成个敢死队，夜渡东江转攻三多祝。他们这一转，随即把围军甩到了江对岸。三多祝有我军的哨所、炮台，还常年驻有数百守军，谁能想到他们会乘虚而入，还将三多祝的兵力布防情况摸得清清楚楚。这个陈纯也真是个人物，只身潜进三多祝圩，与内线取得联系，待到凌晨，一声枪响为号，邓子瑜在圩外攻城，陈纯与内应在城内开门接应，只一个时辰，三多祝便落入敌手，匪党不但得到了据点，还补充了武器弹药和给养。待我军赶到时，他们不单用无烟新枪反击我们，还会使用大炮。后来才知道在这些匪党里头，很多是从海外回来的华侨，都接受过军事训练，有些还会制造炸弹和使用大炮，海盗洋匪都被郑士良拢到一块儿，那还真不是那么容易对付。匪党在三多祝得到武器弹药的补充，如虎添翼，一路东进。不几日，白花、稔山、海丰一一被攻克，他们接着又沿海边继续东进。如果不是德寿总督赶来亲自坐镇指挥，不只是汕头要被攻下，潮州甚至连福建恐怕都守不住了。"洪兆麟仍在滔滔不绝地讲述着。

　　其实后来的事态为何被遏止，洪兆麟不说，陈兆棠心里也清清楚楚，这并不单是德寿的调兵遣将和坐镇指挥，而是朝廷连连向日本发出外交文书，强烈要求终止军火商与孙中山的买卖协议。如果那一艘满载军火的轮船靠岸，郑士良足以再武装两万人的队伍，此时就不仅广东一省是匪党的天下，恐怕连福建、江西、浙江都要易旗为孙了。

完全被切断了外援的郑士良，面对广东水、陆两师的四面重围（而且是围而不打），自然经不住长时间的消耗。而清军以逸待劳，首尾夹击，郑士良万不得已才选择分散突围。此时的德军仗着德寿的支持，倒成了平定镇压郑士良党的头等功臣。

陈兆棠对惠州府的情况，确实没洪兆麟熟悉。暴乱被镇压之后，洪兆麟曾带兵前去邓子瑜、陈纯等一班会党家里抄家，并逮捕收押斩杀了不少来不及逃跑的会党暴徒。但数万之众，除了杀的、囚的，还有多少隐入乡间，改头换面地蛰伏着？陈兆棠想，惠州府为什么历年贼匪成灾、积案如山，正因为会党余孽的存在。如今的惠州府，如同一个装满炸药的大铁罐，只要一点儿火星飞来，就可能引发一场惊天动地的大爆炸。想到这里，他不由得感到身上的担子重若千斤，也越发感觉要拿出他的"铁腕治乱"的经验和手段来。

有了与洪兆麟的这一次长谈，陈兆棠感觉到这一介武夫虽然在对付会党方面还缺少些缜密的思维，但在揽权争功方面，一点儿也不糊涂。在刚才的谈话中他听得出来，有责的洪兆麟淡描轻写，一笔带过；有功的则浓墨重彩，不失夸炫。孰重孰轻，该繁该简，他分得清清楚楚。但今惠州府临危处乱，正是用人之际，洪兆麟虽然少慎缺虑，不重防范，但在冲锋陷阵、带兵抓捕方面也不失为一员猛将。他踱到洪兆麟跟前，换了一种语气："洪管带，你说邓子瑜、陈纯不敢轻举妄动，起码近期不敢回来惠州，但愿如此，不过千万不能掉以轻心，他们往往会出其不意，铤而走险，我们必须严加防范才是。"

"如何防范，请总兵大人明示。"洪兆麟恭敬地说道。

"继续跟踪，打探清楚，即使无法在香港处置邓子瑜会党，起码得侦知他们的活动居所、联络方式、行动路线，我会向总督呈报，通过港英政府驱逐他们出港。"洪兆麟点点头，继续听陈兆棠吩咐道："惠州的酒楼客栈，要张贴悬赏公告，多放一些眼线，一旦发现有海外回来的生人，管他是什么华侨、商人，一律严密审查。"陈兆棠说到这里突然想起了什么，说道："你当年查抄匪党家属的名册，是否还有保存？尽快给我整理一份出来。"

"有！各县各乡都有登记，以博罗、归善、龙川、海丰最多。"

"有就行了。"陈兆棠接着说道，"我们马上就要开始实施新的保甲制度，重造户籍卡，各乡各村逐一登记，十户一甲，十甲一保，匪党家属及有案底的拳匪重新造册登记，名单抄送各县各巡防营，有悔过自新表现的给予出路，举报潜藏拳匪和海外匪党有功者奖励，原政府通缉要犯仍无归案者一经发现，杀无赦！对各种帮会、教会、拳馆、武馆通通登记摸底，严密监视，并将此举，通过道台发布官文，在惠、潮、嘉道实行联防联治，才能奏效，才可以防范于未然。"

洪兆麟听罢，开始感觉这个陈总兵果然名不虚传。他早就听过陈兆棠"屠帅"的大名，屠帅一般在下刀之前，都是先霍霍磨刀，他如今不仅在磨刀，还在撒网，而且不是一张网，是层层叠叠的蜘蛛网。惠州人曾骂洪兆麟是"屠夫"，比之"屠帅"显然是小巫见大巫，想到这儿，洪兆麟不由得暗暗佩服"屠帅"的缜密部署。

陈兆棠没有理会洪兆麟的表情，他独自踱到窗前，仍在怔怔地盯着窗外那几棵盘根错节、绿荫如盖的大榕树，他似乎要在这些浓密的榕树叶中，看出扑朔迷离的惠州天地会来。

九

  陈纯回到东江客栈时，已经是深夜。邓子瑜接过黄耀庭的信，看完之后又递给了陈纯。黄耀庭在信中说，当年那班谋害郑士良、刺杀杨衢云的杀手今都在香港，他也被跟踪了。东江客栈一点儿都不安全，跟踪他们的头目正是德军手下的头号杀手秦林，德军把同盟会在香港及海外的头面人物全部列进了黑名单，更麻烦的是，在这班刺客当中还有当年天地会的叛徒，有些还是惠州人。

  黄耀庭要邓子瑜尽快地搬出东江客栈，最好到中国日报社的陈少白处疗伤，陈少白熟悉香港，又有一班新闻界的朋友与之周旋，无论是香港警署还是内地杀手，都不敢轻易下手。至于与孙文、许雪秋会面的事，由他联系上后，再约定时间并告知。除此之外，他在信上还讲到了两件事：一是香港有一走私船，经常走私紧俏物资到澳头、淡水一带，货物与一艘叫"东航003号"的货船交接，此船在东江内河畅通无阻，似有背景，如果可靠，是运送武器到惠州的快捷水路；二是据内线提供，秦林一伙经常在香港两个地方出没，其中有一处是香港西医学院附近的一间民宅，据查，房子主人曾是兴中会会员，名叫老泉，早年曾参加过杨衢云的"辅仁书社"，深得其信任，于是把此处设为秘密联络点，杨衢云死后此人较少露面，会不会被秦林收买充当了线人，须进一步查实。

  陈纯看完信后不觉吃了一惊，他与黄耀庭聊了那么久，临走还要写封密信，托他面交邓子瑜，原来里面有许多秘密，甚至计划干掉秦林。外有传言说秦林也来自惠州归善，与陈纯是堂兄弟，他担心泄露秘密。其实这是天大的谣传，邓子瑜知道，陈纯确有个堂弟叫陈林的，此秦非彼陈，可能他们把陈林当成秦林了，但这个秦林压根儿与陈纯八竿子打不着一块儿。

"干掉他吧！这小子早就该死了，让我与黄大哥一起去除掉他，也好为死去的兄弟报仇雪恨！"陈纯愤愤地说。

"这个秦林是德军的手下，专干谋杀行当，谋杀郑大哥、杨衢云，抓捕杀害史坚如都是他们一伙干的，估计黄耀庭也跟踪他们好久了，掌握了他们的行踪，这几个家伙确实早就该死了，但怎么死法，却要容我想想。"邓子瑜早已郁积了一肚怒气，加上这次又被劈伤了一条腿，也是报仇心切。

此时孙稳急急地推门进来，看到邓子瑜与陈纯正在谈事，欲言又止，陈纯见状忙问何事。"楼下来了好几个陌生人，听口音好像是惠州那边的客家人，他们也像要住客栈，正在前台。"孙稳急切地说道。

陈纯不由得警觉起来。他走出房间，从楼梯的屏风往店堂看，果然发现几个探头探脑的陌生人，旁边还有便衣的洋人警员。他心里想，如果不是秦林的爪牙摸到了什么，就是警署冲薄扶林坟场的命案而来，他们正在联合行动，一旦让他们盯上，凶多吉少，当务之急是立即转移住处，免得再出意外。正在他思考转移对策的时候，黄耀庭的人来到客栈，原来，陈少白得知邓子瑜仍住在东江客栈后，立即派了汽车来，要黄耀庭连夜把邓子瑜接到报社去。陈纯赶紧回屋，准备收拾行李，来人急忙催促道："先把伤者转走，一刻都不能耽误了！"

陈纯立刻背起邓子瑜，急匆匆地来到楼下，从后门坐上汽车一起离开了。

陈少白与孙中山是西医学院同学，后又结成兄弟，他还是清政府通缉的"四大寇"之"大寇"。此时陈少白不但在主持香港报馆的工作，还兼任同盟会香港分会会长，是香港会党的"龙头"大哥。

中国日报社刚搬到荷里活道的一条弄堂里，陈少白把邓子瑜安排在隔壁的一套单独房子里，陈少白见到邓子瑜后，随即把一张香港的内报递给了邓子瑜，只见上面写着："今查明，薄扶林械斗并非黑道火拼，实为内陆政府官差跟踪侦查孙文会党，并引发械斗，造成三死二伤，经查死伤者均为香港无业游民，孙文会党当夜潜逃，死伤不明。为履行邦交条约，警署已组织警力配合清府驻港外务清查余党，一经发现立刻逮捕引渡或强行驱逐出境。"

邓子瑜看完内报，自知香港的警署已参与了抓捕行动，如果继续待在这里，不但无法开展工作，反而会节外生枝。但自己如今不能走动，成了大家的累赘，是不是该考虑让陈纯他们先走一步。此时，陈纯火急火燎地闯了进来，喘着粗气说："糟了，我刚才赶回东江客栈收拾行李，警署的人已把东江客栈包围住了，逐一搜查房间，我的那个藤箱也被抄走了。"

"那里边有什么贵重物品？"邓子瑜忙问。

"贵重物品倒无，都是些换洗衣物和药品，只是里面还有一部《堪舆全书》，我在书页上做了一些记录，有归善、博罗、龙川、海陆丰等地兄弟们的联络地址。"

"那如果落到清差手中，让敌人破译出来，不是误了大事？"邓子瑜焦急地问道。

陈纯点点头，他后悔自己太大意，不该把那本书夹在皮箱的衣物里。

"你冷静地想一想，有哪些比较明显的记录，千万不能因为此书让敌人掌握了我们的秘密。"

陈纯极力地回忆了下，原来在这次回国之前，陈纯在新加坡通过各种渠道，了解到一些老会员地址，因为人员太多，居住的地方又分散，他就在书上逐一做了暗记。比如住在惠州城内的会员邓珍，他就如此记录：鹅城街银岗岭邓氏祖屋，西门卯向，为一风水宝地，三十年大吉。按天干地支的顺序代替数字，前者是会员的住址，后者是门牌号码，如果是一般的外人，自然很难看出什么，但若是天地会的成员，在书中去找类似的"宝地"还是可以看出一些破绽来。

邓子瑜听陈纯如此一说，稍微松了一口气，但他仍然不敢大意，便叮嘱陈少白："你在香港神通广大，联系下船票吧，让陈纯他们先走一步，凡是惠州重要的联系人，尽可能提前转移，以防万一。"

陈纯担心邓子瑜无人照顾："那你怎么办？留下林旺在港，我与孙稳一起走？"

"都回去，我有闻韶兄在此照应，一切都不用担心。"邓子瑜郑重地说道。

陈少白接过话题："朱民兄的安全你们就放心好了。你们可不能轻敌，不坐客船，我马上叫人去联系一艘走私艇，直接把你们送到澳头，快速！"

陈少白走后，邓子瑜叫陈纯把自己的藤箱拖了出来，并把林旺、孙稳都召到了跟前，他从里面拿出一个布包，打开布包，里面是一张千元银票，他指着银票对陈纯说："这笔钱是孙先生好不容易筹到的活动经费，数量有限，只能凑合着先用。这包碎银是我自己的，你们带上，分开当盘缠。"

陈纯双手接过银票，但布包的银子他不肯接，他知道邓子瑜虽然在新加坡开有"永新祥"旅馆，但他一贯仗义疏财，常需接济惠属党人来南洋之资，少有积蓄，加上他如今重伤在身，更需要银子。邓子瑜看陈纯死活不肯接，便把布袋交给林旺，要林旺代为保管，如果见到惠籍会党遇难的遗属，视情慰问。这时他又想起了邓细英，不由得嘱咐了句，让陈纯等人回去之后打听打听他们母子的下落。

林旺也不肯接过那包银子："邓大哥，你就别担心了，细英我们会去寻找，只要回到惠州，我们就有办法筹到银子，只是枪支弹药，你要多花些心思就是。"

一说到枪械，邓子瑜的心情也好不起来，他们的一再提醒，并非空穴来风，话里表露出来的，多少有些对以往的不满。孙文为了组织暴动，一次次到海外募捐钱款，但是募捐来的钱款，不是让军火商以次充好，运回一堆废铜烂铁，就是让骗子携款跑路，最终钱货两空。每一次武装起义，都因为枪械武备未至，结果都是轰轰烈烈而起，偃旗息鼓而散，最惨痛的教训，无非是三洲田。

邓子瑜当然理解林旺的心情，他宽慰地说道："枪械的事我会去落实，一步步来，总有办法可以解决的。"

在旁的孙稳见状也插话了："人我不担心，钱我也不担心，我也是担心枪械，还有炸药雷管，特别是引爆器，那个东西清廷卡得特紧，可不是有钱就能买到的。"

孙稳一直在学制定时炸弹，于是再次提到了爆破器材。"这个你尽管放心，器材也罢，枪也罢，我们都会分头去落实，待我的腿伤一好，我即与黄耀庭去找孙文商议，接着我也要回惠州的，只是派你们先行一步。"陈纯还想说出自己想留港拜会刘师复的事，见邓子瑜把话说到这个份上，也不便再提参加暗杀团的事了。其实他对枪械更是迫切，也更为担心，他不知多少次对林旺、孙稳说过，武装暴动不是玩过家家，这是你死我活、刺刀见红的搏杀。邓子瑜见大家一时沉默下来，又拿起了另外一个布包，递给了陈纯。陈纯打开一看，是一支崭新的毛瑟手枪。毛瑟枪是德国造的新式武器，可以连发，射程远杀伤力也大，近年清廷的军官才开始配备，民间很少见到，陈纯看着那黑得发绿、闪着油光的枪身，眼睛也发出同样的亮光，他用双手托着布包，如同托着一个三代单传的遗腹子，颤声问道："大哥，这枪？"

"送你！"

"真的？"陈纯简直不敢相信自己的耳朵。

"真的！银布包你不带，这个铁布包你一定喜欢！"

陈纯兴奋得抱起邓子瑜亲热起来："这枪我要，夺邓大哥所爱了！"

"哎哟！哎哟！"邓子瑜一声叫痛，那伤腿让陈纯碰到了，陈纯赶忙放下他。陈纯把毛瑟枪重新包好，别在自己的裤腰上，馋得林旺和孙稳围着陈纯的腰间打了几个转。

陈纯看着林旺和孙稳投过来的羡慕眼神，喜滋滋地说道："先别眼馋，下来我们人手配一支，拉不起武装大队伍，就先成立个暗杀团，把那些清廷的爪牙、都督、提督一个个干掉！"

"小不忍则乱大谋！"邓子瑜拍拍陈纯的肩，打断了他的话，"我们要推翻清廷建立共和，那不是靠杀掉一个秦林，干掉几个德军、陈兆棠如此简单。我还有一样东西没给你，这样东西你必须亲自保管，切勿丢失！"陈纯接过来一看，是一本乾隆年间出版的《惠州府志》，他翻着书页，只见里面写满了归善、海丰、博罗、河源、永安、龙川等县域天地会头目的联络方式和暗语。邓子瑜对陈纯说："记在书中的人，有些可能不在人世，有些可能早已搬迁，但通过它一定可以联络到一些我们的人。罗伟万、李文彪、梁慕光、毛汉生、邓珍、陈亚双、高佬全，都在这里，这些人如若健在，一定要想法联系上。"

陈纯一边继续翻书，一边点头答应。接着邓子瑜又与大家商量了接下来的接头方式。

说起惠州的会党，原来的成分十分复杂。天地会、三刀会、三合会、哥老会等都算洪门组织，但里头的分支派系各有源头，虽然初始都以反清复明为宗旨，但几经更迭和流散，愈加混乱。比如天地会，其徒众初拥苏洪光，取天时、地利、人和为名，后来总会长陈近南起事兵败后，为分散突围隐蔽，以图东山再起，又留下一首暗语联络诗，诗曰：

五人分开一首诗，
身上洪英无人知。
此事传于众兄弟，
后来相会团圆时。

诗毕要伴以右手拇指、食指及无名指合拢，即为会友识别暗号。

邓子瑜经过思考，在原诗的基础上编出了一套新的联络暗语，要求以后东江会党均以此为新的接头暗号：

我家住在大东江，
门对青山日月长。
兄弟寻祖循江去，
左右三间是祠堂。

此诗押韵顺口，诗中所指皆有寓意，大家只念了一遍便都熟记于心了。

此时陈少白的人推门进来："车已到楼下，今晚上船启程。"

大家一听，赶忙去收拾行李。邓子瑜再次把陈纯叫到跟前，郑重地交代他两件事：一是留意香港至澳头的走私水路；二是去趟潮州，看看许雪秋会不会闻到风声直接回了老家。他叮嘱陈纯，如果见到许雪秋，把近期的计划当面告诉他，没见上，就与潮州其他会党接上头，为接下来的工作做准备。陈纯点点头。"嘀、嘀"两声，陈少白的汽车到了，陈纯等人只好与邓子瑜匆匆握别。车子把陈纯几人拉到避风塘的渔港。司机把他们交给一个渔民模样的人，此人点了点头没多说话，带着他们又上了一艘没有牌号的小渔船，随后打了个送别的手势，走私船便缓缓地驶出了港湾，向着黑色的大海驶去。

十

　　早春的港岛，春寒料峭，后半夜响了几声闷雷，接着又下了一场
透雨，天气突然变得湿冷，天气一凉，邓子瑜的伤腿就会特别疼痛，他
抚摸着缠着纱布的腿肚子，万分懊恼，想起薄扶林坟场的一幕，心头立
即燃起一股复仇怒火。

　　陈纯等人离开香港之后不久，邓子瑜即找来黄耀庭等人，密谋一
个以暴制暴的计划。黄耀庭早就想雇人在香港把秦林一伙干掉，却苦于
找不到合适的机会，今有了邓子瑜牵头，他更是迫不及待。陈少白闻悉
后，即刻来到邓子瑜的居所，一进门就对他说道："近日警署介入，风
声正紧，一招不慎反而暴露了自己，你最好缓缓。"

　　"闻韶兄，我们总不能老是这样藏着掖着，等人家杀上门来吧？"
不认识邓子瑜的人，会以为这个民间刀会的首领一定是个靠打打杀杀起
家的剽悍武夫，殊不知却是个斯斯文文的白脸书生。他长得白白净净，
一头乌黑油亮的头发梳了个小分头，浓黑的眉毛下有一双炯炯生辉的眼
睛，他爱读书、善思考，看似是个犹豫不决患得患失的清末秀才，其实
不然，只要他认定要做的事，就一定要做成，九头水牛也拉不回头。

　　陈少白多少知道邓子瑜的性子，便又说道："即使要行动，也要
缓一缓，或把他们引到澳门去再动手。"

　　"刻不容缓，就在香港行动！"

　　陈少白见邓子瑜如此固执，换了种语气劝阻道："兄弟不能意气
用事，小不忍则乱大谋，今孙文、许雪秋没到港，你又行动不便，靠谁
去实施？"

　　"你不用管，就我与耀庭二人。"

陈少白一时无话可答，他看一向沉稳的邓子瑜今如此冲动，倒想听听他的行动计划。

邓子瑜道："孙文先生不打算把暴动统筹部设在香港，至于设在哪里，我估计不是澳门，便是河内。虽然统筹部不设在港，但香港对暴动却非常重要，海外人员往返、武器弹药采购、地下秘密联络都离不开这块地方，今让秦林的侦缉队长驻在此搅局，暗串黑帮行凶，明联港警搜捕，同盟会下来的任何活动都将寸步难行，我主张先把这伙杀手的气焰打下去！"

"那你有没有什么具体的方案？"

邓子瑜答道："有，只是没考虑成熟，我今说出来，就想听听两位的高见。"黄耀庭、陈少白一齐盯着邓子瑜。

"杨衢云先生已去世六年了，如果我没记错，他是在1901年的1月10日被暗杀的，我们可否故意搞个祭祀活动，来个引蛇出洞，然后寻机下手？"邓子瑜这一说倒提醒了黄耀庭，他马上联想到香港西医学院附近的那位老会员——他究竟是因为杨衢云被害之后吓得不敢露脸，还是被人收买，成了清吏的眼线，这一试不就明白了？邓子瑜此时才把他的计划全盘托出，除了杨衢云的那位老友，东江客栈的内鬼也要挖出来。如何挖呢？差人故意往这两个地方送封信，只要消息传到秦林手中，就可以基本判定了。接着，邓子瑜拿出那封事先写好的信给大伙儿看：

老泉先生：

肇春兄已故六年，今清明在即，海外兄弟及滞港盟友欲前往杨公墓祭拜，先生是杨兄生前挚友，无论今况如何，念及旧情，于情于理将不至缺席，且望泉兄转告在港故旧，约日同往，一祭杨兄，凭吊英灵。社友拜毕可在九龙塘酒楼聚餐，共叙旧谊，后续抵港诸社友，均可在此联系主事人。

辅仁文社社员

开始邓子瑜想在落款处打上"寓港盟友""兴中会""同盟会"

什么的，均觉不妥，想来想去，还是打上"辅仁文社社员"。辅仁文社是杨衢云于1892年在香港创立的革命组织，比兴中会还早，这位仁兄且是早期的文社社友，与杨衢云交情甚笃，这样落款更容易勾起他的怀旧情结，且又不易暴露去信人的真实目的。

陈少白看信后觉得此法可行，也自知邓子瑜已为此事谋划多日，主意已定，便不再劝阻，并参与了商讨。如一旦证实了叛徒和刺客的身份，在哪里处死他们合适？又如何躲过港警的追捕？黄耀庭说在跑马地坟场，让叛徒和清廷暗探为肇春兄陪葬，陈少白则说在住宅内较为稳妥，邓子瑜说："室内室外倒不重要，关键是办事人要干净利索，活儿干完，立即离港，不给警探留下任何线索。"接着三人就实施细节又商量一阵，由于邓子瑜行走不便，决定由黄耀庭去落实人选，送信、祭祀、行刺全雇人实施，无论事成事败，事后即速离港。

一切都商量妥当，邓子瑜笑着对陈少白说："清府雇凶杀我，港媒却说是黑道械斗，你坐镇报馆，其他事别管，其他人一概不要出面，只等我们的好消息，写新闻时依葫芦画瓢，改黑道火拼行了。"陈少白、黄耀庭都被逗笑了。

果然不出所料，信送到老泉手里之后，很快就传到了秦林的手里，秦林当然知道"辅仁文社"是一个什么样的组织，海外盟友又是些什么样的角色。他心中暗喜，说不定孙文、黄兴这次真会撞在他的枪口上。但转而一想，秦林又怕中了圈套，为了保险起见，他不急于动手，先带人去了跑马地坟场暗中观察了几天。他们埋伏在坟地一侧的树林里，监视着那个有青天白日记号的坟头，果然看到陆陆续续有人来拜祭，一色的黑衣服、黑眼镜，在那座编号"6348"的坟头上献花、进香、跪拜。但来去都不集中，两三个、三四个，来了一拨又走了一拨，且根本无法辨认是张三还是李四，秦林自忖在此讨不到便宜，便转而改在了下一处寻找伏击目标。

再说王大彪，他在香港花了一大笔银子，先后雇了两班人马，既没杀掉邓子瑜，也没干掉陈纯，很是沮丧。他不想如此窝囊，空手回惠，便硬着头皮去找秦林，想借秦林之手干掉邓子瑜一行。

他早就认识秦林，德军常差秦林轻衣简从，带着几个密探，在广州、香港两地来回走动，偶尔也来惠州，侦缉要犯、刺探军情，屡屡得手，很快成了总督府的头号杀手。秦林当然知道王大彪来港是冲邓子瑜、许雪秋等人而来，其实这些情报当初都是秦林第一时间报告德军，再由德军转告陈兆棠的。他对王大彪有些不屑，便故意拖着长腔数落起来："你的银子多得没处花，事没办成，搞得满城风雨，打乱我们的行动计划。"看王大彪不作声，秦林继续说："你不是在找邓子瑜和陈纯吗？他们早已不在东江客栈了，而是住在九龙塘潮汕人开的一个小客栈里。"

王大彪喜出望外地问秦林："您是怎么侦查得知的？"

秦林瞥了眼王大彪："你别看这香港街头人流涌动，繁华热闹，处处是商机，也步步是陷阱。密探、刺客、便衣、贼寇，哪一个不是在寻找自己的目标？干我们这一行的，若连这点儿功夫都没有，还想斩首？只怕是没斩首别人，自己的头颅先被人卸了。"秦林说完这番话，更是一脸的轻蔑。

王大彪自知在人屋檐下，不得不低头，他一副恭恭敬敬、虚心受教的样子，秦林见状，掏出一张名单，只见上面写着孙文、黄兴、宋教仁、章炳麟、廖仲恺、胡汉民、于右任、朱执信、何香凝、汪精卫、陈少白、冯自由、刘师复……名单中的好些人，别说王大彪不认识，甚至连听都没听过。秦林对他说："我们的目标不单是邓子瑜、黄耀庭、许雪秋这些，我们要的是孙文、黄兴的人头。只有孙文栽在我们的手上，什么兴中会、同盟会，才会群龙无首，作鸟兽散，从此掀不起大浪。"王大彪听罢自是连连点头，自愧弗如，佩服得五体投地。

王大彪自然不敢有秦林的胃口，别说孙文、黄兴，最近连邓子瑜和陈纯都如同人间蒸发般地消失了，若秦林能帮忙除掉邓子瑜、陈纯一行，他已谢天谢地、大功告成了。他赶忙掏出一张银票，一边说话一边递到秦林的手上："辛苦兄弟们了，小小意思，权当请大家吃个夜宵。"秦林瞥了一眼银票，心想这小子倒不算抠门，随即把它装进了口袋。

这一次，秦林带上王大彪潜伏在九龙塘客栈的斜对门，靠在一旁的是潮州商会，但目标一直没有出现。秦林把人手分成几路，他和王大彪则在酒店的二楼挑了个靠窗的位置，一边喝茶聊天一边观察情况，一连候了三天，等来等去，始终没有等来他们想找的人。直到第四天，他们又候了一晌，目标仍然没有出现，王大彪有些耐不住了，秦林怀疑情报有假，正准备打道回府的时候，酒楼上来了一个人，只在柜台前转了圈又转身下楼去了，秦林虽用大礼帽遮住了半张脸，却把这一切看得清清楚楚，待那人一走，他突然把大礼帽往身边马仔的头上一戴，顺手又从另一个马仔头上拿了顶鸭舌帽戴上。正在这时，酒楼上陆续上来了几批人，其中有几个穿黑衣裳、戴墨镜的径直向大礼帽这桌走来，秦林警觉地把手插进衣兜，却当无事般地看着窗外，用眼角的余光斜视着这班不速之客，待那人离大礼帽只有一桌之隔时，只见来人突然从腰间抽出尺来长的短剑，齐刷刷地向大礼帽刺去，一道寒光闪过，一股鲜血喷出，就在大礼帽倒地的当儿，秦林高喊了声："有刺客！"随即掏枪对来人打了一枪，埋伏在四周的便衣都快速反应过来，他们左右开弓掩护着秦林撤退，来人见状纷纷掏枪与之对射，其中一个瞄准鸭舌帽"砰砰"几枪，只见秦林"哎哟"一声，短枪啪地掉在地上，中弹的手臂立即垂了下来，血流如注。

王大彪为躲枪弹，慌乱中钻进桌底，飞来的子弹"咣"的一声，把他喝茶的杯子都打碎了。一场枪战正在激烈地进行，打斗中一个铁桶滚到了桌下，"叮叮当当"帮他挡着射来的子弹。酒楼上的杯盖碗瓶被打得砰砰作响，王大彪没带枪，他料定自己这次是必死无疑。就在此时，楼下警笛大作，刺客一下作鸟兽散。秦林拖着血腿从桌底下爬出去，死了几个手下，他们自己捡了条命回来。王大彪目睹了秦林面对枪弹时那连滚带爬的狼狈相，对秦林再没有当初那般毕恭毕敬，但在心里又不得不佩服他的机警和缜密，他们的每次行动总是神不知鬼不觉地分为几拨，一连几天，坐在一旁的便衣密探，各式打扮都有，他们分散潜藏相互掩护，连王大彪都没觉察出来。那个被临时戴上大礼帽的同伙成了他的替死鬼。

枪战的第二天，《中国日报》果然刊出了条大新闻：昨天上午，九龙塘酒店发生了一起重大的枪击案，据目击者称，参与火拼有十余人，死伤多人，警方已介入侦查，初步认定为港岛黑道所为，案件正在进一步侦破中云云。王大彪看到新闻，心里狠狠地骂了句：呸！什么黑道！

惠州春雷

十一

惠州府衙位于桅山北角，紧挨着总兵府的一侧是巡防营，总兵府门前除了有值岗的兵差，还有一对威严的石狮子分列两边。王大彪不知多少次从这条石板铺就的府前路上经过，却从没看过石狮子像今天这样龇牙咧嘴，值岗的兵差又是如此不屑一顾。他一路上忐忑不安，硬着头皮来到巡防营的值房，请洪兆麟赴宴。洪兆麟显然对他有些冷漠，坐在案台上动也没动，只是拿眼瞄了他一下，算是回应。王大彪觍着脸，双手捧着一个礼盒送上去，洪兆麟打开布包，露出个紫色的檀香木盒，一股清香扑鼻而来，揭开盒盖，黄绒布上面躺着一尊纯金观音像，莲花底座用白玉雕成，雕工绝妙，造型精致，一看便知价格不菲。收下了他的贵重礼物，又听了他添油加醋地讲述的惊险一幕，洪兆麟的脸色渐渐缓和，最后还是勉强答应赴宴为他压惊。

王大彪很走心，不但选了一个高档酒楼，还专门差人四处找来新鲜的食材，制作洪兆麟最爱吃的湘菜——炒血鸭。这是一个叫"阅江阁"的高档酒馆，来此光顾的多是惠州的富贾政要，洪兆麟对此地并不陌生，他知道这家酒楼，做的多是客家菜和粤菜，却真不知道还会做湘菜，而且是他最爱吃的炒血鸭。王大彪说，厨师是正宗的湖南人，他的炒血鸭远近闻名，洪兆麟不太相信，他在惠州时间不短，大酒家小餐馆哪里没吃过，就是没吃到过正宗的家乡菜。

酒楼位于东江边，大门上挂着一副木刻楹联：酒醇能引八方客，茶香可会千里友。上到骑楼的一个雅间里，临窗可以看见江上帆影绰绰，河水滔滔。此处视线开阔，远山如黛，近观远眺都是风景，令人心旷神怡。雅间除了红木烟榻、茶几、案台，还设有小憩的内室。大堂的正中又挂着一副镶框对联：一杯清茶品岁月，半壶老酒醉人生。看到装修摆设如此高雅别致，洪兆麟的心情慢慢地好了起来。

洪兆麟与王大彪刚落座，跑堂便端上了一壶头春绿茶。

跑堂问王大彪："王大人，血鸭可以下锅了吗？"

"可以下锅。"王大彪答道。

"你是厨子？"洪兆麟好奇地问。

跑堂摇摇头："厨子呢？"跑堂随即对着楼下喊了一声，穿着围裙的厨子跑了上来。

"湖南的？"看着来人，洪兆麟很是亲切地问道。

厨子略显局促地点了点头。

"听说你的血鸭做得极好。我喜欢吃这个菜，但家中厨子不会做，你说说怎么炒才好吃。"

厨子一听是问厨艺的，随即没有了紧张，开始滔滔不绝地讲起来："食材要好，鸭子得选仔鸭、火鸭，不能太老、不能太嫩、不能太肥、不能太瘦。"

"怎么才叫好？"

"削皮后肉红嫩而不艳，肥瘦黑白分明。剁小块，不过水，晾干，后放盐巴、淀粉、老抽、料酒、生抽，抓拌均匀，备好姜葱蒜和辣子。姜选两种，老姜拍，嫩姜切丝，生辣椒切长，干椒切细，烧油起锅放鸭粒、老姜，鸭肉炒至两面黄，放鸭血炒匀。接着放酒提香，老抽提色，慢火焖，然后放辣子、蒜苗、浇汤汁，血鸭就快成了……"

"去！去！去做！听你如此一说，还真是个大厨子。"洪兆麟催促道。

厨子转身下了楼，王大彪忙叫跑堂先上了几碟下酒菜。

几杯老酒落肚，王大彪开始话多了起来。他说："洪管带，我王大彪不怕死，也死不了，虽然在香港我没完成任务，但在惠州我地熟人熟，只要邓子瑜、陈纯敢在惠州露脸，他们迟早会死在我的手里。"

洪兆麟分明听得出他有几分酒话，只是敷衍地回了句："在香港都难以得手，惠州他们也一样地熟人熟，想得手更加不易了。"

"洪管带，您要相信我，您要再给我一个机会，也要给我几个人手，我铁了心回来跟着您干，但单打独斗很难成事。"接着，他又把秦林在香港那套既分又合的刺探行动，绘声绘色地说了一遍。而像他这样形单影只、单打独斗，别说杀会党，迟早会死在匪党手里。

经王大彪如此一说，洪兆麟也有些动心，他自然知道德军就是靠着这一班人、这一绝招才得以连连晋升。德军手下的"斩首"行动队，不但抓捕了史坚如，还暗杀了郑士良、杨衢云等一批会党骨干，正是因为有了这些资本，他才得到总督的重用和信任，甚至还想取代陈兆棠。洪兆麟反观自己在军营里摸爬滚打十多年仍是个管带，连个协统都没提到，不禁有些心灰意冷。是不是自己也要有几个唯命是从的亡命杀手，明里暗里干出一番事业来，让陈兆棠刮目相看，才能得以重用提拔？

此时主菜上台，正是一盘刚开锅的血鸭，跑堂一掀盖儿，一股诱人的香辣气味便四散飘逸，这是洪兆麟心仪久违的味道。

洪兆麟迫不及待地尝了一小块鸭肉，啧啧称赞道："正宗、正宗，名不虚传啊！"吃着菜，喝着酒，又一壶老酒喝完之后，王大彪完全没有了拘谨："洪管带，听说您在负责招募新兵，组建棠字军，我可以协助您啊！论拳脚，我与陈纯不相上下；论枪法，我可以当教官，这您是知道的，只要您信任我，我王大彪的脑袋就像这酒壶，您说丢哪儿就丢哪儿！"洪兆麟没搭话，他把细长而均匀的鸭粒，一块块地夹到汤匙上，再加上青蒜苗，满满的一汤匙往口里塞，嚼着嚼着端起酒杯，一仰而尽，酒菜一齐吞咽，汗珠随即在额头上冒了出来，待后才慢悠悠地说道："招募乡丁有条件，这事我一个人说了不算，要陈总兵定员把关。"

"陈总兵还不是听您的，谁不知道您二人的关系？只要您举荐，准成！"王大彪说到这里，双手端起酒杯说，"洪管带是我的贵人！大贵人，我敬您一杯！"看洪兆麟没有吱声，王大彪又续了一句："我王大彪一不抽大烟，二不好赌博，只是好那一口，那一口谁不好？孙文不也是一样吗？孙大炮搞革命还带着小老婆哩！洪管带打仗不也双管齐下？男人靠的就是两杆枪打天下！"王大彪越说越放肆，简直是口无遮拦了，恰恰那"一口"又是洪兆麟出了名的绯闻。说出之后，王大彪才自觉失言，有些悔意。哪知洪兆麟毫不介意，提到那一口时，还两眼放光，呵呵地笑着与王大彪连干了几杯。

王大彪的酒量远不及洪兆麟，此时脸色已由紫转黑，再由黑转白，舌头打卷，说话也吐字不清晰了："洪……洪管带，我……我王大彪这辈子跟定您了，这……这杯我再敬您，我不能再喝了，再喝就醉了……醉了，一醉等会儿什么好事都干……干不成了……"

洪兆麟酒兴正高，一边倒酒一边问道："什么好事干不成？先把酒喝好，满上，我们再喝一壶。"

王大彪呆呆地看着洪兆麟，眼珠子有些呆滞，手有些哆嗦，咧开嘴角笑笑说："等……等会儿还要请您开……开洋荤。"

"洋荤？什么洋荤？"洪兆麟不解地问道。他到底不如整日穿州过港的王大彪见多识广。

王大彪诡异地一笑，把头偏向洪兆麟，凑到他的耳边悄悄说："不是洋酒，不是西餐，是泡洋妞儿，嘻嘻。"

洪兆麟听罢不觉两眼放光，他听说最近惠州城来了几个波斯美女，自己真还没有享用过。

此时，王大彪又醉眼迷离地从怀里掏出一本画册，翻开一页"闹春图"，图中一对赤裸着的异国男女，洋妞儿两手撑住男人的大腿，白腻丰腴的下体正向男人压去……洪兆麟看得血脉偾张，浑身像有虫子在咬，不觉下体一热，喉咙发干地问道："你从哪儿弄来的？"

"香港……洋妞儿的花……花样多。"王大彪一脸陶醉地说着。

洪兆麟对惠州城的风月场所并不陌生，它主要集中在两个地方，一个是城内的下米街，另一个是对岸的水北。从规模上来讲，下米街的青楼远没有水北的卖春女多，这条被称为"水北一条街"的花柳巷，高峰时有数百个妓女，嫖客多是船夫、走脚、小商、小贩，卖春的场所也多是设在江岸的一些简易毡棚和民房，有的甚至设在乌篷船上，流动作业。一到晚上，水北江边灯火阑珊，人影绰绰，浪声笑语，随风飘扬，成了一道令人迷醉的桃色夜景。而水北对岸的下米街，青楼妓馆有灯笼旗幡，有酒肆茶楼，有歌舞琴瑟，有猜拳行令，多是官商富贾的享乐之地，比之水北，自然高档得多。洪兆麟虽然妻妾成群，且与不少大闺女小媳妇有染，但仍是下米街青楼妓馆的常客。他忍不住问道："我怎么没听说过下米街有洋妞儿？"

"刚刚来的，都还没有接过客哩！"王大彪神秘兮兮地答道。

原来水北有个老鸨，曾在广州城的高级妓馆做事，广州最繁华的秦楼楚馆，都在东堤、陈塘等处，什么京华、春艳、绿绮、凤凰台都是远近闻名的高级妓馆，老鸨谙熟胭脂，极会敛财，看准惠州城人来客往、商贸繁华，便带了几个洋妞儿过来试试行情。这个老鸨与王大彪熟悉，他诚心想巴结洪兆麟，又不能把堂堂的洪管带大人带到水北的小船去，便事先花了银两，让老鸨专等他的传唤。

堂倌刚刚收拾完桌子，端上一壶热茶，楼梯就噔噔地响了，老鸨带着两个洋妞儿走到了桌前，王大彪招呼老鸨坐下饮茶，洪兆麟则拿眼在两个洋妞儿身上扫来扫去，接着拉着那位胖洋妞儿的手与她说话。胖洋妞儿不会说中文，除了点头和微笑，就是叽里咕噜地一通乱叫，但面上总是漾起迷人的笑容，深邃的眼中射出一道收魂摄魄的亮光，让洪兆麟很是受用，恨不得立刻拥其入怀，共赴巫山云雨。王大彪很是识相，随即便把洪兆麟与胖洋妞儿安排在里面的房间里。

十二

话分两头，陈纯与林旺、孙稳从香港出来之后，并没一起回惠州。他们在澳头上岸后，就分成了两路，林旺、孙稳一路，陈纯单独一路。陈纯除了会点儿中医跌打，还懂些风水堪舆。他的爷爷曾是风水先生，在东江流域还小有名气，方圆百里，问医求药、阳居阴宅、黄道吉日，多有人求助堪舆。到了陈纯父亲这一代，除了继承了风水玄学，又习武练拳，中医跌打，还有些秘方传世，耳濡目染下，陈纯也略知一二。

陈纯要去稔山寻访一个老友，他头戴一顶凉帽，衣着粗布黑色襟衫，腰系束带，脚着布鞋，背上挂着个长袋子，挂袋里放着几件换洗的衣服，还有一个木托罗盘，腰间的束带内则插着那支毛瑟枪，手里拿着一柄弯钩的黑布雨伞，倒像是一个江湖郎中。

稔山圩街场不是很大，一到圩日，赶圩的人却不少。这天正是圩日，四邻八乡的人络绎而来，挑担的、推独轮车的、走路的，都往集市上赶。陈纯的稔山之行并非想赶集，而是带着邓子瑜的指令去联络当年的会党。那年义军在梁化被包围后，他与邓子瑜边打边往海边撤，最后是在范和村的海湾上船逃出的，但在走之前，他把几十支枪和几箱炸药埋了在邻近稔山圩的雁湖村。雁湖村是个小村子，清一色的高姓，祖宗明末清初从福建迁来。陈纯与一个叫"高佬全"的人曾一起拜林耀桂学过龙形拳，也算是同门师兄，当年的武器就是这位兄弟帮忙埋下的，陈纯还在他家躲了一天，出海的渔船也是他帮忙联系的。陈纯绕道来此，无非两个目的，一是联络故旧勘查船运水路，二是看看能否找到那些埋在地里的枪支弹药。

稔山圩场人流穿梭，人声嘈杂，货物沿着大路摆成了两行长地摊，一边是茶叶、谷物、家禽、木耳、香菇等山货；一边是海带、紫菜、虾干、鱼干等海产品。在圩中心的十字路口处，围了一大圈人，似乎发生了什么事，陈纯挤进了人堆，原来是一个拳师在表演武术和推销跌打药酒。拳师约莫三十岁，头扎布巾，腰束红带，光着膀子，一身的腱子肉凹凸有致，一看就是个习武之人。只见他双手打揖施礼之后，单手抓起一把长凳，一伸一缩用凳角往自己的胸脯撞，"嗨、嗨、嗨"，一下、两下、三下，硬木与肌肉之间反复撞击啪啪有声，直至胸脯由白变红，由红变紫，由紫变黑，再变肿胀，他才放下木板凳，拿起地上摆着的小瓶子，倒出药酒往红肿处一擦一抹，一会儿果然复原如初，这时他才开口说唱：

> 我的祖传跌打药，
> 家家户户用得着。
> 打伤、跌伤、刀伤、枪伤，
> 一涂一抹，不消几天好利索。

耳听为虚，眼见为实，围观的人见此神效，便纷纷掏出铜板，倒也销出不少。陈纯也掏出一个铜板，伸手接药时，与拳师对视一看，此人竟然就是他要找的老朋友——高佬全。

老朋友久别重逢，喝酒叙旧自然不在话下。

第二天一早，高佬全欲找几个族亲一起上山去找埋枪的地方，陈纯说："高大哥，还是我们俩去好，人多眼杂，传出去会给你增添麻烦。"

高佬全自然知道陈纯是替自己考虑，但他还是坚持要带自己的侄子上山，他说："若是找着了，总得有人看管搬运呀，我们俩怎么能行？"

陈纯一听也是，便依了高佬全。上山途中，为了不引起外人的怀疑，高佬全打着布伞，陈纯拿着罗盘，小侄子扛着锄头、拿着镰刀，一路走走停停，这里瞧瞧那里转转，真似是高佬全请来了一个风水大师，要为先人择个吉穴墓地。来到山上，高佬全在一处松树林中来回走动，在极力回忆当年埋枪的地方。那天是夜间，又有清兵围捕，很是仓促，所以记忆也有些模糊，陈纯更是模糊不清。费了一番周折，好不容易才在一棵弯曲的老松树下开挖，高佬全当年在松树上做了记号，但六七年过去了，刻下的印痕早已消失，幸好旁边有一个无碑的坟头，他记得当时埋完之后，还坐在这坟头上抽了一根烟。

"是这里，往这儿挖。"高佬全吩咐侄子。

挖着挖着，"咣！咣！"突然传来锄头与铁器的碰击声，小侄子高兴地说："叔，挖对了，找着了！"

陈纯赶忙上前，俯下身子一看，随即接过锄头，他怕小侄子不知轻重把枪弄坏了，他一边轻轻地钩一边刮土，当看到那堆黑乎乎的枪械时，陈纯高兴得如同挖到了金元宝，他干脆把锄头一丢，用手来拨土。一支、两支……枪全在这儿，但包裹着的油布早已腐烂，枪身也蒙上了一层厚厚的铁锈。陈纯拉了拉枪栓，怎么也拉不动，扣扣扳机，锈屑片片掉落，再用力一扣就断了。陈纯看到尽是一堆破铜锈铁，十分沮丧地摇摇头，不由得叹了一口长气。

高佬全则在一旁惋惜地说："唉，兄弟，都怪我没有及时把枪挖出来藏在家中。"

"高大哥，怎能怪你呢？若不是你，我陈纯今天的骨头都腐烂了，何况是枪。这样看来，当年我们撤退时埋下几百杆枪，都不用找了，找出来也是废铁一堆。"

"兄弟，我记得除了这些枪支，当年还在旁边埋了两箱东西。"

经高佬全一提醒，陈纯也想起来了，好像是两箱炸药。找这两箱东西没费太多时间，不一会儿就挖到了。箱子挖出来后，木头还没完全腐朽，里面的炸药一筒筒的，有的还包有蜡纸，有的已经成了一堆黄白色的粉粒粘在木条上。陈纯看后有些惊喜。他忙弄出一些散药放在地上，掏出随身携带的火柴，擦了一根，火苗与药粉刚一接触，竟嗞嗞地燃烧起来了。

"这药还能用！"陈纯高兴地说道。

高佬全看陈纯一脸兴奋，内心也很高兴，忙蹲下身子慢慢地清理起来。为了避免被人发现，陈纯嘱咐小侄子把土覆上。高佬全去稔山圩买来两个放骨骸的龙埕，陈纯把炸药一根根地放进埕子里，然后盖上黄表纸，压上埕盖，盖上还加了一顶破竹笠，竹笠上又压了块砖头，像极寄穴待葬的先人骨骸。

晚上在高佬全家里，两人又是一夜长谈，高佬全知道陈纯为枪的事焦急，但自己又帮不上忙，一时不知说点儿什么好。但陈纯找高佬全还有件重要的事情要拜托他："高大哥，邓大哥还在香港，如果我们到时从香港来货，你能不能帮我们找几条靠得住的小船，去岛上接货？"

高佬全问："去哪个岛？"

"去哪个岛我说不准，这一带你熟悉，哪一个安全就去哪个岛。"

高佬全想了想："盐洲岛一带都可以，那里有盐场、渔村，运盐打鱼，来来往往的小船小舢板多，一般不太引人注意。"

"清廷的水师巡检司设在平海镇，会不会有巡逻艇穿行拦查？"

"有，但容易躲过，出外海的渔船会查，运盐的船，一般不查，再说，把东西放在盐堆下面，即便是碰到了巡艇，也未必查得出来。"

"那你帮我好好想想，设计出一条最保险的线路来，这件事只有仰仗你了！"陈纯拱手作揖，内心非常感激。

"兄弟是干大事的人，我大事帮不上，这种小事我一定尽心尽力，帮兄弟分忧。"说罢，高佬全找出一张白纸，在上面标明盐洲、平海、稔山的位置。他说，从盐洲到范和，再从范和直抵雁湖，一到雁湖就好办了，这段水路他熟悉，只要躲过稔山圩清兵的耳目，安全即有保障。再说范和，一个村子的人大半数是打鱼晒盐的，几乎家家都有小船。船也好，人也好，只要陈纯要用时，提前告知一声就是。

听了高佬全如此安排，陈纯算是了却一桩心头大事。他原来担心一旦邓子瑜那边能落实到枪械，由于接运不周而前功尽弃。有了高佬全的接应，问题迎刃而解。完成了这件事，他马上要去第二站——潮州，按邓子瑜之前提供的联络方式去见许雪秋。

第二天一早，陈纯向高佬全辞行，临行前，他把一包碎银交给高佬全，要他租船付定，并找机会把两埕炸药送到望江去，联络地址和接头人写在了纸上。高佬全不放心陈纯一人上路，想陪他一起去潮州。

陈纯一拍腰间的枪："有它陪伴，怕甚？"高佬全知道陈纯的拳脚功夫，但还是不放心，又折回屋里，拿出几瓶药酒和几包秘制药贴，并一直把陈纯送至村口，才挥手作别。

陈纯到了潮州，见到了同盟会会党陈涌波，陈涌波说许雪秋根本就没有回来。在陈涌波的陪伴下，陈纯在黄冈转悠了几天，又见到了几个会党骨干，还特地到陈氏宗祠上香拜祖，后与陈涌波一起来到嘉应州，拜会何子渊。

何子渊是兴宁石马人，与陈纯同一年加入同盟会，他是著名的教育家，又是社会活动家，在兴宁、梅县一带创办了许多学校，培养了一大批进步青年。在他的影响下，单是兴、梅两地就发展有百余名同盟会会员，他被公推为嘉应州主盟人，这一年他四十出头，精力旺盛，为了反清大业，四处奔波。当与陈纯他们聊到了惠、潮、嘉举事的筹备细节时，他建议在潮州和与嘉应州之间开辟一个根据地，以防不测之需。

陈纯一听忙问："何大哥，根据地选在哪儿？"

"丰顺八乡山。"

"离这儿远吗？"

"说远不远，说近不近。潮州、嘉应步行至此，日内可达。"

陈纯、陈涌波都没去过八乡山，听说一日可达，便要与何子渊往实地考察，何子渊欣然应诺。何子渊带上一个学生，陈纯还是堪舆先生的打扮，一行四人，走走停停往八乡山走去。

八乡山果然名不虚传，它盘桓百里，山径迂回，峰峦叠嶂，巨石兀立，山上古木森森，山下溪水纵横，走进大山深处十几里地，才见到一个村落，村前横着一条小河，河边坐落农舍人家。陈纯心里想，这真像是个世外桃源，不由得说了句："真是储粮屯兵的好地方啊！"

他们沿小河继续往前走，几个拿枪的乡丁突然跟了上来，一把抓住陈纯喝问道："你刚才说什么？到乡公所说清楚去。"

陈涌波想掏家伙，陈纯对他使了个眼色，却掏出了罗盘。来到乡公所后才知道，原来乡丁听到陈纯的外地口音，立起疑心。见到乡长，何子渊忙向乡长解释："请了大先生，想为先祖择个吉穴，不知小民犯了何事？"

乡长没理会何子渊，他倒背双手，打量了一会儿陈纯问道："哪里来的大先生？"

"在下从惠州府城来。"

乡长盯着陈纯手里的罗盘，又问道："壬山丙向兼亥己？"

"丁亥分金，主丁财两旺。"

"癸山丁向兼丑未？"

"庚子分金。"陈纯答道。

原来这乡长也粗通地理，没问出什么破绽，便说了句："学的也是兴宁罗家。"这才转对何子渊说："上头有文牒，外人进村一律严格盘查，没事了，你们走吧！"

回去的路上，陈纯不解地问："陈兆棠的手够长，难道连嘉应州也与惠州联防联保了？"

何子渊说："你们凡事小心就是了，丰顺、大埔一带的会员我会发动联系！"

临近长乐地界，陈纯与何子渊、陈涌波拱手作别，互道珍重，然后拐道华城，一路寻亲访友，风尘仆仆，将近月底才来到老隆。

龙川是秦汉古县，县城设在佗城。老隆虽不是县治所在，却是东江上游最大的水运码头和货物集散地，这里商贾云集，水陆通衢，北通赣南，西接粤北，东连嘉应各县，沿江南下可直达惠州。

陈纯按邓子瑜那本《惠州府志》中记下的地址，在老隆找到了河唇街上的福建会馆。这个会馆坐东朝西，背靠大街，面朝东江河，一出门就是江边大码头。会馆三进二横，楼上楼下几十间房子，既是商会议事之地，也是各地商贾落脚的客栈，陈纯要找的人正是龙川天地会首领、同盟会会员罗伟万。

对上了暗语，罗伟万很是热情，随即招待陈纯到餐馆吃饭喝酒，饭后，他在福建会馆开了一间客房，窗外就是东江，透过开阔的江面，可以看到对岸错落有致的村落和隐隐的青山。罗伟万比陈纯年纪大，陈纯客气地称他"万哥"。罗伟万安顿好陈纯的住宿，又泡上一壶当地的绿茶，两人这才慢慢地聊起正事来。

"万哥，有一事拜托，邓大哥有封信要我一定亲面交给你。"陈纯说着从内衣口袋掏出一张纸条，双手递了过去。

罗伟万接过一看，只见上面写着各县天地会首领的具体地址，后面还附有四句诗：

我家住在大东江，
门对青山日月长。
兄弟寻祖循江去，
左右三间是祠堂。

陈纯继续说道："这是新的联络暗语，龙川、河源、永安、和平、连平各地的兄弟，就拜托万哥联络转知了。"

"龙川县衙最近也贴出了一张布告，说要马上推行新的什么保甲登记制，还招募壮丁，组建什么棠字军，我虽没去府城，但也似乎闻到了一股火药味。"罗伟万不无担忧地说道。

"对了，说到火药，我还真想万哥帮我想想办法弄点儿来。"

"咦？你怎么知道我可以弄到炸药？你算是找对人了，枪我弄不了，炸药我还真的不缺。"

原来，罗伟万在石头坑开了一个采石场，承接了一段东江堤坝的修筑工程，炸药虽被县府管控得严，但官方水利工程工期紧，罗伟万便有了斡旋的余地。陈纯听罢，满心欢喜，他压根儿不知道罗伟万有此便利，自己只是随便问问，没想到还真是歪打正着，有了意外收获。接着他还说起在稔山把过期的火药当宝贝、假装成骨骸用金埕装着的事。

罗伟万听完不由得哈哈一笑："炸药受潮，又沤放那么多年，即使能引爆，药力也大减了，别要了，我这里方便。"

两人正说着，江边响起了一声长长的汽笛声，只见两艘大船缓缓靠近码头，船停之后，船上走下几个持枪的兵勇。

陈纯和罗伟万都不由得拿眼盯着窗外，罗伟万说："这是官船，运军粮的。"陈纯看着那船，若有所思。

第二天一早，陈纯搭上罗伟万联系的货船返回惠州，罗伟万送他至码头。罗伟万对他说："在此坐船，两天两夜就到了。"陈纯抬起头看看白云悠悠的天空和浩渺的东江，似乎想到了什么，于是对罗伟万说；"我还是第一回坐船游东江哩！沿江两岸，一路风景，这次要大开眼界了。小弟在此再表感谢，万哥保重！"陈纯揖手告别。

"保重！"罗伟万缓缓挥着手，心里甚是不舍。

十三

这一年早春，惠州城显得比以往任何一年都要寒冷，凛冽的江风像刀子般割着行人的脸。天空中飘着毛毛雨，更少见的是，那雨落到地面时，竟然像沙粒般撒落在地上，沙沙作响。人们说，那是冰，细细看，果然是，惠州古城的石板路上多了一层光亮亮的"碎玻璃"，来往行人踩在路上发出"咯咯"的破碎声。路人把街道踩出一条湿漉漉的道路，那没有踩踏到的路边慢慢地结成厚厚的一块玻璃板。

更夫打过三更之后，寒风中的古城更显寂静和寒冷，蜷缩在兴隆号赌馆对面小巷里的几个黑影被冻得瑟瑟发抖。兴隆号赌馆位于兴隆巷的十字街口，这是惠州府城最繁华的地段之一。从兴隆巷往北走是府前街，绕过城隍庙再往北是惠州府衙，往东是提督署，往西是百子巷，紧挨着百子巷是中营驻地。而兴隆号赌馆的门前有条方砖铺筑的大马路，马路不远便是横穿府城的鹅湖，过了鹅湖的小石桥往南走不远就是协镇府了。

上一年的年成不好，春夏时节先是长江发大水，中下游两边的田地颗粒无收，成群结队的灾民流浪讨饭，蜂拥般流入江南各省。惠州城一下子便多出了一支又一支面黄肌瘦、衣衫褴褛的乞讨队伍。接着，东江流域又遇洪灾，洪水冲垮了东江河江堤，把抽穗扬花的水稻田足足淹了半个月，等到洪水退下时，那稻苗子也枯黄了。惠州的老人说，这水灾是百年一遇的大水灾，这冷冻的天气是五十年罕见的霜冻天。

"呸，这鬼天气真是冻死人了，再没人出来，我们干脆撤了。这般待下去，不被饿死，也会冻死在这里！"一个叫王二麻的高个子搓着手哈着气悻悻地说。

刚说完，兴隆号赌馆的大门"吱呀"一声开了，一线灯光从门缝中泻了出来，一个人影从屋子里走了出来。只见那人两手伸进袖管里，对握着抱在胸前，低着头往左侧一条黑咕隆咚的巷子走去。高个子黑影见状，迅疾地从地上抓起一块砖头，招呼了一声："上！"

矮个子一把拉住了他："别急，你看那蔫答答低头走路的样子能是赢家吗？准是输了钱的衰鬼。"说话的矮个子叫陈亚双，七女湖下寮村人。

大家听罢觉得有道理，便又耐心地蹲了下来，眼睛仍然紧紧地盯住兴隆号那扇紧闭的大门。

更楼下的钟声响了四下之后，鸡就开始啼二遍了。开始是附近的一家院子里的公鸡在啼叫，接着，街巷里的鸡全都呼应起来，此起彼伏，跟比赛似的。潜伏在冬夜里的黑影们比谁都清楚，再过一个时辰天就亮了，无论有没有收获，他们必须在天亮前撤出城外，看来整整一夜冒着寒风的守候将无功而返。

恰在这时，兴隆号的大门再一次打开，一个招财进宝的红灯笼伸了出来，照着一个胖墩墩的影子从屋里走出来。只见他打了个长长的哈欠，伸了伸懒腰，再撒了一泡尿，才吹着口哨高兴地拐进左侧的巷子。

"上，这保准是一个赢家。"随着陈亚双的一声招呼，几个黑影拿着砖头、木棍倏地从墙根悄悄地包抄过去。只听见"砰"的一声闷响，胖墩墩的影子软软地倒了下去，几个黑影赶紧扑了上去，搜出银包，迅疾地消失在黑乎乎的百子巷尽头。

天已经大亮了，躺在红木大床上的洪兆麟伸了个懒腰醒了过来，一眼瞥见了仍在酣睡中的小老婆。这是他刚娶过门不久的五姨太，借着窗棂透来的晨光，只见她柳眉横舒，一对细长的柳叶眉下，凤眼微闭，模样娇媚。洪兆麟心底微微一颤，下身一热，浑身涌起了一股难以压抑的冲动。他伸手在五姨太光滑如脂的胴体上，好一番轻轻的抚摸，摸着摸着，便把庞大的身躯压在五姨太身上，木床被颤得"吱吱"作响，他从这种有节奏的声音中得到了一种满足，他喜欢这种声音，那是一种征服和胜利的感觉。

正在洪兆麟享受之时，一阵急促的脚步声和嘈杂声败了他的兴致，只听见门口有人大声说："我有紧急匪情,要面见洪管带!"

"管带还没起床,昨夜去捉拿人犯深夜方归,你晚点儿再来。"这是贴身随从的声音。

马弁虽在门外压低声音与来人说话,洪兆麟却在里头听得一清二楚,作为一名久经沙场的军人,洪兆麟自然知道军令如山。在马弁阻挡来人的时候,洪兆麟在五姨太身上的动作已经慢慢停了下来。马弁话音刚落,洪兆麟已兴趣索然地从五姨太身上爬了起来,快速穿上衣服,趿着拖鞋往门外走去。

才走到门边,又听见门外大声嚷嚷:"请你禀报洪管带!我是兴隆号的老板刘金生。"

洪兆麟听到是刘金生的声音,自知情况紧急。这个刘金生原来是惠城商会的头面人物,在惠州城也算是个屈指可数的大户商家,且多年来与洪兆麟往来甚密,交情甚笃。洪兆麟实在不便把他拒之门外,刚走出卧室,来到客厅,刘金生便火急火燎地推门而进。刘金生也顾不上客套,一股脑儿地把凌晨在兴隆号门口发生的事,一五一十地报告给了洪兆麟。

洪兆麟听着听着,眉头渐皱,钱庄、赌馆发生抢劫的事时有发生,特别是近段时间,更是接二连三地发案,起初是在城郊,归善县城外围,后来连府城也连连发案,但在兴隆号门口打人抢钱的事,还是第一回。兴隆号位居闹市,前面离惠州水师衙部不远,后面离清兵巡逻营房更近,出入兴隆号的都是惠州府的达官贵人、富商巨贾。敢来此处打劫的匪徒,无异于虎口拔牙,这就不得不让洪兆麟有所警觉。

是谁吃了豹子胆,敢把贼手伸进衙门口?洪兆麟久久地思索着。刘金生见洪兆麟沉默不语,忙从衣兜里掏出一包银子放在桌子上,拱手作揖,一脸赔笑道:"管带大人,一早打扰,辛苦您了。堂堂府衙,巡营军威,劫匪简直是胆大妄为、无法无天了!还望管带大人尽快缉拿劫匪,破案后我再重谢大人!"

刘金生很是识相,他每月都会给洪兆麟孝敬银两,这兴隆号简直就是洪兆麟的一棵摇钱树。现今的盗匪也真是狗胆包天,竟敢抢到了府衙管带的楼下,这一抢一闹,顾客们提心吊胆,人心惶惶,谁还敢去兴隆号赌博？赢了钱又如何安全带回家？那不等于是断了他洪兆麟的财路？

　　洪兆麟忙问起兴隆号最近的生意情况，又问有没有可疑的线索可以提供，赌钱的都是些熟客还是陌生人，等等。见刘金生只是一味地摇头，便起身送客："刘老板且先回去，本管带自有部署。"

　　刘金生听洪兆麟如此一说，便识趣地道了一声谢，起身告辞而去。

　　但事与愿违，让洪兆麟措手不及的是，兴隆号赌馆的案子还没破，博罗城又发生了一件洗劫赌场的案子。据目击者称，那晚县城一个最大的赌场里，摆放着十余张八仙桌，四盏大汽灯下，几十个赌徒正在豪赌，嬉笑声、吵闹声、怒骂声响成一片，极像一个赶集的圩场。就在此时，突然从门外闪进七八条汉子，个个戴着黑色毡帽和口罩，手里拿着一个饼干盒似的铁罐子，一下子分散到各张赌桌上，既不说话也不下注，就直挺挺地站着。

　　等看场的保镖警觉过来，来人中的一个领头突然开了腔："大家听着，我们手里的都是炸弹，我们都是来自汉口的灾民，只谋财不害命，筹些盘缠等着回家，识相的把钱放下，不要命的就等死吧！"

　　话未说完，赌徒们早已吓得"哗啦"一声站了起来，争先恐后地往大门外冲。几个看场的保镖操起家伙，正欲上前制服来人，"轰隆"一声巨响，一颗炸弹引爆，汽灯突然熄灭。随着惨叫声和打斗声，赌场乱成了一锅粥。

　　待县令带着府衙捕快赶到现场时，屋内一片狼藉，地板上都是伤者和损毁的家具器皿，劫匪早已逃之夭夭。

　　就在这件事情发生不到半个月，东江河上又发生了一起更大的抢劫案。那天，一艘大船载着满满的一船货物顺江而下，帆船行至水口河段时，从房村和水口两岸突然驶出十几艘打鱼船，他们把帆船团团围住，声言打劫，满满一船大米被抢劫一空。如果遭劫的是一条普通商船还好办些，偏偏是都司德军派往东江上游调运军粮的官船。这起劫案很快便惊动了广东的都司提督，德军一再来电限令惠州沈传义、陈兆棠从速破案。

十四

　　一案连着一案，陈兆棠急召洪兆麟来府，决心查个水落石出。

　　洪兆麟急匆匆地赶到惠州府衙，刚刚坐下，陈兆棠劈头就问案情的进展情况。洪兆麟不敢怠慢，在知府衙内议事厅里，一五一十地向陈兆棠汇报案情："经属下初步侦探，军粮很有可能藏在水口、横沥一带，也有可能分存在七女湖的房村、黄埔一带。本部曾组织兵丁前去查抄，那些刁民竟手持锄头扁担，摩拳擦掌，声言护村，至今没有搜到赃物。"

　　陈兆棠将着胡子，静静地听着，突然问了句："你们没带枪吗？"

　　"带了，但对方人多势众，刁民会武功，龙形拳、李家拳都会，我们吃过亏。"

　　"龙形拳是怎么回事？李家拳又是什么东西？"陈兆棠又问了句。

　　"就是流行在东江流域的一种武术拳种。博罗、归善人素有年节舞龙舞狮之习，故习武之人特别普遍，上至七十老翁，下至十岁顽童，皆喜习拳弄棒。"洪兆麟答道。

　　陈兆棠拿起桌上的白金水烟壶，点上烟吸了口，又吐了出来，他对着烟雾漫不经心地说道："我就不相信，你的洋枪洋弹对付不了东江的花拳绣腿。我倒想亲自领教领教。"

　　洪兆麟一听，自知陈兆棠对自己刚才的解说有些不太满意，他为了博得陈兆棠的欢心，是有些夸张地说贼匪如何身轻脚快、身怀绝技、武功过人，他的士兵如何勇敢无畏、临危不惧的，没想到适得其反，只好接着话茬说："陈大人来惠时间不长，不是属下我故意夸大匪情，您可下去考察一番，归善、博罗、河源、永安所到之处，拳馆武馆随处可见，由来已久。单七女湖一带就有拳馆十余间，河南岸也有近十家，龙形拳、李家拳皆出自这几个地方。比武打擂、斗殴逞勇、宗族械斗从没间断，惠州府民风强悍，贼匪成患，已扬名海外。"

待洪兆麟把话说完之后，陈兆棠霍地从座椅上站了起来，恶狠狠地说："既然惠州府贼匪横行，刁民当道，不施以重典何能治乱？你就给我狠狠地抓、狠狠地杀！抓一个杀一个，抓一批杀一批！出贼匪的拳馆、武馆，全部查封！"

"龙形拳的传承人叫林耀桂，出生于武术世家，家住七女湖埔头村。林家人把这拳法传遍了东江流域，到处都有他们的徒弟，林耀桂还被称为'东江大老虎'。"洪兆麟再加了一句。

陈兆棠把水烟壶往桌上一拍，吼了声："管他东江什么虎，我陈兆棠就是武松，谁与清府作对，谁就是死路一条！"

说起陈兆棠，还有个"陈屠帅"的外号，这个民间的称谓，始因他在崇庆州任上杀人如麻。崇州古称蜀州，位于四川岷江中上游，境内的青城山脉延绵数百里，山上峰峦起伏，沟壑纵横，树高林密，人烟稀少，多年都是贼匪流寇的集聚之地，官府曾多次组织兵力大规模围剿，官军一围，贼匪进山，官军一撤，又倾巢而出，烧杀抢掠，扰乱地方。1899年，成都知府刘心源看中了办事干练的陈兆棠，便把他调到匪患严重的崇庆州。刚满四十的陈兆棠血气方刚、精力旺盛，一到崇庆州即整顿保甲，厘清户口，选拔身手敏捷的兵丁组成捕快，一有匪情，立即带兵围山搜捕，凡是山贼躲藏过的地方，所见山寨一概烧毁，所见男丁一律斩杀，在鸡冠山屠村时，创下一日诛人三百的骇世"屠绩"，村中不分男女老幼，皆死于屠帅刀下。陈兆棠除滥杀无辜之外，还采用"重典用刑"，他创新古代棍刑，就地取材，用当地毛竹取三尺左右，削尖一头，经文火烧烤后比木头硬，比钢刀软，用刑时从人犯肛门捅入直抵喉管，血水从五孔喷出，让人犯在疼痛的折磨中慢慢死去。一旦抓住贼匪，管他是大贼还是小偷，陈兆堂亲自示范剜眼酷刑。行刑时他一手托着铁盆，一手拿根竹签，来到五花大绑的人犯面前，审视一番之后，突然一签往眼角插去，一撬一挖，眼珠"砰"的一声掉落盆中，人犯的头颅上只剩下两孔血糊糊的黑洞。落在铁盆上的眼珠子，圆碌碌、黏糊糊的，极像剥了壳的龙眼肉，闪着莹莹绿光，陈兆棠再用竹签挑起，强令同犯一个个吞下去。陈兆棠就靠这样以暴治乱，大开杀戒，不久就镇住了崇庆州的匪患，大得刘心源、岑春煊赏识，也赢得了"屠帅"的鼎鼎大名。庚子国乱之后，成为慈禧太后红人的岑春煊，晋升为两广总督，岑春煊即奏请准其带陈兆棠入粤，统领武匡军整治广西。

当时广西全省饥旱，盗贼四起，大宗的屠城掠野，小宗的杀人劫财，百姓怨声载道，富绅频频上奏请愿，要求官府整治地方秩序。岑春煊授权陈兆棠，招募桂阳新兵一千五百人，组成两广棠字军。陈兆棠夜以继日训练新兵，两个月后立即投入战斗，棠字军转战广西全省，短短两年，历经大小剿匪七十余次，杀人成千上万。至1905年，广西匪患基本肃清，"屠帅"的外号更是如雷贯耳。陈兆棠来到惠州不久，使出了浑身解数，他不但把在四川崇庆州、广西棠字军的清乡经验悉数用上，还根据惠州的情况，采取了许多暴力血腥的统治手段，斩杀了一批批盗贼劫匪，使许多罪不至死的无辜百姓含冤九泉。纵使这般，惠州府的治安依然不见好转，除了府城和归善两地，匪患有所收敛外，博罗、永安、龙川、长乐等县，匪情还日益严重起来。

其实对付一般的山贼海匪，陈兆棠的"铁腕治乱"足以短期奏效，令陈兆棠最为头疼的还是惠州会党。同盟会会党并非为了解决温饱，而是冲着官府而来，冲着大清江山而来。这种乱源既是惠州匪情的最大特点，也是他在四川、广西都无碰到的。陈兆棠为了从根本上扭转辖地的治安问题，决心从抑制会党的活动、捕杀革命党人入手，为了推动他的施政大计，他把各县的县令、辖地的驻军头领，都召集到了府衙开会商议，要他们坚决推行乡、屯、保、甲联防制度。开会前，陈兆棠为了让大家足够重视，特地把岑春煊对他讲的一段话，在此重述了一遍。他说北京皇宫里有个勤政轩，那是皇帝上朝时，百官必经的地方，轩内四壁挂满了地图，全中国两千多个县域都在上面，两千多个县令的名字也一并附上，别以为山高皇帝远，全国各县的匪情、灾情、税赋、人口全有登记，皇帝及当朝京官，每日举目可及，如在哪个县出现暴乱，该县的版图上便会挂上个黑牌子，县令名字则挂黄牌子。三洲田的暴乱已经过去六年多，惠州府的那块黑牌子，至今没有摘下。至于驻军的协统、总兵以上的武官，除了勤政轩有，兵部衙门墙上、军机大臣手上的值房里，亦有一样的记录显示。

陈兆棠的这一转述，大家听后自感新鲜，当然也是一种震慑，他们心里想，惠州府虽偏于岭南一隅，却并非山高皇帝远，皇帝和京官每天都在盯着他们的一举一动。县令们谁也不想在辖地被挂上黑牌子，名字挂上黄牌，但大家心里清楚，这个乡、屯、保、甲联防制，不是陈兆棠在四川时的首创，只是他根据地方实际，增加了许多内容，而今新定的惠州乡、屯、保、甲联防法，无非是把十户人编为一甲，百户人家编为一保，千户人家编为一屯或一乡，公推保甲长；一户有事，一甲负连带责任；一甲有事，一保负连带责任；保甲之间相互监督、相互制约，但要统计这乡中、保中、甲中有多少天地会、三点会、三刀会、三合会会员，谁能搞得清楚？一旦有事，一级抓一级，抓到底后，有了事情最后还不是县令担责——因为勤政轩的墙不上保甲长的名字。

乡、屯、保、甲的建制看似是一个行之有效的监管模式，但在惠州府实施起来却举步维艰，县令们大都有抵触情绪，会上一时众说纷纭，各诉其难。

归善县令说："归善辖地广大，江河湖海都有，其他不说，单说这水上人家，一家一条小船，长期漂泊在水中，无固定居所，该归哪一屯哪一保管辖？"

博罗县令说："大村大乡自然容易做到，但南昆山、罗浮山、象头山绵延数百里，有的山窝里只有一户人家，不是山农就是猎户，又该归属何甲何保？"

长乐县令说："我们那里人多地少，农民粮赋又重，常是割脱禾头没米吃，有两个乡乞讨成风，除了不能走动的老幼，一到饥荒，青壮年外出打工，妇孺结伴行乞，一年见不到几回，今别说保甲连坐，连保甲长都找不到人来当。"

扯到府城治安时，带兵的又各执一词，一说分江而治，一说分城包干，此时有个管带插话说："在府县两城设置哨卡，一见外地口音的人即可搜查盘问。"

洪兆麟听罢霍地站了起来，没好气地反驳道："惠州府县讲客家话、讲学佬话（福佬话）、讲白话都有，有的三种语言都会，水东码头天天人来客往，南腔北调，谁是外地口音？你抓谁？哪一个额头上刻有党字？又哪一个刻有贼字？"那管带被洪兆麟一顿抢白，正欲辩解，一时又不知从何说起。

陈兆棠看大家吵成一锅粥，赶忙开腔制止："无论是棠字军还是保甲法，我们首先针对会党，次对海匪山贼，因为会党是狼，山贼是蛇，你们打过狼吗？狼是铜头麻秆腰，若是用力砸在狼腰上，准能让它倒地不起。蛇呢？当然是打七寸了！我们现今须从惠城劫案入手，洪管带要从速破案，斩杀匪首，震慑乱党，一切问题就迎刃而解了。"

洪兆麟虽早前对陈兆棠的保甲联防也感到痛快，但真正操作起来，却发现阻力颇多。一段时间来，洪兆麟的巡防营就像是陈兆棠的一支机动救火队，哪里有险灾就扑向哪里，整天带着那些清兵东奔西窜，无功而返，扑空多了，巡防营也自然生出厌烦的情绪。洪兆麟于是采取拖延策略，表面上四处出击，心底下实在不想疲于奔命。

洪兆麟今听陈兆棠如此指示，从惠城劫案打破缺口，命他从速破案。一下子把千斤担子推到他身上，刚刚轻松起来的心情，又被陈兆棠重重地压了下去。洪兆麟虽一脸无奈，但又不敢当面争辩，只在心里嘀咕：治安本来是地方上的事，清兵管带是协助维护辖地治安，抓匪剿匪本该是县衙捕快的事，退一万步讲，就是勤政轩挂上黑牌子、黄牌子，也挂不上他洪兆麟的名字。

宦海沉浮多年的陈兆棠，哪会看不出洪兆麟的此番心事，他觉得在东江地区，必须把广西的经验带过来，尽快组建一支由他亲率的东江棠字军，才能彻底整治乱党四起的惠州辖地。但目前情况紧急，他抽不开身来招收新兵，训练乡勇，只能依靠洪兆麟。谁都知道，这个洪兆麟一贪财，二贪色，三才是喜欢打杀。洪兆麟带兵打仗、抓人捕人的本事在惠州府的军营里，也算得上是一把好手。他该用什么办法来降服这个洪兆麟，让他死心塌地地为己所用，更好地推行自己的铁腕治乱手段？又该用什么办法来冲破阻力，全面实施推行保甲联防法？此时，他陷入了苦苦的思索之中。

十五

陈兆棠暗自思忖，对付洪兆麟这种人，硬的不行，软的也不行，必须恩威并用、软硬兼施。既然你洪兆麟觉得抓贼剿匪不是你的分内职责，那我就让你知道什么是你的分内事。想到这里，陈兆棠即吩咐听差传洪兆麟到府议事。

听差刚出门，知府沈传义急匆匆走了进来。一进门就把一份总督府的电报递了过来，内容还是关于限期破获军粮劫案的。沈传义非行伍出身，为官处世，少了一些霸气和果敢，多了一些小心与拘谨，在陈兆棠没来惠之前，因为他任内治理不力，曾被总督多次责成，自己也自知政绩平平，便主动上书辞呈，但没如愿。按常例，他与陈兆棠一为知府，一为总兵，军政各负其责。但自陈兆棠来惠之后，沈传义便懒于主政，甚至于习惯了依附和听命于陈兆棠。

"这如何是好、如何是好啊？"沈传义掏出汗巾，擦了擦额头的汗，两手一摊，一脸愁容，不待陈兆棠说话，又不着边际地说道："前年就有风水大师对我说，若惠州府门再不移位改向，必将是兵灾匪患不断，州官不得安宁，果然被一一言中。"

"你是说府衙风水不好？"陈兆棠看了看沈传义，诧异地问道。

"不能不信啊。不单我信，两广总督、京师大臣都信呀。惠州府衙位于桉山，有二岭二山二江簇拥，四门拱卫，自隋朝建府一千四百年来，从未移位。但风水先生说，自下角的龙脉被挖断之后，风水过峡，风光不再！"

"那你的意思是？"陈兆棠不解地续了句。

沈传义马上来了精神，滔滔不绝地说起来："立即出示文告，严禁村民在元妙观后山一带挖塘种菜，违者一律严惩不贷。同时，把府衙大门向南偏东改向，使中营守府、提督署与府衙形成三足鼎立之势，相互拱卫，则大吉大利！……"

还没待沈传义说完，陈兆棠便打断了他："你说广州总督府风水好不好？"

沈传义一听，拍了一个响亮的巴掌说道："好呀！那可是曾国藩大人任总督之时，请湘楚大师选定的好地方。"

"既然风水好，怎么建好没几年，却让洋人的炮弹炸成了废墟，取而代之的是洋人的圣心大教堂？"陈兆棠一脸揶揄地问道。

沈传义一时不知如何作答，许久才辩驳道："即使这样，后来的总督府仍在教堂一侧重建，不肯迁移。"

"但总督府重建之后，革命党人却把地道打到了德寿大人的床底下，一颗炸弹把他从床上掀翻在地，这又做何解释？"

"即便如此，德寿大人也仅是有惊无险，大难不死，如若不是神灵护佑，也许他就……"

"也许他早就做了漕运总督了？"陈兆棠看着沈传义坚持辩驳的样子，眼里充满讥诮地回了句。对从尸山血海走出来的陈兆棠而言，所谓的风水之说，全是一派胡言，他只信自己，信枪信刀，从不信天。

沈传义被这一问，再也答不出话来，陈兆棠却感慨起来："可悲呀！老祖宗发明的火药，我们制成庆典的烟花爆竹，洋人却制成了炮弹；老祖宗发明的罗盘，我们用来勘测风水，洋人却当作指南针。当我们沉迷在阳居阴宅、风水宝地的时候，洋人却用指南针，精准地引领着坚船利炮，打到了我们的家门口。"陈兆棠说完此话，不由得长叹了一声，他似在对沈传义说，又似在自言自语。

一时间，府衙的大厅里寂静无声，只有座钟的钟摆在左右晃动，"嘀嗒、嘀嗒"，证明时间仍在流转。恰在此时，洪兆麟被听差领了进来，打破了这难堪的寂静。洪兆麟一脚踏进厅堂，看到知府沈传义也在，赶忙上前施礼后说道："两位大人谈事，卑职先回避。"

"不用、不用，我们已经说完了，你就留下吧！即便有事，洪管带也不是外人，无须回避。"沈传义可算逮住机会脱身了，连忙抬手示意洪兆麟留下，旋即转身向陈兆棠揖手告辞，急匆匆地退出了大厅。

这几天，陈兆棠为降住洪兆麟这匹烈马，可谓是费了点心思，那天议会上洪兆麟多少露出了些抵触情绪，洪兆麟总认为抓贼剿匪是地方上的事，他没有认识到严防会匪暴乱正是驻军的首要职责，盗偷与暴乱，看似是两码子事，实际上可是孪生兄弟，他如今只有把治安与会党的关系扯得越紧，洪兆麟才越能感到身上的紧箍咒。沈传义一走，陈兆棠便不紧不慢地对洪兆麟说："洪管带，惠州近日发生的许多劫案，我估计八成与同盟会有关。"

"与同盟会有关？何以见得？"一头雾水的洪兆麟不解地问道。

陈兆棠说到这里，故意停顿了一下，他瞟了洪兆麟一眼，继续说道："都司德军德大人又传来密件，说孙文一伙雇凶在港暗杀了清廷密探多名。今虽不敢在香港公开活动，但已把一批乱党头目分派各地进行秘密活动。那些都是参加三洲田暴乱的亡命之徒，你看看这串名单，谁知道他们潜回了惠州，还是去了别地。"陈兆棠说完把一张纸条递给洪兆麟。

洪兆麟接过一看，只见上面罗列了一长串名字：许雪秋、邓子瑜、黄耀庭、余绍卿、陈纯、罗仲霍、林旺、孙稳……洪兆麟看到这些大都熟悉的名字，想起了三洲田的大暴动，额上慢慢渗出了豆大的汗珠。

"洪管带，你太过轻敌，也太小看邓子瑜、陈纯他们了，王大彪的斩首行动，无异于拿着白银去香港打水漂。"陈兆棠继续加压。

经陈兆棠这么一说，洪兆麟突然想起罗阳赌馆的炸弹，只有革命党人才会自制使用炸弹，如果是对付几个小偷小摸、海盗、山贼、土匪，当然不足以使洪兆麟束手无策，假若惠州近期发生的这一系列案子都与同盟会的人有关，那问题的确是非常严重，出了乱子，谁也脱不了干系。

"您是怀疑这几起案子都与会党有关？"

"明摆着的事，抢钱、抢粮，有组织、有预谋，还有炸弹，你想想，一般的盗贼有如此胆量吗？"陈兆棠拿眼盯住洪兆麟，一字一顿地问道。

洪兆麟没吱声，沉思了好一会儿，才问道："若真是如此，那属下接下来该如何应对？"洪兆麟已经感到事态的严重和肩上的压力了。

陈兆棠说道："依我看，应立即向水师、陆军提督汇报，封锁海关、海路，严密检查进出人员，加强水、陆交通巡逻，公榜悬赏捉拿邓子瑜、陈纯、林旺、孙稳等会党要犯，安排密探分布在码头、客栈加紧巡查，挖出三洲田暴乱时的漏网分子。"陈兆棠一口气把他多日想好的计划全部说完。

"是，属下马上按总兵大人的部署去行动。同盟会就是会利用民间的帮会力量。当年郑士良就是归善的帮会首领，一下子就成为孙文的头号打手，也成为东江乱党的祸源。"洪兆麟愤愤说道。

陈兆棠听完颔首，微微一笑，轻咳一声道："好吧，既然洪管带明察祸源，那就知道如何行动了！掌握了动向就要争取主动，古人云：未雨绸缪！会党一旦聚众暴乱，必将惊动朝廷，往轻里说是玩忽职守，判个革职流放，往重里讲，可是要开刀问斩、株连九族的！"

陈兆棠的这一番连唬带吓的话，让洪兆麟听后极不舒服，他心里想：我小小的一个管带，即便是再次发生庚子之乱，革职查办，开刀问斩，也该先拿你陈兆棠和沈传义开刀，怎么突然把千斤担子推到我身上？

陈兆棠似乎看出了洪兆麟的小九九，随即语气一转说道："广西当年匪患不比惠州'逊色'，驻军虽多，但剿匪不力，本官略一查究，发现绿营积弊太多，比如，有一巡防营，编员五百人，却不足两百士兵，且有老烟枪数十杆，哨长以上官佐，皆是妻妾成群，那带兵的管带就靠领空额薪饷养活成群妻妾，这哪里像是兵营，简直是匪窝！"

陈兆棠说到妻妾成群时，故意加重了语气，接着又停顿了下，拿眼盯着洪兆麟。洪兆麟越听越像是在说自己，难道他抓住了自己的什么把柄？想到这，洪兆麟不知不觉通体透汗。

陈兆棠见洪兆麟静静地听着，便提高声调，越说越是愤慨："如靠这等兵卒剿匪打仗，胜败可想而知，故我当年在广西任职时，便撤换了几个管带，并向总督岑大人建议新招兵勇———不能抽大烟，二不能没胆量，三不能没拳脚功夫。岑总督采纳了我的建议，棠字军建成之后，果然不负厚望，很快便剿灭山贼，消除匪患。我看今日惠州之匪情，必须从速建立一支这样的队伍，此事迫在眉睫，刻不容缓。"

洪兆麟听到这里，越发心神不宁，难道总兵要……

却没想到，陈兆棠换了种口气继续说："此段时期，我要你除了侦案缉匪之外，务必按这三条标准，协助招募乡勇五百人，加以训练，并尽快投入使用，到时一定对你委以重任，由你统领，尽快根治惠府多年匪患。"

洪兆麟听到这里，如释重负，转忧为喜。

陈兆棠继续说道："我从库银中拨二百两银子给你，拟做训练经费。这笔银子本是赈灾款，但如今匪患日重，只能先斩后奏先挪用，你务必专款专用，把此事办好！"

陈兆棠为了降住洪兆麟，打、拉、骂、吓、哄、诱多管齐下，洪兆麟这匹脱缰的野马，果然开始驯服起来。洪兆麟自觉有某种把柄被陈兆棠抓在手中，又不说穿，让他无以辩白。但陈兆棠同时又给点儿甜头，不失信任，云里雾里，似有似无，深不见底。于是他干脆来个顺水推舟，拍着胸脯说："属下今得总兵大人委以重任，给钱、给人，于公于私属下都当尽忠职守，以报大人重用之恩！"洪兆麟说完此话，胆子也大了起来，他向陈兆棠提出一个要求：把王大彪提为哨长，协助他侦破案件和招募乡勇。

陈兆棠听后问了句："他行吗？香港之行花了一大笔银子，别说抓捕邓子瑜、陈纯，就是耗子也没抓一只回来！"

"事出有因，他的确已尽力了，请大人再给他一个机会，他能办成一些事的。"洪兆麟一边极力举荐，一边继续对陈兆棠细说缘由。王大彪是本地人，熟悉社情，惠州话、客家话、潮汕话都会讲，早年入过帮会，练过拳脚，交际广、胆子大，通过他可以发展一些眼线潜伏，侦察会党、贼匪行踪，掌握敌情，他现在很需要有一个这样的人当助手。陈兆棠听罢仍未点头答应，洪兆麟见状赶忙接着说道："陈总兵不是说会党就是狼，铁头麻秆腰，我找不到麻秆腰的穴位，纵有天大的力气也无从下手啊！"陈兆棠想想也是个理，看洪兆麟如此迫切，也不再说什么，点了点头算是答应了他的要求。

洪兆麟从总兵府衙出来后，立即把王大彪招来，他把陈兆棠对他说的话换成自己的口气，对王大彪复述了一遍。接着他又与王大彪仔细地分析了一通："惠州的乱源无非有三——鸡鸣狗盗的山贼，打家劫舍的土匪，有同盟会背景的会党。山贼抢钱财，土匪除了钱财还要人命，而会党除了钱财，还要惠州府的官员首级和大清的江山。就是邓子瑜和陈纯这第三种人，最难对付。"王大彪心里清楚，不管是治乱抓贼，还是捉拿会党，防止暴乱，无非是从人、枪、物这几个地方把住关卡，第二步就是隔断他们的联系，摸清他们的规律，打乱他们的计划。他如今已确切地知晓邓子瑜手下的铁杆人物就是陈纯，陈纯的左右手便是林旺、孙稳和陈亚双，即便是抓不住陈纯，只要隔断他们的联系，斩断他的左膀右臂，他邓子瑜一个人，纵有天大的本事，也掀不起大浪。至于如何来切断他们之间的联系、斩断陈纯的左右手呢？这倒是让王大彪费了不少心思，琢磨了好些时日。

王大彪被洪兆麟委以重任，提为哨长。虽然带兵不多，却依仗着陈兆棠的红人——洪兆麟这座靠山，立刻混得风生水起。无论是筹建棠字军，还是推行新的乡村保甲制，都是陈兆棠苦心孤诣的惠州新政，这是惠州府大小衙门心知肚明的事，有了这柄"尚方宝剑"，王大彪穿乡过堡，无所顾忌，所以行动起来省了不少麻烦，另外在调查惠州劫案的侦破上，也渐有起色。

十六

那本从香港东江客栈搜来的《堪舆全书》，一直在王大彪手里，有些地方已被他翻动多次，也做了记号。他当然无意去从事风水玄学，只是想从这些看似不搭界的字里行间，看出一丝会党的活动端倪来。比如"惠城银岗岭邓氏祖屋，西门卯向，大吉""望江茶亭，乾山，兼亥，吉穴""仍图北铁山，坟向朝江，吉穴"这几则，他就不止一次地反复研究，而且还到实地去走访查看。银岗岭在宋代有最大的铸钱工厂，继苏东坡之后，朝廷高官唐庚又曾贬谪到惠，在此居住数年。唐庚，字子西，有"小东坡"之称，后人为了纪念他，便把此地改称为"子西岭"。若说此地有什么不同，难道这地下还有成批古钱埋着，或者深藏其他贵重文物尚未出土？邓氏祖屋并非邓氏在惠州落担的祠堂，邓氏居惠定居也不过三百年，这幢青砖房子是邓珍的爷爷辈从一杨姓人家那里买过来的，邓氏在此只不过三四代人，从商从政并无显赫，倒是人丁不弱，分房开枝繁衍有数十人众。还有这个望江茶亭，这是个驿道风雨亭，古时就有的，既不能做屋场，更不可做墓穴，大吉是什么意思？至于"仍北铁山，坟向朝江"，指的是仍图仍北村的那座铁矿山，还是别处同名的地方？他一时想不清楚。再则就是"苗屋坐东朝西，湖水绕门，右江顺流，吉水"，说的是苗氏祖屋还是另有所指？这苗氏一族早在明朝就以军门守边迁居惠城，到了清初仍有后人从军兵差，到清末时大都退役转行，不是兴办学堂，就是开店经商。《堪舆全书》像是一部天书，书中的这些特别标记让王大彪似乎感觉到玄机特多，每一处都隐隐与会党有着某种剪不断理还乱的关系。

　　王大彪几次想把自己的猜疑细细向洪兆麟报告，但又苦于无真凭实据，仅是他的猜测而已，话到嘴边又咽了回去，但他还是多了个心眼，悄悄地在这几处安排了眼线，他断定里边一定深藏着某种秘密，特别是邓氏粮店和邓珍的举动。

王大彪来到洪府，洪兆麟即开门见山地问道："大彪，粮船劫案进展如何了？这可是上头督办的大案，提督德大人更是一日一问。"

"洪大人，东江粮船不消说是会党所为，别说是一般山贼，毛汉生亦无此胆量。"王大彪非常肯定地说。

"有何证据？"洪兆麟问道。

王大彪接着把他带兵在案发现场侦查的情况详细地说了一遍："据查证，粮船一过横沥河段，即从横沥和仍图的江边开出许多小渔船尾随而下。一到七女湖河段，突然从七女湖古仙村、房村、夏村堤边的竹林处冒出许多大小船只，而水口、龙津那边又有许多小船开来，把粮船里三层外三层地团团围住，声言打劫，几百担大米不消两个钟头就被搬运一光，这批粮食除了分送一些给两岸的灾民船工，大部分很快就被疏散藏匿到了江边的隐蔽处。"

"搜到赃物和人犯了吗？"

"粮食大部分已被匪党转移藏匿，今搜到了一小部分，抓到的都是那些参与挑脚搬运的附近村民。"

洪兆麟听罢稍感安心，这总算对上头有个交代了。

"这艘东航003号船，其实这船也不……"王大彪话没说完，突然打住。

洪兆麟抬头瞪着王大彪："为何吞吞吐吐？有话快讲！"王大彪这才鼓起勇气说出详情。

"其实这粮船不是官船，也无兵丁押运，据说是德军的一个亲戚运载私盐去老隆，顺路载粮米返淡水被劫，虽没兵丁押运，但在船上挂了提督司的旗子，劫匪显然掌握了粮船的内情。"

"你是怎么知道的？"

"我询问了两个船工，在香港又获知秦林他们经常走私紧俏物品，甚至还有烟土运到淡水，就是通过东航003号船运至老隆牟利。"

"那罗阳炸弹的情况呢？"洪兆麟问起了另一个案子。

"罗阳的爆炸抢劫案，不敢肯定是会党所为，但使用的炸弹我敢断定来自会党，而且是出自夏村。"

"夏村？"

"对，那天我们在夏村的江边拦住了一条形迹可疑的小木船，上去一看，船舱内全是酒瓶子和铁皮盒子，里面填满了炸药，只剩没插进雷管和导火索了。船主一老一少，老的五十来岁，年轻的二十来岁，均称是夏村人，常年在江上打鱼，问他们做那么多药瓶子干吗用时，均说炸鱼。"

"炸鱼？炸弹可以炸鱼？"洪兆麟觉得新奇又甚感疑惑。

"可以炸鱼，我以前也在东江河炸过，他以为我不懂，为了让我相信，他们还特地在河湾找了一个深潭，丢下两个药瓶，'轰轰'两声巨响，果然翻起了几条吓破胆的鱼。但令我怀疑的是，炸鱼不用下那么大药量，且不说玻璃瓶子，那方形铁盒子里的药量，足够把一幢房子掀翻。我再仔细地检查，铁盒子里的炸药中，还夹杂着钢珠碎铁和玻璃碎片，这分明是炸弹啊，炸鱼掺这些东西干吗？"见洪兆麟没说话，王大彪继续说道，"罗阳的赌馆爆炸抢劫案，用的就是这种炸弹，用锡盒填满炸药，药里埋下铁砂和玻璃碎片等物，一经引爆，杀伤面积极大，中弹的人不是让炸药炸伤，大多是被铁砂和玻璃碎块射伤。据在现场捡起的铁砂碎片分析，与早些年三洲田乱党自制的炸弹完全是一个模样，与夏村查抄的也是一个模样。"

"那两个制炸弹的人抓到了吗？"洪兆麟赶紧问了句。

"跳江跑了。"王大彪懊恼极了。

"惠城赌馆的劫案呢？"洪兆麟接着问。

"拍砖党所为。我走访了兴隆号赌馆，也问了被抢劫的赌徒，都说是刚出了赌馆，在那黑灯瞎火的街角处，给人用砖头拍昏的。我仔细查看伤者，那砖头拍砸的地方极有讲究，都是在后脑袋的一个穴位上重重一击，人就轰然倒地，昏死过去之后要一两个时辰才能醒来，但又不流血污，因为那方砖用厚厚的棉布包着，这样既能致人昏厥，又不会弄出人命，且砸击的声音极低，只是一声闷响。"

对于惠城拍砖党，洪兆麟早有所闻，传说拍砖党身手敏捷，训练有素，下手极准极狠，行动不带凶器，就地取材，极为方便，一般能躲过检查，也极易得手。据说曾有一伙盗贼，专门训练这些抢劫分子，这些人大都练过龙形拳，那龙形拳攻击性极强，万一让人发现围追，三两个捕快都不是盗贼的对手。

洪兆麟听了王大彪的案情汇报，顺着原来的话题，问王大彪下来打算如何行动。王大彪便把他的行动计划仔仔细细地道来：第一，在淡水、七女湖、罗阳、公庄、梁化布置眼线，在东江沿线各大码头建立兵站，一经发现可疑人员和船只，即刻派兵查检，客栈住客须登记造册备查，乡村过往人员留宿当地须报地保查验；第二，铁匠铺除锻造锄头镰刀之外，大刀、长矛超过五件者须报备；第三，各地的拳馆、狮馆如不是同宗同族的，练拳习武者，必须向地保查验报备；第四，大户人家的护院兵丁枪械重新造册登记，炸药、火药严控严管；第五，给他这个哨长一张特别官符，一经发现可疑的人或事可直接奉命查抄，抓捕或就地正法；第六，拨二十支无烟手枪和银两若干，组成一支特别侦缉队，王大彪自己担任队长，听差于洪兆麟的直接调遣指挥。

洪兆麟听着听着，眉头由舒展开始慢慢聚拢。这个王大彪也不是一盏省油的灯，刚给他一点儿权力，便急速膨胀，鬼点子倒还不少，依他的这几条措施，案子在近期会有所突破。可这又是要钱、要人、要枪、要权，一点儿也不含糊。这些要求都不是自己所能办到的，但考虑到案情紧急，上头更是一日三催，自己又心烦体虚，没有王大彪来使唤，还可以指望谁代自己冲锋陷阵？于是只好硬着头皮，勉强点头答应下来。

王大彪离开洪家府邸后，立即派出密探、捕快到各个现场侦查，查阅案卷，走访事主。为了破案交差，出动了许多人马，到处设伏，还埋下眼线。最后好不容易在罗阳、小金口、七女湖、水口抓到了几个无业游民，刑讯逼供，那些小偷小摸的人痛哭流涕，大喊冤枉，说是压根儿没有参加这几起重大的抢劫案，不是摘了人家几根黄瓜、几把青菜，就是牵了邻居的一头小猪、一只小狗。王大彪不管三七二十一，只遵照洪兆麟的旨意，执行陈兆棠"重典治乱"的新法，一律加了重刑，用大木笼囚禁放置街头示众，布告上的罪状却是抢劫广东水师粮船，打劫烟馆钱庄，私制炸弹，图谋不轨，等等。几天之后，通通把他们斩杀在石矶头。有一个望江村民仅因偷偷地宰杀了老父亲的一只老母鸡，也成了王大彪刀下的冤死鬼。待他的老父亲跌跌撞撞带来赎金，哭诉儿子犯事经过时，独子早已身首异处，老人家交了银两，领回的只是一张草席裹着的尸体和沾满沙粒的头颅，那惨状令许多路人垂泪叹息。

十七

  这一天，王大彪派出的密探，又抓到了一个中年汉子，中年汉子被五花大绑，一脸血污，衣衫也多处撕破，看得出是在抓捕时经过了一番激烈的搏斗。洪兆麟从疑犯脸上透出的从容和淡定，断定此人大有来头，便喝令带人犯上来，他要亲自开堂审问。

  "哪里人氏，姓甚名谁？"洪兆麟把惊堂木在桌子上猛地一拍，高声地吼道。

  "夏村人氏，姓王名二麻。"被五花大绑的人不慌不忙地答道。

  "犯何事被抓？从实招来！"

  "没犯何事，冤枉好人。"

  "三更半夜，躲在兴隆客栈做甚？"

  "赌输了钱，不敢回家！"

  "跑掉的那两个是谁？从实招来，免得皮肉受苦！"洪兆麟恶狠狠地说。

  "我不认识，也不知道他们干什么的，他们一跑，捕快一下围住了我，我还不知道是怎么回事呢！"王二麻一字一顿地答道。

  "看来你是不见棺材不掉泪了，把他捆在柱子上！"洪兆麟一声令下，几个彪形大汉蜂拥而上，把王二麻反绑在大厅的木柱上，在他的胸脯和大腿上又紧紧地加了三匝麻绳。洪兆麟走到柱边，左手托住王二麻的下巴，右手一把撕开王二麻的衣衫，胸脯和手臂上的腱子肉凸现出来。"哟，还练过武，会打拳吧，打的是龙形拳还是李家拳？"

  "跟村中舞狮的人喝过夜粥。龙形拳和李家拳都会一点儿。"王二麻把头一偏，嗡声说道。

"加入了三点会、三刀会还是兴中会？"

"什么会都没加入，一介草民而已。"

洪兆麟听到这里，扬起右手"啪啪"两个耳光，朝王二麻脸上打下去，再一把抓住王二麻的头发，将他的脑袋往柱子上狠狠地撞下去，直把王二麻撞得满面是血，脑袋垂了下来，眼睛都睁不开了才停手。洪兆麟见状冷喝了声："装死？没那么容易，死了也要从你的肚子里挖出劫匪同党来！来，拿冷水来！"

一勺勺冰凉的井水往王二麻头上泼去，王二麻醒了过来，神情木然。

洪兆麟逼前一步，问道："招还是不招？谁是你的同党？"

"我没……没有同党，我不是……不是三点会的……人。"王二麻断断续续地答道。

洪兆麟见他冥顽不灵的样子，怒火中烧，吼了声："拿锤子来。我看是你的嘴硬还是我的铁锤硬！"说完接过兵卒递来的铁榔头，对准王二麻的脚趾，用力地一锤下去，只听"卟"的一声脆响，王二麻的脚指头就像捣蒜头似的被锤开了花。

王二麻紧紧咬着牙关，汗珠和着血水顺着两鬓流了下来。

"不说？"又一锤子下去。

王二麻两眼发黑，意识逐渐模糊。

"还不说？"又"卟"的一声脆响……

"哎哟！"随着一声杀牛般的惨叫，王二麻痛得再一次昏死了过去。

当王二麻又一次被冷水浇醒之后，洪兆麟拿着铁锤，在王二麻眼前晃了晃，冷笑着说："招还是不招？是不是等十个脚指头打烂了再招？"

王二麻有气无力地说："我招……招，前段时间，是陈亚双……陈亚双带着我……我……干过几单。"

"陈亚双是谁？哪里人？"洪兆麟双眼闪起了亮光。

"陈亚双是我的发小，下寮村人。"

"陈亚双现在在哪儿？"

"我真的不知道，我们连着干了几单得手之后，再没见过面了。"

"陈纯呢？陈纯回来了吗？"洪兆麟急切地逼问了一句。

"他的影子我都没见过。"王二麻答道。

"你是不是还想让我敲掉你全部脚趾才肯说？"

"我知道的都说了，你就是打死我，我也说不出陈纯究竟在哪儿啊……"

洪兆麟摸着腰际的皮带，还想拿枪吓唬一下，但王二麻终因疼痛难熬，流血过多，说着说着眼睛一闭又昏死了过去。

王二麻确实不知道陈纯究竟有没有回来惠州。他仅是跟着陈亚双他们，干了几起拍砖劫银的事，得来的银子他与陈亚双几个分了。有了钱他不是赌场就是嫖馆，有一次他问陈亚双借钱，陈亚双说，若是平时可以，今堂哥陈纯要回来拜山祭祖，他得提前为他们筹点儿钱。至于这"筹"来的钱有没有用掉，若没用又藏在哪儿？陈纯至今有无回来，陈亚双从未跟他讲过，并不是陈亚双信不过王二麻，在江湖上混的人都知道，王二麻是个肝胆相照、仗义疏财的人。但事关重大，陈亚双怎么会把机密的事情往外说呢？所以王二麻也就的确说不出个子丑寅卯来。

至于王二麻为何被王大彪的密探逮住，说起来还是因为那些妓馆里的洋妞儿。那天他去了悦来客栈，见到几个黄头发蓝眼睛的洋妞儿，一个个屁股微翘，腰身修长，凹凸有致，含情脉脉，撩她们几句，也不搭话，只是咯咯地笑，眼睛里瞟来勾人魂魄的亮光。老鸨与王二麻熟络，让王二麻挑了个体态丰满的波斯美女，一夜风流之后，竟然意犹未尽，常常回味那销魂的短暂时光，他朦胧地记得波斯美女开始只是顺从，不久便嗷嗷乱叫，叫着叫着，突然像一条蹦上岸的旱鲤鱼，骨碌碌地又扭又拍又扑腾，把王二麻颠到了云里雾里。这一晚，躺在床上的王二麻想起那一幕，心中就痒痒的，浑身像有虫子在啃咬一般，睁眼闭眼都是那个洋妞儿的影子。时至半夜，难以安睡的他一骨碌地翻身而起，想单打独斗地干它一单。那是他前几天已经踩好点的目标，没想到钱刚到手，春梦未圆，就让王大彪布下的暗哨逮了个正着。

洪兆麟从审讯王二麻处获得口供后，如获至宝，他急匆匆地赶到总兵衙门，一跨进门就对陈兆棠喊道："陈总兵、陈大人，王二麻招了！陈亚双就是陈纯的堂弟，七女湖下寮村人，他是归善洪门的小头目，三洲田暴乱就是个骨干分子，销声匿迹五六年，如今不知突然从哪儿冒了出来！"

陈兆棠听后，面露喜色："洪管带亲力亲为，果然大有进展，这就是抓捕会党的突破口，坐下来慢慢说。"

洪兆麟呷了口茶，继续将前后经过一五一十地向陈兆棠禀告。

"果然不出我所料，抢钱、抢粮都是乱党分子带人干的，说明他们和来惠的革命党人接上头了。由此可以断定，若不是邓子瑜、陈纯他们已潜回惠州，也肯定是陈亚双一伙接到了同盟会行动的指令。"陈兆棠心事重重地说道。说完之后，陈兆棠站起身来，倒背着双手，在衙厅里踱来踱去，不知他在想些什么。

"那王二麻如何处置？既然他是会党的人，干脆来个杀一儆百，震慑匪党？"洪兆麟进言道。

"不，放了，既然他松了口，就能为我们所用。给他一个立功赎罪的机会，也给他足够的银子和甜头，胆从色中来，恶从胆边生，他会干成一些事的。"洪兆麟慢慢明白了陈兆棠的意图，不杀王二麻，并非想通过他来诱捕陈亚双。在陈兆棠的心目中，陈亚双不过是浮出东江水面的一条小鱼而已，官府上的通缉名单上，根本就没有他的名字，他要放长线钓大鱼，先钓陈亚双再钓陈纯，最后把邓子瑜给钓出来，从而将惠州的同盟会会员、革命党人一网打尽。

陈兆棠见洪兆麟似有所悟的样子，便招手要洪兆麟过来，如此这般地吩咐了一遍，洪兆麟会意地点点头。

洪兆麟回到府邸之后，立即差人找来王大彪，先把陈兆棠的计划跟王大彪复述一遍，但他还是有所顾虑，一是担心王二麻会不会诚心配合演好这出苦肉戏；二是陈亚双会不会上钩。

王大彪见状，赶忙打消洪兆麟顾虑："陈总兵说得对，给点儿银钱，有钱能使鬼推磨，再则三点会有条铁规矩，凡会党成员落难，必须设法营救，现在先张榜公示，要将王二麻斩首，表明他没供出其他乱党，便可让乱党继续信任他；其次是在行刑之前将王二麻示众一周，这样便有足够的时间，让陈亚双他们来组织营救。"洪兆麟听罢点点头。

当天晚上，洪兆麟再次来到牢房，先是照例对王二麻进行了一番审讯，见王二麻不肯吐露其他情况，便语气生硬地说了一句："再不供出其他乱党来将功赎罪，你活够了，一周后我斩了你的狗头！"王二麻只是狠狠地瞪了他一眼，随后闭上眼一句话也不说。

洪兆麟来了硬的之后，王大彪便顺势来了个软的。他提着酒和肉菜，来到了关押王二麻的牢房，开始劝降："我说二麻呀，一笔写不出两个'王'字，就凭我俩额头上的同一个姓，又是同乡同村，你说我不搭救你，还有谁可以搭救你呢？"

王二麻开始时很是戒备，加上脚趾被锤烂之后钻心地疼，他躺在潮湿的地板上，动也懒得动，只是面无表情地瞪着王大彪。王大彪也无责怪意，他蹲下身子，硬把王二麻扶了起来，吩咐狱卒给王二麻的伤口上药，又搬来一张小方凳，一边劝说，一边把酒菜摆在桌子上。

"二麻兄弟，你说人生为了什么？还不是为了两个口——上口下口。你一身武功，人又长得牛高马大，现在别说娶老婆，连个妓女都玩不起，跟着陈亚双鬼混有什么奔头？"

"陈亚双是我结拜兄弟，我没有跟他鬼混，只是兄弟有困难我才出手相助。"

见王二麻搭了话，王大彪赶紧接了句："他有什么困难？打劫抢钱，还不是为了资助陈纯他们闹事？你也真是个大傻瓜，你以为邓子瑜、陈纯那几个会党真的可以翻天？不瞒你说，我也参加过哥老会，也曾跟着他们摸爬滚打好几年，后来我不干了。你想想，从古至今与官府作对有几个有好下场的？"看王二麻不作声，王大彪便端起酒杯说："男子汉大丈夫，能屈能伸，能进能退，天大的事吃饱再说，来一杯为你压惊！"

王二麻上了药，感到没那么疼了，看到一桌的佳肴，也早已饥肠辘辘，他心想不吃白不吃，枪毙也别成饿死鬼，于是便狼吞虎咽，大口酒大口肉地吃喝起来。

王大彪看火候到了，便慢慢地对王二麻说道："听说你这次单打独斗，是想弄钱睡洋妞儿？那个还不容易？你好好养伤，过两天我把洋妞儿给你送过来。只要你听哥的，保准有你好吃、好喝、好玩的！有哥的一份就有你的一份，银子的事包在我身上！"

　　王二麻一直没有吱声，吃饱喝足之后打了个饱嗝接着又躺下去了。王大彪也不怪他，招呼狱卒收拾好碗筷，临出门时丢下了几句话："我可以给你一张五十亩地的田契，单是收租往后你都不愁吃喝了。几年下来，你不单可以娶媳妇，还可以造房子，开店铺，你垫高枕头好好想两天，过两天我再来看你。"

　　王大彪把话说完，看了眼王二麻，见他仍没吱声，王大彪不气不恼，只是悻悻地离开。王大彪刚走出牢门，只听"咣当"一声，狱卒又把牢门锁上了，留下黑暗中的王二麻，躺在地板上昏昏地睡去。

十八

　　太阳快落山的时候，竹林里暗了下来，蚊虫也纷纷飞了出来，在陈亚双的眼前晃来晃去，发出"嘤嘤"的叫声，不时还在他的手臂上叮咬一口，又痒又痛，让他愈加烦躁。陈亚双自知道王二麻被捕之后，心急如焚，他很担心王二麻经不住酷刑，供出自己和林旺、孙稳，连累陈纯，故连家门也不敢回，一直躲在黄埔村江边一片浓密的竹林里。这一天傍晚，水东街粮店老板邓珍差人给他送来一封密信，信中说官府贴出布告要斩王二麻，他正在通过刘金生想法搭救，叫陈亚双暂停一切行动。陈亚双看了信后，心情更加沉重，他相信王二麻是条硬汉子，没有供出自己和其他同党，既然没有暴露他的身份，如果自己继续躲在竹林里，让王二麻受苦受罪地等待斩首，那就不是男子汉大丈夫所为了。于是，他当天晚上就联络了一批拳脚棍棒样样在行的兄弟，又差人给邓珍送了一封信，计划劫走王二麻。

　　说起王二麻，还有一件让陈亚双至今都感激的事情。他们是一同上堂进香入会的盟友，八年前歃血盟誓，结为生死兄弟。三洲田起义时一齐参加暴动，失败后又同时潜伏在梁化的深山老林里，昼伏夜出，艰难度日。有一次，他们几个被清兵追杀，突然一枪打来，陈亚双腿上中弹，人往前一跪，訇然倒地，他挣扎了一下，便再也爬不起来了。跑了数十丈远的王二麻发现身边没有了陈亚双，赶忙扭头一看，只见三个清兵提着大刀正向陈亚双扑去，王二麻大喝一声："住手，老子和你们拼了！"他孤身一人，手持一根长矛杀了回来，只见他一扫一挑，猛地刺中了一个清兵，剩下的两个清兵见状慌忙逃命，王二麻二话不说，把陈亚双背起就跑。他一手提枪，一手托住陈亚双，一口气跑了十几里山路。陈亚双被救出来之后，躲进了山林里，以后的几个月里，都是王二麻在身边精心照料，找食物、找草药，还背着他到河边擦身，要不是那次王二麻舍命相救，他陈亚双的骨头早就被白蚁蛀空了。

王二麻人生得高大威猛，拳脚又好，就是有些嗜赌好嫖。王二麻本名叫"王二"，因为小时候出了天花，留下了一脸的麻子，便被叫成"王二麻"。王二麻因为长相丑陋，三十岁时还是光棍一个，故手上一有了银子便喜欢往妓馆里跑。除了妓馆，村中的寡妇、过往的妇女也每每涉足。有一次更是色胆包天，把三点会一个同党的妻子给强奸了，受了欺侮的会党咽不下这口气，告到了寨主那里，寨主说："你不必与他拼命，我会为你做主。国有国法，帮有帮规，洪门规矩第九条：如有奸淫兄弟妻女姊妹者，五雷诛灭，死在万刀之下。"王二麻一听"扑通"一声跪了下来，祈求寨主开恩。陈亚双及众兄弟念及王二麻的忠勇，都纷纷跪下为之求情，寨主皱了皱眉头，一下从座椅上站了起来，绕着王二麻转了一圈，突然从枪架上抽出一把大刀，说了声："好吧，看在众兄弟的面上，饶他一死。陈亚双，你把他的手指切个下来，让他长点儿记性！"

寨主说完，把那大刀一掷，刀便飞到了陈亚双跟前。陈亚双接过刀，一下子愣在了那里。王二麻眼睁睁地瞪着他，眼睛里闪烁着许多难以言说的复杂表情。陈亚双的眼前晃动着两个影子，一个是五花大绑跪在地上的王二麻，一个是手持长矛与清兵拼杀，同生共死的患难兄弟，心中不由犯难，实在难以下手。正在陈亚双为难之际，王二麻一把抢过陈亚双手上的大刀，当着众人的面，齐刷刷地砍下了一根手指头，他捧着那根血淋淋的手指头跪在大家面前，发誓痛改前非，再不重犯，从而得到了寨主的宽恕。

你看，就是这样一个肝胆侠肠、勇猛忠义的兄弟，怎么会背叛自己，出卖盟友呢？陈亚双心里想，兄弟有难，当两肋插刀。王二麻是为会党筹备银两而落难，自己更要不惜代价搭救，豁出去了，就算把自己的性命搭上也要把王二麻抢出来。三点会能有今日，全靠一班忠勇侠义的兄弟万死不辞，前赴后继。

到了处决的前一天，惠州府的北门口围了一大圈人，七八个木笼里全关着蓬头垢面的人犯。一队全副武装的清兵守在木笼外，一队站在城墙下，还有一队在街上巡逻维持秩序，鹅城笼罩着一派戒备森严的肃杀气氛。

陈亚双发动了几十个会友兄弟，混杂在围观的人群中间，等待劫人的最好时机。到了中午时分，围观者越来越多，陈亚双看时机成熟，一声口哨，城门外突然骚乱起来，好像发生了什么斗殴事件，维持秩序的清兵扑了过去。一群人里三层外三层地把木笼和清兵隔开，早已准备好的会党，掏出家伙砸开枷锁，用竹床抬起王二麻就跑。这时，不知是谁喊了句："劫犯人了！快追！"那些清兵慌忙赶过来，密密麻麻的人群左推右搡，清兵追赶不及，只好朝着天空开枪。"砰砰"几声枪声，场面更加混乱。待清兵追出城门外，码头路口都是人山人海，囚犯早已逃得无影无踪。

当天下午，北城门剩下的人犯全部斩首，并到处贴出悬赏布告，布告中说，人犯王二麻被同党劫走，查实是三点会暴徒所为，特悬赏一百光洋捉拿人犯归案；如能处死，提人犯头颅赏银五十；如提供藏匿地点者，赏银二十云云。

十九

　　近湖环江的惠州古城，东江穿流而过，西枝江斜逸旁出顺着城郭缓缓地汇入主河，两江汇合的地方矗起一座高高的合江楼。合江楼下，一座东新大桥连通了一府一城，桥东边是归善县城，桥西边是惠州府城。苏东坡寓惠时曾写过《合江楼》和《东新桥》诗，这几处一直都是惠州的著名景观。这天一早，邓珍就匆匆出门，他无心留意一路风景，过了东新桥，直奔府城的金带街刘府而来。

　　王二麻被劫走之后，惠城人心惶惶，邓珍为此特地来找刘金生说事。刘金生是土生土长的府城人，开始只是帮人跑堂打工，再后来做些捎客中介，惠城人称"行江"营生，慢慢有了家底之后，娶了一妻一妾，前几年又娶到了家境殷实的月娥做三姨太，开起了烟馆、钱庄，只几年工夫就发得不清不楚。府、县两城人人都说三姨太月娥是旺夫之相。有了家财的刘金生野心颇大，那时惠州设有总商会，会董由各行各业的执董组成，什么竹木行、火船行、粮油行、五金行、典当行，行行都有会董参与决策商会大事。在这诸多的行业之中，偏偏没有烟赌行，刘金生为了在商会争得一席之位，总想削尖脑袋往里钻。他心里清楚，虽然商会执董是个虚职，并不赚钱，却是显赫身份的象征，比如商家纠纷、买卖争端，一般不到官府诉讼，皆由商会裁决。还比如一年一度的商董年会，可以结交许多商贾政要，这是一种无形的权力和资产。为了这个虚职，刘金生四处奔走，最后在邓珍等商董的帮助下，终于当上了会董。但他仍不甘心，觉得凭自己的财力和人脉，出任总商会会长都绰绰有余。之所以有这样的想法，是因为他一想做大生意，二想攀上大靠山。

但这次邓珍来访，并非为商会会长的事前来出谋献策，反而是邓珍求助于他，一是惠城频发劫案之后，邓珍的好友郑老板在水东街开的典当银号撑不下去了，想把门店盘出去。那门店地处闹市，两个开间连通，且有木楼二层，一层是门面，二层是骑楼，三层是阁楼，如开客栈酒家，住人储物都足够地方。另一件事是邓珍知道他与洪兆麟有私交，想托刘金生购些枪。这两件事若对普通人来说也许是个大难题，但对刘金生来说，倒是给他带来了两大商机，他对这两样都感兴趣，只是问邓珍购枪干什么。

邓珍一脸无奈，苦笑着说："还能干什么？这兵荒马乱的年月，购几条枪防身壮胆呗。"

刘金生听罢一笑："贼匪只抢细软，你的粮米行任他们搬，又能搬去多少？何况这归善衙门就在近旁。"

"话是这样说，几担谷米倒没什么，就怕贼匪要人头，你想想，那么多清兵看押的死囚，都敢在光天化日之下强行劫走，县衙再近，兵差再多，自身都难保，还能保护我们这些小民？"

"说是有同盟会的人参与策划，听说邓子瑜、陈纯他们都回来了。"刘金生插了句。

"哎哟，那惠州更是遭殃了，那些都是三洲田暴乱的亡命之徒啊。"邓珍说完叹了口气。"邓大哥，你放心，门店我想要，枪的事我给你留意着。"邓珍听刘金生如此答复，心里悬着的石头落了地，谢过之后，识趣地从刘府告辞出来。

刘金生是个精明的生意人，他笃信"人无偏财不富，马无夜草不肥"的铁律。惠州的营生林林总总，各行各业应有尽有，什么粮米行、竹木行、山货行，全吊不起他的胃口，他就喜欢走偏门，也不单是在惠州城，就是广州、香港岛也无非是烟馆赌档、青楼红馆、贩毒走私这三样来钱最快，看准了这一点，他便一门心思地干，这几年也着实让他尝到了甜头。但要经营好这三大行当，实属不易，除了有谋略，还必须有强大的后盾支撑。为此，刘金生绞尽脑汁要找靠山，除了洪兆麟，归善的县令巡警、分管地头的县丞兵差，他逢年过节都要打点。如此八面玲珑，他的生意自然也是顺风顺水，无人可及。刘金生一心想做大做强，他想把郑老板的门店盘过来，只要价钱低，多多益善。但他也担心树大招风，钱多了、店宽了谁不眼红？近期惠城的几起劫案大都是冲着烟赌摊馆来的。思来想去，想做大做强，一定得找个更大的靠山，于是，他想到了要攀上陈兆棠。

陈兆棠在组建棠字新军时，动员惠州商会捐钱捐物，刘金生为了博其好感，一出手就捐了一百两银子，这给陈兆棠留下了一个好印象，陈兆棠叫知府沈传义授刘金生一块镀金牌匾，以当旌表。刘金生把金匾摆放在案头的显目处，这不是炫富，无疑是一种身份地位的象征。为示谢意，他曾亲自邀请陈兆棠吃饭，也给陈兆棠送过礼物，但都被婉拒了，后来还让归善县丞出面邀约，一直无果。犹豫多日，他才想到让洪兆麟来出面邀请，他想，洪兆麟毕竟是陈兆棠身边的红人，又是湘籍乡党，有话好说得多。没想到刘金生刚把意思说出，洪兆麟一句就顶了回来："请他吃饭？你看谁请到他吃饭了？无事找事，多此一举！"

"那托你给他送份礼，总该表示下谢意吧？"刘金生不死心。

"送礼？送什么？他现在一不喜欢美女，二不喜欢金条，你还有什么可送？"

"他喜欢什么？"刘金生赶忙问了句。

"喜欢杀人，喜欢同盟会的人头，邓子瑜、陈纯都行，你有吗？"洪兆麟这一说，刘金生顿时哑口无言，只能讪讪一笑，随后打了两句哈哈，算是回答。

洪兆麟见状继续说道："好啦，好啦，你也别想多了，你好好做你的生意吧。惠州城的那段顺口溜我都会背了。"

"什么顺口溜？"刘金生故作不知地问。

洪兆麟一字不落地背了下来：

府城有条兴隆街，
十家便有九家歪。
唯有金生仍兴隆，
官兵贼匪都勤来。

刘金生听罢"嘿嘿"一笑，连忙拱手作揖道："刘某能有今日，还不是托了管带大人的洪福和关照？"

　　这么多年来，为了拉拢洪兆麟，刘金生不惜重金，把银子一包包地往洪兆麟手里送，洪兆麟看似大大咧咧，但算计刘金生的收入一点儿也不含糊。他心里明白，那送给他的银两只是刘金生红利的零头。故有时刘金生要他这里派人、那里派兵，他故意推三阻四，一脸无奈，说近期出了那么多大案要办，邻县匪情严重，无暇顾及赌馆之事。刘金生是个明白人，一听就知道洪兆麟的弦外之音。他暗想：舍不得孩子套不住狼，既然巴结不到手握军政大权的陈兆棠，无论付出什么代价，都得把手握兵权的洪兆麟给套牢。

　　刘金生知道洪兆麟除了贪钱，更贪胯下那一口，便郑重其事地邀请洪兆麟到自己家里做客。原来，刘金生认了一个干女儿，那是一个长得非常标致水灵的姑娘。本来刘金生想把她纳为小妾，只是三姨太醋意极大，整天打发人去给干女儿托媒，要把她早早地嫁出去。刘金生自然知道三姨太的一腔醋意，但让他随便找个人家，把一个如花似玉的千金嫁出去委实有些不愿意，想来想去，倒不如送给洪兆麟做个人情，若是攀上了洪兆麟这门亲戚，还愁以后没人关照吗？

　　刘金生的家位于府城最繁华的地段——金带街，一座高大的门楼和青砖院墙把一幢三进二横的大宅子围了起来。后面有花园假山，侧门有马厩磨坊，右侧有古井膳厨等，生活设施一应俱全，吃喝玩乐十分方便。这一天，刘宅的客厅里张灯结彩，府城的几个一流厨子，正在厨房制作最拿手的美味佳肴。

　　中午时分，洪兆麟的轿子来到刘金生府邸门前，刘金生和府城商会的头面人物，早早在此迎候，屋里老少见贵客已到，纷纷起来打揖施礼，热情地把洪兆麟请进中厅侍茶敬烟。洪兆麟也没多客套，寒暄了几句便进了里屋，斜躺在大烟床上过足了烟瘾，才从床上坐了起来，一双眼睛滴溜溜地转来转去。刘金生一下窥知了洪兆麟的心事，忙对屋后喊了一句："春兰，快出来晋见洪管带！"

　　叫春兰的姑娘明眸皓齿，面儿白净，皮肤嫩得能捏出水来，走起路来如春风摆柳，说话的声音也脆脆的，如同鸟鸣。洪兆麟果然眼睛一亮，在春兰的身上瞄来瞄去，把春兰瞧得满面通红，她羞涩地低下头，不停地用手指去梳理自己的发辫。

"饭菜都做好了，我们这就开席吧，洪大人？"刘金生俯在洪兆麟的耳边轻轻地问了句。

洪兆麟收回色眼，心领神会道："好、好，开席。刘老板不愧是腰缠万贯的富商，设个家宴还兴师动众，不但茶香菜香，还有美女助兴，秀色可餐呀！哈哈哈。"

刘金生也跟着打哈哈，他知道春兰已入洪兆麟法眼，虽然心里万分不情愿，嘴里却殷勤地附和道："请！请！承蒙洪大人赏脸光临，寒舍蓬荜生辉，一壶淡酒，几味村蔬，不成敬意，请大人尽兴享用！"说完还弓着腰，打了个往里请的手势。

刘金生安排得很是妥帖，中厅摆了两台，内厅一台。洪兆麟也不客气，遂搂着春兰的腰肢往内厅走去。刚在上座落座，忽闻到一阵香风飘来，只听到旁边一声嗲嗲的问候："管带大人好！"话音刚落，刘金生忙向洪兆麟介绍，称来人是他的三姨太，名叫月娥。

洪兆麟听后，便抬起头看看算作回应。谁知这一抬头，四目相对，洪兆麟突然觉得呼吸都快停止了。三姨太如成熟蜜桃般的风韵，一下迷住了阅色无数的洪兆麟。这个叫月娥的三姨太，二十七八的年纪，身段苗条却依旧凹凸有致，肌肉白嫩丰满，一脸富态却不显肥胖。更让人怦然心动的是，那鹅蛋脸上一双忽闪闪的杏眼，像会说话似的，一笑一个媚眼，红润的嘴唇好像两片带着露珠的花瓣，一身碎花的旗袍贴在身上，让全部轮廓显露无遗，两侧的开衩处，露出白如凝脂的肌肤，圆润润的脖颈上，挂着一串白珍珠项链，这一身装扮，活脱脱一个媚态万千的风韵少妇。

洪兆麟紧紧地盯着三姨太，惊呆得一时不知如何招呼才好。

三姨太却落落大方，杏眼含笑地瞟着洪兆麟说："洪管带贵客，请坐，请坐！"

洪兆麟这才回过神来，道："夫人也请坐，请坐！"一边说一边指着自己旁边的那个空座位。

刘金生夫妇一左一右陪着洪兆麟，一个夹菜，一个劝酒，把洪兆麟侍候得心花怒放，竟把春兰和陪客全冷落了。

略有醉意时，洪兆麟越发大胆起来，吃着喝着，还偷偷地把手伸到桌子下，捏了一下三姨太的大腿。三姨太也不声张，只是咯咯地笑。洪兆麟见状越发胆大，不时用指头轻轻去抚摸，还顺着大腿不断地往上延伸。三姨太当没事一样，还不住地劝酒夹菜，情到浓时，甚至抛给洪兆麟一个媚眼。这一情形，不禁让刘金生难受起来，他心里五味杂陈，暗暗叫苦。

刘金生用来招待洪兆麟的酒是一坛陈年老药酒，据刘金生说，那是泡了十年的三鞭酒，有狗鞭、鹿鞭，更可贵的是还有一条来自罗浮山的老虎鞭。刘金生强装笑脸，举起酒杯说："多谢洪大人多年关照，刘某人感激不尽，这杯酒我敬您！"

洪兆麟端起杯子一饮而尽，用餐巾擦了擦嘴，说："这三鞭酒据说壮阳补肾，想必刘老板每餐都喝一杯，才把三姨太侍弄得如出水芙蓉般娇艳。"

刘金生一时语塞。三姨太抿嘴一笑，故作娇羞状，偷偷递给刘金生一个嗔怪的眼神，刘金生只好满脸堆笑地接着说："确实管用，请洪大人尽情饮用。"

"喝醉了怎么办？"

"喝醉了就在寒舍休息，叫春兰给您打扇弹曲子。"

"醒来怎么办？"

"管带大人想怎么办就怎么办，我刘某人的一切都是管带大人的。"

"此话当真？"

"当真。"

"我没醉，三姨太，喝！陪我多喝两杯。"三姨太不胜酒力，此时已是脸颊绯红，醉眼迷离，真有些支不住了。

刘金生看到洪兆麟冷落了一旁的春兰，却与自己的三姨太越聊越火热，一股醋意从心头涌了上来，直酸到喉管。刘金生赶忙叫春兰扶三姨太回房休息，没想到洪兆麟突然把筷子用力往桌面上一放，脸上露出不悦之色。这会儿刘金生真是哭笑不得，自忖是赔了夫人又折兵，本想让春兰高攀一回，没想到这个老色鬼反而看上了自己的三姨太。他自知洪兆麟这个太上皇得罪不起，自己宴前又曾一再交代三姨太要热情大度，尽心尽力地陪好这个主儿，如今到了这个份上，该如何收场？刘金生思前想后，权衡利弊之后，只好咬咬牙，亲自带着春兰和其他陪客退了出去，让三姨太继续陪洪兆麟慢慢吃喝。

他们一走，洪兆麟的兴致更高了，他一把握住三姨太的玉手搓揉道："玉手纤纤，权控天下啊，古往今来，多少英雄千军不敌美人手一指，今儿个，我洪某要犯古今英雄共有的毛病了。来，我的美人儿，今天……我……我太高兴了，这三鞭酒……酒就是好喝……我敬……敬你一杯。"洪兆麟大着舌头断断续续地说。

说着说着，身子一斜，眼睛已顺着三姨太的脖子往下瞧，三姨太顾不得抽回手，醉眼蒙眬，身子一软，头都靠在了椅背上。洪兆麟见状，起身把三姨太抱到一边的烟榻上，两手在她身上不停地乱摸，摸着摸着便迫不及待地压了上去。三姨太本能地推搡挣扎着，两具在酒精作用下燃烧得发烫的肉体扭成了一团。一阵"呼哧呼哧"的粗重喘息过后，接下来是洪兆麟呼噜呼噜的鼾声。

与此同时，像是赌气也像是复仇，刘金生在三姨太的卧室里，三下五除二地解开了春兰的衣服……算是与自家的女人打了个平手。

二十

　　青砖围墙的庭院内，树木交错，花草成行，一株高高的玉兰树如撑开的一把大伞，把树枝伸出墙外，白色的花朵隐约在浓密的绿叶间闪现，丝丝缕缕的清香轻轻溢出，招来蜂蝶翩翩飞舞，引得树上的乌雀欢快地喳喳鸣叫。

　　洪兆麟自从认识了刘金生的三姨太之后，一时间竟对别的女人失去了兴趣，三天两头总往刘金生的府邸中跑。刘金生自知胳膊拧不过大腿，只好睁只眼闭只眼。为排解心中的抑郁和不快，他把全部愤懑都发泄到春兰身上，注意力也慢慢地转移了。

　　这一天，洪兆麟又熟门熟路地来到了刘家府邸，恰好刘金生不在，自然又是和三姨太一番欢娱。欢娱之后，喝足了茶，抽足了烟，正待坐轿回府，不想刘金生的轿子正好回来，洪兆麟倒不觉尴尬，站在轿前，等着与刘金生打个招呼。反而是刘金生不大自然，躲又躲不及，说又不知说些啥。这两位有同一个女人的"情敌"相见，先是"呵呵""哈哈"的一番客套之后，还是刘金生硬着头皮先开口："洪管带今日有闲来寒舍一叙？稀客！贵客！"

　　"哈哈，忙里偷闲。没想到刘老板不在家中，我只好打道回府了。"洪兆麟一副吃干抹净的样子。

　　"不知洪大人有何吩咐，尽管交代下来。"刘金生也不气恼，还一脸谄媚。

　　"呵呵，也无要紧事，随便转转。"洪兆麟说道。

　　"管带大人常来，门楣增光，蓬荜生辉啊！"说话的时候，刘金生从怀里掏出一个金如意递给洪兆麟，谄笑着一语双关道，"洪大人这些日子为鄙店的生意多有操劳，冷落了家中爱妻，鄙人心有不忍，这点儿小玩意儿，拿回去让洪太太开心吧。"

洪兆麟闻言哈哈大笑，心情十分舒畅，他也不点破什么，便顺着刘金生的话儿道："刘老板实在是商界中难得的奇才，做的虽然都是独门生意，但不独食，这般大方重义之贤士，不发大财老天的良心都过不去。行，我洪某替内人谢过了，哪天续娶新娇娘时，莫忘了让洪某凑凑热闹，讨两杯喜酒喝，顺带儿沾点喜气财气。这男人嘛，只要有钱，要多少新鲜的货色，都是小问题。"

刘金生听得心花怒放，他自然听得出新娇娘指的是春兰。自从三姨太被洪兆麟霸占后，他只是一时不痛快，他窥伺已久的春兰姑娘，早就取代了三姨太在他心目中的位置，而今自己的三姨太，无非是他用来拉拢讨好洪兆麟这座大靠山的花瓶罢了。他想开了，什么绿帽子、红帽子、灰帽子都不重要，有了钱，金帽子都可以戴在头上。看洪兆麟高兴，刘金生又走近一步，悄声问道："大人，那玩意儿到位了？多少钱给我？"

"新的八十，旧的四十。"洪兆麟伸出手指比了两个数字。

刘金生听罢立马说："太贵！"

"贵？你可知道这是什么货色？德国造的无烟新枪。"

"我知道是好货，但管带大人总要给我个赚头。赚钱逐利是生意人的天性，我如今也还没找到买主。"

听刘金生如此一说，洪兆麟倒也爽快，举起右手又比画了两下："新的六十，旧的三十，赚大了吧？"

刘金生还不放手，开始想着与洪兆麟讨价还价："再减点，再减点，多多少少，图个吉利，图个彩头。"

"好，那就每支再少五块大洋。"刘金生听罢十分开心地点点头，喜笑颜开地送客上轿。

洪兆麟久居惠州，他的官邸穿过西门便是西湖，一片泱泱的湖水波平如镜，一条长长的苏堤，两行摇曳的垂柳，迤逦迂回通往远处的孤山，每到傍晚山上的泗洲塔在落日的余晖中金光闪耀，水天一色。这是洪兆麟经常看到的一幅美丽的风景，他早已有了个庞大计划，要在西湖边购座大宅院，称为"湘园"。傍着"湘园"再建座"涵碧楼"，把门前的西湖改称为"湘湖"，他虽没怎么读书，但听丰湖书院的老学究讲过苏东坡来惠州时写的第一首诗，其他他记不清了，但记住了"欣然鸡犬识新丰"中的典故。"新丰"是汉高祖的老家，刘邦建都长安后，接父来住，父却思归，刘邦便依照丰邑的模式，在京城重建"故乡"，这样就恰似身在异地却在家乡了。洪兆麟想学刘邦建"新丰"，甚至连对联都请老学究给拟好了，上联是：今夕只好谈风月；下联是：故乡无此好河山。老学究除了写对联，还给洪兆麟写了首湘园诗："阁楼高耸入云端，亭台斜翘掩花丛。曲靖迂回通小岛，鸟语花香漫湖中。"老学究的诗句描绘出洪兆麟心仪的宏伟蓝图。他佩服丰湖书院这个老学究，学富五车，舞文弄墨如同他耍枪弄棒一样潇洒自如。当然"湘园"如今只是在构想，真要建造起来，需一大笔银子，故他急着筹钱。恰巧碰到棠字军换械的好时机，他想把旧的枪支全部处理出去，同时挟带些新枪卖个好价钱。自从认识了三姨太之后，他对"湘园"更加迫切。想想如今，三朝二日，老往刘府或"阅江阁"跑，实在是不大方便，假若有了"湘园"，便多了个休闲玩乐、金屋藏娇的地方。

洪兆麟和刘金生一番哈哈后，坐上轿子返回府邸。一路上，他微闭着双眼，饶有兴致地构思着"湘园"和回味与三姨太的第一次。

他模糊地记得，那次家宴之后，乘着酒兴的洪兆麟，一下把三姨太搂进了怀里，那种感觉好像是抱住一只小羔羊，一团软绵绵的。三姨太通体发烫，脸颊上荡起一片红晕，浑身还微微颤抖着哀求道："管带大人，别……别这样，求你，我家男人在，等会儿……"三姨太的话还没说完，洪兆麟已把酒气熏天的大嘴巴贴了下去，堵住了三姨太那张小嘴。三姨太似醒非醒地张合着樱桃般的两片红唇，嗯嗯地挣扎了几下，不一会儿就服帖了。整个房间里，只有洪兆麟亲吻的"啧啧"声和粗重的喘息声。

二十一

    熹微的晨光撕开了江中的薄雾，一条木船缓缓地离开码头，江边四个纤夫，低着头，弓着腰，脚踏着被无数纤夫反复踩踏得有些光洁溜滑的脚印子，一步一步地往前迈动。木船逆水而上，拉头纤的汉子到了吃力时便一声长长的吆喝——嘿哟嘿！用力喽！随即四位纤夫就吼出了那首他们经常哼唱的东江纤夫歌：

> 一条缆绳长又长，
> 几人肩腰被套上。
> 逆流拉船脚磨破，
> 船一搁浅泪汪汪。
> 嘿哟嘿！

> 一条缆绳长又长，
> 烈日当头唏啼上。
> 发风落水冷又饿，
> 跌倒爬起算平常。
> 嘿哟嘿！

> 一条缆绳长又长，
> 纤夫同命被绳绑。
> 船篷做被床船板，
> 望天望水望故乡。

嘿哟嘿！嘿哟嘿！

船舱内坐着一位中年汉子，他衣着整洁光鲜，左手提着一只藤箱，右手拿着一把纸伞，一看这身装束便知是从海外回乡探亲的华侨。此人听到熟悉的纤夫号子，不由得探出身来，只看见四个拉纤的汉子穿着牛头短裤，裤腰又束了一条布带，光着上身，那弯弓般的脊背上汗如雨下，在朝阳中油光闪闪。他盯住拉头纤的那位汉子，总感到他的背影和声音很熟悉，却一下又想不起在哪里见过。

直至木船到了七女湖河边码头靠了岸，提着藤箱的人拿起雨伞，正当他从搭板上走下船来，猛听到一声惊呼："邓大哥，邓大哥！"中年汉子一惊，循声望去，只见拉头纤的汉子迎面向他走来，一副久别重逢特别兴奋的样子。"邓大哥，不认识我了？我是亚林，下寮村的陈亚林啊。"

中年汉子愣怔了一下，正打算把藤箱雨伞一丢，飞步上前抓住陈亚林两条结实的臂膀，却突然感到周遭射来几束狐疑的目光。中年汉子警觉地扫了一眼，平静地对陈亚林点点头："老弟，你认错人了，我不姓邓，姓朱。"说完打开洋伞，提起藤箱，头也不回地向岸边走去。

陈亚林揉了揉眼睛，又挠着头发用力地拨拉了几下，一边抓头发一边骂了句："今天见鬼！眼睛花了？我还以为碰到老熟人了。"恰在此时，船家扯着嗓子喊："开船了，开船了！"陈亚林这才转过身走回船上，把竹篙往河中一撑，船又缓缓地继续上行。

被叫作"邓大哥"的人走上堤岸，虽心存疑虑，却仍不由自主地回头看了一眼。波澜壮阔的江面上，只见一条条木船来回穿梭，逆水的船只艰难地前行，码头上一片嘈杂，船工的号子此起彼伏，蜿蜒的东江在这里，绕了一个大大的弯又迤逦而去，他的心情如江河滔滔，一时跟着空旷和辽阔起来。

刚才在船上的那个后生他认识，当年在陈纯家里见过。是陈纯派来接头的船工，还是码头上的偶遇？他一概不知，那时船上的气氛很是异常，他不得不打消了与来人相认的念头。

邓子瑜提着行李往七女湖圩镇走去。这天不是圩日，街面上冷冷清清。时辰尚早，除了一间铁匠铺传来叮叮当当的打铁声，其他铺面还关着门。

邓子瑜在圩镇转了半圈，上了大路，正想往路边的一个小茶亭走去，却听到有人一声高喊："清兵来了！"邓子瑜随着行人刚刚躲进路边的竹林里，就见几匹高头大马嘚嘚地从眼前跑过，后面跟着一大队清兵乡勇急匆匆地往河边追去。

邓子瑜待清兵一过，便折身走向江堤上的茶亭。这是邓子瑜与陈纯约定的秘密联络点。那茶亭位处大码头至下寮村的江堤上，茶亭边有一棵大榕树，树下盖了一间瓦房，傍着瓦房又搭了一排茅棚，茅棚里放了几张四方桌、几条木板凳，几个路人似乎都是这里的常客，正在有一搭没一搭地谈论刚才发生的事。

一个说："清兵又要去哪儿抓人？今年望江的竹子开了花，一丛接一丛，听老人说，竹子开花是要变天的，据说太平天国那一年，江堤的竹子也一夜之间突然开满了花。"

另一个说："长江去年发了大水，淹死数十万人，饿死数十万人，流浪逃荒数十万人，那些走投无路的难民，很多揭竿而起当了绿林好汉，与朝廷对抗起来了，还有一些人流窜到了南方，与孙文的同盟会搭上线，也要起来造反了。听说惠州也来了不少，官府正在清理驱赶呢！"

还有一个说："难民造反，谈何容易？孙文、郑士良当年发动的三洲田暴动，集结了两万人枪，最后还不是失败了？太平军够厉害了吧？曾天养、翟火姑够狠了吧？最终都归于失败。自古道'民不与官斗'，老百姓怎么斗得过清廷官府？"

"惠州府出悬赏布告了，说邓子瑜、陈纯会回来，见鬼，我天天坐在茶亭里，怎么没见到陈纯？"又有一个人压低声音说道。

"你看那清兵乡勇三天两头往七女湖圩，恐怕是闻到了什么味儿。"另一个人做了一个"嘘"的手势，小声说。

卖茶的老汉没有搭话，只顾着给客人加茶添水。一个敞开衣衫的汉子开了腔："看到布告了吗？惠州总兵陈兆棠最近下了严令，要铲除天地会、同盟会会党，还要搜查那些回乡的华侨，缉捕当年在三洲田有案底的人。刚刚出动的清兵，不知又要去抓什么人了。"

"抓邓子瑜、抓陈纯。布告上不是有吗？每人身价都有五百大洋。"有个人开玩笑地说。

"若是邓子瑜让我抓到就好了，五百光洋，我的天呀！我三辈子都花不完了。"

另一个接着话茬儿："你没事就来茶亭上坐，等狗屎运，说不定哪一天邓子瑜、陈纯就进来茶亭喝茶，刚好让你碰上了。"

说完大家"哄"的一声笑了。

在笑声中，有个年纪稍大的开了腔："你想抓他们？洪兆麟都奈何不了他们，邓子瑜、陈纯是什么角色？他们的功夫可不得了呀，十个二十个壮汉都近不了身。"

说笑的后生来了劲，追着问："你见过邓子瑜和陈纯吗？你看过他们打功夫吗？"

老汉神秘地说："实话跟你讲，邓子瑜我倒没见过，陈纯我怎么不知道？他就我们邻村的人，没出门前常见面，他个子不高，但长得结实，平时就穿身黑色的唐装、大腰裤。那裤头带系了两样东西，一是绳子，二是绸带。打起架来绳子当长鞭甩，有铁钩可翻墙上树，一阵风似的。二是绸带扎腰，暗袋里却藏满飞镖，紧急时在腰际一摸，一甩手，'呼呼呼'一排飞镖像箭般地飞出去，一刺一个准。"老汉说罢还顺手做了个甩镖的动作，硬是把那班闲聊的茶客给听呆了。

这时忽然有个人插话进来问："听说陈纯入过流民教，会法术？"

"如果是流民教的人，衣服上必有一个孔洞，全新的衣服也要扎个破洞来的，这是教规。我亲眼看过陈纯手掌里放着两枚铜钱，一抛一抛地朗朗有声，抛着抛着突然就变出一串铜钱来。"另一个人接着答了句。

"难怪洪兆麟那么多清兵都抓不住陈纯，人家都有邪教法术的。邓子瑜听说更加厉害，还是陈纯的师父呢。"

"那真要是让我在茶亭里碰到邓子瑜和陈纯，我不会报官领赏银，倒不如拜他为师，学几招武艺防身，变几串铜钱买米好了。"说此话的是那个后生。

"就是、就是，两个铜钱一抛一抛，变出一串钱来，还愁吃不饱饭？建房置地都有银子了。"另一个人刚把话说完，又引得众人哄然大笑。

邓子瑜没有理会那些茶客的议论，径直来到柜台前，问了声："老板，去淡水坐船快还是坐轿子快？"

老板听后一怔，忙用暗语："东江人家？""青山草寮，兄弟拜祖。"老板听后赶忙回了句："三姓祠堂，坐滑竿最快。前边不远的小码头有雇。"

邓子瑜一听，随即打消进城与邓珍会见的念头。他付过茶钱，转身出了店门，快步往码头走去。码头上有好些轿夫等客，邓子瑜上去雇了座滑竿，谈好了价钱，便匆匆上轿。在他转身的当儿，他发现有人跟了上来，到了马安堤上，那几人仍在远远地跟着，邓子瑜断定是被盯梢了，他一点儿也不焦急，只是与轿夫说着话："到了前边那个路口，看到有村庄的地方，你们歇一会儿，我去解个手。"再走了不远，轿夫停了下来，邓子瑜拿起行李，付了碎银，对轿夫说："你们抽袋烟，我去解个手，帮朋友带个口信，一会儿就回来。"说完便走向村口的茅厕。

二十二

"洪管带、洪管带，屋外有人求见，说有紧急匪情要向您报告。"马弁进来时，一连叫了几声，把正躺在一张红木摇椅上闭目养神的洪兆麟吵得极不耐烦。

"是谁？你叫他跟王哨长禀报就行了。"洪兆麟只睁了一下眼皮，说完又闭上了眼睛，继续在躺椅上摇晃。

"我已对来人说了，他不肯，非要当面对您禀报，而且说十万火急。"

"哦？！那你快带他进来！"洪兆麟吩咐完仍然躺在摇椅上。

匆匆进来的是王二麻，洪兆麟一下从摇椅上弹了起来："你来干什么？什么事？快快说来。"

"陈纯回来了。"

洪兆麟眼露凶光："你见到了？在哪儿？"

"我没见到，是陈亚双跟我说的，说回来拜山祭祖，但他们行动神神秘秘，好像说邓子瑜也要回来。"

"那你继续监视，一发现情况立即向我报告，不能对任何人走漏风声。"

王二麻会意地点了点头，迅速告辞出去了。

洪兆麟本想马上去向陈兆棠报告，但一想起棠字军和分片包干的事，就一肚子怨气，随即打消了这个念头。他想亲手擒获这两个悬榜通缉犯，他要让陈兆棠看看，他洪兆麟不是熊包，不是懒汉，而是一个凭实力、凭勇敢、凭智谋当上清兵管带的功臣。

洪兆麟想想就无名火起，几个月来，他临危受命，疲于奔忙，除了剿匪破案，还抽空从各乡、各保中招募乡勇五百人，他想到之前陈兆棠的当面承诺，自认为棠字军的副总指挥非他莫属，故从招募兵员到新兵训练，到发放枪械都表现得特别积极。为了提高这批新兵的作战能力，他洪兆麟除了亲自训练，教枪法、教骑射，又差王大彪去请来了几个本地有名的拳师，专门教授在东江一带非常流行的龙形拳和李家拳。为对付孙文乱党，洪兆麟别出心裁，制定了一套严格的新兵考核标准。他差王大彪制作了一批稻草人，在实弹射击训练时，把稻草人放置在靶场上，然后分别在稻草人上贴上邓子瑜、陈纯的头像，并将靶子依次排列，每靶相距一丈，越远越难击中，一枪命中邓子瑜的为甲等，击中陈纯为乙等，考核等级以此类推。除此之外，王大彪还在训练场上，设计了一个草人阵，把被通缉的惠州会党全排在上面，邓子瑜、陈纯等打头，新兵在模拟近身搏斗时，一阵"嘿嘿嘿"的吼叫，左一拳右一拳全打在邓子瑜、陈纯的要害处。接着，新兵排成纵队，各发飞刀十把，定好时间快速从草人阵中冲过，十把飞刀一下甩出，以刺中会党刀数而定优劣。洪兆麟如此严格地训练新兵，完全是为了对付会党拳匪，提高棠字军的单兵作战能力，他甚至计划在新兵集训结束后，从这里再挑出五十人组成一个便衣队，他吸取了上次与邓子瑜在崩光圩和惠州城郊作战失利的教训，阵地战、攻城战邓子瑜、陈纯根本没占到便宜，游击战、近身搏斗时清军却吃了大亏。依他的推断，如今邓子瑜他们就算是回来了，一时还拉不起队伍，还不具备武装暴乱的条件，他们如今着手做的，无非是在暗中干些串联发动、购置枪械、暗杀官员、扰乱治安的行动，便衣队恰恰是对付这些行动的最好克星。

但是让洪兆麟没想到的是，他如此尽心费力训练出来的队伍，还没正式使用，陈兆棠一纸公文，把棠字军副总指挥的职务委命了惠州的另一个巡营管带李声振，陈兆棠自任总指挥。他洪兆麟辛辛苦苦，劳碌了几个月训练出来的棠字新军，竟与他没了任何关系。

更让洪兆麟不快的是，陈兆棠对惠州驻军重新做了调防和分片包干：府、县二城由棠字军负责，一营博罗、河源、龙川、和平、连平，二营归善、新安、永安、长乐。这样一来，县城、府城附近的赌馆、烟馆、妓馆、钱庄、客栈、码头船舶等，一下全部换成了棠字军负责，他的巡防营却被派到了偏僻的各县剿匪平乱。谁都知道，山匪劫贼，来无影去无踪，他一营人马，纵使是夜以继日地奔波于这方圆数百里的地方，也无异于在茫茫的深山老林里捉一只野兔子。剿山贼，抓刁民，说来轻巧，这活儿洪兆麟没少干，非但有劳无功，还常常出力不讨好，挨训挨骂。前不久，洪兆麟还曾细细盘算过，偌大的惠州府，棠字军管辖的地盘富得流油，虽然陈兆棠挂名总指挥，但具体营务还是他这个副总指挥说了算，想想就可知，地阔有尘，单是那进贡的银两，就让人垂涎欲滴。今新军易帅，巡营调防，"湘园"一梦也随之破灭，洪兆麟只落得个财权两空。冷不防地受此一击，洪兆麟像一个膨胀的气球突然被刺破，顿时泄得一蹶不振。他感觉到陈兆棠对自己的不信任，也领略到了陈兆棠的阴狠毒辣，一股怨恨升腾而起。洪兆麟如一头暴怒的狮子，更像是一头发情的公牛，他想去与之论理，找人申辩，似乎都不是门道。心烦意乱的洪兆麟想到刘金生和三姨太，他找刘金生是想把库存的旧械全部变现，找三姨太则是想排泄一下心中一连串的烦心事儿。

洪兆麟像外出归家的男人般，熟门熟路地直去刘府，进了院子之后直奔三姨太房间。洪兆麟看到三姨太和丫鬟二人在卧室里，手里正托着一个绣盘与丫鬟在做着刺绣，挑的是一朵象征富贵的牡丹花。听见响声，三姨太抬起头来，看见是洪兆麟，一脸的娇媚，不用等主人吩咐，丫鬟已端了绣盘识相地低头退出。因走得匆忙，绣花针还被三姨太捏着，三姨太起身，莺声燕语地娇笑道："管带大人，您来啦！"这时他才发现三姨太真会打扮：紫色的丝绸面料，领口处缀着一行浅蓝色的花边，裹住白嫩的脖子，素色长裙晃动时，隐约可见那两条丰满的大腿和浑圆的屁股，浓密的黑发盘成极有韵致的一个圆球，圆球上又插了个蝴蝶发夹，这装束既妖媚又端庄，淡淡的红唇浅浅的笑，越发让洪兆麟心旌摇曳，淫欲顿生。

洪兆麟一时性起，直扑三姨太道："好妹子，想你了，洪哥心里烦呀。"

三姨太被洪兆麟这一抱，手中来不及放下的绣花针，扎在了洪兆麟的肥臀上。洪兆麟"啊"了一声道："我的心肝儿哦，你莫不是要谋杀亲夫吧，你的指甲儿扎得哥哥心更急哩。"

三姨太吓得花容失色，赶紧抽出绣花针，丢在地上，嘴里嗔怪道："看哥哥猴急猴急的，有你吃的。"

自从那次家宴之后，刘金生与三姨太的关系明显疏淡了，除了日常的问候之外，他很少进三姨太的房间，更甭提同床共枕，寂寞的长夜里她心中常泛起一股醋意，委屈的泪珠儿溢出了眼眶。开始她也感到厌恶、恐惧、羞辱、屈从和无奈，但她既无力改变又无力挣脱，久而久之，她渐渐地顺从了，甚至有时会莫名地希望洪兆麟过来，她喟叹自己的命运不好，怪怨刘金生喜新厌旧，使她成了刘家的一个摆设，或者说是刘金生攀附洪兆麟的一个筹码。

此刻的洪兆麟听三姨太这般撩逗，更有了强烈的欲望，他毫无章法地扯开三姨太的上衣，白胖胖的小奶子，像两只活蹦乱跳的兔子，一下子跳到了他的眼前。他双手揉搓了一阵，再也无法按捺浑身散发的欲火，三两下就把三姨太的衣裤褪尽。

平静下来的洪兆麟，仰躺在大烟床上，仍回味着刚才的一幕。三姨太真好，天生的尤物，她很会安慰洪兆麟，除了说些体贴的话儿之外，在男女性事上，也已进入了收放自如的状态，情到浓时，甚至有些浪荡起来。这是洪兆麟始料不及，也是他求之不得的事，他需要这种淫荡和风骚的迎合，这如同在近身搏斗中，遇到了一个强劲的对手，唯有与这个对手较量，最终又取得胜利，才会产生真正的愉悦。这时的三姨太，给他拧上几个不大不小的烟包。待洪兆麟过足了烟瘾，三姨太又为他冲泡一壶香喷喷的绿茶。直至此时，在洪兆麟看来，似乎一切都变得顺眼起来。看见心情舒畅的洪兆麟，三姨太壮着胆子问道："金生外出几天，托我问下管带大人，不知那事儿有没有着落？"

洪兆麟一面茫然："什么事？"

三姨太"咯咯"一笑，伸出玉手一把往洪兆麟的胯下抓去。洪兆麟一下明白过来，"呵呵"笑着说："有着落，有着落，那杆枪是男人玩的，这杆枪才是你的。告诉金生，回来即派人取货行了。"说罢又把三姨太搂在怀里好一番亲热。

一肚子怨气在三姨太那释放之后，洪兆麟开始思考下来的对策，邓子瑜、陈纯他们是不是在惠州城？今又潜伏在哪儿？反正他们也是来无影去无踪，无把握的事让棠字军去干，他只能派人秘密侦探，一旦发现了行踪，不是报告陈兆棠，而是带巡防营亲自去抓；至于日常的军务，各地联防联控，围捕山贼刁民，通通叫王大彪去应对，万一碰到陈兆棠差人来找，也可差马弁过去回句"洪管带防务外出未归"打发了事，还有巡防营的换械，干脆把新购的洋枪，换下的旧枪，再多给些刘金生，这多少可为建"湘园"筹笔银子。对策想好之后，他心里狠狠地骂道：你陈兆棠把爷利用完，就像对野狗一般丢弃，也太不厚道、太不把爷当一回事了。既然你陈兆棠不重用我，我也懒得去主动巴结，俺也不是个任人拿捏的软蛋！

二十三

　　邓子瑜回到归善县城秘密住处后，即差人联系上了会党邓珍。

　　邓珍在水东街经营一间粮米行，虽然小本营生，门面不大，但人来客往，生意颇好。和邓子瑜会见的那天晚上，邓珍特地为邓子瑜准备了一盆刀斩盐焗鸡、一盆砵鹅、一壶东江米酒，随后两人就在客栈的一个小房子里摆开了杯盏。看着这些熟悉的家乡菜，久别东江的邓子瑜一阵感慨，三言两语简单的叙旧后，兄弟俩便畅饮起来。邓珍端起酒杯道："来，大哥，这杯算是先为你接风洗尘带压惊，兄弟我先干为敬！"说罢，邓珍便仰起脖子，将酒悉数倒进喉管。

　　邓子瑜见状，跟着把酒一口喝下，微笑着问道："兄弟说要为我邓某压惊，我何惊之有？"邓子瑜一边说一边夹了块鸡块放进嘴里，啧啧称赞着盐焗鸡的好味道来，他不想与邓珍谈及香港遇刺的事。

　　邓珍却不依不饶："邓大哥，你就别瞒我了，我已闻知你在香港遇到了刺客，差点儿被劈断一条腿。"邓珍放下酒杯。邓子瑜又故意岔开话题："邓珍老弟就知道我爱吃东江盐焗鸡，还有一样东西我特喜欢的，可还记得？"

　　"我当然记得，你先让我看看你的腿伤，我就把你爱吃的东西拿出来。"

　　"哈哈，你知道了？是陈纯告诉你的？"

　　"你别管是谁说的，你让我看看那腿有无好利索。"邓珍嗔怪地瞪了一眼邓子瑜，仍是一脸担忧。

　　邓子瑜站了起来，在房间里走了一圈，还用力地蹬了几脚："看，早好利索了。"接着扎了个马步，侧身探腰，左右开弓地一套冲拳出掌，"嗨！嗨！嗨！"打得呼呼生风。一套拳打完，脸不红气不喘又坐回餐桌边，拿起筷子又夹了一块鸡肉放进嘴里，边咀嚼边说道："老弟，这盐焗鸡味道好正宗，我好多年没吃过了。"

邓珍看了邓子瑜一番拳脚后，心中不住暗喜，他想邓子瑜的腿伤已是快痊愈了，就凭他这身长练不懈的武功，若不是阿三暗器偷袭，那几个混混绝不是邓子瑜的对手。邓珍此时走进里屋端出一个竹篮子，在邓子瑜面前晃了晃："猜，是什么？"邓子瑜一下掀开盖着的布巾，不觉眼睛一亮："哈哈，阿嬷叫。"话没说完，便抓起一块咬在嘴里。接着端起酒杯，又和邓珍干了几杯，他说道："这阿嬷叫好吃，刚在街上过时，就馋得想买他一篮子，没想到珍老弟为我准备好了。来，再干一杯，接风洗尘我领了，压惊全免，陈兆棠、洪兆麟吓不倒我。"邓珍听了一乐，在盘子里挑了鸡翅、鸡腿，全夹放到邓子瑜碗里，端起酒杯一饮而尽。邓子瑜手里却抓个阿嬷叫，一边吃一边说："这东西我小时候吃过，长大了来惠州城时每次必吃，去了国外还时常惦记这童年美食，新加坡也有惠州人做这个东西，但就做不出那味道。""要不怎叫阿嬷叫？有了好吃的阿嬷叫都叫不动。"说到这个名字，两人不由得笑了起来，这是惠州传统风味小食，用面粉、萝卜丝、虾米、肉粒等搅成糊状，用油慢火炸出来的，形同小碗口，黄灿灿的，外酥内软，咬一口嘴角流油，颊齿留香，吃了一个想两个。

邓珍和邓子瑜只是一般的族兄而已，但他们一直以兄弟相称，而且在情感上情同手足。一是因为邓子瑜介绍邓珍进三点会，歃血盟誓在祖宗面前结为生死弟兄；二是因为三洲田起义时，邓珍跟着邓子瑜一直打到梅陇，遇到清兵四处围剿时折回梁化，邓珍带着几个兄弟拼死掩护邓子瑜逃脱。直到邓子瑜远逃南洋，邓珍才与一班兄弟陆续潜回老家，等风声过后，才在归善县城租了个门面，做起粮米的生意来。

邓子瑜一边喝酒，一边把日间在七女湖碰见的事一一说给邓珍听。邓珍听后忙对邓子瑜："大哥有所不知，自陈兆棠来到惠州府任职之后，对天地会、同盟会的人恨之入骨，欲斩尽杀绝。前几日还下了明令，在各大码头张贴公告，你与陈纯的人头各悬赏五百两大洋，林旺、孙稳各悬赏一百两。据说发现同盟会会党，报官捉拿归案即赏银十两，举报当年参加三洲田起义的三点会会员也有赏银。"邓子瑜从邓珍的口中得知，陈纯他们回来惠州之后，并没有按原定计划去秘密联络发展会员，而是采取分头行动，全面出击，劫钱庄、砸赌场、抢粮船，搞出了一系列的大动作，他心忖道，这不是明摆着给陈兆棠一个信号，也为他的"重典治乱"创造了一个剿杀会党的正当理由？他明白陈纯的动机，无非是急于筹饷用于购枪和抚恤，但钱和枪的事在港时商定是由他来负责筹措，这次回来他还带回了一笔活动经费，陈纯不按原定计划去执行，是受到什么影响还是有了别的想法？他隐隐地感觉到他们之间可能有了某种分歧，一种担忧掠上了心头，强敌当前，重任在肩，一定要统一思想和行动。

邓子瑜是心里藏得住事的人，他意识到接下来会党的活动将异常艰难，思考着该采取什么样的措施来制约陈纯的冒进行为，尽管心中翻江倒海，表面仍风平浪静。邓珍刚把话说完，邓子瑜即点头应道："我早就闻知此人心狠手辣，这个家伙在山西、广西镇压农民起义屡出绝招，深得岑春煊赏识，他来惠州当总兵，实在是同盟会的灾星。"

邓珍说："陈兆棠除了心狠手辣杀人无数外，还诡计多端，行事阴鸷。如今又多了两个帮凶，洪兆麟和王大彪。洪兆麟是他的乡党，前两年只是一介哨长，后因帮陈兆棠抓乱党杀匪徒有功，一下子提升为管带，听说还要提协统了。姓洪的在石矶头一天杀人二十个，抓的全是三点会的亲属，一刀一颗人头，连眼都不眨一下，惠州百姓都称他是'杀人魔王'。"邓珍停顿了下接着说："王大彪也是我们的克星，他在惠州人熟地熟，还带着一个二十余人的侦缉大队，到处捉拿会党，耀武扬威。梁化有一位兄弟当年为躲清兵追杀，带着一家老小在深山搭寮居住，几年都没回家了，不知让谁举报了，王大彪带着侦缉队，把一家老少全斩杀在山寮里，连六岁的小孩都不放过，真惨啊！"

邓子瑜听罢狠狠地说："王大彪这回没死在香港，算他命大，洪兆麟这家伙镇压三洲田起义时，就是刽子手，要设法把他们干掉！"

"难呀，这家伙鬼得很，武功枪法都好，原来只负责府城防务，现一城两江都归他管了，出出入入，前呼后拥，巡营设在府城，东江、西枝江增置有巡逻船，博罗、龙门、泰美、淡水、梁化等地建了兵站。

除此之外，还派出许多便衣内线，化装成脚夫、轿夫、跑堂分散到各圩场食肆，专门刺探同盟会的情况，一有风声马上派出衙役捕快围追抓捕。"邓珍非常气愤地说。

邓子瑜听着没吱声，只顾着喝酒吃菜，邓珍只当邓子瑜犯了难，也没说话，陪着邓子瑜又喝了几杯酒。过了一会儿，邓子瑜才说道："老弟，这事急不来，办法总会有，我今急着想跟陈纯他们见个面，目前风声正紧，也不知他们躲到了哪儿？看来还是先要想法防住清兵耳目的才是，你任何时候都不能暴露身份。"

邓珍知道邓子瑜这次回惠有重任在身，便自告奋勇说："大哥切莫走动，你名声大影子大，树大招风，有事跑腿找人让老弟去方便，我经营米店，人家都知道我经常到各乡各村去收购粮食的。今清明将到，各地田户都开始插秧了，我也要趁此季节下去放些青苗钱，以便预先收购今夏稻谷。"

邓子瑜想想也觉得邓珍出去联络比较便利，便把下一步的行动计划对邓珍说了，并嘱咐邓珍先做三件事情：一是想法到七女湖联系上陈纯、林旺、孙稳；二是想法到龙门、博罗，联系上梁亚珍、梁慕光；三是利用清明拜山的机会，祭拜当年三洲田起义牺牲的兄弟，抚恤一下家属，发展一些天地会新成员。

"细英有无下落？"邓子瑜问了句。

一说起邓细英，邓珍知道这是邓子瑜的一个心结，但自己也一直没有停止打听她母子的下落。三洲田兵败之后，洪兆麟大举清乡，抓不到参加起义的人就抓亲属，据说邓细英当时与同遭搜捕的人躲进了深山，但在哪座山，住在哪个山寨，是死是活，没人知晓。

"细英应该还活着，只是还没有她的消息，我会继续留意。"

邓子瑜听邓珍如此一说，若有所思地点了点头。

"不知毛汉生情况怎么样？"

"别提了，毛汉生早已另起炉灶，当上山大王了。"邓珍答完叹了口气。邓子瑜没再吱声。他掏出一包银子交给邓珍，邓珍知道这是海外华侨筹集的活动经费，不敢含糊，当着邓子瑜的面，点了点数之后，才将银两放进了钱袋里。

长毛贼早先曾是洪门出身，后因梁化兵败遭到清兵缉捕，便潜进南昆山当了剪径的土匪，干起劫富济贫的营生。长毛贼原名叫毛汉生，因为姓毛，又沦为盗贼，一上山为匪，头发长，胡子也长，便有了"长毛贼"这个绰号。长毛贼拳脚功夫非常了得，打家劫舍的本事确实有一套。博罗、龙门一带的村民常用长毛贼的名字来吓唬哭闹的孩子。"长毛贼下山抢人了，还哭？"说来奇怪，智门未启的孩童一听到长毛贼的名字，就不再哭闹了。

邓子瑜喝了口酒又说了句："兄弟，这些钱留在你这安全些。要多加留意，看看哪儿可以购到一些枪支弹药，特别是新枪。"

邓珍会意地点点头说："我已经在留意了，有点儿眉目，只是不知能搞到多少就是了。"

"好。"邓子瑜听到有眉目后颇为高兴，端起酒杯说，"这杯我敬你。"两个酒杯砰地碰到一块儿，各自一饮而尽，兄弟俩对视一笑。

二十四

东江流域的客家人多是聚族而居，大的村所叫围，小的叫寮，七女湖的村庄就有"上围""下围""上寮""下寮"的称谓。陈亚双的家位于下寮村，这是一个紧挨着东江的小村落，幢靠幢一溜排地摆开，清一色的陈姓，也清一色的土砖瓦房。

经过邓珍和陈亚双的秘密安排，邓子瑜终于在七女湖下寮村见到了陈纯、林旺和孙稳等人。邓子瑜与大家一番寒暄之后，便对他们简略地通报分别后的一些经过。邓子瑜说，本来他要回新加坡的，但孙中山和黄兴等又去了河内，因为两广总督串通了港英政府，加强了对会党组织的打压，他们不敢再在香港会面，孙中山只是通过冯自由转达了下一步的计划和分工。许雪秋去潮州，他来惠州，邝敬川、王和顺去钦州、廉州。孙中山的意思是在四个地方同时举事，相互照应，意在先夺取两广，继南方七省，建立同盟会南方革命根据地，尔后推向全国。

邓子瑜喝了一口水，接着对陈纯说："你特地去了潮州一趟，也联络上了一些盟友，现在惠州的情势大伙儿都清楚，陈兆棠、洪兆麟对会党盯得很紧，王大彪又组建了个什么侦缉队，我们的行动处处受到限制，大家还是要特别小心。"邓子瑜见大家都不吭声，他拿眼看了看陈纯，陈纯只是用油布在反复擦抹那支毛瑟枪。邓子瑜有些不高兴，他强压着心中的不快，继续说道："我们在香港曾一起商量，而且做了明确分工，今可好，林旺干起了拍砖党，孙稳造的炸弹用在罗阳赌馆，还有更大胆的带人把东江的粮船也被劫了！"邓子瑜明知道是陈纯指挥干的，但他不想点破，想看陈纯怎么表态，陈纯仍不吱声，仍在继续擦拭手枪。

林旺此时说："钱庄、赌场是我与陈亚双带人干的，不关陈纯大哥的事！"

孙稳接着说："我一直在夏村试制定时炸弹，只想着拿到罗阳去试下威力！"

邓子瑜再次拿眼看着陈纯，陈纯慢慢地把短枪别回腰间，霍地站了起来："邓大哥，这些都是我策划干的，有错全是我的错！……"见陈纯大包大揽，态度强硬，邓子瑜不由心生怒火。

"如果你不回来，我还想找准机会再干它几单！"

"听你的意思，我这趟回来还耽误事了？！"邓子瑜本还想强忍心中的怒火，陈纯接下来的话一下将他点燃。

"抚恤牺牲兄弟的家属遗孀、联系发动会党，哪一处不要钱打点？！"话既出口，陈纯不觉来气。他还想申辩几句，他只想助邓子瑜一臂之力，根本没有怪怨邓子瑜的意思。

"我这下明白了，你们这是对我、对孙文先生没有信心……"

邓子瑜的话一出，房间里气氛沉闷，一时无人说话。陈纯听后心里更是不服，还徒然生出满腹委屈。他想到，归善、博罗一带义士的亲属，有的家破人亡，有的沦为乞丐，多少人家揭不开锅，邓子瑜口口声声总说发动会党，抚恤亲属遗孀，自己不是不愿做，但没有银子就是一句空话。他又想起黄耀庭那天说的，同盟会秀才多，大炮也多，像郑士良般的志士少，今是不是又多了一门？他虽然自作主张做了好几单，但哪一单是为自己做的？从钱庄、赌场弄来的钱，部分交邓珍购枪之用，其余悉数抚恤了家属，最后连自己带回的一点碎银也给分光了。他与林旺、孙稳、陈亚双一班兄弟冒着生命危险赴汤蹈火，一顿酒都没舍得喝过……

邓子瑜知道陈纯的直性子，也知道他的诚心，只是他的做法确实不妥，但想批评说服他，也不是一天半天的事，当务之急是布置工作。良久，他看了看低头不语的陈纯，换了种口气说："我就问一句，大家还愿不愿意听我的？"

这时，林旺先开口打破了僵局："您是大哥，我们大家都听您的，快部署下步工作吧。"说着不忘拿眼瞄了瞄一旁的陈纯。

邓子瑜就坡下驴，接着便把自己下一步的分工和计划说了出来："好，其他事暂时不提，我来布置接下来的工作，陈纯总负责东江天地会、三点会会员的联络发动；我负责筹集经费和购买枪支弹药；林旺、孙稳负责归善，邓珍、梁亚珍、梁慕光负责博罗、龙门的联络发动工作。这次起义一定要配合许雪秋他们策划的潮州起义，那边一动，我们立即行动，而且归善、博罗、龙门要一起暴动，起义才有力度，才可以使清兵顾此失彼，取得成功。惠州暴动的总指挥是我，具体行动方案交给陈纯来做，林旺、孙稳协助，不知大家还有什么意见？"邓子瑜说完，看向陈纯。

陈纯仍然没有吱声，他静静地听着，待邓子瑜说完，他才问邓子瑜："武器弹药何时能购到手？起义暴动大概定在什么时间？"

邓子瑜说："按计划是在八月间，也就是同盟会成立两周年的日子，还有足够时间准备，我们目前最要紧的事就是联络同盟会会员，包括以前的三点会骨干，还有在三洲田被打散的那些起义军。"

林旺说："现今惠府的耳目很多，如果太过声张地宣传发动，很可能会引起巡防清兵的注意。"

陈纯点点头，他接着林旺的话题说道："的确是这样，我想趁清明拜山祭祖的机会，在族亲之间先行联络发动。人心隔肚皮，有些不曾谋面又不甚了解的会员，还是暂不通知，以免打草惊蛇。"

大家听了陈纯的话都觉得在理。

孙稳插进话来："七女湖、小金口一带有过会节的习俗，这也是一个联络会员的好时机。"

"但今饥穷四月，吃了上顿没下顿，谁还办得起会节？"林旺回了一句。

"看情况吧，没鱼没肉，薯瓜芋菜也可招待亲朋，会节只是个由头，聚在一块儿不易引起官府的注意。"陈纯接着说了一句。

每年正月，小金口、七女湖一带确是有大办会节的习俗，无论家富家穷，人们都倾其所有，把各家珍存一年的美味食品悉数拿来招待亲朋，在当地人的意识里，请的客人越多、越远，来年的运气和人脉就越好越旺。

"会节确是个好机会，可惜过了时间。"邓子瑜接着说道，"我原来也是想通过此节来发展队伍，如今看来要依靠舞龙舞狮来壮大队伍了，我问下各位，发动起义时，地点定在博罗好还是龙门好？"

陈纯思索了一下说："罗阳、公庄、梁化三地同举义旗，对惠州府形成夹击之势较为理想。"

邓子瑜问陈纯："为何选在以上三地？"

陈纯答："因为三个地方都有河道通航，交通方便，容易集结兵力，牵制敌人，一旦进攻可对惠州府形成包围之势，万一起义失利，罗阳可退往罗浮山，公庄可退往南昆山，梁化可退往莲花山，以上三处山高林密，回旋余地大，敌人难以组织围攻搜捕。"

"为什么老是想着进山？我们的目标是要攻下惠州城，直取广州城。"邓子瑜有些不理解地看着陈纯，"你千万不能对武装暴动丧失信心。"

陈纯是个直性子，不是他对邓子瑜没有信心，而是一次次武装暴动的失利，让他不得不做最坏的准备，听邓子瑜这样一说，陈纯不觉来气："我不是没信心，我也不想讲大话，先夺两广，继连七省，后推全国，计划倒是挺好，挺振奋人心，可是，可是用什么来夺，来打，来推？"陈纯顿了一下，继续说道："当年三洲田起义时，声势是何等浩大！待打到梁化、梅陇时，起义军已有两万余众，那时如果不折回三洲田，就在莲花山一带与敌抗衡，清兵没有一年半载打不进山来。可惜……可惜！一出山区，队伍一散，立即就被清兵打败了，死了多少兄弟啊！萍浏醴起义数万之众，没有枪械，一周就偃旗息鼓了，听说清兵如今还在清乡，斩杀的会员及亲属已有上万人了！"

邓子瑜知道"前车之鉴，后事之师"的道理，但陈纯如今是"一朝被蛇咬，十年怕井绳"，七年前起义失败，阴霾仍笼罩在心头，像一个噩梦，久久不散。刚刚发生的萍浏醴起义，算是同盟会创立之后的首次行动，规模之大，义军之众，地域之广，结局之悲，可谓空前。孙中山正是为了呼应和声援，才再次策划四地同举，不屈不挠表明与清廷斗争到底的决心和信心。刚听了陈纯一席竹筒倒豆的牢骚话，邓子瑜深感不安，他明显觉察到他们之间出现了裂痕——完全是受到同盟会派系中自由化思潮的影响，是如此细微，却又无处不在。

邓子瑜心里明白，陈纯当刀客，拉队伍，上阵肉搏，从来没有畏惧退缩过，陈纯的担心无非是怕起义前的准备不足，枪支弹药没法到位。毕竟不是翟火姑的年代了，义军可以凭着一身武功，以一当十，以少胜多，如今面对全新装备的清兵，加上训练有素的棠字军，你的拳脚功夫再好，没待近前，就已经倒在了敌人的枪口之下，如此举事，如何能有胜算。

大家听了陈纯的这番话，都回忆起当年起义时的豪迈气势，乃至最后的悲壮结局。邓子瑜也是当年力主进山，坚持拒守的一员将领。但事到如今，既不能后悔更不能埋怨，只能吸取教训，以免重蹈覆辙。

邓子瑜理解陈纯的心情，他有意地转移了话题，先不讨论进山还是下海，重点围绕枪弹和发展队伍的问题，继续讨论开来，直到唤床的大公鸡喔喔地啼过三遍了，大家才感到肚子饿了。正在此时，陈亚双端了一煲鸡粥上来，揭开锅盖，一股荤素交织的浓香立刻弥散开来，吊足大家的胃口，大家迫不及待地狼吞虎咽喝起粥来。

陈亚双平时寡言少语，甚至一副憨厚木讷的样子，做事却胆大心细。邓子瑜与陈纯他们在开会密谋时，他一直在外放哨，看有没生人驻足偷听。待鸡啼头遍，他就在门院里杀鸡，然后熬粥。因为进出厨房怕听不到外面的动静，陈亚双便多了一个心眼，拿了两把铁铲，斜放在院门口和墙角边，又吩咐陈兴、陈川几个人在村口放哨。

此时大家正在呼噜呼噜地喝粥，却听得外面"砰"的一声响，接着狗吠了起来。陈亚双猛然转身迅速跑出门外，只见一个黑影在眼前一晃，随即又"哐当"一声，扫倒了墙边的铁铲，消失在黑咕隆咚的夜幕中。接着全村的狗都狂吠起来，不久又传来一阵呵斥声和打斗声。

邓子瑜和陈纯警惕地站了起来，正准备操家伙出门，却见陈亚双折转身回屋说道："一定是眼线看见这房里有灯，偷偷摸摸来侦听的。放心，人抓到了，你们歇着吧！"

陈纯气恼地对堂弟说："明知有人来偷听了，还叫我们睡，让我们躲在被窝里等清兵上门，来个一锅端？"

陈亚双笑着说："大哥莫惊慌，我看清那个人了，是邻村的陈亚苟，平时游手好闲，想必是看到官府贴出的悬赏，想抓个同盟会员换点儿银子花吧。"

陈纯听后更是不解："那他如果去报官了呢？邓大哥他们几位在这里安全吗？快撤，我送你们出村，要不就来不及了。"

陈亚双摆摆手说："安全的，放心吧，你们在家歇会儿，天亮再走，陈亚苟已让我们捆住了，他跑不了。"

原来陈亚双除了放了两把铁铲之外，还在邻屋的小院内安排了两个暗哨，陈亚苟其实什么也没看到和听到。

陈亚苟之所以会三更半夜摸到陈亚双的家门口来，是想打听陈纯的下落。自王二麻那天向洪管带禀报了匪情，洪兆麟便要王大彪全力配合，秘密抓捕。王大彪叮嘱王二麻："跟紧陈亚双，一旦摸到了陈纯的活动踪迹，就极有可能抓住邓子瑜，无论这两人哪一个被抓住，都可发一笔大财。"王二麻回去之后，想了很久，怎样才能刺探到准确情报又不暴露自己？不管怎样，自己都不能直接出面当眼线，他思来想去，想到了表弟陈亚苟。

陈亚苟平时游手好闲，靠小偷小摸混日子，他住在陈亚双的邻村，相隔不远，人熟地熟，打探起来便利很多。那一天王二麻特地找来陈亚苟，一见面便说："老表，你不能老是东游西荡了，要找点儿正事干干。"

"我能干啥正事？"陈亚苟不解地反问道。王二麻便对陈亚苟大致说了一下情况，要他以后充当眼线，并将打探到的陈纯等人的消息，偷偷传给王大彪，王二麻还对陈亚苟说，一旦抓住他们，保证他能发一笔大财，下半辈子都不愁吃喝。

"发多大的财？"陈亚苟紧接着问了句。

王二麻不吱声，只伸出五根手指在他眼前一晃，陈亚苟一下来了精神："五两？"

王二麻摇摇头。

"五十两？"

王二麻仍然摇摇头。

"五百两？"

王二麻点点头。陈亚苟听到五百两，不由得眼睛放亮，忙问："抓到陈亚双赏多少？"

"陈亚双一两也没有，抓他还要你去打探？"王二麻没好气地骂道，"不过跟紧陈亚双就有可能找到陈纯，找到陈纯便能找到邓子瑜。"王二麻又加了一句。

陈亚苟按照王二麻的吩咐，经常到下寮村一带转悠。这一晚他看到陈亚双屋子里有灯光，便想着去探个究竟，没想到刚挨近陈家的房子，就碰到了架在墙上的铁铲，他被吓了个半死，扭身刚跑了几步，又结结实实地绊了一跤，脚也崴了，脚踝处还肿起了一个大包，正当他跟跟跄跄地要逃命的，埋伏在屋角的陈兴和陈川一下跳将出来，伴着一声怒喝："盗贼，往哪儿逃？"一拳一脚，就把陈亚苟打得倒了下去，接着用绳子结结实实地将他捆住，押到了陈村的祠堂里。

听说抓到了一个盗贼，左邻右舍纷纷从屋子里跑出来，一齐走进祠堂，大家一一指认他进村欲行盗窃，如不承认即捆送官府。陈亚苟哑口不能言，有人质问他想偷牛还是想偷鸡，他支支吾吾又说不出来由。村中原来丢失鸡狗的村民见状，怒火中烧，一拥而上，把陈亚苟打得半死。他真是哑巴吃黄连，有苦说不得。

天亮后，陈兴、陈川叫来保长，说抓住了一个盗贼。"保甲连坐，抓贼送官"，这是惠州府的新规。保长不敢含糊，马上差乡丁把陈亚苟押送去县衙。王大彪得到消息后，以为抓到了陈纯什么的，兴冲冲地赶到县衙，一进门，却看到陈亚苟一脸血污、披头散发地跪在地上，他真是哭笑不得，心里骂道：王二麻啊王二麻，你去哪儿找来的一个大饭桶，这不就叫偷鸡不成蚀把米吗？

二十五

村里出了奸细，那天又与邓子瑜闹得不愉快，陈纯心里特别烦恼。这一天邓子瑜单独与陈纯会面，口气虽然严厉，但表情却无怒色，他平静地对陈纯约法三章：一是减少各种活动；二是不准再去筹钱；三是两处秘密联络点，重设接头暗号，没有紧急事情则暂停会面。陈纯紧绷着脸，静静地听着也不搭话，邓子瑜接着说："林旺去梁化，孙稳去泰美，只是训练狮队联络宗亲及失散会党。"

陈纯不知邓子瑜葫芦里装的什么药，便硬硬地问道："我干什么？"

"清明快到了，你去拜山、祭祖，我来搅局。"邓子瑜不紧不慢地答道。

"拜山我有计划，搅局如何搅？"陈纯不解地又问了句。

"香港的行动虽没把秦林和王大彪击毙，但杀死了他几个铁杆马仔，也让其元气大伤。而陈兆棠这个杀人不眨眼的家伙，从香港跟踪追杀到惠州，到处给同盟会布下陷阱，如果再不主动出击，给他一点儿厉害，其气焰一定会更加嚣张。但该如何来挫伤他的锋芒，分散他的注意力呢？正面攻击显然不现实，派人刺杀也难以做到，最好的办法是搅局，搅他个天昏地暗，搞它个内讧四起不得安宁。"陈纯听后恍然大悟，暗地里也觉得是个好策略。邓子瑜看陈纯的脸色有所缓和，便换了一种口气对他说："那天大哥可能口气重了点，你要多担待，革命要讲策略。"

陈纯听邓子瑜并无责怪和冷落他的意思，便回了句："我不懂策略，只喜欢真刀真枪地干，既然大哥信任我就先把队伍拉起来，但我有我自己的计划……"话没说完又停顿下来，邓子瑜支起耳朵等待他往下说，陈纯却不再吭声，许久才说："还没想成熟，改日再说吧。"

清明那天，陈纯在下寮村杀了一头猪，率领族中数十个男丁，先到祠堂祭过祖宗，再用竹篮装着猪头和三牲果品，浩浩荡荡地上山祭祖了。约在明末清初，陈氏十一世祖明公由于躲避战火，从福建一带南迁至此，到了七女湖落担。也就是三百多年光景，到了陈纯这一代，已是二十四世孙了，十三代的繁衍生息，已养育出数千名陈氏男丁。这个庞大的家族，分驻在几个大大小小的村子。下寮村的这一脉支，人丁也算兴旺，与陈纯同辈的几十个男丁拜过先祖之后，又来拜祭十八世祖亮公。

陈氏亮公坟墓坐落在江边一座不高的半山腰，占地足有半庙，祖坟背风朝阳，靠背处山峦起伏，群峰叠翠，两边有青山依次跌宕呈环形，酷似坐笼的扶手状。坟地前面地阔天高，极目远眺，一条小溪从山涧流来，从坟地下方缓缓流过，又逶迤而去，隐没在茂林修竹之中。

陈纯站在坟墓的碑前，认真地打量了一下此墓的坐势走向，每来一次，他都深信这是一块风水宝地。他在护墓上压上黄表纸，又沿墓地周边，用石块压上鸡血纸，然后从箩筐里捧出三牲果品，分双列摆放在墓碑前的祭台上，香火袅袅，冥纸纷飞，陈纯握住三炷檀香，虔诚地向祖上叩拜了三下，再恭恭敬敬地把香支插进香槽，紧接着族中老小，依辈分各自祭拜起来，一切祭祀完毕，最后才燃起了鞭炮，噼里啪啦的爆竹声，在青山绿水间格外清脆响亮。

趁着拜祭的间歇，陈纯向大家讲述了亮公的身世。陈氏亮公原来是太平天国的一位反清英雄，跟着石达开打到长江，兵败之后才秘密潜回老家耕种，许多人都不了解亮公的真实身份。陈纯接着讲述了下寮村陈氏家族的一桩鲜为人知的往事。

那是1851年春，洪秀全在广西金田起义后，农民起义风起云涌，席卷全国。在此之前，亮公早已秘密地加入洪秀全的拜上帝会，正在惠州发展会员，起义军打到惠州时，亮公即与惠州籍人士曾天养、古隆贤等人，带着一大批东江子弟参加了太平军，他们与广西起义军一直打到了南京，屡建战功。1859年，太平天国翼王石达开率兵南下，亮公随起义军经连平、和平、龙川、河源、韶关、长宁一直打到韶关，清王朝大为恐惧，派两广总督黄宗汉带兵到惠州把守，以防太平军继续南下进攻广州。

太平军兴起不久，广东天地会首领陈开、李文茂相继起义。因为当时的起义军一律头扎红巾，故也称"红巾军"，红巾军势如破竹，一路攻占了东莞、顺德、香港、清远等十余座县城，贫苦农民纷纷响应，声势浩大，欲与太平军一起攻下广州。在广州有驻军的英、法、美等殖民国家，急速派军队前来广州，伙同清兵，阻击镇压农民起义军。太平军久攻不下，伤亡俱增，不得不退守广西。

几乎是同一时间，惠州三栋的翟火姑响应陈开、李文茂的红巾军，陈氏家族中的许多前辈，都跟着翟火姑这支队伍冲锋陷阵，有的战死疆场，有的伤残隐蔽，直至起义军被清廷剿灭，他们仍然无所畏惧，利用天地会的秘密组织，继续与清兵周旋，没有赶上太平军北上队伍的十余个族兄弟，便参加了陈开的红巾军。

陈纯讲的这些旧事，除族中上了年纪的人知道祖上的底细外，大部分的后生都不太清楚自己的先祖曾是如此英勇无畏、前赴后继地坚持反清斗争。此刻，他们被前辈的慷慨悲壮感动得热血沸腾、激情澎湃，个个恨不得使出浑身解数，像老祖宗一样，做出彰显后人的丰功伟绩来。陈纯看火候已到，就进一步对族中人宣传鼓动："泱泱大中华，被外国联军打得落花流水，今连小日本也敢欺负侮辱咱们了，但凡有血性的中国人，再不抗争，还有什么脸面活在这世界上？"

陈亚双不解地问："大哥，你说日本人的心思，朝廷不知道吗？皇帝不知道吗？为什么就不想法阻止外国人的侵占和掠夺？"

"不是不知道，他们是怕外国人。对同胞他们大开杀戒，对外国人却到处割地求和，一副卖国求荣的嘴脸。"

这时突然有个后生插了一句进来："陈纯哥，康有为和孙文都说要改造中国，谁的主意更高明？"

"康有为是想帮助小皇帝，改良政府，实施维新，但当下的清廷既腐败又无能，完全没有能力来治理国家，故孙文先生提出推翻它。洪门的宗旨是'反清复明'，我们如今是反清不复明，不要封建皇帝了，重建一个民主、博爱、自由的共和国！实现耕者有其田，穷人有饭吃！"

大家听了陈纯的一番解释，心里的谜团慢慢解开。这时，一个上了年纪的族叔拉着陈纯的手问："你知道吗，我们这座祖坟，阴阳先生曾经断言，能庇佑后代，福泽子孙。可你看我们族中哪有什么达官富贵之人，难道是龙脉断了，风水过代了？"

陈纯大声答道："是大清的龙脉断了。"他看了看大家接着说："哪个都说我们祖公这座墓地风水好，非富即贵，添丁添财。但一百多年过去了，我们除了增加了数十个男丁外，既无富更无贵。我们都是亮公的后代，如果想继承祖先遗志，就要奋起抗清。如今孙文先生号召国人，用武力推翻清王朝，我们陈氏家族，有着与清朝斗争的好传统，我们一定要坚决响应，推翻腐朽的清王朝。才对得起列祖列宗。因为推翻清廷是先祖的遗愿，吾辈如畏缩不前、贪生怕死，就是愧对列祖列宗了。"

陈纯的一席话把族亲的情绪调动起来，后生们再次肃立在坟前，对先祖肃然起敬，一股复仇的冲动在血液中奔涌。为民请愿、为天下苍生谋福的心愿，也更加强烈起来。

清明前后，惠州附近的各个山头，都是成群结队的拜山祭祖的人，有的十余个，有的数十个，有的上百人，噼里啪啦的爆竹声，此起彼伏。陈兆棠似乎在这一阵阵的鞭炮声中，闻到了一股呛人的弹药味。

二十六

此后不久，邓子瑜又与陈纯见了一次面，终于得知了那天他欲言
又止，没说出来的计划，原来陈纯想带着孙稳去香港学制定时炸弹，孙
稳拜过制弹师傅，但苦于没有定时引爆器，在香港的时候又听黄耀庭说
起暗杀团，和他在新安乡下的准备工作。陈纯觉得成立暗杀团，比组织
武装暴动更带劲更有效，一旦有枪械拉起队伍时邓子瑜攻城，他可以潜
进城内炸开城墙炸毁总兵府；万一没有枪械，拉不起队伍，还可以伏击
陈兆棠和洪兆麟，也不白费回来一趟。"我把人发动起来就去港，暴动
时我来配合，你带人攻城时，我保证炸开城门，攻不下，我舍命把清兵
管带的头颅割下来见你，哪怕是与洪兆麟同归于尽。"邓子瑜听后一时
不知如何回答，他心忖，陈纯的这个计划不是一时冲动想出来的，可能
已经酝酿了很久。邓子瑜了解陈纯，你若马上否定，陈纯会反感，你若
默认抑或赞许，陈纯反而容易冷静下来权衡利弊。邓子瑜只能说："计
划很好，但当务之急，你是帮着把会员发动起来，没有队伍，计划再好
也无用，到时我去香港找钱，找枪，连同爆破器材。"

按邓子瑜的意思，由陈纯开堂吸收一大批青壮年入会。为避人耳
目，不用兴中会或同盟会的名义，仍用天地会的名义。天地会是洪门的
一个分支，具有深厚的民间基础，对于这个帮会派别渊源有多种说法，
但在归善、博罗的天地会里，他们是继承少林五祖这一脉的。

这一天，陈纯在陈氏祠堂里，举行了一个隆重的盟誓仪式。说是
祠堂，其实与普通民居也没太大区别，二进的建筑格局，两侧是厢房，
进了大门是下厅，过了天井是上厅，正厅的中间放着长条形案台，案台
上供奉着祖牌，案台下方还有张八仙桌，放置着香炉和供品。要说不同

的是，上下厅比一般民居要大，这里除了逢年过节要容下众多族亲祭祖之外，平时还要放下几张条桌和板凳，供族中子弟读书识字之用，至于练拳习武，一般在下厅或门坪上进行。

当天晚上，两根木棍粗的蜡烛发出通明的光亮，把祠堂里的人照得清清楚楚，陈氏后人虽衣着不一，或旧或新，或长或短，但大家皆神色肃穆，表情凝重，他们朝着正堂的祖牌站成一排，随着执事人一声"跪拜"，陈林、陈兴、陈川、陈明、陈辉、陈甫等齐刷刷地跪了下去。在列祖列宗的牌位一侧，还挂着洪门供奉的牌位——用一块块小竹片，写好名字插在香案上，依序排成：始祖洪英、文宗史可法、武宗郑成功、宣宗陈近南；尔后是前五祖：蔡德忠、方大洪、马超兴、胡德帝、李式开。

执事郑重宣布："陈家祠的盟誓仪式开始！"祠堂一时静寂无声，此时陈纯端坐在中间，陈亚双手拿一扎线香，在蜡烛处点燃后，分发给各位。执事引领陈川一干人双手捧香，先后叩拜列祖列宗、洪门五祖、圣堂和香长，然后再恭恭敬敬地把线香插进香炉。进香之后，陈亚双手持一红冠公鸡，手起刀落割断鸡脖，鸡血汩汩流进了八仙桌上整齐摆放的酒碗里，大家各端起一碗血酒，一饮而尽，接着盟誓。

天地会共有三十六誓，陈纯一一领誓：今晚加入洪门之后，不得懊悔叹息，如有此心，死在万刀之下；倘被官府捉获，身做身当，不得攀害兄弟，如有违背，五雷诛灭；士农工商，各执一艺，既入洪门，必以忠心义气为先，交结四海兄弟，日后起义，须同心协力，杀灭清朝，早保明主回复，以报五祖火烧之仇，如遇事三心二意，避不出力，死在万刀之下……

陈纯念一句，弟子们念一句，声音浑厚铿锵，在浓重的黑夜里传得很远很远。盟誓结束之后，陈纯把众人领到门口禾坪上，陈亚双早已把一面用红绸布写好的长轴挂联擎了出来，上联是：福国卫民滴血盟心光汉族；下联是：灵威浩气挥刀矢志复神州。

陈纯和陈亚双交换了一个意味深长的眼神后，陈纯站直身子，指着对联一字一句地念了一遍。尔后，转身对族亲弟兄们说道："'福国卫民滴血盟心'，是的，要有所成，并非光靠一个思想，我们需要的是更多的付出。从这副对联中，大家都看到了吧，光复汉族是要流血牺牲的，不是喊喊口号而已，要对付清兵，要有武功在身。"

说完，陈纯利索地把上衣一脱，紧了紧腰带，嘿地低吼一声，如猛龙过江，游刃有余却筋骨生风地打起了龙形拳。在族亲弟兄的喝彩声中，陈纯全神贯注地演练起来。他的一招一式，什么龙腾虎坐、推日拉月、王龙斩腰、飞龙在天，招招凌厉、拳拳到心、步步到位。舞到最后，旋风般地叠步向前，一个胯龙抱月如平地惊雷，再一个转身飞跃，来了个扬帆走转。这两个高难度的动作，几乎是在一瞬间同时完成，赢来阵阵喝彩声。

陈纯的拳脚功夫确实了得，把大家看得目瞪口呆，众后生纷纷要拜他为师，学几招拳脚功夫。陈纯收拳抱握，朝各位族亲弟兄作揖，笑着说："各位弟兄见笑了，花拳绣腿掩人耳目而已，我这只是跟林师傅学来的半桶水，只能与大家切磋，哪里敢当师父！林耀桂先生六岁从艺，久经江湖，名满东江，学龙形拳，得去拜他为师。"

陈亚双听陈纯说完，便很识时机地接过话说："林先生最近为帮助我们，特在埔头村和房埔村设点授拳，又定时来我们村指点。大家要想出去闯世界，没一身功夫不行。"众弟子点头称是，纷纷要求陈亚双也来表演一套龙形拳。陈亚双微微一笑，也不推辞，双手一抱，扎好马步，拉开架势，轻喝一声，随即舞了起来。

他打的套路与陈纯全然不同，虽是一个叫法，但拳法上却是另一种风格。陈亚双耍的是后六趟，什么青龙探爪、乌龙绞柱、渗腰反砸、双钻点睛，看得出他的击打功夫更到家，极具攻击性。众弟子早就闻知陈纯两兄弟身手不凡，今日一见果然大开眼界。

接下来，众弟子皆热情高涨，在陈亚双的点拨下练起了麒麟狮。

麒麟狮也是醒狮的一种，只是它的体形较小，适合在山区的门坪禾塘表演，故在东江流域的客家地区非常盛行。这还可追溯到明末清初，一大批客家人的迁徙历史。说到七女湖的这支麒麟狮，在惠州还有个美好的传说：数百年前，一支客家移民，从东江流域中上游山区，往下游两岸迁徙，出发前，族中的长者在祠堂前舞起了麒麟舞为族亲送行，舞毕又把一套麒麟面具交给族亲，在交接仪式上，族老们举行了隆重而庄严的开光仪式。所有族人站列成排，在祠堂前的石阶上对上列祖列宗，一齐吟诵了拜祖词："舞狮柬盒四四方，柬盒面上三支香；唯有两支敬天地，余有一支拜祖堂。"念毕，他们戴着开了光的麒麟面具，踏着"咚咚锵"的鼓板，一路沿江而下。当他们来到东江河边的七女湖时，先人们久久徘徊，不肯离去，环顾四周，东边有宛如银链的河流，南边千年古城惠州府，北有挺拔象头山，山前有壮观的飞龙瀑布飞泻而下，盘地辽阔，沃地千顷，族中长者不由眼睛一亮，放下行囊，对着眼前的美景一番惊羡，七女湖这地方好啊！有山也有水，养眼也养人，于是这支客家先人便落担于此，柏岗山还被称为"麒麟山"。

传说归传说，习俗归习俗。邓子瑜如今要陈纯训练出一支后生麒麟队来，目的就是对付陈兆棠的清乡保甲法。清乡保甲法严令规定：拳馆授徒不许习兵器、练骑射，走村过户须登记报备，从哪儿来？到哪儿去？办何事？如今就训练出几个麒麟狮队，坦坦荡荡地串村过堡，拜会族亲，再说数百年民俗，宅院奠基，新店开张，哪一项少得了麒麟献瑞，舞狮庆典？有了这个便利，陈纯便可借此机会，联络会员，壮大队伍了。陈纯练过狮，还带过队擎过狮头，谙熟舞狮的套路和礼规。他还对大伙儿讲述了舞狮的特点，其实无论麒麟、山狮，还是醒狮、大头狗，它的套路情节都是大同小异的。

陈纯为了激发大伙儿反清灭清的决心，在传统的麒麟狮套路上做了一些改动，除了延长了采青（寓意"踩清"）的表演情节，对鼓点锣钹的节奏也注入了新的故事内涵。比如沙仙一手拿扇、一手拿青撩逗麒麟狮时，麒麟开始舞动，随着鼓手的一声响锤，锣声镲钹骤响，麒麟左右摆动，沙仙和尚和大头娃奔走其间，他们手持红布和青草，或站立，或蹲伏，或前瞻，与麒麟挑逗嬉戏。麒麟匍匐在地，怒而不发，任由挑逗，突然麒麟一跃而起，腾空转身，直扑大头娃手中的青草。此时的鼓板合着"谢谢青，谢谢青（斜斜清）"的锣钹声，愤怒的麒麟一下子把青草咬到了嘴里。

这几个动作看似简单，陈林、陈川几个演练了好几回都不到位，陈亚双擎着狮头，亲自做了示范，还是欠些火候。陈纯在一旁站了起来，撸了撸袖子，擎着狮头比画着，他叫陈亚双司鼓，所有人跟着鼓点，走在他后边看。随着陈亚双的大鼓"咚"的一声，陈纯举着狮头顺着弧度往左摆，往右摆，再用力上前一脚，猛然仰起狮头，张开狮口一下把青草咬过来，这几个动作连贯紧凑，一气呵成，毫不拖沓。随后锣钹跟着鼓点一齐响起，陈纯跟着用谐音喊道："斜斜清，斜斜清、斜清、斜清、斜斜青！"陈纯最后对大伙儿说："'采青'就是踩踏清政府，清政府大厦倾斜，行将崩塌，雄狮一旦觉醒，将一口吞食腐败无能的清王朝。谁是雄狮，雄狮就是同盟会，就是觉醒的劳苦大众。"经陈纯这么一教一说，大伙儿的一腔热血，如同又一次盟誓般沸腾起来。

二十七

连日来的劳心劳神让陈兆棠无法安睡，这一夜，他又失眠了。此时正值半夜三更，是天地调和、阴津合阳露的佳辰良时。按理，一身体力外溢的草莽军人陈兆棠，应已和刚接来惠州的老婆厮混在被窝里，暖衾香枕地恩爱一番。可是，因为连日来的烦心事儿太多，让他对男女之事没了兴趣。

因心窝底的涩气，陈兆棠顾不得老婆娇躯加娇语的挽留，从老婆的脖子下抽出自己的胳膊，顺手挑开老婆搭在自己身上的大腿起身。老婆睁开微闭的双眼，看他正在拿挂在衣架上的衣帽，不由得问了句："这么晚了你不睡觉又要上哪儿去？""不去哪儿，书房去坐，夫人且自行安歇。"

听陈兆棠这么说，他老婆不好意思地扯过被子遮上酥胸。她知道，陈兆棠一有心事，是无法安睡的，他把当官、剿匪看得比任何事情都重要。他在江西任职的时候，军营里的哨佐管带都带着家属，而他却近一年时间，没接她到军营住过一天。

"那我也起来给您烧杯热茶。"

他老婆说完此话，刚要披衣起床，陈兆棠一摆手道："叫你安睡，你且安睡，莫多操心，我需要清静。"说罢，便走出卧室，来到紧邻的书房。

陈兆棠在书房里来回踱着方步，一脸凝重。他一会儿踱至窗前，一会儿又在一幅行书挂轴前久久地伫立。那幅挂轴是前任知府刘尚伦留下来的，风流飘逸的行书，抄录了宋嘉熙四年，刘克庄在惠州写下的一首《临江仙·潮惠道中》：

不见仙湖能几日，尘沙变尽形容，夜来月冷露华浓。都忘茅屋下，但记画船中。

两岸绿荫犹未合，更须补竹添松，最怜几树木芙蓉，手栽才数尺，别后为谁红？

其实陈兆棠也弄不清楚，刘克庄在这首词里除了写景抒情，究竟还暗喻些什么，更没去考究过刘克庄来惠州时的心情和背景，但他知道刘克庄来惠州时，比他现在的官要大得多，好像是提点刑狱什么的，相当于现今的两广巡抚督察，他还知道刘克庄并非来惠州任职，而是到此一游的过客而已，故才有闲情雅兴，作诗填词、吟风颂月，为惠州留下些许诗文墨宝。

陈兆棠虽是行伍武夫，父亲陈士杰却是进士出身，官至山东巡抚，文武双全。袭承庭训，耳濡目染，陈兆棠对诗词歌赋、丹青墨宝也略知一二。他虽然不完全深谙词意，却很喜欢刘克庄这首《临江仙·潮惠道中》中的韵脚，以及那词中隐隐透出的冷月意境。这种冷峻的格调，正契合他目前深沉的心境。

陈兆棠调来惠州任职时间不长，却亲身领教了这个民风彪悍、贼匪横行、会党猖獗的是非之地的厉害。他待过很多地方，但就地理条件与惠州城一比较，似乎差之远矣。他总感觉，这么一块山清水秀、近江临海，有着美丽自然风光的地方，与当下的乱贼四起极不协调。这应该是一个歌舞升平、百姓安生的福泽之地，更应该是一个祥和富庶的鱼米之乡。怨谁？怪谁？好端端的一个地方，被糟蹋得饿殍遍野、贼匪横行。

陈兆棠除了恨孙中山扰事生非之外，也痛恨朝廷的官员腐败无能。这与岑春煊多年来对他的训导有关，据说张百龄任广东巡抚，不到一年，竟能吞并土地五十余万亩，这是怎么做到的？鸦片战争之后的巨额赔款去哪儿筹集？不是国库，不是朝廷，而是各地摊派，层层加码，老百姓四处哀号，地方官乘机巧立名目，巧取豪夺，多年来，各县上疏的文札，大多是关于赋税徭役减免，各地的大案要案，又大多是出自饥民暴乱，不说别的地方杂捐，单是上缴国库的税赋，就比战败前多了三倍。他看过一则邸报资料，从 1846 年开始，迄今这短短的四十多年里，单是东江地区因为生活艰难，外出南洋谋生的就近两百万人，平均每年四万余众。惠州府属就有五十万人，这些华侨华工多散落在东南亚各地，干着最苦最累的工作，由于旅居海外，寄人篱下，为免遭欺凌，又自发建立了华侨社团及堂口，单是东江地区在海外各地的就有惠州华商会、惠州会馆、惠州致公堂等诸多民间组织，1906 年在新加坡和马来亚等地，孙中山还大量发行"中国革命政府债券"为同盟会筹到了一大笔活动经费。陈兆棠心忖道，孙中山有什么魔法魔力，能让那些华侨华工相信他的"革命"会成功？大清帝国绝不能有什么"革命政府"的立锥之地！那些侨民不是把省吃俭用积下的血汗钱打了水漂？纵使这样，那些华侨华人也毫不足惜，有钱出钱没钱出物，没钱没物的出人力，几乎每一次武装暴乱，都有相当部分的华侨子弟参与其中，捐钱捐物还捐命，这无疑是孙中山一股海外强大而可怕的力量。

陈兆棠想到这些，又想起了德军他们，陡生出"位卑未敢忘忧国"的愤慨，清廷的贪官太多，上行下效，才导致民不聊生，乱党四起。身为朝廷官吏，不同心合力清除会党，反而内讧内耗，这不等于给孙文会党创造了一个更好的机会？广东的乱党发展迅猛，惠州还成了集聚地，皆因孙文。康、梁煽动点火，鼓惑"革命"，荼毒太深。但康有为、梁启超毕竟还是力主清廷变法改革，以救大清江山为己任。而这个孙文却缔造什么兴中会、同盟会，用什么"革命政府"取代清朝政府，那真可谓是可忍孰不可忍了。

陈兆棠在山西清乡时，曾因杀人无数，被称为"屠夫大帅"，当时政局动荡，保守派和改良派的宫廷之斗没分胜负，时任山西巡抚的岑春煊问他对当前时局有何见解，他曾口出狂言，向岑春煊进言献策：一是杀慈禧杀光绪自己称帝；二是杀慈禧拥光绪与康、梁合谋改良朝政；三是以静待动，保持中立，拭目以待。岑春煊自然未采纳他的意见，也没有治他的叛逆之罪。当八国联军攻破京城时，岑春煊不顾安危，率兵千里救驾，立下了赫赫的勤王之功，一路上既忠且勇。现如今皇帝被软禁，康、梁倒台，大局已定，满怀忠君忧国的岑春煊，决心跟孙中山斗争到底，而陈兆棠自觉，唯有为大清江山效忠尽力，才无愧于师恩家训和朝廷俸禄。

陈兆棠心里明白，他是因为总督岑春煊的举荐才来到惠州的，到任后，虽然不兼知府，但凭着总督的背景，他力奏省督除增加两广水陆军队外，又设置了府州的水师提督、陆路提督。这一系列的军事布防措施，正是为了对付孙中山在东江等地的会党活动。陈兆棠办事，历来雷厉风行、干脆利落。他每到一地总是大开杀戒，用铁腕手段进行"重典治乱"，令陈兆棠深感头痛的是，惠州的乱源不是那些绿林草莽、鸡鸣狗盗之流，而是各式各样的会党组织。什么三点会、三合会、天地会，应有尽有。正是因为这个特殊之处，陈兆棠才想到在广西的清乡经验，才想到建立一支棠字军。岑春煊在粤时，他完全可以借助总督的权威，统率驾驭惠、潮、嘉道，协调调用水、陆两师。但自从周馥调任两广总督之后，陈兆棠自然失去了靠山，没了先前的便利，这当然少不了都司德军的从中作梗。

其实陈兆棠与德军并没有任何过节，更谈不上得罪，他从没与德军去争权夺利。只是因他来了惠州，德军才没当上惠州知府，于是德军便把所有的怨气都转移到陈兆棠头上。因为这个缘由，德军把惠州呈递省督，关于建立棠字军的文报，压置案头数月不肯移文，直到陈兆棠、沈传义双双过问催促，才交到总督周馥手上。当周馥询问德军该如何批复棠字军枪械粮饷问题之时，德军说："惠州是岭南名郡，粤东门户的要塞之地，早有水、陆两师坐镇，且有四个巡防营，再建棠字军，无非是陈兆棠的'御林军'，劳民伤财且不说，一旦外州争相效仿，则粤督难以招架。"周馥听罢，想想也是道理，思前想后，考虑到惠州府属的特殊情况，加上陈兆棠的一再请求，最后的答复是：调拨二百支新枪，其他不足和所需军饷，由地方自筹解决。

陈兆棠不会铸白银、造钱币，增兵五百军饷自筹，这是一笔不小的开支，他去哪儿筹？还不是羊毛出在羊身上，向惠州百姓加征税银。当时惠州的苛捐杂税，有数百项之多。其中国税两百项、地方税六十多项，非税耕、杂费性质的还不在此列。东江一带有民谣唱："苛捐杂税多，穷人吊砂锅。割禾无米煮，耕田肚又饿。"陈兆棠为建棠字军，又在地方税中加了五项，以解军需。这样一来，惠州百姓更是苦不堪言。于是坊间又流传开一首骂他的民谣："光绪接上同治皇，东江年年大水涨，苛捐杂税牛毛多，全因来了陈兆棠。"当然也有骂沈传义的："惠州知府沈传义，只催纳粮不问地，洪涝歉收佃户苦，饱汉不知饿汉饥。"

除此之外，德军不放过任何使绊子、给陈兆棠制造麻烦的机会。比如调运军粮一事，肇庆府也是军粮征收存储之地，稻谷质量不亚于龙川，如果从肇庆调运到广州，西江河道水深江阔，粮船吨位大，且顺风顺水，昼夜可达。德军偏要选择东江上游的老隆，龙川老隆到广州数百里东江水路，河道弯曲，浅滩暗礁，土匪出没，会党猖獗，显然极不安全。但德军一纸公文，便把粮食实物折现银交纳的惠府换成了肇府，东江粮船一旦出事，他德军高枕无忧，而陈兆棠除了焦头烂额，还难推辖治不力之咎了。

洪兆麟也是陈兆棠的一个心结，他真是个烫手的山芋，不用不行，重用也不行。棠字军初创之时，经费本来就紧，训练新军因为辛苦，每人每天定下的伙食菜金，却让他大打折扣，吃不饱的新兵，有的跑来告状，有的开了小差，拨来的二百杆新枪，让他一下调了五十支到巡防营。这还好说，问题是换下来的旧枪，他不拿回给棠字军，而是悉数高价卖了出去。陈兆棠一气之下，将李声振调任棠字军的副总指挥，洪兆麟不仅因此闹起了情绪，还暗地里与之较劲，做起事来，踢一下动一下，有时踢几下才动一下，甚至踢不动，而且总能找出一大堆搪塞推诿的理由和借口。

想到这些，陈兆棠越发感觉到自己肩上的沉重压力，虽然他煞费苦心，出台了一系列强硬措施，但能靠谁去执行实施？惠州江河湖海，群山连绵，辖地辽阔，吏治不力，兵勇散漫，积弊太深，到处都给贼匪会党留下有机可乘的空间。此时他盯着挂轴上的"两岸江荫犹未合，更须补竹添松"，他且不管刘克庄如何补竹添松，他只能考虑到自己辖地防务该如何补竹添松了。

二十八

这一日，陈亚双在望江茶亭拿到了茶亭老板的一封密信，他一交给陈纯，陈纯就猜到了几分信的内容，不禁一阵喜色。

陈纯拆开一看，果然正中了猜测，只见信笺上面写着："老板，你所需的三十担冬谷已备好，请安排船只即来米店取货。"

陈纯非常高兴，赶忙对陈亚双说："你租条小船，带几个可靠的兄弟，今夜去邓珍的米行取回来，按原计划藏好，一定要保密。"

陈亚双想带王二麻一起去，但想到王二麻的脚伤还没痊愈，行动不便，便改口问道："我带陈兴、陈辉他们去取可好？"

"好，但不能告诉任何人是枪，我会叫林旺、孙稳接应你，江上邓珍会派人护送。"

邓子瑜、陈纯知道"冬谷"已被陈亚双安全转移之后，心里松了一口气。那是邓珍费尽心机从刘金生手里高价购来的枪支弹药，万一落到敌人的手上，那就真是前功尽弃。那枪放在米店的时候，邓子瑜天天睡不好觉，陈纯也十分担心，当他们获知货物已安全入库，心头那块石头总算落了地。他们原定计划，要准备一千支长短枪，如今费了九牛二虎之力，才弄来三十支，其他的去哪儿弄呢？至于孙中山筹购的海外枪支，更是八字没一撇。不单是陈纯、孙稳他们没有耐心，邓子瑜也常在心里打鼓，万一购不到武器弹药怎么办？购到了又运不进来，又怎么办？没到手的东西，一切都是个未知数。他知道孙中山的性格，从来就是个乐观主义者，他即使兜里没分钱、采购枪弹八字没一撇，但无论何时何地，总是信心百倍地说："别担心，我有办法。"他的确不怕困难，也想了很多办法，可就是事与愿违，失诺多了，大家自感不太靠谱，尤其是武器一事。黄耀庭就曾对邓子瑜说过："拉队伍，搞暴动，一切都可听孙文的，但千万别指望他给你发枪。"既然不敢指望孙中山发枪，那枪从哪儿来，总得有个对策。

邓子瑜一边思索一边对邓珍说："你在惠州人熟地熟，你看还有什么办法可以搞到枪弹？我们宁愿多花点儿银子。"

邓珍想了想说："刘金生有办法，就是要价太高。我和此人有来往，只是近来他与洪兆麟打得火热，我正想与你商量，敢不敢跟此人再做一回交易？"

"刘金生？这名字挺耳熟的，你与他交情如何？此人又是干何营生的？"

"说不上太深交情，他是府城人，是商会商董，近年开烟馆赌馆发了财，攀上了洪兆麟这个靠山，我以前帮过他的小忙，平时也有来往。此人为人奸猾，很是贪财。比如这回，他从清吏手中购来进口的三十杆洋枪，只给了十杆新枪给我，其余二十杆都是旧枪，但交易银两却分文没减，而且每杆他还要净赚十两银子。但对革命党人并没仇恨。"

"这条线不要断，必要时得利用，贵点儿就贵点儿，但他与洪兆麟走得近，如今再找他可能有点儿不妥，要找也要换个人去才行。"邓子瑜分析道。

邓珍接着说："我也感觉是，故几次见到他，话到了嘴边都没说出来。"

"除了刘金生之外，还有别的门路吗？"邓子瑜注视着邓珍问。

邓珍想了一下对邓子瑜说："前几天我差人去别的地方摸了一下情况，博罗有一个大地主，原有几千亩地，有四条大木船，归善、罗阳都有店铺，去年老地主死了，那儿子是个败家子，整日吃喝玩乐加豪赌，木船卖了，店铺也典了，那些看家护院的家丁也散了，我想去找他问问，看他那些枪有没有卖掉。"邓子瑜觉得是个好主意，叮嘱邓珍赶紧行动。

邓子瑜从邓珍的米行出来时，日头已经偏西，繁华的水东大街上挑起了各色招牌旗幡，早市的门店将要打烊，夜市却又接着开始，此时的天边，升起了一朵朵彤红的火烧云。说来也怪，刚过仲春的惠州城，怎么变得如此燥热，像是烈日炎炎的盛夏季节。邓子瑜解开衣扣，一边走路一边用帽子扇风，他心忖道：难道这天空也正在酝酿着一场特大的暴风雨？

第二天一早，邓珍即去罗阳找到了那个公子哥，一经打听果然还有几十支枪。邓珍问他价钱，公子哥一脸豪爽地把手一挥："什么价钱不价钱的，老叔你看着给吧。我手头紧，先给我一些定金，你明天来取货把钱带齐就行了。"原来那公子哥刚赌输了钱，急着要钱翻本，见那公子哥如此爽快，邓珍也不多虑，随手就把随身带的银子悉数交了定金。

公子哥一拿到钱，又匆匆地赶去了赌场。公子哥真是赌红了眼，一到赌场，就要找那几个赌友继续赌。赢了钱的赌友信不过他："有现银吗？记账的我可不干，田契的我也不要，要赌就真金白银地干。"

公子哥一听就火了，掏出一包银子"哗"的一声拍在桌子上："你小子少跟我充大头狗，老子不用田契，不用房产，单是几支破枪换的银子，都够你花半辈子。"说着说着，便带着炫耀的口气，将邓珍购枪一事说了出来，大家一阵羡慕，有个人还对着公子哥，竖起大拇指说了句："果然是瘦死的骆驼比马大。"

正巧在一旁的陈亚苟听了，马上来了兴致，赶忙上来搭讪，想套出更多信息："少爷就是少爷，还有多少枪？要不我介绍个大买主给你，让兄弟我也赚几个小钱买酒喝？"

公子哥用不屑的口气得意地说道："没了，全卖了，今天已拿了人家的定金，明日还有一大笔现银。来来来，老子最不缺的就是变现的家伙，废话少讲，开局开局。"说罢，便吆三喝六地又赌开了。

赌局重新开始后，陈亚苟从公子哥的话语中，像馋猫嗅出了鱼腥味，邀功心切的他，一出赌馆便直奔王二麻的住处，还没进门，就上气不接下气地说："大哥，粮店邓老板，购……购枪，好……好多枪……"

王二麻不耐烦地吼了声："急什么急？有话慢慢说。"

陈亚苟定了定神，又喝了口水，才把在赌馆中听到的事，一五一十地讲清楚。王二麻听后，马上用纸写了个字条，如此这般地交代了一番。陈亚苟会意地点点头，随即急匆匆地出了门，直奔洪兆麟府邸。

洪兆麟看了纸条，思忖开了，六十条枪啊，报还是不报？若是以前，他会立即派兵查抄邓珍米行，无论邓珍购枪何用，私自交易军火均触犯大清律法，可扣可抓可押可判，更可以狠狠敲他一笔罚金，但今县城划归棠字军管辖，没与总兵通气照准，贸然行事，反怕出力不讨好，考虑再三，还是认为要先报告陈兆棠，一来可显示他洪兆麟忠于职守，二来可乘此机会要钱要人。想到这里，洪兆麟乘轿直奔府衙。

一进府邸，刚好遇到归善县令也在向陈兆棠禀报情况，陈兆棠见巡营管带洪兆麟脸上淌着汗，一副焦急的情形，想必又有新的情况，忙叫洪兆麟从速报告。洪兆麟见县令在此，正在犹豫着，不知该不该说，县令见状连忙说道："管带有急事，你们先谈，先谈。"便识趣地退了出来。

洪兆麟待县令一走，便把陈亚苟在赌场，探知有一个姓邓的老板，一下子买六十杆枪的情况讲了出来，这事马上引起了陈兆棠的警觉。

陈兆棠把惠州近期发生的大事梳理了一遍，归善、博罗的抢劫案，邓子瑜和陈纯的出现，还有个什么"朱民"的神秘消失，惠州城郊清明拜山时的异常，多年没回家的各地华侨纷纷探家，香港海关拦截的可疑物资，如今又一下子有人购买几十支枪，这一连串的迹象联系起来分析，分明就是暴动起事的前兆。

陈兆棠进一步想，那七女湖出现的华侨客，究竟是邓子瑜还是陈纯？与他一起潜藏在惠州的，还有哪些会党骨干？许雪秋、黄耀庭有无来过？洪兆麟究竟有没有派人跟踪和侦探？王大彪的情报又是真是假？怎么至今连一个会党骨干都抓不到呢？正待陈兆棠要发问时，洪兆麟先开声了："报告总兵大人，上回在七女湖出现的朱民，可以确定是邓子瑜。据香港警署查询，朱民有进港过关记录，他就是改名换姓的朝廷通缉犯邓子瑜。"

"啊，你有何根据，断定此人就是邓子瑜？"陈兆棠反问道。

"一是因为我有邓子瑜的照片，据便衣辨认那华侨客与邓子瑜外表酷似；二是我们的人查到了邓子瑜在新加坡开的客栈，店号叫'永新祥'，详址是牛东水大门楼九十五号，登记人'朱民'，这是他潜逃海外之后改的名字，寓意为天地会明主朱洪竹的子民。"洪兆麟接着答道。

陈兆棠紧迫地问："既然明知道他是清廷缉捕重犯，你为何不把邓子瑜缉捕归案？此人潜踪敛迹六七年之久，忽在鹅城露面，必有惊天阴谋！"

洪兆麟不紧不慢地答道："自那日在七女湖码头露面后，属下曾派出许多便衣立即跟踪，邓子瑜雇轿前去淡水，在三栋弃轿逃脱，后折回码头寻找叫陈林的人，也不知下落。侦缉队四处打探，再没见过他们露面，也许案犯已经察觉。我分析有可能转移外地，也有可能得知风声，逃回了新加坡。"

陈兆棠思忖片刻，肯定地说："不，不，转移外地有可能，回新加坡绝没可能，我早跟你说过，会党闹事离不开三件，一是人，二是钱，三是枪。你既然有了线索，就顺着这条线索摸下去，保准能把这个匪首揪出来。"

洪兆麟装作毕恭毕敬，赶忙点头称是。

"王二麻最近有什么新消息？"陈兆棠又追问了一句。

"王二麻因为有伤，很多活动陈亚双都没有安排他去参加，那天'朱民'在七女湖出现了之后，除了王大彪带人去侦缉，王二麻也曾差人前去打探，结果派去的人被他们误以为是小偷，抓起来暴打了一顿，揍完后还由保长送到府衙上来，县丞叫我过去了，问来问去，无任何有价值的线索。"洪兆麟答道。

"两个都是草包！"陈兆棠极不满意地骂了句。

洪兆麟没有吱声，许久才说："大人，属下军营粮饷不足，人手颇少，辖地百里，顾此失彼，为加强防务，亟须添置船只和枪械，有关增拨粮饷的报文，早已呈送，请大人解决属下的困难，若因军需银两不足，可否把乡勇团练的一百人划归属下统一指挥，以便快速出击，缉拿会党暴徒？另巡防营的营房年久失修，破败不堪，今还有兵士借宿民宅，如遇战事，极为不利，亟待解决。"

陈兆棠听后，一股怒火呼地蹿上了脑门，他真想掏出家伙，一枪把洪兆麟给毙了，正要发作，又强忍了下来。

陈兆棠想道：这个洪兆麟，带兵打仗是个好手，贪财贪色也是好手，他兜着圈儿，就要本官给钱给粮，本官给他一次，他就办一件事，不给他就吊起来卖了，没钱没粮，他就要人，说到底就是对棠字军易将耿耿于怀。岂有此理！这清军防务竟像是市场的买卖，讨价还价，现钱现货。俗话说：养兵千日，用兵一时。你洪兆麟领着军饷，养着几房姨太太，整日吃喝玩乐，怎么好意思整天向本官叫苦喊穷，要挟本官？清廷就是豢养了太多这种不力的庸人贪官，才导致满朝腐败，狼烟四起，刁民不绝。正因为这样，乱党才可以乘机作乱。

陈兆棠本想狠狠地训斥洪兆麟一顿，但一想到此时正需用人，真把他给惹恼了发起难来，又靠谁去对付辖地的乱党和匪首呢？陈兆棠还是极力控制着自己的情绪，强压着一肚怒气，改用平和的声调说："放心，新增的税赋一时收不上来，一有税银，一定先帮你解决，乡勇团练，要配合棠字军行动，不可随意调拨，你的当务之急，是不遗余力监视捉拿乱党，一有情况立即向我报告。"

洪兆麟听后，一脸不悦，悻悻地走出了府衙。待洪兆麟一出门，陈兆棠啪的一拳搡在桌子上，两道浓眉紧紧地锁到了一块儿，冰冷的脸上添了一层黑霜。

陈兆棠心里骂：洪兆麟呀洪兆麟，你这个贪得无厌的家伙，你身为防营管带，不追捕邓子瑜、陈纯这些匪党，却整天挖空心思和本官兜圈子，耍手段，我就陪你玩几招吧！

二十九

　　洪兆麟是湖南宁乡人。他出身贫寒，幼年失学，为求生计，以卖包子为业，故有人称他为"洪包子"。二十岁时，投广东防军永字营当兵，因他长得牛高马大，生性又顽劣好斗，自参加清兵之后，凭着敢冲敢杀的蛮劲，渐升至哨长，后遇副将方绥德，同是湘人，部下多为三湘子弟，方绥德念及乡情，力荐洪兆麟于陆路提督秦炳直部下，升职并驻防惠州。洪兆麟来惠之后，虽然只是个不列品的管带，但在有枪就是草头王的年代，洪兆麟威风八面，吃香喝辣，妻妾成群。他在惠州待的时间一长，除了地方熟悉，官兵贼寇、三教九流他都有所结交，若在以前，除了直接主管他的水陆提督之外，一般的地方官吏，他也没怎么放在眼里，还常因为地方上的防务和利益，与地方官搞得很不愉快，归善县令就是对他敢怒不敢言的人之一。

　　自陈兆棠来惠之后，洪兆麟有所收敛，因他知道陈兆棠的显赫背景，更因为多年风闻此人心狠手辣，为清廷卖命忠心耿耿。洪兆麟因为曾一次手刃数十人，被称为"杀人魔王"，而陈兆棠却在"清乡"时，一天斩杀百人，被称为"屠夫元帅"，单从这个"帅"字就可知陈、洪二人绝不可同日而语，相提并论。陈兆棠为笼络人心和防患之策，特意提洪兆麟一级，部属私下多有议论，说洪兆麟贪财好色，劣迹斑斑，不降还升，全因为与陈兆棠的老乡关系。也有人不这样认为，了解陈兆棠的人都知道，若要得到他重用提拔，绝不单是钱和乡情可以办到的，绝对要靠本事。惠州府管辖十余县州，哪一个地方动乱，不是他洪兆麟一马当先，带兵前去弹压？又哪一次洪兆麟不是满身泥污，伤痕累累地回来府衙销差？

凭着这一点，洪兆麟当然有些居功自傲，为了陈兆棠的那个许诺，洪兆麟为人处世比之以往已有所收敛，但桀骜不驯的性格，并无根本改变，他认为，该他做的事一定要做，该他赚的钱也一定要赚，谁不为钱？他就是因为穷才当兵。当兵的人出生入死，就是为了两个钱，他吃喝嫖赌，及时行乐，就是随时准备赴死。故不管陈兆棠是直面训诫，还是旁敲侧击，他一样左耳进，右耳出，棠字军易了将，提协统没了影，他更是斤斤计较，要钱要物，毫不含糊。一旦利益上得不到满足，他就按兵不动或敷衍了事。

　　那天见过陈兆棠之后，他窝了一肚子火，钱没要到，人也没要到，还领了一大堆任务回来："侦缉会党，捉拿朱民。"说来轻巧，惠州府不止他一个巡防营，除了四个巡防营，还有新建的棠字军，还有各县的乡勇团练，干吗不叫他们去捉拿！银两没有就算了，人也不给，这不叫抠门，真是个想要马儿跑，又不给马儿草的冤大头！

　　他越想越气，闷了半天，才找来王大彪，如此这般地把侦缉工作交代了一番，便去阅江阁找洋妞儿寻乐了。临出门，他对王大彪侃道："你那洋妞儿如同喝洋酒，初饮时异味刺鼻，辣口涩喉，慢慢品却绵长柔润，喝着喝着还真的口味独特。"洋妞儿玩腻了之后，他又去刘金生家会三姨太。一段时间，刘家府宅俨然成了他的巡房营部，熟悉他的人要找他，都会径直去刘府，向他报告防营事务，但他都不耐烦地挥挥手："知了，知了，找王大彪，王大彪。"

　　这一日，洪兆麟一早起来，感觉头晕晕的，打不起一点儿精神，便又想去刘家宅第找三姨太寻乐提神。正房大太太看着他一脸的倦容，轻轻地拉住了他，那挽留的眼神中，似乎有许多话要说。洪兆麟虽妻妾成群，却不至于冷落这位与自己年岁相仿的正房太太，把她封作家里的财政总裁自是不必说。而在性事上，也侍奉得有规有矩，一周一事，自是例行的功课，遇到特别宽心处，还会厚爱有加。

　　洪兆麟有好几房姨太太，正房太太却是他一直宠爱的，平时虽得在这些姨太太中轮流转换，但更多的时间，都是住在正房太太的房间里，这就让妾侍们百思不得其解，她们不明白正房太太用什么招式和技巧，把这个周旋于鲜花丛中的蜂王收服于股掌之间，直惹得姨太太们满腹妒意却又奈何不得。正房太太长得不能说丑，但绝算不上美，除了身段凹凸有致之外，其他都乏善可陈，肤色有些黑，嗓门也大，走路非但没有春风摆柳般的婀娜多姿，还有股风风火火的村妇泼辣劲。姨太们谁都明白，在洪府这数十人的大家庭里，洪兆麟有着至高无上的权力，谁惹他不高兴，轻则恶言粗骂，重则一顿毒打，逐出家门，唯有这个正房太太，有时竟敢与洪兆麟顶嘴抬杠，却没有人看过洪兆麟打骂过她。

　　洪兆麟在太太面前这般驯服，一是怕后院失火，二是相信"旺夫"之说——他的人生顺景正是与这女人婚后才开始的。正房太太是本地客家人，祖辈从山西大同迁来，而大同素来是出美女的地方，正史上有名的历朝皇后妃子就有二十多个，其余未曾被皇上幸临的女子，也有过人的美色。更为玄妙的是，有些出众的女子，不但体貌如桃色入眼，下户更是重门叠户。洪兆麟的这个太太，也许是具备了这一美韵，年值芳华时，凭借祖上传来的女秀内力，牢控了洪兆麟，而至桃色消减时，洪兆麟所未见过的下户阴功，更被他看作是可助自己飞黄腾达的秘籍。

　　此时正房太太的无言相劝，倒让野马似的洪兆麟顿时驯服地安静下来，他躺在卧榻上没精打采，昏昏欲睡。

　　一段时间来，洪兆麟沉湎于风月，醉于女色，不是往阅江阁会洋妞儿，就是在刘府陪三姨太，三天两头还要应付下那几个争宠吃醋的小妾，以免后院起火，加上案情频发，公务繁忙，火气郁结，心力交瘁，终于病倒了。正房太太爱怜地摸摸他的额头，在发烧。"铁打的身板也会垮啊，要找郎中了。"她喃喃地说。

　　洪兆麟也感觉到，自己可能生病了，整天除了头晕晕的，打不起精神，一着凉风还立马打喷嚏，腰酸背痛且不说，连喉咙里也像堵着一块浓痰似的，咳又咳不出，不咳又不畅，老在干咳，嗓音都变了调儿。洪兆麟自小风里来雨里去，又生性好斗，习拳练武，练就了一副好身板，按照往常的经验，按正房太太的方法，喝些姜糖水，再找些青草药熬成汤汁，既喝又洗，出一身大汗，慢慢就好了。今如法炮制，既喝也洗，加上刮痧沐足，当天似乎轻松了许多，但不消几日又复原如初，甚至连翻身上马的力气都没有，几次陈兆棠急事召见，只得乘着轿子匆匆赶到府衙听令。幸好有个王大彪，除了鞍前马后，为他跑腿应付公差，还能帮他周旋，供他调遣，招之即来挥之即去。

王大彪来到洪兆麟府上的时候，洪兆麟正仰躺在竹榻上，头上敷着毛巾，才几日不见，显然是消瘦了一圈。他也顾不上体面，招呼王大彪搬过凳子，坐在竹榻前，谈起案情来。正在此时，正房太太差人请来的老中医也来到了门口，看郎中来了，王大彪只好把话题打住。

老中医住在后所街，是惠州城远近闻名的老郎中，平时四邻八乡，前来排队候诊的病人不少，故老中医极少出诊。但洪太太出面，病人又是管带大人，老中医不敢推诿，只好亲自上门，来到洪家府邸问诊。

王大彪挪开凳子，给郎中让座上茶，郎中也不客套，摸脉看舌，望闻问切，一路诊断下来，丝毫不敢含糊。老中医推了推架在鼻梁上的老花镜，本想开口规劝，病者须节欲轻身，暂绝房事，但又怕洪兆麟听了不高兴。洪兆麟看老中医欲言又止，便紧问道："什么原因？老是反反复复，药汤也吃了，药水也洗了，就是不见痊愈。"

老中医自知洪兆麟声色犬马纵欲过度，想了想，还是委婉地回答道："管带大人，起早摸黑，为一方辖治劳心费神，导致阴阳两虚，气血双亏，气一短则血不旺，血一亏则经络滞，故阴滞阳亏。"

"是阴虚还是阳虚？是气亏还是血亏？你能说清楚点儿吗？"洪兆麟听得如堕五里雾中，不由得追问了句。

"阴虚则髓海不足，脑转耳鸣，颈酸头晕，身生内热；阳虚则畏冷惧寒，懈怠安卧……"

还没待郎中说完，洪兆麟又忙问道："那阳虚是怎么得的，阴虚又是怎么来的？"

"无论阴阳，皆由肾虚所致，今滋阴制阳，补肾养阳为上方。"

洪兆麟突然想起，刘金生的三鞭酒、王大彪的鹿茸汤、太太炖的燕窝红枣粥都没少喝，不说是壮阳补肾有特效吗？怎么都不起作用了呢？

"要养血淘燥，固本强基才行，管带大人以后可要……可要……"

洪兆麟见老中医欲言又止，语不连贯，不由有些肝火，他舔了舔干燥的嘴唇，不耐烦地问道："究竟是蛋虚还是鸟虚？你给我说个明白，别吞吞吐吐的，蛋虚补蛋，鸟虚补鸟，这不就完了！"

老中医见洪兆麟一脸愠怒，赶忙点头哈腰地回答："对！对！对！管带大人天分聪颖，悟性极高，中医五行讲的就是，阴阳相配，互为因果，补鸟壮蛋，固本强基。"说完开了味调理的中药，收拾药包，头也不回地离开了洪家。

洪兆麟吃了郎中的几剂中药，洗了正房太太找来的青草水，喝了刘金生、王大彪隔三岔五送上的人参鸽子汤，又在家中静养了一段时日，体力慢慢开始恢复，虽然还是有些虚弱，但毕竟比先前好多了。他看着侍候在一旁的正房太太，虽然已年过三十，却仍是风韵犹存，该凹的凹，该凸的凸，洪兆麟自觉这段时日有些亏欠于她，不由得伸手在太太的身上摸索着，正房太太虽然不忍他身体初复，嘴里说着"都四十多的人了，别像十八九的愣头青那么贪"，眼里却流露出热切的期待。

洪兆麟正要动作，王大彪突然急匆匆地闯了进来，说陈兆棠要他立即去署衙议事。

"你没说我病了吗？"

"有说病了，但陈总兵说，抬也得把您抬过去，这次非得您亲自到场。"

洪兆麟听罢，心中不悦，心里嘀咕道：什么鸟事，非要老子亲去。但转而一想，莫非是陈兆棠答应的饷银已经落实，抑或是扩建营房的事儿有了眉目？他无暇多想，即刻叫正房太太拿衣换装，坐上轿子，一阵烟似的来到了总兵衙门。

三十

　　洪兆麟一进署衙，陈兆棠拿眼看了看他，确是比早前瘦了一圈，眼窝儿都凹了下去，便故作关心地问了句："没看郎中？会不会是邪风？"

　　"属下多谢大人关心。看过郎中了，说是操劳过度，服了汤药已经好多了。"洪兆麟知道陈兆棠说的邪风是什么意思，他不想让人把他的病与女人扯到一块儿，一切病根，都是因为侦缉案犯劳累所致。

　　陈兆棠听罢不再扯皮转圈，他一改往常的表情，既没多少客套话，也没提及饷钱一事，而是把一份信札递到洪兆麟手中，叫他看了再说。洪兆麟接过一看，眼睛慢慢瞪大，看着看着，洪兆麟的手不觉微微发抖。抖过之后，他突然像一头暴怒的狮子，站起来吼道："大人明察，他们这是诬告！诬告！我要打碎他们的头！"

　　陈兆棠不慌不忙地说："别激动，洪管带，这里还有几封署了名的，你看看是不是诬告，本官会给你做主的。"

　　洪兆麟接过信来，看完之后额头上渗出了豆大的汗珠，他气愤地说："简直是岂有此理，这完全是捕风捉影，夸大事实，栽赃下官！"

　　陈兆棠再从桌面拿起一摞信函递过去："再看，别急，再看这些是不是夸大事实。"

　　洪兆麟接着又看完了，脸色由紫转青，仍然气咻咻地说："这是借刀杀人，这事不是我干的，请陈大人明察！"说此话时，洪兆麟显得有气无力，显然没了先前的底气了。

　　看到洪兆麟败下阵来，陈兆棠站起身，踱到洪兆麟跟前，一字一顿地对他说："这些检举信札不单我这有，举报人一式多份上报了总督

152 ｜ 惠州1907

周馥周大人、两广水陆督师李准李大人。诬告也好，夸大事实也罢，你要做好对簿公堂的准备，随便哪一条最后确认属实，都足以治重罪啊，洪管带！"

陈兆棠软中带硬的话，似一把裹了棉布的利刃，捅进了洪兆麟的软肋，他两腿不由得再次抖起来。他想不明白，为何有人能把他的材料搞得如此详尽细致，人证物证俱有，时间地点皆备，且还捅到了李准、周馥两位大人手上。

撇开那些鸡鸣狗盗、贪财贪色的小事不计，单是私自出售军火、冒领克扣军饷、放走叛乱会党、奸死民女多名……这几条哪一条都可以判罪入狱，置自己于万劫不复之地。

陈兆棠从洪兆麟的表情变化中似乎看出了端倪，他仍然是不紧不慢地说："那抽屉里还有一摞有关你的检举信，内容大同小异，也有检举我的，是一个叫陈炯明的，广东政法学堂在读学生，串通惠州的一群乡绅，往省督联名告我，共有八条罪状，其中有一条，就指控我祖护包庇你，说本该革职查办的，却还徇私提拔，一定是收了你的巨额银两。"陈兆棠一字一顿地说着。见洪兆麟不答话，陈兆棠接着说："洪管带，你我虽共事不久，但同为乡党，我很欣赏你的勇敢，如果是一般小节，本官一定为你担保，但确如信中所控，触犯了大清律法，我就无能为力了。你自个儿掂量，有就有，没有就没有，他们会查个一清二楚，你先回去吧！一边养病，一边准备对簿公堂吧。"说完此话，陈兆棠起身离座，收拾信札，欲拂袖而去。

洪兆麟跟着站起身来，却呆呆地立着没动。

陈兆棠回过头，瞟了一眼洪兆麟，催促道："你走呀。"

洪兆麟挪了下身子，刚要起步，突然转过身来，"扑通"一声，跪倒在陈兆棠面前，他拉着陈兆棠的衣袖，带着哭腔哀求："陈总兵，陈大人，您救救我吧，我上有老下有小，湖南老家还有年迈的老父亲呀。"

陈兆棠面无表情，静静地听着，洪兆麟一五一十地交代了检举信中那些有证有据的来龙去脉。

陈兆棠不解地问："放走会党是怎么回事？"

洪兆麟说，是三洲田暴乱那回抓捕到的义军，关在兵营处，他当时也不知道那人是会党小头领，人家给他送了二十两白银，他便把人犯给放了，后来上面要押解匪首，他只好谎报人犯在越狱时给打死了。

"冒领军饷，倒卖枪械，又是怎么回事？"陈兆棠铁青着脸，继续问道。

洪兆麟自知抵赖不过，只好避重就轻，说本营是缺额二十余人，由王大彪冒领军饷后，用在了眼线暗探的雇佣金上。至于换械时换下的几十支破枪，悉数低价卖给了刘金生，钱全用在了招募新兵时各项差旅和招待上。

陈兆棠明知洪兆麟在狡辩推责，也不与之计较，而是继续逼问道："有一官佐实名举报，前几年有两位湘籍女子，结伴来惠州军营探亲，你看人家貌色姿美，一女子让你得手后，被你留在电报局当差，后来又被提携当了所长。另一女子不顺从，不几天，却突然淹死在西湖上，这可是你干的好事？这件事应该与王大彪无关吧？"

洪兆麟不敢再次申辩，心忖这些陈年旧事，都已让写信人一一掌握，不明摆着是铁了心要把自己往死里整了？

陈兆棠摸着下巴，看着不再吱声的洪兆麟，眼睛瞪得浑圆，他真想掏枪当场击毙这个色胆包天、见钱眼开的家伙。他实在没有想到，这家伙竟然如此不顾大清律法，胡作非为。

洪兆麟跪伏在地，不敢抬头，但仍然感觉到了陈兆棠正怒目圆睁盯着自己的凶狠表情，如今把柄已掌控在陈兆棠手中，再申辩也是徒劳无益。事到如今，权呀钱呀色呀再无关紧要，终也要颈上头颅开销，没命便没了一切。不是说大丈夫能屈能伸，好汉不吃眼前亏吗？洪兆麟自知硬顶已没有出路，今只有陈兆棠可帮他躲过这一劫，救他一命，便做戏般地泪涕交加，跪爬着求陈兆棠设法搭救，并发誓今生做牛做马，上刀山下火海在所不辞。

陈兆棠许久没出声，好一会儿才对洪兆麟说："你现在面前，只有两条路可以选择：一是交出军权，到提督府自首入监，等待省督查办发落；二是继续履职，侦缉案犯，抓捕会党，剿灭惠州同盟会，争取将功赎罪，得以从轻处置。"

洪兆麟头如捣蒜般地点着头说："谢谢大人指点明示，我一定追剿会党，活捉邓子瑜、陈纯。"

陈兆棠冷笑道："洪管带，将功赎罪是你唯一的生路，你走吧。"说罢便朝门外一挥手，再无从前的客气。洪兆麟磨磨蹭蹭仍不肯走，"你还有何事，快快说来！"陈兆棠喝问了一声。

洪兆麟许久才抬起头来，说了声："感谢大人大恩大德。"说罢又磕了几个响头，才从地上爬起离开府衙。

洪兆麟走后，陈兆棠自觉松下了一口气，他把那些举报控告材料交给了幕僚，并如此这般地交代了一番，幕僚心领神会地拿着信札出了门。

三十一

天黑之后,府前路的大街上空荡荡、冷静静的,一下没有了白日的喧嚣和嘈杂,远远挂着的灯笼亮了起来,昏黄的光亮照射下来,把王大彪匆匆的身影晃出一个长长的叠影。

洪兆麟急于将功赎罪,抓捕匪首,但苦于无从下手,颇费心神。他连夜找王大彪来府邸商量,王大彪一进门就打探陈兆棠找他谈话的内容,他也在关注着营房和粮饷,洪兆麟狠狠地瞪了他一眼,没好气地对他说:"什么营房粮饷,陈总兵在差人清查账目了,追问查核招募新兵时的各项开支,看来我们这次要倒大霉了。"王大彪听后也紧张起来了,他在那些贪墨中可没少做手脚,一旦查起账来,自己也脱不了关系。如何将功补过,躲过此劫?他想到那本《堪舆全书》,欲想从邓珍米店打开缺口,他始终觉得邓珍的购枪一事很是可疑,这并非为了赚几个银子那么简单,极可能与邓子瑜、陈纯有关系。但一时还没抓到证据,过早行动又怕惊动了他们,思前想后,为保险起见,王大彪只好派人把邓珍米店监视起来。

陈兆棠把洪兆麟控制住后,事情果然有了起色——洪兆麟不再踢一下动一下,而是像圆溜的木筒般滚动,陈兆棠才将目的讲出一半,洪兆麟就已做足全功。这一天,陈亚苟忽然来报,说陈亚双悄悄溜进了邓珍米店。洪兆麟警觉地思忖着,陈亚双的出现,肯定与陈纯有关,这个陈亚双早就可以抓捕归案的了,但陈兆棠说放长线钓大鱼,钓来钓去,至今也没钓出陈纯、邓子瑜来,就怕连陈亚双也给"钓"丢了。

"你敢确认是陈亚双吗?陈亚双是一个人还是几个人?"王大彪问。

"陈纯我不认识，陈亚双就是变成鬼，我也辨认得出来，进去的是陈亚双一个，错不了。"

"好，你再回去埋伏下来，一旦陈亚双从店里出来，立即放出信号，我马上布置人力抓捕，这回不能再放走他了。"

陈亚苟这次没有看错。这一天，陈纯派陈亚双来到水东街米店，欲与邓珍接头，陈亚双在街上转了一圈，总感觉有人跟着他转。他赶忙走向码头，乘着人群拥挤钻进了阅江茶楼，甩掉了尾巴。因为事情紧急，他必须面见邓珍，待了片刻，陈亚双不见有动静，便从茶楼下来，看左右没人盯梢，转头折进了米店。

邓珍一见是陈亚双，忙把他带上阁楼里。陈亚双还没坐下，便把刚才被跟踪的情况对他说了。邓珍也似乎察觉到了什么，两人不由得紧张起来。

陈亚双担心地问了句："邓大哥还常来这里吗？要告诉他千万别再来此处。"

邓珍说："他早已去了博罗乡下，那地方很隐蔽，清兵找不着，只是这几十支枪没转送出去，我日夜都担心，若让洪兆麟查扣了，损失可就大了。"

"陈纯大哥叫我找你，就是商量设法把枪支尽快转移出去，千万不能落入敌手。"

"会不会让王大彪盯上了？要不我们来个声东击西，我来引开清兵耳目，你来偷运？"

接下来他们又如此这般地密议一阵，都觉得这个方法可行。行动计划商量妥当之后，陈亚双站起来，要急着回去向陈纯汇报，商量对策，邓珍一把拉住他说："门前恐有便衣盯梢，你跟我来。"说完带着陈亚双爬上辟作仓库的夹楼，邓珍打开夹楼的小门，原来夹楼的下方有扇小窗，陈亚双从小窗一出，就是隔壁店家的后院，后院的侧门一出，就到了江边码头。

王大彪的一干人马，在门口左等右等，一直不见陈亚双出来，便从大门涌了进来，嚷着要找邓珍。

听到吵闹声，邓珍喊了句："谁呀？我在里屋哩，叫客人进来坐吧。"

清兵一拥而入，只见邓珍一人在内室结账，算盘打得噼里啪啦响。邓珍正要叫伙计泡茶敬烟，王大彪把手一摆："有人来过吗？"

"有，有呀，今晌来了三拨子，刚刚走了。"

"里屋还有人吗？"王大彪拿眼扫了一圈。

"没有，不信你等进去看看。"一个领头的带人进去里屋看了看，实在看不出有生人来过的痕迹，只好悻悻地退了出来。王大彪不甚相信，带着两个兵差又进去搜查了一番，确实没发现什么疑点。王大彪从米店出来后有些懊恼，这次行动过于轻率，人没抓到，反而让邓珍有所警觉，心里正窝火时，恰好看到陈亚苟站在一旁，他随手就狠狠地甩给陈亚苟两个响亮的耳光，骂了句："你他妈的看见鬼了！"

第二天凌晨，水东码头上停了一条小木船，邓珍雇人把十几麻包的东西往船上装，天还没全亮，船就缓缓地离开码头，顺风顺水往博罗漂去。烟波浩渺的东江，笼罩在清晨的雾气中，流淌的江水，泛起了无数暗绿波纹，在白色的晨曦中闪闪发亮。而在水天相接的西边尽头，江水与远山，是一片交融一体的黛绿。渐渐远去的府城和东江码头，在晨光中醒来，叫卖的吆喝声、拉长音调的船工号子声，随着料峭的春风四处飘散，此时的东江河面，平添了一种热闹与繁华，也增添了一种悠远与辽阔，这壮美的晨景，让邓珍多日紧绷的神经也随之放松下来。

邓珍的木船一出江心，由于顺风顺水，船儿向着博罗方向快速地行驶着。船还没到罗阳，邓珍突然看见一艘水师巡逻船尾追而来，心里便知道又遇上盯梢了，他不慌不忙地招呼船工靠岸，把船停在了罗阳附近的小码头上。船还没泊岸，博罗的清兵已在码头待立，声言要检查船内货物。邓珍的木船让清兵搜了个底朝天，但搜来搜去，除了稻谷、黄豆以外，清兵一无所获。

洪兆麟接到王大彪禀报后，疑云顿生，邓珍故意在玩投石问路，还是调虎离山？既然运载的是粮豆、食品，何必半夜装船，行踪神秘诡异？他如今是继续监视、跟踪邓珍，还是立即查封米行，搜缴武器好呢？他有点儿拿捏不准，又赶忙前去向陈兆棠请示。陈兆棠一听，马上断定对方已经察觉了，立即下令，不宜再拖，马上抓捕邓珍，一旦查出枪械，立即严刑拷问，逼邓珍说出购枪用途，牵出幕后操纵的后台老板。

陈纯获悉邓珍的木船遭到跟踪和搜查，当天晚上，他专门派人去通知邓珍，立刻弃店逃走，以防不测。但邓珍不同意，他对来人说："我不能跑路，跑得了和尚跑不了庙，我们的枪械还在店里，我一逃，明摆着是向洪兆麟承认我是给同盟会购买枪支。他们无非是冲枪来的，万一查出，我就说想做点儿小生意，转卖给一些地主看家护院的，他们没有抓住我的证据，这起码可以撇开和会党的关系，掩护你们起事呀。如果能侥幸地过关，我再想法把这批枪转移出去。"

来人听后，觉得邓珍的分析不无道理，又自知这样凶多吉少，一时脸上掠过难以掩饰的担忧。他一再苦劝，邓珍却微微一笑地对来人说道："我几十年都在这水东街码头上混，你回去转告大家，叫他们别太担心，只是邓大哥和陈纯两人，要特别注意安全就是了。"

来人回来对邓子瑜、陈纯一说，邓、陈都感觉不妥。

"要立马行动，组织人手把邓珍和枪械强抢出来。"邓子瑜的话刚说完，陈纯便吩咐陈亚双去找林旺、孙稳他们前来商量行动事宜。陈纯待人员一到齐，立即布置孙稳带一干人在府城谭公庙一带盯紧东门的浮桥；陈亚双准备船只和十余个搬运，在桥东码头等候；林旺率一干人在粮栈门口掩护；陈纯自己则带人在水北接应。

邓子瑜要求与陈纯一齐行动，被大家劝阻。

正当大家商量妥当，正待出发行动之时，一切都已经迟了。邓珍粮店已被洪兆麟带几十个清兵里外三层团团围住，归善县衙的捕快当差也倾巢而出，王大彪带人从店里搜出六十支长枪，邓珍以及米店的雇工全部被五花大绑押到了归善县衙。

洪兆麟亲自开堂审问："姓甚名谁？"

"姓邓名珍。"

"何许人氏？"

"惠城人氏。"

"家住何地？"

"紫西岭邓屋。"

"知道为何拘捕你吗？"

"知道，因为私自购枪。"

"你的枪是从哪里购来的？想做何用？"

"是向博罗一地主购来的，想赚两个小钱帮补家用。"

"你想卖给谁，找到买主了吗？"

"还没有，我原想卖个好价钱，到了夏收时，将这笔钱全部用来收稻谷。"

"以前倒卖过枪支吗？"

"从来没有。"

洪兆麟见邓珍对答如流、从容不迫的样子，心里一阵恼怒，突然一拍桌子大声喝问："有人揭发你是同盟会会员，图谋不轨，如不从实招来，重刑侍候。"

邓珍毫无畏色，依然淡定地说道："我敢与他当场对质，我什么时候入会了，谁介绍我？我一介生意人，最怕招是惹非，更不问时政帮会，只知道赚钱养家。"

洪兆麟见状，咄咄逼人地问了句："你知道邓子瑜、陈纯吗？"

"知道。"

洪兆麟心里一喜，紧接着问："你们是怎么认识的？如实招来。"

"我不认识他们，只知道他们的名字。是从官府的通缉布告上看到的，不是每个还悬赏五百大洋吗？"邓珍一脸认真地看向洪兆麟，表情依然淡定自然。洪兆麟听罢，瞬间如泄了气的皮球。

无论洪兆麟怎么讯问，邓珍就咬死说藏枪是为了赚钱，恼羞成怒之下，洪兆麟对邓珍用了毒刑，把邓珍打得皮开肉绽，一身血污。待第二次过堂审问时，邓珍已不能走路，是被两个差役用竹杠抬上来的。纵使是这样，邓珍仍然咬死两个字——赚钱。洪兆麟没法，只好把他重新押回牢里。

三十二

大路沿着江堤蜿蜒延伸，一幢幢民居散落在小山坡的果林间，顺着这条路，过了望江村便是夏村，夏村的堤一边是滔滔流淌的东江，另一边有个果园，浓密的荔枝树上挂着疏疏落落的青果，时逢小年，荔枝没熟，果园显得冷清，只有养蜂人在草寮边架着的几只蜂箱，不时有蜜蜂飞进飞出，发出嗡嗡的鸣叫声。

邓子瑜、陈纯闻知邓珍受刑下狱，心急如焚，连夜来到陈亚双的果园里，找陈亚双问询事情的前后经过。如今还不知道陈亚双曾带着会党公开劫走王二麻，邓珍当时只对他提到劫钱抢粮的事，对此只字不提，邓子瑜以为邓珍和陈纯都参与了策划，其实陈纯是不知情的，是邓珍送了情报出了点子，陈亚双带领一班天地会员干下的好事。邓子瑜气得脸色铁青，他怒不可遏地猛地站起来，手指戳到了陈亚双的鼻子上吼起来："你这不是公开告诉陈兆棠，会党要暴动了？暴露目标，贻误大计！会有会法，帮有邦规，不可造次。你今害的不只是邓珍，接下来，陈兆棠会顺藤摸瓜，对天地会大开杀戒，而且理由堂皇，无数会党会因此而丧命。"

陈亚双听后冷汗涔涔，脸色陡变，当时真没细想，陈纯也感觉到事态严重，他当时是在外地确不知情，事发后才听陈亚双说起。怒气未消的邓子瑜转身问陈纯："他们行动前有对你讲吗？"陈纯犹豫了下点点头，低声答"有"，这一答邓子瑜再次火起，大声说道："你身为同盟会会员，又是博罗天地会副首领，还带着同盟会的重大使命回惠举事，竟然如此冲动？""我当时想到会员有难，出手相救也是帮规，确无多想。""惠州的监仓里还关着不少义士，不但有会员，还有革命党人，你为何不救？邓珍身陷囹圄，生死未卜，快去救呀！快想法救呀！"邓子瑜几乎是声嘶力竭，愤怒到了极点。陈纯从未看他发过如此大的火，他低下头不敢作声。

长久的沉默之后，邓子瑜心绪平静了些，他想到事已发生，当务之急是商量对策而不是发火和责罚，于是，他尽量平静了一下心绪，一字一顿地说道："小不忍则乱大谋，我们是搞武装起义，绝不可意气用事，不可感情用事！陈亚双，你躲远点，通知王二麻，还有那些暴露了身份的、邻近的、王大彪认识的，立即隐蔽，一个都不能露脸，你马上去通知，我与陈纯得找人商量如何营救邓珍。"陈亚双自知闯下大祸，又连累陈纯挨骂，心里很是难过，一声不吭地出了果园。

陈亚双走后，邓子瑜继续与陈纯在草寮里商量营救方案，事情来得太突然，一时又联系不上内线，两人都颇感头痛，最后是陈纯提到了邓珍的一个好友，就是转让商铺给刘金生的那位老板，邓子瑜觉得让商会出面是条路，不妨一试。直到天黑，他俩才从草寮里出来，分头去落实。

当天晚上，商董乡绅就开会了，大家一听是洪兆麟经办此案，个个面露难色，手足无措。许久，邓珍的那位老友站了起来对大家说道："若要搭救邓珍，我力荐一人——刘金生，老夫愿去游说。只是洪兆麟见钱眼开，不出重金恐难以奏效。"

大家一听，均觉得此法可行。大家七拼八凑，很快筹齐一百两银子，让他带着前去交涉。来人找到了刘金生，除了给洪兆麟五十两银子、王大彪三十两，又给刘金生二十两做茶水费，刘金生倒也仗义，二话没说，提着银子匆匆赶去拜会洪兆麟。

洪兆麟一听来意，不觉为难起来。若是以前，洪兆麟肯定敢把人给放了，但如今的洪兆麟今非昔比，借他两个胆，也不敢再私下放人犯了，他无奈地对刘金生说："刘老板，关在牢里的其他案犯哪一个我都做得了主，偏偏是这一个邓珍不能做主，其会党嫌疑，全城皆知，除非陈总兵照准。"

刘金生一听说要通过陈兆棠便知没戏，只能改求洪兆麟多加关照，别用重刑。他说自己是受商会委托前来搭救的，并说邓珍一贯本分经营，热心公益，就是这回财迷心窍，误入歧途，触犯律法。说着把一份商会绅士画押签名的担保书和一包银子递了上去。

洪兆麟一脸严肃地对刘金生说："别、别这样。刘老板，这次别说给银子，你就是给我送金条，我都无能为力。"

刘金生甚感奇怪，他与洪兆麟交往多年，有哪一回送钱送物他会挡手的，无论事成事败，从来都是一概笑纳，从不推辞，这次是怎么了？于是刘金生一改常态，认真地说道："洪管带，跟您说实话吧，这钱不是我的，是商董们一起凑的，这里还有一份大家联名写下的担保书，您总不能驳了惠州商界所有商董的面子吧？"

洪兆麟听刘金生如此一说，仍然有些犹豫。他沉默片刻，接过刘金生手中的担保书看了几眼，才收下银子。收了银子，洪兆麟语气渐渐缓和下来，但他仅是答应刘金生一定尽快向陈兆棠递送担保书，却只字没提放人之事。

刘金生见此情状，也知搭救邓珍之事并非他想象的那么容易，赶忙轻声加了句："烦洪管带多多操心，好久没去寒舍了，哪天有闲来家一叙，我又泡了一坛新酒，我们喝他个一醉方休！"

洪兆麟听后敷衍道："改日！改日！"

回话的当儿，他才想起好久没见到三姨太了，不免有些想念，但一想到目前的处境，稍稍舒展开来的眉头又慢慢皱了起来。

刘金生走后，洪兆麟盯着那袋银子，发了一阵呆，随后又重新展开担保书，仔细看了起来。担保书上签名的都是惠州城各行业商会的头头脑脑，他们不但签了名，还按了指印。一个小小的粮店老板，怎么会牵动整个惠州商界？刘金生又何至于如此热心？难道刘金生与邓珍有勾结？他们是合伙做生意，还是一起为同盟会购买枪支？那他给刘金生的几十杆枪，是否也到了邓珍手里……他不敢继续往下想。"监守自盗，罪加一等"，此事若是让陈兆棠查到，他只怕是又多出一条私售枪支、接济会党的大罪。洪兆麟想到这里，额头上不知不觉已经渗出了豆大的汗珠，他心往下一沉，继而又开始浑身发冷。

担心和后怕的，除了洪兆麟，还有刘金生。他之前卖给邓珍的三十杆枪，虽然是大大地赚了笔银子，但如果邓珍扛不住酷刑，供出了枪支的来源，他也脱不了干系。陈兆棠颁发的清乡新规里，打菜刀五把以上都要登记报备，何况是一次私下交易三十杆枪呢！而且他的枪还来自巡防营，追究起来，洪兆麟也会牵连进来。如果邓珍真的是会党，那自己不成了间接支持会党的帮凶？这个弥天大罪，谁担当得起？不过听洪兆麟的口气，邓珍目前并没有出卖自己，也没有供出枪支的来源和去向。由此推测，他相信邓珍也无非跟自己一样，仅是为了赚几个小钱，绝对不是什么会党同谋。于是，他内心多了一丝侥幸，又对邓珍的仗义之举生出了一份感激。

　　陈纯为营救邓珍寝食不安四处奔波，心中除了难过，又多了一份自责。他一个人静静地反思，如果不急着让林旺他们去劫赌场，王二麻不踩点后来敢不敢单独行动？如果陈亚双不去劫囚，邓珍会不会出事下狱……这似乎都是一串串的连锁反应。他是铁嘴钢牙豆腐心，生就的一副菩萨心肠，看到那些生活无着的难兄难弟，总想施以援手，但囊中羞涩，便急着要林旺他们去"劫富济贫"，这也许就是邓子瑜批评他不讲策略、急于冒进的理由。其实陈纯当时满腹委屈，颇不服气，他感觉邓子瑜也是头脑发胀，急于冒进，似乎暴动时只要振臂一呼，就有成千上万的人跟着他摇旗呐喊地冲锋陷阵。邓子瑜甚至还说想策反新军，策反谁？洪兆麟？李声振？如果有钱买通这些兵权在握的管带，还用武装起义吗？但陈亚双的劫囚确是莽撞之举，铸成大错，细细想来，自己的确是有些冒失冲动，甚至错怪了邓大哥，其实他冷静得很，并没像同盟会的其他人那样干等孙中山的粮饷枪械，他一天也没有停止过找钱，找枪，只是方式方法不同而已，再说邓大哥一直对自己采取忍让的态度，又使他很是愧疚。邓子瑜那晚一再对他强调：我们是有重大使命的，要意识到肩上的重任，不能意气用事，更要真诚团结。邓子瑜说孙中山也有苦恼和难处，同盟会刚成立不久就有人攻击孙中山，甚至连黄兴都与他发生了分歧，但孙中山顾全大局，忍辱负重，挺住了各方面的压力。为了实施同盟会的纲领，实现推翻清王朝这个宏伟目标，孙中山动员发小杨鹤龄卖掉了农场和物业捐助革命，动员兄长孙眉担保举债支持巨款，一个檀香山茂宜岛的华侨首富，因为支持弟弟的革命事业，如今破产了，但仍有人指责孙中山滥发债券、挪用会费，他委屈吗？天大的委屈。但他就是不屈不挠，屡败屡战，才有继萍浏醴起义之后策划的又一次惠、潮、钦、廉四地同举的伟大行动。

三十三

　　夜深了，一条篷船从房村江边的竹林里慢慢地漂了出来。陈亚双用竹篙往河中一撑，船儿便离开堤岸，快速向江中划去。江风悠悠，月色朦胧，觅食的鱼儿不时地从水中跃起，又"扑通"一声跳了下去。激起的涟漪，在河中一圈圈扩散，船里坐着的人，心境越发难以平静。

　　船舱里坐着邓子瑜和陈纯，两个人都是心事重重，眉头紧锁。

　　惠州会党遭到这次打击之后，损失惨重，一方面是辛辛苦苦由华侨募捐的银子、所购枪支全部落入敌手，而邓珍这个会党骨干又身陷囹圄。这座桥，在风雨中飘摇。更让邓子瑜和陈纯揪心的是，眼下去哪里寻找武器？没有武器搞暴动，不是胡闹吗？拿大刀、长矛如何来对付清兵的长枪短炮？赤手空拳闹起义，简直是拿洪门兄弟的性命去送死，连做赌注都谈不上。还是邓子瑜先开口打破沉默："我们的当务之急是两件事，一是设法营救邓珍，二是继续寻找武器弹药。"邓子瑜停了下，继续问道："不知刘金生商会那边的情况如何？"

　　"商会那头回话了，洪兆麟把担保书递了上去，但陈兆棠不答应放人。看来邓大哥一时很难出狱。"说完陈纯叹了口气。

　　"我们要想想别的办法，米店一查封，联络点也没了，邓珍又出不来，很多关系会中断。"邓子瑜不无担忧地说道。

　　陈纯想了想说："我还是想利用商会和刘金生的那层关系，先让邓大哥别受太多罪，再寻找机会把人弄出来。"

　　邓子瑜连连摆手道："不行，不行，你出面与刘金生打交道不合适，万一露馅，反而更加麻烦！"

　　"这个我知道，我不会亲自出面的，我会通过商会的人去疏通办理，你放心吧。"

"我们要想法找找严德明，三洲田之后他是没有暴露身份的人，他家在水口严村，我去过，只是多年没联系，不知他如今是否还待在乡下。"说到这里，陈纯没有接话。一时，船舱里陷入了短暂的沉寂，稍后，邓子瑜才打破沉默，继续说道："如果找不到严德明，我想再去一趟香港。"

"风声正紧，你去香港极不安全，不如先回乡下。"陈纯不同意邓子瑜的去港计划。

"去到香港，一来可以再筹点儿经费，二来看孙文先生的枪械何时能落实，我甚至想故意在港露面，放出风声要回新加坡，让陈兆棠转移视线，掩护你们开展活动。"

陈纯往细处一想，觉得这又是个高招。

"你呢，就带着林旺、孙稳和亚双几人分头去乡下找找枪支，散落在民间的也不少，地主大户、猎户、土匪或富农人家都有。客家人说'地阔扫来便有尘，积少成多，集腋成裘'这样分开行动，更利于隐蔽，也更安全。"邓子瑜说完，拿眼看着陈纯。

陈纯觉得事到如今也只有行这步棋了，现在惠州防范如此严密，任何一次行动，稍有不慎，都必将酿成大祸，自己的性命事小，届时举事，无枪无炮，牺牲的兄弟成千上万，那才是大事。

"我去香港还想接些人回来，这是海外的一班华侨子弟，他们不但会使洋枪洋炮，还会制造枪械和定时炸弹，这是起义队伍不可缺少的军事骨干。另外，梁亚珍、梁慕光在龙门有些动作，你要和他们加紧联络。"

"我会，我甚至还想和梁亚珍一起去找找'长毛贼'，如果能动员他加盟，也是一股不小的力量。"

"对，对！"邓子瑜非常赞同，"联络一切可以联络的力量，我们到时要三地同时举事，如能弄到定时炸弹，举事前要先把惠州府和提督署炸掉，摧毁陈兆棠和沈传义的大本营，这样才有气势！"邓子瑜说到这里，似乎看到了惠州暴动的义旗一举，群众一呼百应，千军万马扑向惠州府的情景，那气势浩浩荡荡，摧枯拉朽……

陈纯看到邓子瑜坚定而毫不气馁的表情，受到了莫大的鼓舞。"当年天地会杨坤如、毛汉生都是会党骨干，拳脚又好，可惜几年没见，早已沦落绿林，但我相信他们，不会彻底忘记当年盟誓之谊。"

　　"我正想与你商量，先去探下口气，俗话说，求官不成秀才在，人心难测水难量。去时带上林旺，这小子拳脚好，反应快，万一有什么不测好有个照应。"邓子瑜谆谆叮嘱道。

　　说到人心难测，陈纯不由得问了句："邓大哥，你说邓珍出事，会不会有内鬼？是不是我们内部出了奸细？"陈纯一脸狐疑。

　　"我们想到一块儿了，那天在亚双家碰头，我就有所警觉，为什么陈亚苟会跑来偷听？巧的是那天又是我俩在一块儿，这一定有缘由，你再多加留心，摸下底细，尽早把内鬼除掉。"邓子瑜说完，做了个砍的手势。

　　小船在水口靠了岸，邓子瑜在岸上与陈纯告别之后，陈纯一人划着船儿回去，他一边划一边想，邓子瑜如果再去一趟香港，经费是可以落实的，枪械也可能搞到一些，但能不能运进来，并及时送到义军手中，那就很难说了。陈纯不敢全指望海外的武器，要举事，要暴动，自己不先筹足三五百支枪，那是绝不能轻易起事的。但想是这样想，做起来又谈何容易。现在别说三五百支，就是三五十支，也不知去何处筹购。民间枪支是有，但费时费工不说，还容易暴露，不如找长毛贼来得省事。考虑到这一点，陈纯决定去拜会长毛贼。

　　第二天一早，陈纯把大伙儿招来，做了具体分工，他去博罗找梁亚珍和梁慕光，会会长毛贼；陈亚双坐镇七女湖，想法通过商董促刘金生去探监，给邓珍送些衣物、药品和食品；林旺、孙稳带狮队分别到梁化、多祝、龙门一带活动。

　　大伙儿一听陈纯要去找长毛贼，不由得纷纷劝阻，都说长毛贼如今早就不是当年的长毛贼了，只认钱不认人，千万不能贸然行事。陈纯笑笑说："我谅他不敢把我的头颅割下来，献给陈兆棠换白银。邓大哥说，求官不成秀才在，不入虎穴，焉得虎子？"

　　众人知道是邓子瑜的主意，陈纯又决心已下，不好再做劝阻，只嘱咐多带几个拳脚好的兄弟，路上多加小心。林旺、孙稳提出要陪同一起去，万一长毛贼翻脸，他们可以保证陈纯的安全。

"长毛贼未必有那么可怕，且不说当年盟誓起事的一段旧交，就是看在我与他的大哥杨坤如是同门师兄弟的份上，谅他也不敢胡来。"经陈纯这么一提醒，大家又觉得心里踏实了许多。为保险起见，最后大伙儿还是推林旺陪着去一趟。

陈纯来到博罗公庄，找到了梁亚珍和梁慕光，熟人朋友知悉陈纯的意向后，都对陈纯说此行不妥，他们说此人早就毁了滴血盟誓时的誓言了。他如今是认钱不认人，说是劫富济贫，其实就是见钱眼开，不管穷人的财物，还是富人的财物，他照劫不误。

梁亚珍对陈纯说："你知道博罗、龙门的孩子们是怎样形容长毛贼的吗？"

陈纯笑笑："不知道，说来听听。"

"一杆老枪一把刀，南昆山中有长毛，阎王借路不放过，剥了人皮熬肉胶。"

陈纯听后哈哈一笑："长毛贼果然名不虚传啊，但我不信他敢剥我的皮！"

陈纯不大愿意放弃这个机会，他心里想，即使动员不了长毛贼加盟共同举事，但帮忙购批枪械，总不至于办不到吧？此时，他决心已下，便与林旺一起往南昆山走去。到了南昆山下的一个岔路口，却看到禾坪上围了一大圈人。林旺正要拉陈纯绕道走过，却传来了一阵凄厉的哭叫声和哀求声。陈纯紧了紧扎在腰际的绸带，折回头，走上前去想看个究竟。禾坪上躺着一个年近五十的老农，衣服上全是血污，围观的是一班家丁打手，一个壮汉一脚踢去，老汉抱着肚子，在地上打滚，另一个家丁又一脚踢来，老汉的嘴里吐出了血水，昏厥过去。那壮汉见状，仍不肯罢休，上前一脚踩在老汉的胸部，狠狠地问道："你签不签？装死？"

陈纯实在看不下去，不觉气往头上冲，他心里想，十几个壮汉欺侮一个小老头，算什么本事？

他要林旺去问个清楚，但村人闭口不语，都在摇头眨眼，一副敢怒不敢言的样子，这越发让陈纯感到纳闷。后来有个胆大的村民悄悄地对他说，被打的老人借了邻村大财主的银子，连本带息已经十两银子了，老人还不起，去年刚把女儿抵债给富户做了家奴，今又要逼老人腾出屋子和后山的果园抵债。因为富户看上了这块风水宝地，要把祖坟迁到这里来，并要逼他当场签字画押，老人不依，所以挨打。

陈纯听后，不觉来气，他一下钻进了人群，站在打人的壮汉面前，压低声音问道："这位大哥，不知这老汉还欠你多少银钱，竟遭如此打骂羞辱？"

壮汉突然被陈纯一问，不由得抬起头来，打量了下陈纯的装束，看他那身普通的打扮，既不是官差，又不像侠客，便把头一扬，不屑地说："欠我多少钱你问他，你是什么人？他又是你什么人？多管闲事！"

"我是过路人。"

"哎哟哟，想打抱不平？想英雄救世？"话没说完，壮汉抡起拳头就照陈纯的面门打过来，陈纯也不躲闪，只扬起右手把挥到额前的拳头迅疾地抓了过来，用力往下一转，压住了对方的手腕。如果他再用劲卷压，顺势往前一拉，右腿对准对方裆部，用力一撞，壮汉会立马倒地。但陈纯没有置壮汉于死地的意思，只轻声地说："老弟，多大的事，因为这点儿钱打架拼命犯不着！"说完顺手一推送，壮汉竟踉跄着退了十几步，才站住了脚。

看此阵势，十几个家丁唰地围了上来，摆开架势要开打。林旺怕陈纯吃亏，一眼看见禾坪上晒衣服的长竹竿，他抓起竹竿对中折断，一半掷给陈纯，一半操在手中，一挑一刺地比试了几下，还故意舞得虎虎生风，壮汉见林旺那娴熟的棍法，一双贼亮的目光定定地盯住，不由心中一震。陈纯没动，就站在那禾坪上，淡定地盯着那班家丁。一个上了年纪的家丁看出了门道，忙双手作揖地出来圆场："侠客留名，有话好说好商量。"

陈纯说："欠钱还债，天公地道，把借条拿来，本息我今日替他还清。他是我家的穷亲戚，承蒙诸位日后关照，多谢给我一个面子。"说完陈纯从衣兜里掏出银子，赎回欠条，家丁打手灰溜溜地走了。

陈纯转身把欠条交给老汉，老汉早已涕泪交流，跪地不起，向陈纯、林旺叩头三拜，并要陈纯二人留下姓名。陈纯自知自己有要务在身，只对老汉说："东江小老虎，是你亲戚叫我来搭救你的。"

老汉满面疑团："东江小老虎？我哪个亲戚？"

陈纯说："到时你就知道了。"

因为路上耽搁了时间，走了不久，天就黑了下来。陈纯、林旺正要去山腰的小村里借宿。刚到村口，又碰到了一件意外事，只见三个壮汉背着枪，赶着一条大水牛，正往村外走。后面有个老农，跌跌撞撞地赶来，一边走路，一边哭喊："大兄弟，你们行行好吧，这水牛是我跟亲戚家借来的，你们不能牵走啊！大兄弟，行行好吧，家里的家什谷米，什么都可以拿去，这牛不能牵啊！"

陈纯正要拦住行人问个究竟，没想到背枪的那个头儿认识林旺，先喊了声："你是林旺大哥吧，多年没见了，你怎么来了这里？"原来，这山贼当年与林旺练过狮队，今成了毛汉生的手下，带着几个人晃了一天也没找到下手的对象，突然想到牵头牛去换点儿银子花。

陈纯很是生气，他愤怒地对那几个山贼说："我如果不是看在毛汉生的份上，把你们的枪都卸了！这叫劫富济贫？要抢就去抢那些有钱的人，有本事有胆量，跟清兵官府斗，欺负穷苦人，算什么绿林好汉！"

三个山贼连连点头称是，打头的那位还用哀求的口气对陈纯说："大哥，是我出的馊主意，毛大哥没叫我们这样干。你高抬贵手，千万千万别对毛大哥说起此事。"

听山贼如此一说，陈纯的气倒消了些，就叫林旺写了一封信，托领头的人交给毛汉生，信中说，有个叫陈纯的兄弟想拜会毛寨主。山贼不敢怠慢，当天晚上，信就送到了毛汉生手上，谁知毛汉生接信后，却不以为然，别说见面，连信都懒得回，只对来人回个口信说，不想跟会党的人打交道，就这么一句话便把陈纯拒之门外。

三十四

　　陈纯在南昆山下住了两个晚上，都没见上毛汉生，一时无计可施。梁亚珍、梁慕光闻知此事之后，大怒，特地跑上山去找到毛汉生，一见面就气冲冲地说："官兵贼匪，三教九流，什么行当都要讲个规矩，陈纯大哥好歹是东江洪帮头目，又是邓大哥的铁血兄弟，你还是讲个江湖礼数，也算给我一个面子。"毛汉生被他们如此一说，再三考虑后，终于答应与陈纯见个面。但见面地点，不在南昆山，而是选在象头山上一个石洞里。

　　象头山位于七女湖、泰美、公庄、罗阳的中间，山高林密，群山连绵，一条小溪从一千多米的主峰上涓涓流出，及至山腰化成了无数溪水，最后又汇成了一条山间河流。由于落差太大，峰回路转，瀑布、深潭随处可见。那溪水冲击出来的河床巨石兀立、千奇百怪，好不壮观。一进入山地，沿着溪边小道曲折迂回，尽可闻水声哗哗。乔灌藤蔓，丛丛蔟蔟，水雾湿气，云卷山岚，四处漫布寒森森的湿气。

　　毛汉生约见的这个地方，陈纯并不陌生，他甚至想过，一旦举事失利，可隐蔽在此建立根据地。这个石洞是溪涧的一处幽洞，说是洞不如说是石屋，因为三块巨大的石头天造地设地堆在了一块儿，石下的缝隙间便成了大洞，进口处只容一人通过，过了狭径一丈之后豁然开阔，洞内可容一百多人，更为绝妙的是，洞顶有一处豁口，既通风透亮又不漏雨，一泓清泉从岩石缝隙中流出，洞边又散放着许多平滑的大石块，可坐可躺，石凳石桌，自然天成。

　　陈纯当年为躲避清兵追捕，曾在此洞藏了七日七夜，渴了喝几口山泉水，饿了在林子里摘几串野果，晚上去山民的地里扒几条番薯，架一堆柴火烤着吃，就是一年不下山，也饿不死冻不着。今毛汉生在此约见，是不是此处又成了山匪的另一个窝点？次日，陈纯依约来到石洞，此洞果然成了毛贼的一个据点，而且那张当年自己躺过的石床上，铺上了兽皮，床边还放着酒坛、茶具，俨然是一个匪气十足的寨主洞了。

刚一见面，毛汉生劈头就是一句："陈大哥此行，是帮同盟会来做说客，还是当朋友来看我？"

陈纯听后一怔，这毛汉生为何如此唐突地冒出一句？随即回道："我首先是当朋友来看你，当然也有要事求你帮忙，多年不见了，老朋友嘛，总会念旧。"

毛汉生听此回答，板着的脸孔才稍稍缓了下来："既然如此，大哥请坐。"

毛汉生对陈纯还算客气，因为他知道陈纯在三点会里的资历和名气，又是绿林大哥杨坤如的师兄。陈纯在三洲田举事时的胆识智谋，毛汉生早有所闻，无论是枪法和武功，都在他和杨坤如大哥之上。只是自兵败失散后，已是多年不见，有人说陈纯死于清兵的乱枪之中，又有人说他逃亡海外。

毛汉生作为江湖中人，自有一套江湖规矩，虽然之前不把陈纯的约见当回事，但当他决定会见陈纯之后，却视他如上宾。不过这种礼数，也只是面子上的，对于陈纯提出的要求，他仍处处提防，没有太多的商量余地。

"毛兄铁血悍汉，武功过人，多年不见，没想到竟干起了这一行当，可惜了！"陈纯有些慨叹地说道。

"逢此乱世，民不聊生，我带患难兄弟落草为寇，也是无奈之举。"毛汉生回了一句。

"绿林捞财，盗亦有道，俗话说'吊颈寻大树，打劫寻大户'，可有传闻毛兄手下，连穷人家的鸡犬都不放过，这是不是有些……"

没待陈纯把话说完，毛汉生气呼呼地抢过了话头："这东江两岸，赤地千里，饥民遍野，我去哪儿找那么多大户？这不抢，那不抢，你让我的兄弟喝西北风去？你今天来此究竟何事？有话不妨直说吧！"

陈纯见状，也不绕弯，开门见山提出三条：第一，合谋暴动举事，进攻惠州府；第二，筹枪筹钱支持起义军……

未等陈纯说第三条，毛汉生已挥手制止，断然拒绝道："今日有蒙陈纯大哥不嫌山洞寒酸，前来做客，毛某十分感激，奈何鄙人出尘入山已多年，对山外时事已无法思考，更不想参与。毛某手下上百兄弟，每一张口都需饮食，都有家小，万望兄台见谅。"

毛汉生说得干脆利落，一下将陈纯推出三里之外，但陈纯却丝毫不退缩。"我久闻毛兄英名，无论是在三点会，还是在江湖上，毛兄素来义气重天，赤胆忠勇。沦入绿林，全因清兵缉捕所致。绿林之师中，自古便不乏英雄好汉，今孙文先生统率同盟会，毛兄何不念及盟友滴血之誓言，重出江湖，共举反清义旗？"陈纯不管三七二十一，继续劝说一通。

"反清复明，谈何容易？我当初也曾热血追捧，谁不知道毛汉生一马当先，出生入死，与清兵厮杀到天亮，到头来还是各走天涯，作鸟兽散？我今带着百十个兄弟，挨两餐而已，人生苦短，愚弟自知干这一行朝不保夕，故也胸无大志，今朝有酒今朝醉吧。"毛汉生只轻描淡写地回应了几句，就把陈纯轻轻地挡了回去。陈纯一时无话，双方沉默了一会儿，陈纯仍不死心，见此情状，只得退其次地又试探了一句："既然如此，人各有志，不能相强，假若你就是不参伙、不加盟，那毛兄可否为我们购得一批枪支弹药？"

毛汉生一听，哈哈大笑起来："有枪就是草头王，谁不想要枪？如今走私军火的人少，官府卡得紧，好枪都掌握在官兵手中，偶有些大户人家，养着家丁持枪护院，我们与护丁对打僵持，劫得财物即逃之夭夭，何敢久留，岂能把人家枪械缴了？"

陈纯听了，也觉得在理，但又不甘心地再问了一句："我听梁亚珍、梁慕光都说，博罗衙差和惠州巡防营经常组织乡勇进山围剿，敢不敢与我们一起，组织人力伏击他们一回，兄弟们的赏银我来支付，夺得的枪械归我，可否？"

毛汉生还没待陈纯把话讲完，慌忙摆起了手："行不通，行不通！俗话说，'富不与官敌，贼不与兵争'，他进剿我躲藏，你还叫我去与官兵打斗，万万不可。"

"毛兄敢不敢与我合作干一票大单？"

"干什么？"毛汉生睁大眼睛问道。

"劫粮船，一千担大米啊，算不算大单？"

"在哪儿干？"

"东江河！"陈纯停顿了一下继续说道，"据可靠情报，近日粮船可抵博罗河段，会在观音阁码头停靠宿夜。"

"是官粮吧？"

"当然是官粮。不单是官粮，还是军粮。"

"我刚说了，'贼不与兵争'，你又拉我去打劫军粮，那不是明摆着把我往火坑里推？"毛汉生愤愤地说道。

"你不敢去，那借我十杆人枪行不行？事成之后如数归还。"

"不，不，陈大哥，你可要想清楚，一旦军粮遭劫，别说是陈兆棠，李准的水、陆两师都要进驻惠州了。这可不是闹着玩的。"毛汉生一是规劝，二是提醒。

"我早想清楚了，如果是民船商粮，我还不劫呢，我偏要与官兵作对，给陈兆棠添乱，你就说一句，借还是不借？"

"不借，事成了你一溜，可以躲到新加坡去，我毛汉生去哪里？无论事成事败，陈兆棠都不会放过我。"

"我不跑，跟你进山，听你差遣，你去哪儿我去哪儿，还不行？"

"那不更证明我与你是同一伙的？"

"那你觉得怎样做，才能与我撇清关系呢？"

毛汉生一时答不上来，想了许久才说："借你十杆枪吧，人我不出了。"

"人不离枪，枪不离人，人不去，毛兄不怕我有借无还吗？再说用你的枪干成了大票，你也脱不了关系呀！"

"有借有还，再借不难，这点我信得过你陈纯。至于关系，大街上有人持刀杀人，总不至于把铁匠铺打菜刀的都抓起来吧？"

"哈哈哈！"陈纯听罢不觉一笑，"那没准陈兆棠的保甲连坐法，正是抓不到拿刀的，就找打刀的。"看毛汉生许久没有答话，陈纯换了种口气继续说道："毛兄一贯义薄云天、深明大义，这胆识勇气为何消退殆尽？反清大业成功指日可待，清廷气数将尽，你我同仇敌忾，共同努力，不日即可实现孙文先生的诺言，耕者有其田，到时候，又何须像今日如此，昼伏夜出，躲躲闪闪，干打劫的营生？"

听了陈纯这话，毛汉生有些不爽，他深思了片刻才接话："秀才造反，猴年马月？我是现实之人，孙中山他十几年奔走呼号，东江人十几年奋起响应，抛家弃子，流浪他乡，除了饿殍遍野、民不聊生，谁过上好日子了？谁分到田了？连与孙中山结为兄弟的盟友，不是一样与清兵求和？倒是我如今无会非党逍遥自在。就是我毛某明日让清兵斩了，也感觉这辈子没有白活，好吃的吃了，好玩的玩了，我是活到今日就抵死，明天以后的日子，都算是赚的了。"

毛汉生越说越气，陈纯自觉并没有如何言重，他何至于如此激动，不由得又问了句："毛兄一向志存高远，今日为何对反清如此没有信心？"

毛汉生霍地站了起来，语气生硬地说道："恕我不恭，我早先问过你，是否为同盟会当说客，我早已胸无大志了。"

陈纯还想与之争辩，毛汉生显得有些不耐烦，他扬了扬手继续说："大路朝天，各走一边，陈大哥举反清大业，愚弟干鸡鸣狗盗行当，河井之水，两不相犯。毛某接洽之处如有不周，请多包涵，后会有期。"

陈纯听出了毛汉生的逐客令，一时感到愕然，看到毛汉生一脸愠怒，便识趣地站起身来，拱手打揖，也说了声"后会有期"便下了山。

三十五

邓子瑜与陈纯分手之后，没有直接去香港，而是先找到了严德明，这一见面，为邓子瑜接下来的活动，提供了许多便利。严德明是水口严村人，三洲田闹起义时，他还是个十六七岁的小青年，正在惠州中学堂念书，起义军打到惠州城郊时，他带着数十个中学生前来投奔义军，跟随邓子瑜一直打到三多祝，此役之后不久，邓子瑜闻知义军弹药无援，兵败在即，故遣严德明带学生兵提前离队，并分散隐蔽下来。

"我已听说你们回来了，但就不知道去哪儿找你们，自邓老板的米店抄出枪支后，我就更不敢随便打探，没想到我们还是见面了。"严德明高兴地说。

"我是一定要找到你的，而且料定你能帮我做许多事。"

"有什么事要我做的？请邓大哥尽管吩咐。"

"我近日想去香港弄点儿枪，大宗买卖是做不成的了，想几十支几十支地偷运过来，但惠州这边得有人接应。其次呢，偌大的惠州城，我们连个落脚的地方都没，急着需要找个靠得住的人，建个秘密联络点。"

邓子瑜的话刚刚说完，严德明接着就说："这两件事就包在我身上，由我负责完成。"

邓子瑜看他回答得如此干脆，又不知他有何把握，一时心里没底，脸上掠过一丝疑惑，严德明见状，马上详细讲述他的下一步计划。原来严德明有个弟弟叫严确廷，早年在广州学医，毕业后在水东街开了间"寿康西药房"，生意很是火爆，当时的西药大都来自香港，为了进货方便，严德明结识了好几条走私船主，他们一般是走澳头水路，从澳头到淡水再到水东街码头。严德明计划把药店辟作联络站，枪械通过走私船与医疗器械一齐打包运进来，存放在药店或水口乡下，这两个地方都安全。邓子瑜听罢非常高兴，几天来悬着的一颗心终于落了地。

为了让邓子瑜熟悉惠、港的全程水路，严德明陪同邓子瑜到淡水，在澳头联系上他的朋友，搭乘走私船直接去了香港，到了香港之后，邓子瑜既没去东江客栈，也没去中国日报社，而是与冯自由与孙中山的联络员接上了头，被安排住进了九龙大街一个公寓里。在这里，他得到一个个好消息。孙中山在越南购买武器的事有些眉目，一旦落实，运送武器的船只将在汕尾附近海边靠岸，分别接济惠州和潮州的起义军。负责潮州起义的许雪秋在潮州的活动也算顺利，只要武器弹药能按时送达，原定在秋天举行的起义计划不会改变。为了使两地联络紧密，孙中山还派人在汕尾设立了一个新的秘密联络点，又派出经验丰富的交通员专门负责联络两地工作，交换活动情报，传递起义指令。另外，华侨募捐的一批银子也已到位。

邓子瑜想联系黄耀庭，联络员告诉邓子瑜，黄耀庭因为那次刺杀行动，被港警跟踪了一段时间，后来领了一笔活动经费，一下没了音信，他现在也在到处打听黄耀庭的下落，一有消息，会马上告诉邓子瑜。

"那我可以去报社找冯总或少白吗？"

"不可！冯总交代了，有事他们会叫人来联系你。这几天你只能待在屋子里，不能外出。"

这一天，冯自由安排了一个联络员来到邓子瑜的秘密居所，黄包车拉着他在城内走了好一会儿，来到一个挂着"香江医院"招牌的地方，邓子瑜不觉一怔，这地方不是上回治腿伤的医院吗？刚进门，果然看见了那个熟悉的面孔，戴黑框眼镜的外科医生对邓子瑜点点头，算是打过招呼，然后把他带进里间，随后把坐在椅子上的两个年轻人介绍给了邓子瑜。

年轻人会讲客家话，自我介绍说是从吉隆坡回来的华侨，要回归善乡下拜山祭祖，另一个青年还从衣兜里掏出一张纸条递给邓子瑜，邓子瑜展信一看，原来是罗仲霍写的介绍信，立即明白了怎么回事。

原来外科大夫是孙中山学医时的同学，也是同盟会会员，他以行医作为掩护，一直在港从事秘密联络工作。罗仲霍在信中说，年轻人祖籍归善，在海外读书长大，他们受过军事训练，会使用各种新式武器，还会制造炸弹。外科大夫还准备了几箱紧俏的药品，要他们俩带回内地，并联络惠州方向派人接应。

　　邓子瑜站起身来，心情非常激动，拍了拍两个年轻人的肩膀说道："欢迎！欢迎！我们太需要你们了！"接着又紧紧地与外科医生握了握手，然后把惠州的接头地点和暗语告诉了对方，并给陈纯捎了一封信。

　　邓子瑜准备离开的时候，忽然想到了什么，转回身问那个接信的年轻人："我们如今最缺的就是枪，我这次来香港也无非是想弄点儿枪支弹药。你是学兵工科的，这枪支我们能造吗？"

　　年轻人微微一笑，说："当然能造，但需要一些设备和原材料。"

　　邓子瑜问是什么样的设备和材料，年轻人便说开了："首先要有厂房、锅炉，还需要刨床、磨床和钻床。有了这些还不够，还需要有铸件、模具、钢管，有些零部件还得单独采购，自个儿生产不了……"邓子瑜听得连连摇头，自知在惠州是无法造枪的，不由得叹了一口气，神情有些沮丧。

　　年轻人见状，又接着说："如果是火铳枪，那要简单得多，有个打铁铺我就可以造出来，只是威力远不及弹枪。"

　　邓子瑜连忙摆手，说道："就是想弄些弹枪。火铳枪我用怕了，装药慢，射程短，易受潮，杀伤力差……"

　　年轻人想了想，说："如果能找到报废的弹枪，我也可以改造出来，但有些零部件必须另外采购。"

　　"什么零部件？"

　　"枪栓、扳机。"

　　邓子瑜听罢立即来了兴致，将所需材料全都记了下来，想着接下来去哪里可以弄到这些零部件。

　　外科医生对他说："你去避风塘走走。"

　　第二天，邓子瑜来到香港岛与鸭猁洲之间的一处海湾，这个颇具特色的大渔村就是避风塘。海湾上停泊着许多小渔船，连成了一排排的水上人家，岸边则形成了一个海产品交易集市，邓子瑜打听到，这里除了鱼虾交易，还有枪械买卖。他还没到港口，就闻到充斥着整个港湾的一股鱼腥味。他与掮客穿过拥挤的码头，来到一条乌篷船上，货主从舱底下拿出十来杆弹枪，有新有旧，邓子瑜拿起一支，拉栓、上膛、瞄准，扣动扳机，那娴熟的动作一看就是个行家。

"开个价。"

"三十。"

"贵。"

"那你说多少？"

"新旧一起算，澳头交货，十五一支。"邓子瑜回答得干干脆脆。

那货主原是个小海盗，一听这话把头摇得像拨浪鼓："不行，不行，在这儿交货都便宜了，还澳头。"

"我们是一回生，二回熟，做的是长期生意，以后不管你何时有货，往澳头一放，就是白银，免得东藏西躲。"

见货主不搭话，邓子瑜又续了句："兄弟，到手的才是钱，我也是做这行的，总得给我赚杯酒钱吧？"邓子瑜的一席话，讲得在情在理。

"多少再加点儿，再加点儿。"

"行情大过人情，不加也不扰了，兄弟。"

邓子瑜说完，头也不回地走出了船舱。刚走不远就听后面传来喊声："大哥，你回来！"邓子瑜回到船舱，没再多费口舌，付过定金之后，便把严德明澳头接货的地址告诉了他。临别时又对货主说："江湖生意，诚信为本，我敢付定，表明我的诚信，你能按时送到，点枪计数，货款两清，以后长期交易，有多少我接多少，你若没做到，那就是你……"

货主猜到邓子瑜是个老江湖，对这片海域的黑道黑市并不陌生，当然不敢偷奸耍滑，未待邓子瑜说完，便紧接着说："我保证三天内把货送到。"

"好，哥们儿口齿当钱使，三天后我在这儿等你喝酒。"邓子瑜说完，走出船舱，离开了避风塘。第四天，货主果然没有失言，除了把货送到了，随后又有三支五支陆续送去。搭上了这条线之后，邓子瑜感觉没必要再待在香港，也再无心思去采购枪械零部件。临行前，他与联络员见了一面，并交给他两份电报稿，嘱他适时在香港邮所发出，一切交代完毕，便搭上走私船悄悄地回到了惠州。

三十六

再说陈纯从象头山回来之后，心里有些不痛快，他心忖道：这家伙也太见利忘义了吧，若不是想你毛汉生的那几条破枪，我犯得着如此三顾茅庐，低声下气地一次次苦求？孙稳、陈亚双听了陈纯的一番陈述，火冒三丈地说："大哥消消气，毛汉生也太不识抬举了，要不我找几个哥们儿，上山教教他如何做人！"

"这倒不必。他虽然不是我们的盟友，但也不是我们的敌人。"

"不教训教训他，他还真以为自己是大哥了。"孙稳也愤愤地补了一句。

"少安毋躁！我去已给足他面子，可能他至今对我们还心存芥蒂，况且洪兆麟、王大彪如今虎视眈眈，我们的目标是灭清不是剿匪，一旦引起内讧，不更是因小失大？"孙稳、陈亚双他们听陈纯这么一说，也感觉此时去找毛汉生较劲不是时候，不如集中精力找钱找枪。

一说到找枪，陈纯要孙稳统计下，孙稳说："你在公庄大户购了二十支，我在梁化购了十支，林旺、陈亚双合起来二十来支，加上邓珍原购的三十支，好好坏坏，总算有八九十支了。"

陈纯听罢摇了摇头："这还差得远哩！我们如今可分两步同时进行，一边继续联络起义骨干，一边继续筹集枪支，起码要准备两百支枪以上。"

一听说要准备两百支枪，陈亚双有些不高兴地嘟哝道："去哪儿弄两百支？到年底都难搞到，孙文的船一到，一人发两杆都有多了。"

听到陈亚双这样说，林旺也接着说了句："我们主要是发动人，至于枪，真是要靠孙文和邓大哥了。"

陈纯见孙稳不吱声，便问陈亚双："香港购枪，越南购枪，日本购枪，你们何时见过购到的枪械了？退一步说，如果孙文的运械船明天就到汕尾港或大亚湾，你怎样去把枪械搬回来？"

陈亚双想都没想，脱口就说："偷运回来，每人发一支枪配一百发子弹。"

"如果让陈兆棠发现了，派兵一堵，你又如何对付？"

"打过去！"陈亚双接着说。

"枪都还在船上，拿什么跟清兵打？就用长棍，用大刀？用龙形拳？"

陈亚双听此一问，不知如何回答，不再吱声。

"起义暴动，变化无常，一着不慎，全盘皆输。我们要做最坏的打算，不要依赖更不可侥幸，我们手头有了枪，就有了主动权。"陈纯的一番话，大家听后都觉得言之有理。陈纯见大伙儿没再作声，便见好就收地转了话题："好了，枪的事我们不再讨论，大家该干吗干吗去，陈亚双还有另一件事，你今天还得进城一趟，打探下邓老板的情况，我在水北等。"

陈亚双这才想起与商会的人的约定，赶忙出门，匆匆进城去了。

夜深了，陈纯躲在水北村的一个阁楼上，一直没有入睡，他焦急地在屋内来回踱步，走至窗前往东江上一望，仍可见对面的江滩上渔火点点，灯影绰绰。黑色的江面上不时有小船划过，那是放夜钓的渔民。又过一阵才见到一条小船划进了岸边的竹林，陈纯知道陈亚双回来了，赶忙走下楼来。

一见面陈纯便问邓珍的事有没着落，陈亚双摇摇头说："洪兆麟不肯放人，邓珍已被押在北门监仓。"

陈纯接着又问："商会的人可以送食物、药品进去吗？"

"可以，邓老板正在牢里疗伤，大哥你尽管放心。"

陈纯听了这番话，稍稍心安了些，这才想起陈亚双走得匆忙，至今可能没吃东西，赶忙找出一瓶土酒、一包花生，兄弟俩就在小桌子边吃喝起来。

陈亚双抿了口酒，剥了两粒花生丢进嘴里，津津有味地咀嚼着，他跟陈纯说："大哥，我刚才在街上，好像又看见了陈亚苟，喝得醉醺醺的从酒馆出来，待我躲到一边想看清些时，三四个人推推搡搡，去了悦来客栈。你说他哪儿来的钱上酒家、进赌馆、泡妓女？"

"他近来好像发了横财，听说还托人在夏村买田置产。"陈亚双又续了句。

陈纯听后也颇觉奇怪，心里不由得泛起了团团疑云，奸细、内鬼，莫非是陈亚苟？

"亚双，你想一想，自从陈亚苟那天偷听被你们一顿暴打之后，我们接连出了几单大事，码头跟踪、枪械泄密、米店遭围、邓珍被捕等等，这事会不会与陈亚苟有关联？"

陈亚双经陈纯这么一说，也甚感蹊跷，如果没有内鬼刺探，洪兆麟是很难做到一抓一个准的。他也感到陈亚苟是个可疑人物，但陈亚苟又是怎样打探到他们活动的消息的呢？陈亚双想了很久，才自言自语般地说："那陈亚苟究竟是被收买的线人，还是官府指派的密探？难道他做了洪兆麟、王大彪的走狗不成？"

陈纯端起酒杯，呷了一口，看着陈亚双一脸不解的表情，答了句："都有可能，他与王二麻是什么关系？"

"是表兄弟吧，王二麻的母亲是下寮村人，姓陈，嫁到夏村，应该算是姑表，平时不见得他们来往有多亲热。"

"王二麻被洪兆麟抓捕过，会不会是这层关系？这人靠得住吗？"陈纯若有所思。

"王二麻是条硬汉，这一点我可信得过他，那时你还没回来，二麻是我们冒死劫出来的死囚犯，如果他不可靠，洪兆麟会对他用毒刑？还要杀他？"

陈纯被陈亚双这样一问，一时不知如何作答，许久才说了句："如果这是苦肉计，或者是故意设下的圈套呢？你又如何解释？俗话说，明枪易挡，暗箭难防，你还是提防着点儿。"

"这……这不可能吧？"

"那王二麻与王大彪，又是什么关系？是堂兄伯弟吗？"

"八竿子打不着，只是同姓而已。"陈亚双一边答话一边思忖，他仍然不敢相信，自己多年的患难兄弟王二麻会出卖自己。

"我们如今没有证据，不敢妄下结论，但你可以多个心眼试探下。不过这个陈亚苟，很明显是条清兵猎犬了，无论他是为了赏银，还是另有原因，对我们的活动，都是极大的威胁，必要时你就见机行事，越早越好。"陈纯说完，向陈亚双做了个掐扼的手势，接着把杯中的酒一口吞了进去。

陈亚双听了陈纯的话，眉头不禁皱了起来，心里也在嘀咕：这个陈亚苟整天游手好闲，串东村走西村的，好吃好喝，他的钱从哪儿来的？难道他真的是清兵的线人？"该如何来试探他呢？"陈亚双看着陈纯问了句。

陈纯没吱声，剥了几颗花生米，丢在嘴里慢慢咀嚼着，又喝了口酒，正待回话，陈亚双先说了："最近他也经常跑到祠堂、拳馆去看热闹，听说王大彪还去找过林耀桂师傅，要聘他去给棠字军当教头，林师傅没答应，推托说他开的拳馆多，忙不过来。王大彪不悦，便经常带着侦缉队的人去突查拳馆，一旦看见有外地口音的人，即带回乡公所，好一番审查。"

"练拳习武的人，都是慕名拜师的，林师傅带几个外乡徒弟，有何可查的？"

陈纯停顿了一下，想了想接着说道："无非是两条：一是没聘到林师傅当教头，在洪兆麟那里丢了面子，故意作难；二是想查拳馆里的外乡人，尤其是归乡华侨，说到底还是冲着我们来。"

"对、对，陈亚苟对外乡人，尤其对华侨特别有兴趣，说华侨在国外见多识广，不但会讲洋话，还会使洋枪、制炸弹。"

"那你不妨将计就计地试探下。"陈纯说到这里，教陈亚双故意放风给陈亚苟，就说小金口的曾氏祠堂，最近有几个从海外回来的侨民，每晚在练麒麟狮。陈亚双点点头，举起酒杯与陈纯一饮而尽。

"知道了，我明日就去落实。"

第二天，陈亚双通过陈兴把假情报透露给陈亚苟，当天晚上王大彪的联防队就去了小金口，但小金口的曾氏祠堂连个人影都没，联防队一连去了三晚，祠堂里都是关门闭户，王大彪怀疑走漏了风声，便把地保叫来询问，保长说："我们村里是有个麒麟队，都是曾氏族亲逢年过节时玩玩的，今三穷四月，开耕时节，谁有闲工夫去玩这些？"保长看王大彪不太相信，便带着王大彪去了祠堂，打开祠堂大门，一股霉味扑鼻而来，只见板凳方桌上全是浮尘，上厅的屋檐上还垂下一圈蜘蛛网，放在凳子上的麒麟狮头也蒙了一层灰，王大彪踢了踢狮头，一只老鼠从下面钻了出来，飞快地从他脚下窜过，钻进厢房的门洞里。这祠堂都不知多久没人来过了，这才让王大彪相信了，陈亚苟得来的是假情报。

王大彪证实了陈亚苟的假情报，陈亚双也证实了陈亚苟是真内鬼。当天晚上，陈兴就来到陈亚苟的家中。陈亚苟很是警惕，隔着窗户问陈兴："有何事？"

陈兴指指牵着的那条狗，说了句："找你还能有何事？打牙祭呀！"

"夏至到了吗？"

"提前过夏至。"陈兴答了句。

原来当地有夏至吃狗肉的习俗，民谣唱："吃了狗肉加荔果，一年郎中不用摸。"意思是说夏至吃狗肉，非但不燥热，还可壮阳祛病，陈亚苟喜欢吃狗肉，也会做焖狗肉，他与陈兴往年也凑份子吃过夏至狗。

陈亚苟一听说是杀狗，兴冲冲地跟着陈兴来到望江，路上还不断地问："姜、蒜、香叶、艾根、八角有了吗？"

"早配齐了，就等你来杀啦！"

陈亚苟一到江边便问："狗呢？狗在哪儿？"陈川说："在这儿！"话音随着一记重拳落下去，陈亚苟眼前一黑，跟跄着正要倒他，陈兴随即用麻袋罩住他的头，连拽带拉把他拖到沙滩上。陈亚双厉声喝道："是谁在指派你做卧底？"起先陈亚苟还嘴硬，死活也不肯承认。陈亚双继续审问："你是想死，还是想活？想活就说出来，想死我就立即把麻袋口扎紧，把你丢到东江河去喂鱼。"

陈亚苟一听，赶紧说："想活！"然后便把王大彪如何教他刺探情报、在哪接头、收了多少银子，一五一十地讲了出来，陈亚双追着问："除了王大彪，还有谁和你接头？"

"没，没有了！"

"真的没有了？"

"真的没有了，我知道的都……都讲了。"听陈亚苟此时说话吞吞吐吐，陈川故意拿起一条绳子，在他面前晃了晃，本想吓唬吓唬他，逼他供出其他同党，哪知这个平时看似木讷的陈亚苟，自知必死无疑，突然发起疯来，只见他头一低，猛地扯开麻袋，扬起一捧河沙往陈亚双脸上撒来，然后双脚一蹬，拔腿就跑。陈亚双一时睁不开眼睛，陈川眼明手快，紧追几步顺势一推，陈亚苟跌了个狗吃屎，陈兴随即上前将其按住，陈亚苟拼命挣扎，陈兴死死扼住陈亚苟的脖颈，往沙堆里按，待陈亚双走过来时，陈亚苟已经断了气。

三十七

"你说奇怪不奇怪，望江茶亭闹水怪了，一个叫陈亚苟的人，昨天还好好的，今天就让水怪给吃了。"洪兆麟的正房太太一进门，就絮絮叨叨地跟洪兆麟说。

洪兆麟闻听警觉地问："陈亚苟？什么时候的事？"

"就是今天的事，三天前还在望江茶亭喝茶，一个过路的相命先生叫他要防水妖，他不信，还拍着胸脯对那人说自己是东江边长大的水手，撑船放排，捕鱼捞虾，水里来水里去，自己都成水精了，还怕水怪？没想到今早一掉进水里，水怪就缠住了他的双手双脚，他越挣扎，那水怪缠得越紧，给淹死了。你说这算命的灵不灵？坊间都称他为大仙了。"

正房太太还没完，她继续道："后所街有对新婚小夫妻，自结婚后就天天吵架，闹得家里鸡犬不宁。夫家想休妻，又因娶妻时花了大笔银子而不舍。家婆无奈之下，便去拜'大仙'，大仙说：'你儿媳前世是牛，你儿子犁田耕地时打了它，不知打断了多少竹鞭子，今牛转世变人，成了你的儿媳，便是要来报复你儿子的。'家婆听了深信不疑，领了大仙给的符咒、符水，回家后将符咒烧成灰，掺着符水偷偷地让儿子、儿媳喝了，果然没几天，两夫妻便和好如初，一年之后，还生下了一个大胖小子。你说灵不灵？神灵须敬畏，人生有兴衰，灵验得很哩。"

洪兆麟对此未置可否，也懒得搭话，没待正房太太唠叨完，他便起身换装，带着随从马弁坐船赶到望江。被江水泡胀的陈亚苟尸体，被打捞上来放在沙滩上。江边围了一大圈人，全在七嘴八舌地议论。有人说二月二是龙抬头，这一天要给河伯供全猪的，但今年饥荒，村民没供全猪，钦差也没去祭神，水怪便作怪了。还有的说，这河湾年年都要淹死人，今年是第二个了，水怪要连吃三人才肯收手呢。洪兆麟无心去听那乱七八糟的议论，他径直走到尸体边，揭开盖在陈亚苟身上的破席子，只见陈亚苟直挺挺地躺着，肚子不胀，舌头却吐得老长，眼睛睁大，尸色青紫，面目狰狞的样子十分吓人。洪兆麟仔细看了看，尸体浑身上下都没伤痕，唯有那喉结处瘀得发黑，舌根沾满了沙粒，心里自然明白了几分。

洪兆麟一贯只信拳头，而不信神鬼，他幼年家贫，饱受生活的折磨和强人的欺凌，祖母常常去佛祖社庙烧香跪拜，祈求五谷丰登，苍天保佑，但越求越穷，越求越倒霉。洪兆麟当兵是因为家里缴不出光洋，让人当壮丁绑去的。开始他有些惧怕，后来逃跑了，逃出之后不久，又给抓去顶替，当来当去，洪兆麟便成了兵油子。这样一来，他非但不怕抽丁，反而还乐意去顶替富人家当兵。他在这边拿了人家的银子入伍，逃出之后又去那边顶替领饷，反正清兵的营房缺额多，洪兆麟不愁找不到饭吃。只是后来洪兆麟让上司看上，提了个小小的兵头，他才不再逃跑，几十年的生活磨砺，让洪兆麟坚信"权""钱"二字，有权就有钱，有钱就有枪，有枪就是王！

这段时间，洪兆麟为跟踪会党，费尽心机，疲于奔命，不知是疲劳所致，还是一种预兆，他老觉得眼皮扑扑地跳。洪兆麟不怕苦也不怕累，贼匪横行对于他来说并不是坏事，若不是闹匪患，刘金生何以会把一包包银子送到他的手上，惠州首富的三姨太又怎么会和他滚到一张床上？他相信，乱世出英雄，乱世也出富翁，让他近来忐忑不安的，并非邓子瑜、陈纯，而是陈兆棠。陈兆棠抓住了他的把柄，一旦把他绳之以法，他堂堂管带，不就一夜间沦为阶下囚了？此时，什么钱财、权力、女人，通通将成为泡影。这才是洪兆麟郁结于心的一块顽疾，也是使他心惊心恐的缘由。回到家中，正房太太看洪兆麟惶惶不安，心神不宁，嘴里念叨着："好事走来，衰事滚开。"随即就撕了片碎红纸，在嘴里舔舔口水，贴到了洪兆麟的下眼角。洪兆麟没好气地把碎纸一抹，对着正房太太说了句："这一招灵验，天下就没有乱党了，真是妇人之见！"

正房太太不知所措，她笃信佛道，只好搓着手嗫嚅道："道佛都有神灵，要不你去元妙观敬敬香火，那是千年古观了，如若不灵，怎么会有如此之多的达官贵人，天天络绎不绝前去祈福？"

洪兆麟拿眼瞪了一下正房太太，没好气地说："你呀，少给我添乱，烧香烧得灵，天下没穷人，我洪兆麟有今日，不靠菩萨神灵，靠的就是手中的一杆枪，硬打硬地拼出来的。"

正房太太被洪兆麟一顿抢白，一时没了说辞，情急和委屈一齐袭来，眼里蓄满了泪水。洪兆麟见状，口气缓和下来，这一夜自然又是一番爱抚，一番云雨。

若是往常，与正房太太一番云雨之后，洪兆麟便可呼呼酣睡，一觉到天明。但这晚却睡得很不踏实，噩梦不断，起先他梦见自己被五花大绑捆在柱子上，一群人围住他，对他拳打脚踢，他想还手，手脚却动弹不得。后来赶来了一班清兵，他们呵斥围观的人，并高声嚷道："不能打，不能打！"那些动手的人才慢慢散开。有一个佝偻着腰背的人，带着老妇人和一个孙子模样的少年，很仇视地剜了他一眼，才悻悻离开。那狠毒的眼神，那模样，像极了望江边那个被他斩杀的偷鸡贼的母亲和儿子。

下半夜他又做了一个更可怕的梦。陈兆棠急召他去府衙，刚一进门，几个彪形大汉从门边拥出，把他双手反剪起来。陈兆棠宣布了他的罪状后，把他押到了一个黑暗的牢狱里，脚上加了铁镣，双手上了木枷，外面再罩上一个木笼子。洪兆麟知道这是死囚才用的刑具。一只肥硕的大老鼠，爬到他红肿的脚面上啃噬起来，不一会儿就露出了白森森的骨头。他动弹不得，只能任由老鼠撕咬。过了不久，那些曾被他抓捕的、用过酷刑的、杀了头的人犯，一个个龇牙咧嘴、面目狰狞地从他面前走过。接着，邓珍带着陈纯一干人来了，邓珍手里拿着一把铁榔头，指着他的鼻子，迎面打了过来，他听到一声脆响，鼻梁碎了。他感到钻心的痛，嗷嗷地吼叫着，这一吼一叫，把他惊醒过来。

醒过来的洪兆麟惊魂未定，斜靠在床栏上喘着粗气，胸口剧烈地上下起伏着，一身虚汗。正房太太一边给他擦身子，一边又开始唠叨着要去元妙观上香的事。这回洪兆麟没有瞪眼，算是应承了。

翌日上午，洪宅的院子里一片宁静，太阳已经升起二竿高了，阳光透过窗棂泻进了洪兆麟的居室。忽然一只乌鸦飞临院中，站在那棵紫荆树上，发出了几声刺耳的叫声。洪兆麟心中顿时生出一种不祥之感。看着向着孤山飞去的乌鸦，正房太太又在絮叨，侍卫也在一旁撺掇，倒真让他破天荒地动了心，要去元妙观烧烧香了。洪兆麟坐着轿子，他轻装简从，沿着湖边的小路，直奔元妙观。此时，太阳钻进了云层，湖面上弥漫着雾气，泗洲塔显得有些朦胧，湖边有许多挑水洗衣的人，几条小船正在湖上撒网捕鱼。西湖显得有几分安谧和宁静，这是洪兆麟居惠多年却从没看过的早晨景色。

元妙观是元朝兴建的道教古观，位于惠州下角的鳄湖边上。洪兆麟寓惠多年，虽然早闻知此是个千年古观，可从没正儿八经地进过观门。古观道长听说洪兆麟驾到，慌忙来到观门牌坊外迎接，一边说着"贵客、稀客，敝观蓬荜生辉"的客套话，一边把洪兆麟往里请。他不知洪兆麟一大早来观有何公务，战战兢兢地带着他，欲转身进入侧房茶厅。洪兆麟却径直入观，一进观门，即对着神位塑像，打揖叩拜起来。

道长突感意外，旋即领悟了洪兆麟此行的目的，赶忙吩咐小道入内。一会儿，小道端来一铜盆清水，一扎线香，一沓纸钱，两根红烛。洪兆麟净手后，拿起线香在油烛灯上点燃，对着塑像拜了三拜，再毕恭毕敬地插在香炉上。接着在道长的引导下，烧了银纸金帛，然后双膝跪在蒲团上，默默地祈祷起来，内容自然是祈求神灵保佑他，活捉会党首领，立功受奖，一家老小平安无事。

叩拜礼毕，本该转入另一程序，道长轻声问洪兆麟，抽一签还是算一卦？洪兆麟浑然不觉，这位一贯不信神佛信拳头的洪管带，一改常态，满怀虔诚地把祷词默念了一遍又一遍。他恍惚中觉得，冥冥之中，俯视人间的神祇，除了真帝之外，还有李准和陈兆棠，而且管他的神灵，不在元妙观而在惠州府，元妙观只管天神，天神管李准，李准管陈兆棠，陈兆棠就管住了他。

"请大人抽出一签。"道长捧着签筒说道。

洪兆麟还是没有听见，仍在闭目祷告，直到道长捧着签筒，摇了摇递到他的面前，洪兆麟才猛醒过来。他怀着忐忑不安，又满怀期冀的心情站了起来，轻轻地接过签筒，摇了又摇，甩出了一签。

只见签文中写道：莫听人来说短长，虽然天理也高强，总逢富贵同为力，雨过天光大吉祥。

道长看了看签文，又看了看洪兆麟，接着解释起来："管带大人今年三运交接，流年正合。"

"何为三运交接？"洪兆麟不解地问了句。

"财运、官运、桃花运，运运并连相接也。"洪兆麟暗中一喜，想起刘金生的银子和三姨太的妩媚，倒也并非空穴来风，只是官运没到，提协统的事至今还没影子。

洪兆麟正想追问，却听道长突然话锋一转："可是……可是……"

洪兆麟见道长吞吞吐吐，赶忙催促道："道长不妨直说。"

"管带大人，有小人堵道，恐有一难头，要防牢狱之灾，再防血光之灾，不过并无大碍，大人有贵人相助，难头一过，云开日出，雨过天晴，一路平步青云，大富大贵。"

洪兆麟经道长一解释，心里踏实了许多，心情渐渐好了起来。时辰还早，他便想在观前走走。没想到刚刚走出元妙观，便在门口看到一面黄大仙的三角旗。洪兆麟早就听人说过，黄大仙号称"铁嘴"，自有他的占卜绝招，凡经他看相点运，一看一个准，故惠州府城方圆几十里，无人不知，无人不晓，不知陈亚苟的大限厄运，是不是黄铁嘴看出来的。

洪兆麟不由得趋步向前，往黄铁嘴的摊档走去，哪知黄铁嘴没待洪兆麟近前，早已迎了上来，双手打揖："先生富贵之人，请受小道一拜。"

洪兆麟从没与他相识，心里纳闷，不由得问了一句："你凭什么说我是大富大贵之人，就凭我这身装束？"

黄铁嘴不慌不忙地答道："非也，非也。不是我未卜先知，阴阳八卦，天地五行，士农工商，冥冥中自有上苍主宰，人的贫贱富贵、吉凶福禄，皆有定数，如写在脸上一目了然。"黄铁嘴看洪兆麟似懂非懂，仍是一脸疑惑的表情，干脆说："先生天庭开阔圆润，气宇不凡；

而鼻大肉厚，财帛丰盈；嘴阔唇厚，可享四方食禄。此等富贵相貌，万人之中难有一二，别说是我，就是略懂麻衣相学之人一看，也粗知先生之福禄匪浅。"

洪兆麟摸摸额头和鼻子，再摸摸自己的下巴，肉乎乎、软绵绵，确如道士所说，心里高兴，便丢给黄铁嘴一块光洋。

黄铁嘴收了光洋，更是大献殷勤，他拿出黄表纸，在上面涂画了一阵，再小心翼翼地叠成三角符，用一小块红绸布包好，嘱咐洪兆麟随身携带于内衣口袋。"先生流年克星，在惠州东北角，凡往此方向出入须倍加小心，今天我给先生请上一符神咒，从此遇事逢凶化吉。"

洪兆麟听后，接着问："你号称黄铁嘴，那我给件事你算算，孙文要在广州闹事，邓子瑜想在惠州闹事，你说说他们可有胜算？"

黄铁嘴摇摇头："官家大事，自有天定，这个我却说不准。"

洪兆麟不依不饶，非要黄铁嘴算一算。黄铁嘴仍是不算，他拿不知各人的生辰日月来推诿。哪料洪兆麟眼睛一瞪，一口气报出他们的出生年月，随后说了句："算错算对我一概不究，但你今天必须给我算算。"

黄铁嘴自知拗不过，只好硬着头皮胡说一通："孙中山肖虎，邓子瑜亦肖虎，一大虎一小虎，周馥肖鸡，岑春煊肖鸡，亦是一大鸡一小鸡，陈兆棠肖羊，丁未是本命年，您大人想想，鸡羊与老虎相搏，若有一失，不成了虎口美食？"

"那我呢？我1876年生，肖鼠。"

"鼠好，老虎再凶猛也难斗鼠辈，有句话叫'虎落平原被犬欺'，您与虎斗若想有胜算，打斗的地方很是重要啊，俗话说'虎归深山，如鱼得水'啊！"

此话一下点醒了洪兆麟，他觉得这黄铁嘴不全是信口雌黄，"虎归深山，如鱼得水"说得多少有些道理。

洪兆麟此时捧着那装着黄表纸的红绸布包，顿生敬畏，似乎它包住了天地神灵的无限玄机，也包住了上苍的密令旨意，遂小心翼翼地把它揣进了内衣兜里。

三十八

    洪兆麟离开元妙观，还没走到北城门，一个兵差火急火燎地跑了过来，在五眼桥把他的轿子拦住了。兵差一见面便说："不好了，不好了！大人，出大事了！陈总兵要你立即回府。"

    洪兆麟心猛地一沉，问道："出什么大事了？"

    "我不知道，我刚把省府都督和两广水师提督的快信送上之后，陈大人一看，便把桌子一拍，吼了声：'即传洪管带来府！'我便赶紧来找您了。"

    洪兆麟听后，浑身汗毛直竖，不由得紧张起来，粤督、提督同时急信，难道又是弹劾我的急件？莫非有人最近又在背后放我暗枪？陈兆棠都保我不住，难道我洪兆麟真的要倒大霉了？他想起晚上的噩梦，一时后悔早上走得匆忙，没有带上短枪，万一真是省督派人捉拿，如何应对逃脱，好汉不吃眼前亏，有枪在身，总比赤手空拳对付几个捕快轻松得多。

    洪兆麟正在紧张地思忖着对策，不觉已经到了府衙，只见陈兆棠坐在上首，面色铁青，目露凶光，两边还站着幕僚，和博罗来的县令衙差一群，全都面目冷峻，表情肃然，一副如丧考妣之状。洪兆麟自感大事不妙，即刻想借故脱身，赶忙说了句："大人，属下走得急，案卷还放在家中，正要回去拿来向大人呈报。"说完欲转身离去。

    陈兆棠吼了一声："都什么时候了，还卷宗呈报，别走！你们听着，香溪河发生了一宗惊动朝廷的抢劫大案，京官廖氏的十余船细软被劫掠一空，土匪又打死押运官兵多名，省督及水师提督接报后，连夜差人快马送来急令，要本府在三周内破案，并把赃物悉数追回。据初步掌握，此案是象头山长毛贼一伙所干，有无三点会、同盟会等乱党参与进去，目前尚不明确。今管带、县令、捕快全在此，召你们领命，即去侦破劫案缉捕案犯，李声振领棠字军精锐全速围捕，如有耽搁推诿误期者，军法伺候，本官决不姑息！"

洪兆麟听完后，长长地嘘了一口气，原来不是来捉拿自己，而是召集军士参与破案捉拿匪首的，真是虚惊一场。对于缉拿匪首，洪兆麟并不恐惧，说不定还能因祸得福，若是那长毛贼这回撞到了他的枪口上，九成是死定的，那还是天赐良机，给他一个立功赎罪的好机会。

洪兆麟领令之后，立即带着王大彪和一队骑兵，连夜赶到了香溪河，博罗县衙、地方民团、失主家丁，此时全在河边迎候。洪兆麟、李声振把各路队伍分派至各大路口，潜伏进山谷道，在增江河口至香溪河二十里水路配备了四条巡艇后，才开始勘查现场和了解案发经过。

原来廖氏是当朝京官，告老还乡时，从京城回广东，一路都是官方驿站接待，还有官兵护送。到了广州之后，身为同僚的周馥安排了隆重的接待仪式，又选了一条快捷的路线，从珠江转增江，直到香溪河，全程水路直达龙门香溪堡。考虑增江上游湍流急滩较多，河边狭小，周馥又增加了纤夫、挑夫、水手数十名，为保证路上安全，除了广州、增城安排卫兵随船护送外，还布置兵力在香溪河一带接应，确保万无一失。

船队共有十三艘，中间一艘坐着官人一家，另十艘堆满了装着金银细软的笼箱、书柜等一应家什，首尾两船是全副武装的护卫清兵，似这等安保、这般规模，一般的山匪劫贼看见都要退避三舍，何敢动真格？却又不知哪路天高地厚的长毛贼，一气之下劫下了官船，闯下了弥天大祸，惊动了两广总督。

再说长毛贼与陈纯会面后不久，杨坤如就听到了他那天对陈纯的冷漠和戒备。杨坤如对毛汉生愤愤地说："你对陈少白、杨衢云一干人，都可以不客气，可不能对邓子瑜、陈纯不礼貌！"

"为什么？"毛汉生不解地问道。

"且不说陈纯是我的师兄，他还是邓子瑜邓大哥的拜把兄弟。自从郑士良大哥去世后，东江的帮会首领就是邓大哥了。俗话说，不看僧面看佛面，你怎能如此待客？"

毛汉生解释道："我也没有得罪陈纯师兄，只是没答应他的要求而已。"

"在江湖上混，讲义气、讲情义，不合作、不加盟这并不得罪陈纯，那逐客令下得就有些过分了。"杨坤如又说了句。

毛汉生想想，自觉那天对陈纯是有些不近人情，心中便泛起了一丝愧疚。

其实，陈纯不单是杨坤如的师兄，也曾是毛汉生的盟友，与邓子瑜的关系就更近了一层，他们除了在同一个会所升堂喝血酒盟誓，又一同参加了三洲田起义。攻打惠州失败后，他们才分道扬镳。

毛汉生投身绿林，是因为被清兵到处追捕，他不想再参加同盟会，是因为听到过杨衢云求和要官的事，并开始对兴中会的首领耿耿于怀。杨衢云本来是三洲田起义的主要策划者，又是孙中山的多年挚友，三洲田起义发生后，群起响应，势如破竹，清军节节败逃，毛汉生一直冲锋陷阵，死在他手下的清兵没有一百也有五十。正当义军与清兵激战且节节胜利之际，陈廷威却背着孙中山要与清军议和，接受招安。杨衢云在此关键时刻，非但没有阻止，竟然还默许了陈廷威这一出卖会党行径。当时的广东水师提督何长清、两广总督德寿为了招安，许诺给杨衢云等人升官晋爵和金银财宝。陈廷威想利用起义军的性命，来换取他个人的飞黄腾达，幸好孙中山及时获悉，立即指示陈少白前去阻止，阴谋虽没得逞，但义军的士气却被重重挫伤。

毛汉生那天与陈纯会面时，聊着聊着，陈纯不知因何又提起了杨衢云。毛汉生陡然想起那次起义兵败之后被杀死、被活埋、被五马分尸的无数兄弟，心里就积着一股怨气。他没好气地问陈纯："是你走得快，迟一步你也死定了。你知道被沉江的、四散逃命的、隐名埋姓的有多少人？和你一样去了新加坡，去海外做苦力的，似我这般入山为匪的，又有多少人？"

由于心存芥蒂，毛汉生对革命起义心灰意冷，那天他对陈纯的过激言行，多少有些出自对杨衢云的积怨。邓子瑜、陈纯都是当年三洲田起义的策划参与者，看到了陈纯，他就如同看到了陈廷威、杨衢云的说客，又似乎看到了七年前那义士惨死的悲壮一幕，这一肚子怨气整整积压了七年。漫长的七年，想想他从一个起义斗士沦为山贼匪首，他见不到郑士良，也见不到邓子瑜，不向陈纯发泄，又还有何人可发？

三十九

　　话说毛汉生将廖氏船队洗劫之后，便带着战利品回到了山寨，正志得意满地看着手下在那清点财物，忽然探子来报，说是惠州棠字军、巡防营几乎全员出动，已在香溪河附近大肆搜查，现在可谓是大兵压境。毛汉生顿时像被泼了一盆冷水般，心想这回可能是玩大了。

　　毛汉生落草之后，行事谨慎，一般不与官府直接对抗，可那天密探报说，增江口停泊有十余货船，听说是一位告老还乡的清廷大吏，估计财物颇丰，有官兵守护押运。

　　毛汉生随口问了句："什么官？"

　　探子回道："听说是武官，陆路提督什么的。"

　　"陈兆棠的官大还是他大？"

　　"他大二级。"

　　"这个山旮旯还能出此大官，他是这里的人吗？"

　　"是的，我打探过了，他的祖上是乾隆年间进士，官至二品，今香溪河边的那座大城堡就是他家的祖屋，他也在这里出生。"

　　"那一定是个有钱的主子，整整十船货物，劫了他，我们兄弟下半辈子都不用干这营生了。"毛汉生对清廷官吏从骨子里就充满着仇恨，想到又是武官，一下子把他与镇压三洲田起义的提督何长清联系起来，于是拳头捏得咯咯响。此时，另一长期跟随毛汉生的匪首凑了过来，附在大当家的耳边悄声说："大哥，此举当三思而行，您不是常教我们，贫莫与富斗，富莫与官争吗？这主子不好惹，劫掠京官，那是与朝廷作对，得慎之又慎。"

　　毛汉生听此一说，非但听不进劝阻，反而把眼睛一瞪，大声说道：

"今天就是慈禧的船都干了，陈纯不是说我欺软怕硬，柿子尽拣熟透的捏吗？今天我就是要干一票大的，来个劫富济贫，让陈纯看看我毛汉生什么时候怕过官府兵差！"

毛汉生说完，随即吩咐道："即刻安排下去，三人一组，速把水路、货物、护船等情况，一一给我打探清楚。"毛汉生一声令下，小头目即刻领命而去。亲信还想劝说几句，但见大当家主意已定，自知再怎么说也是白费口舌，便识趣地打住。

傍晚时分，出去侦探的人陆续回来，毛汉生问守护兵力多少人，探子答有三十余人。又问哪个河段最适合下手，探子答说，增江河上游有一处叫"响水滩"的地方，那河段上段水流轻缓，下段更是波平如湖，中间由于河床落差，水流湍急。

"响水滩！好意头！为何叫作响水滩？"毛汉生不觉来了兴趣，继续问道。

探子赶紧答道："响水滩由于河床落差，河水突然分道直下，水流湍急，涛声咆哮，常年哗哗作响，故叫响水滩。在增江行船，一到响水滩，不论大小船只，都得拉纤行进，逆水过滩特别困难，这是下手的最佳地点。"

毛汉生对这位兄弟一直非常信任，他是侦探踩点的高手，每次他提出的下手地段，九成可以得手。但鉴于这位京官是个都督头衔的大官，侦探也有些举棋不定，为慎重起见，探子如此这般地对大当家毛汉生分析禀报："这香溪河往西南是南昆山，往东北是象头山，一边归广州府，另一边归惠州府管辖，地处博罗、龙门、增城三县交界之地，若是一般商贾货船，绝对是最佳下手之地，但今是两广总督派兵押运的官船，即便一时得手，两府三县都是李准的兵丁，能否逃脱清兵的围捕？"

毛汉生听罢，不由得把眼神投向周围的几位亲信："你们说这单生意，做还是不做？"

"做！做！我们听大哥的！"

"做！天赐良机，千载难逢，若不是京官到此，这穷乡僻壤，去哪儿弄十船财物？"另一个接着说道。

毛汉生点点头，拿眼看着踩点的探子。

踩点的探子迟疑了一下说："做可以做，只是……只是……"

"只是什么？有话尽管说，有屁尽快放，别吞吞吐吐的！"毛汉生不耐烦地瞪眼说道。

"听说此人，与原广东陆路提督邓万林，是一起中举入仕的老熟人，今任水陆提督李准还是他的门生，如此生意就是做成了，也可能是块烫手山芋，丢不得又吃不下。"探子终于说出了自己的担心。

这位探子高手可谓慎重过人，非但把地形侦查得一清二楚，连京官的背景来头也已了解详尽，本来他分析得头头是道、入情入理，殊不知毛汉生生来就是个吃软不吃硬的人，一提起剿杀三洲田起义军的邓万林，又提到现今的李准，两个都是他的冤家仇人，一时热血往头顶冲，火往头上冒："干！干！别说是致仕归乡的外地提督，就是李准的货船，老子也照劫不误！"

毛汉生杀了一只羊、一条狗，又开了几埕陈酒，让弟兄们起誓拜祭了一通，再接着饱餐了一顿，然后倾巢出动。除了安排望风、刺探、暗哨、接应之外，还安排有六十多个人潜伏在响水滩两边。

那天中午，廖氏船队出现，果然是一字排列，浩浩荡荡，船与船中间还有缆绳驳接，每船有船公撑篙，两边岸上有一溜排赤膊的纤夫，喊着号子、拉着船队缓缓逆水而上，远远看去，船队像一列蠕动着的水上火车。

到了响水滩，船队停了下来，纤夫和船工下了河，解了驳缆，把船一条一条往狭窄的航道上推。毛汉生看到护船的士兵也卷起裤脚下河推船。拉上了第一条，又帮着去拉第二条，押运的兵丁干脆把枪放在船上。毛汉生看到时机成熟，端起枪对天"砰"的一声，高喊了一声："打劫！要财不要命，要命的赶快逃！"

兵丁慌忙跑回船上拿枪对抗，毛汉生见状忙喊了声："打！压住兵船！"

砰……砰……砰……两岸枪声密集，对着护兵船猛打，纤夫船工听到枪声，赶忙四散逃命，上游的兵船在慌乱之中，你踩我踏，竟翻了过来，不会游水的士兵丢了枪支，赶紧抓住木船保命。下游兵船的士兵，死伤了几个之后，也纷纷逃命。兵船士兵落水后，毛汉生指挥一干人马立即跳进江中，斩断货船绳缆，很快就把载着货物的六七艘船只转移到山边一条小溪处。由于船上的东西太多，人手少搬不动，毛汉生吩咐只拣值钱的细软搬，速战速决，迅速撤离。看到河滩上被丢弃的十几支枪械，毛汉生又回过头来对大家说："一人再扛上一支枪！"山匪们手提肩挑，有的干脆用枪杆当扁担，挑着大包小包的物品，往南昆山撤退。

洪兆麟来到香溪河，看到了被劫的商船，财物损失还没清点，除死伤十余个护兵外，主人家及船工纤夫无一伤亡，匪徒们大都潜进南昆山藏匿。

洪兆麟立功心切，当即在南昆山下安营扎寨。当地县令因这是自己的辖属治所，担心抓不住贼匪，自己的官帽不保，便积极配合洪兆麟，提供粮饷。洪兆麟连续几天带兵搜山都无功而返，只好把几个被毛汉生抓来挑担的脚夫当贼匪抓了起来。洪兆麟自知南昆山绵延千里，没有千军万马撒网式的搜捕，很难在七日内缉拿凶手。再说南昆山是三县交界，也不全是惠府辖地，要大举围捕，就需要广东陆路提督调兵遣将了，这多少也给他减少了一些压力和责任。

过堂审讯的时候，"土匪"大呼冤枉，他们都诉说自己是被长毛贼抓去的脚夫，挑了一天的担子，一分钱脚钱也没讨到，还被贼匪拳打脚踢。洪兆麟也自知这几个不是真正的贼匪，但为了交差，也只能将他们押进大牢。请示陈兆棠如何处置，陈兆棠怒冲冲地一吼："张贴文告，说已抓住长毛贼博罗境内的山匪若干，立斩石矶头！"可怜那几个脚夫，不但一分碎银没领到，反而成了长毛贼的替死鬼。

四十

夜深了，博罗杨村一座毫不起眼的民房里，还亮着灯，陈纯、梁慕光、林旺等人聚在一张方桌旁，正在研究那张画满弯曲线条的东江航道图。一阵犬吠声传来，大家赶忙站起身来，正待出门，只见负责在外警戒的陈亚双带着孙稳急匆匆地走进门来。孙稳满头大汗，气喘吁吁，林旺自知他走了半夜山路，赶忙给他倒了碗水，孙稳也真的渴了，一连喝下两大碗水，才对大伙儿说道："老隆粮船，最迟后天可到观音阁，全是稻米，有十来个清兵押运。"

梁慕光、林旺听后眼睛一亮，齐齐看着陈纯，陈纯反而问他俩："干还是不干？"

"干！不干对不起陈大哥，也对不住与长毛贼借来的十杆枪。只是不知邓大哥的意思。"林旺抢先答道。

"干！非干不可，天赐良机，饥荒米贵，一来可换些现银，二来可为举事时储粮，三可接济下断炊灾民。"梁慕光接着续了句。

陈纯为干这一单，已是筹谋多时了，前不久特向邓子瑜汇报请示过此事，邓子瑜说现在找准机会干一单，是时候了，但要缜密行动，只许成功，不能失手。如今他征求大家意见，并非心里举棋不定，而是要统一思想，坚定信心。近千担大米，谁不知道是一块送到嘴边的大肥肉，他就是要给陈兆棠来上一拳，加上惠城清兵大队人马扑去了南昆山，更是个难得的下手机会，况且邓珍没出狱，枪械没着落，急着用钱的地方多着哩。想到这里，陈纯把水路航道图重新铺开，招呼大家坐下，对参与行动的人员，就下手的河段、粮食转移的线路、分散藏匿的地方等，都做了详细的分析研究。直到鸡啼三遍，才布置部署完毕，随后，大伙儿才按各自分工去分头准备。

东江水师巡逻长跌跌撞撞地来到提督署，额头冒着汗珠，一进门就气喘吁吁地向陈兆棠报告："广州提督粮船，今晨在观音阁河段遭劫，所载军粮已被抢夺一空。"

陈兆棠一听，脑海中"轰"的一声闷响，随即瘫坐在椅子上，一时不知所措。还未待他回过神来，沈传义也慌慌张张地闯了进来，高声喊道："陈总兵，陈大人，摊上大事了，军粮一再遭劫，真叫祸不单行啊，这如何是好呀？"看陈兆棠没有答话，沈传义接着又唠唠叨叨地说道："丁未惠州，年辰不吉，血案迭起，地方不宁，有风水先生早对我说，桦山龙脉来自下角，龙筋在元妙观后边，早已被村民挖断，若再不禁挖湖堤，重改府衙大门朝向，灾难还会不断。"

陈兆棠拿眼看了看沈传义，他好似刚与这位沈知府相识，都什么时候了？亏他还会想到改衙门，怪怨起府衙风水不好来。若真要怪怨，倒是那个德军，无论陈兆棠、沈传义如何要求，改从肇庆调运军粮，惠府以钱抵纳，他偏是不依，硬说老隆粮米质优。他不想再跟沈传义去捅破这层窗户纸，只是用揶揄的口气对沈传义说："那你即去请风水先生改大门吧，合江楼前再修个石牌坊，把'岭东雄郡'那四个字刻上去，一南一东，以后就是南风悠悠、紫气东来了。我呢，只能去抓人、杀人！"说完这些话，他换了副口气命令幕僚："传洪兆麟、李声振，惠州水、陆军门即刻到府衙议事，不得有误，违者军法处置！"

陈兆棠虽久经沙场，但自来到惠州，无一天不是担惊受怕，如履薄冰，没睡过几个安稳觉。也许是炮台上的麻雀吓大了胆，吓多了也吓顽皮了，香溪堡匪首还没抓到，军粮又遭洗劫，面对这一宗大过一宗的惊天劫案，他反倒不慌不忙起来。待所召集的人一到齐，陈兆棠立即部署："洪兆麟、李声振速从龙门撤军，所辖的巡防营及棠字军，在劫船河段五十里范围设伏搜捕，水师上至河源，下至七女湖，全天巡查各种过往船只，五十里内的乡村保甲，对辖下村所逐一盘查，凡是知情者，即便只是被雇脚夫，全部抓捕审讯，一经查实，运输的船只和藏粮的房屋，坚决烧毁，参与抢劫者无论老幼，一律斩杀！"部署完毕，大家各自起立，纷纷出门，洪兆麟正要离开，陈兆棠又特意把他留了下来，并如此这般地交代一番，洪兆麟才领命而去。

洪兆麟与王大彪当即带着一干人马来到劫船地点，经过现场查勘，基本弄清了案情，第二天一早就回到府衙向陈兆棠汇报。

"是匪党所为？"陈兆棠问。

"确凿无疑，且是陈纯亲自带队。"

"何以确认？"

"王大彪有内线，但事发突然，无法传送情报。"洪兆麟接着说，"他们选在博罗河段下手，这地方离观音阁不远，观音阁是大码头，且有我们的兵站巡艇，粮船本来是计划在此停靠宿夜的。"

"人抓到了多少？粮食有无找到？上千担粮食，要多少舱容，总不可能没留下蛛丝马迹。"陈兆棠打断了他的话。

"人抓到了几个，粮食也搜到了一些。陈纯特别狡猾，粮船是从老隆开出的，但他选择下手的河段，却在水流平缓、江面开阔的麻陂境内，此处三水交汇，往东是永安流来的秋香江，西边是南昆山流来的公庄河。会党在劫船前，早已准备好人力，船只藏匿在江边的竹林里，一待官船出现，几十条小船扑上去，一待得手，立即搬运装船，沿着东西两条支流分散转移，总共不到半天工夫，上千担粮食被劫掠一空。"看陈兆棠没吱声，洪兆麟继续说道，"我们去到现场时，官船仍停靠在江边，押运的官兵则被捆绑手脚关进船舱。在秋香江和公庄河的两岸，留下很多杂乱的脚印和踩踏过的甘蔗，估计附近的乡民也分走了部分粮食。"

"你有无进村搜查？"

洪兆麟答道："回大人，搜了，附近的村子都搜了，藏粮不多，人都跑光了，抓到的不是贼首，都是些走脚挑夫。我们去的人少，王大彪还留在那里侦查，我们布下了一些线人，搜查的范围可能还要扩大些。"

陈兆棠点点头说："好，增加兵力，扩大范围，搜到粮食也好有个交代，抓不到活的就开枪击毙！"

洪兆麟刚从陈兆棠处出来不久，水师巡长又来府衙禀报，说在靠近河源内发现了一艘上行的帆船，靠在岸边，形迹可疑，一经搜查竟是一船的……

"军粮？"陈兆棠急切地问道。

"不是军粮，是食盐。"巡长继续说道，"我们一检查，这艘船无任何盐司漕运手续，完全是走私盐。"

"今有无查封扣押？"陈兆棠忙问。

"扣了，就地查封。开始船主口气挺硬，不肯掉转船头开回观音阁兵站，也不愿意开进源城码头，还牛皮哄哄地说，省督大官人是他亲戚，他会拿着您和沈知府的手令来放行的。"

"岂有此理！偷运贩卖私盐，违犯大清律法，谁有那么大的权力？即速查清此船的背景。"

还未待巡长查清回话，第二天一早，沈传义来到了陈兆棠的营务处，向他说出了盐船的背景。其实这艘东航003号，经常从淡水偷运私盐到老隆，再从老隆贩运山货粮米南下广州。听说那船主有什么亲戚在提督府，以前也被水师查扣过，但沈传义是个胆小怕事的人，德军向他一打招呼，他也就当睁眼瞎了，再加上江上巡船关卡，早让船主一一打点，大都心照不宣地大眼大过。这次若不是出了劫粮大案，陈兆棠下令，江上大小船只一律搜查，也根本查不出这船私盐的。

陈兆棠看着一脸为难的沈传义，问了句："沈大人，想必这次德大人，又跟您打招呼了？"

"是打了，那人不好得罪，若是不给他个面子，他总会变着法子给我们难堪。"

"沈大人以前给了他那么多面子，干吗他还是与您过不去呢？"陈兆棠反问了句。

"俗话说'相府门卫七品官'，这个爷不能得罪，何况德大人……"

"那您的意思是……"

"陈大人，要么就罚点儿钱，缓段时间把船放了？今惠州大小破事一大堆，总得有人给我们说说话，比如军饷、粮赋……唉，若是他早前同意我们以银代粮，怎会发生粮船劫案呢？"沈传义见陈兆棠久没答话，又赶忙补了句，"此事棘手，我拿捏不准，故才找您商量定夺，还是您说了算。"

"您听我的？那我就明确表态，别说是提督德军，就是德寿大人亲自来惠，也不放行！大清王朝，国法在上，我决不徇私枉法。您怕得罪人，继续做您的好好先生，就说我不同意，上京入朝，官司打到皇太后老佛爷那里，我陈兆棠奉陪到底，绝不让步！"陈兆棠斩钉截铁地说道。

沈传义听了此话，两道稀疏的眉毛拢到了一块儿，他自知再无必要多费口舌，他了解德军，也了解陈兆棠，这两个都是硬对硬的铁榔头，他只是一枚夹在中间的软蛋。

四十一

　　自从劫了军粮船，陈纯就没好好地睡过一个觉。这会儿刚想靠在椅子上打个盹儿，陈亚双踩着风火轮似的跑了进来，一迭连声地喊道："大哥，大哥，王大彪带着侦缉队，把藏在黄果沥的几十担粮食抄走了，还抓了两个天地会会员，逼他们说出其他藏粮的地方，他们说不出，王大彪居然把他们的头颅割下来，挂在了村口的树梢上！"

　　陈纯听罢，睡意全无，他一下子从椅子上弹跳起来，拍着腰间的毛瑟枪，狠狠地说了句："这个王八蛋该活到头了！"

　　处死了陈亚苟之后，陈纯一直在找机会干掉王大彪，因为陈亚苟在死前交代，王大彪掌握了同盟会的许多秘密，但王大彪防范意识极强，出门时总是带着贴身护卫和家伙，夜宿也神出鬼没。据陈亚苟说，他一般是把情报送到合江楼旁的风神庙，压在香炉底下，或者是紧靠西枝江边的谭公庙。王大彪每天都会差人来这两个地方收集情报，如有特别紧急情况，还可直到学宫后边的提督府找他。王大彪居无定所，早出晚归，有时候住在中营守府的寓所，有时候住在自己家里，有时甚至还会在悦来客栈过夜。

　　一段时间以来，王大彪不单是洪兆麟的忠实走狗，更是个穷凶极恶的帮凶，他设伏抓捕了邓珍，抄走了枪支，捣毁了制造炸弹的据点。东江粮船被劫之后，他带领的侦破小组查抄了一批粮食，抓捕了数十个村民，枪杀了十余个天地会会员，收买了一批眼线打手，到处查探邓子瑜、陈纯等人的活动信息。

　　陈纯心里很清楚，如果让陈亚双直接对付王大彪，难有胜算，如果叫林旺、孙稳陪着，又担心人多目标大，更易引人怀疑，那个家伙无论是拳脚还是枪法，都是顶尖，必须自己亲自出马，心里才踏实。但苦于无法掌握王大彪的活动规律，更不知他确切住址，一时无从下手。

"风神庙、谭公庙，我知道，王大彪我认识，听说他家在打铁街，让我去踩点？"陈亚双对陈纯说。

陈纯摇摇头："你认识他，他也认识你，万一碰上反而不好。"陈纯不放心陈亚双去冒险，陈亚双当然也不同意陈纯去踩点，林旺、孙稳更是劝阻，最后商量来商量去，决定由林旺和陈亚双去城内侦查，只要摸到了他回家的规律，再由陈纯去行动。

这一天，陈亚双与林旺做了分工，林旺扮作小贩，挑着一担箩筐在朝京门、会源门一带来回叫卖。这一带人多眼杂，长长的城墙根下，有一堆堆流浪汉和沿街乞讨的灾民，马路上的行人很多，骑马的、坐轿的、赶牛车的、走路的，络绎不绝，到了朝阳门前的浮桥上，更是人来人往，熙熙攘攘。陈亚双混在人群中，来到钟楼下，在打铁街这一带转悠。他头戴破草帽，穿件短袖布衣，卷起的裤脚一个长一个短，手里提着两把旧镰刀，肩上还扛着一柄旧锄头，十足一个农人模样。他径直来到一间铁匠铺，打铁的是一老一少，老的六十来岁，少的十来岁，估计是爷孙俩。只见老的从火炉中钳出一块烧得通红的铁板，放在铁砧上，右手握着一个尖尖的小锤，"叮"的一声，孙子就抡着大锤往那个地方砸下去，"当"的一声响。老的"叮"哪儿，少的就"当"哪儿，一个点，一个锤，一个轻，一个重，配合得异常默契，"叮当……叮当……叮叮……当"，那种有节奏的声音非常好听，像一曲美妙的打击乐。"叮当"了一会儿，老爷子用尖锤往砧上一敲，夹着的铁件瞬即被翻了过来，随着尖锤的"叮"，大锤又当地砸了下去，直至把那铁件从通红打为黑紫，老爷子才在铁砧上"叮叮"敲了两下，孙子也随即放下大锤。老爷子把铁件重新放进了炭炉里，风箱再次拉起来，"呼呼"的声音，吹起飞溅的火花，又是另一番炫目景象。

陈亚双被眼前的一幕看痴了，抬起头才看见铺上挂面三角旗，写着"李打铁"三个大字。打铁街有一排铁匠铺，唯有这"李打铁"生意最好，老头儿的活儿做得好、做得细，早已名声在外。陈亚双看到，铺面的一角堆满了来加工的铁件，每一件都系着铁丝，打好记号。停下活计的老爷子接过了陈亚双手上的铁件，只说了句："农忙开耕了，打镰刀锄头的多，你要下一圩才能来取啊！"

"哎呀，老师傅，您能否给我快点儿打？家里等着用，要不我帮您拉风箱，抡大锤也行，我的就三件，您一天帮我打一件，可好？"

"你住得近？这不耽误农活儿？"

"不耽误、不耽误，我就住水北。先打那锄头，明天我再来取镰刀。"老爷子看陈亚双如此着急，又要帮着干活儿，也只好答应下来，同意给他先打。

陈亚双一边拉风箱，一边拿眼往店铺外的房子看去，在铁匠铺的斜对面，有一个别致的门楼，门楼倒不高大，但全是青砖砌筑，门柱有木雕，屋檐有压顶，门外有院墙，院内还探出一株桂花树，婆婆娑娑地伸到街上。陈亚双问："老师傅，这户人家是做甚生意的？青砖大瓦房，一看就是有钱的主。"

老爷子拿眼一瞟："你不知道？兵头的房子，能没钱吗？"

"什么兵头？难道是管带千总？"陈亚双故意搭讪。

"管带千总是三进二横的府邸，这是王哨长的房子。可惜这么大的房子，只住了三个人，他和他老婆，还有一个家仆。"

"哪个哨长？"陈亚双赶忙问了句。

"王哨长呀。"

陈亚双不禁心里一喜，原来王大彪住这里，但他又担心是同姓的哨长，仍是佯装不知地又问了句："哨长是多大的官啊，不就是带十来个兵的小队长吗？一个县差也比他的权力大啊！"

老爷子说："那你要看是哪个哨长，人家这个可是洪管带的头马，带棠字军侦缉队的，出门不是坐轿就是骑马，往水东街的店铺转一圈，衣兜里的银子就装满了。"

听到这里，陈亚双确信这就是他要找的地方。

老爷子抽烟歇息的当儿，陈亚双走出铁匠铺，拿眼看着那棵伸出院墙的桂花树，桂花树不大，树干只有碗口粗，与王宅近邻的一家没有院墙，只用竹篱笆围着，里面有几棵高大的龙眼树，如果爬在龙眼树上，一跃便可站在王宅的墙头。他怔怔地看着，心里盘算着，如何把方位距离测量清楚，回去给陈纯画出一个地形图来。

正当陈亚双盯着那些龙眼树出神的时候，一只大手突然搭在了他的肩膀上，他正欲转身，背后却被一根硬邦邦的铁管顶往后腰，是枪！只听一声低喝："鬼鬼祟祟地看什么？"

"看树。"

"树有什么好看？你不认识龙眼树吗？"

"认识，我在看龙眼树上的蜜蜂。"陈亚双边说边想抬手比画那蜜蜂采花的样子。

还没待陈亚双抬手，后腰被铁管顶得更紧："老实点儿，别回头，子弹不长眼，移步说话。"

陈亚双被一前一后两人挟持到龙眼树下，有人往他头上罩了一顶布帽子，把眼睛遮挡住，仍然是那个低着声音的人问话："来这里干吗？来多久了？老实说来。"

"来了一晌午了，打锄头的！"

"打锄头在铁铺打，在这里溜达想干吗？监视你好久了，一看就不是个好人，再不老实说，立即把你关进大牢去！"

陈亚双一听，突然装出一副哭腔："我的天哪，我冤枉啊，你们去问对面的老铁匠，他的活儿多，一时打不了，而我急着开耕要用，于是帮老铁匠拉了一晌午的风箱，他答应给我赶出一把利锄来，我明天还得来，后天还得来。"说完故意呜呜地哭出声来。

原来这两个是王大彪的便衣，专门安排在这一带设伏巡逻的，自从陈亚苟被杀后，王大彪非常警觉，不但在自己的住家附近，就连经常落脚的客栈酒楼，都布置了密探。

一个便衣继续用枪顶住陈亚双，另一个跑去了对面的铁匠铺，不一会儿就回到龙眼树下，对拿着枪的人说："是打锄头的。"

拿枪的听罢把枪收起，插在腰间，用脚狠狠地往陈亚双的屁股上一踢："快滚，该干吗干吗去！以后不许在这里转悠，免得老子看不顺眼，一枪崩了你！"

陈亚双回去之后，画出了打铁街的地形图，按照地形图的标示，陈纯又乔装到实地走了一遭。陈亚双的锄头镰刀都打好了之后，王大彪还没出现，林旺、孙稳又分别去李铁匠处，打了铁耙、菜刀，终于得到了王大彪回家的确凿消息。

那天晚上，陈纯带着林旺和孙稳，三人一行，陈亚双想一起去，陈纯考虑到他被便衣抓过，坚决不同意他随行，陈亚双只好划着一条小船在江边接应。

陈纯一行进城后，分别在不同的地方隐蔽下来。天黑之后，陈纯带着两把飞镖，把那支毛瑟枪插在腰间，他躲在浓密的龙眼树上守株待兔。约莫八点钟，王大彪出现在街上，此时的店铺大都已经打烊，只有窗子里还透出一丝光亮。

王大彪一行三人，沙沙沙地走了过来，陈纯不敢在街上动手，一来怕枪声惊动巡逻，二来天黑，看不清谁是王大彪，直到王大彪来到家门口，听到门"吱呀"一声开了，待两个护送的兵丁折头往回走，陈纯仍然趴在树上观察，等待时机。

王大彪回到屋里，换了衣服，趿着拖鞋，小老婆给他泡了一壶茶，他又斜靠着躺椅抽足了烟，直至小老婆招呼他去洗澡，陈纯才一跃爬过院墙，轻轻地下到院子，再从院子跃上房顶，从小天井跳进屋里。这轻轻的一跳，还是把王大彪惊动了，只见他穿着短裤，搭着毛巾，从浴室里突然走了出来，冲着小老婆的房间喊了句："是什么响啊？"正说话间，恰与陈纯撞了个正着，他吃惊地退了一步，忙问道："你是谁？想干什么？"

"陈纯，想借你二十支枪。"

王大彪脑内立即"轰"的一声，浑身颤抖了一下，但很快又镇静下来。他自知陈纯是有备而来，自己身上除了一条短裤、一条毛巾，什么都没有了，只能先稳住对方再说。

"哈，陈纯大哥啊，久仰！久仰！你也是江湖上的名人，不至于三更半夜如此爬房入室吧，这不是偷袭吗？"

"你不也一样去香港找我了吗？甚至还不敢自己爬房入室，雇阿三来拿我的人头。"

"大哥，一定是误会了，我王大彪明人不做暗事，那是秦林雇人干的。"

"对，你是不做暗事，棠字军的训练场上，公开拿我和邓子瑜当靶子，练刺刀。"陈纯揶揄地回了句。

　　"那是洪管带的意思，不是我要这样做的。"王大彪仍在狡辩。

　　"你少给我废话，今天就拿二十支枪，还有那本被你抄走的《堪舆全书》，送我一起出城，以后你少与我们过不去，我可以饶你不死！"

　　"要枪好办，我有，协统和新军都在更新武备，我家里都拿得出几十支来，书在，保管完好，我们同乡共堡，有话好商量，坐，坐，陈大哥，我们坐下来说话。"王大彪说完，还对着房间里的小老婆喊道，"来客人了，快去泡点儿茶来。"小老婆出不来，木门早让陈纯顺手反扣上了。王大彪见状，心里有些紧张，他手提油灯，声音有些微抖地说："枪有，我带你来看，夹楼上都还放着几十杆枪，还是无烟新枪哩，你都拿去，我叫人送你出城，我们做个朋友，这还不行吗？"

　　陈纯紧紧地跟着，盯住他往楼梯上爬，夹楼的楼梯很窄也很陡，王大彪爬到一半时，突然转身把煤油灯往陈纯头上一砸，随即用后腿一蹬，想把陈纯踢下去，尔后封住楼门，冲上屋顶。他哪知陈纯早有防备，头一低，躲开砸来的油灯，头一偏，闪过飞腿，接手抓住了王大彪的一条腿，一用力把他拽了下来。没有了灯光，屋内一片漆黑，陈纯不熟地形，王大彪乘机拿起一条板凳，往陈纯砸了过来，陈纯用手一挡，随即蹲下，单腿横扫，没扫中王大彪，却扫在了客厅的那张八仙桌上，硌得他小腿生疼。王大彪一阵暗喜，飞起一腿往黑影踢去。陈纯立即忍痛站立，用肘顶住飞腿，使用龙形拳的勾法，把这一狠招化解了。王大彪也练过龙形拳，他一会儿赤龙探爪，一会儿回身反砸，两个黑影在黑暗中拳脚交加。拼死拼活的打斗声和着屋里女人的啼哭声，惊动了左邻右舍，屋外似乎有人敲门，街上也传来了杂乱的脚步声和呼喊声。

　　陈纯不敢恋战，掏出飞镖向黑影甩去，哪知王大彪一跃而起，一拉门闩，嗖地闪了出去，随即把木门一关，飞镖插在了门板上。王大彪出了大门，急速冲向庭院，院门一时拉不开，他急忙飞身一跃，蹿上院墙，并大声喊道："有劫贼，抓劫贼啊！"陈纯见状急了，赶忙拔出手枪，对着黑影"叭"的一枪，随着枪响，王大彪庞大的身躯重重地摔了下来，陈纯怕他没死，踏着躯体对着后心又补了一枪，然后才拔下大门上的飞镖，迅速地爬上院墙，他观察了一会儿才翻下去，躲在那几棵龙眼树下，一动不动。此时街上乱了起来，一队队清兵打着灯笼、端着枪往王大彪的屋子奔来，待清兵进了屋子，陈纯乘机偷偷地溜到了城墙根。此时，城门早已经关闭，陈纯吹了声口哨，城墙上的黑影丢下一根粗绳，那是接应他的林旺和孙稳。陈纯抓住绳子，翻过城墙，快速地撤到江边，陈亚双早已等候在此，他们爬上小船，篙桨齐动，小船很快消失在黑夜的江面中。

此时的打铁街，早已乱成一锅粥，哨声、笛声、呼叫声响起一片。洪兆麟来了，沈传义来了，陈兆棠也赶来了。这可是在惠州府衙的眼皮底下发生的枪杀案，被打死的是巡防营的哨长，还兼着棠字军侦缉队队长。洪兆麟看着那具卧在地上的尸体，头脸朝下，光着膀子的背上还在冒着黑血，那枪口足有鸡蛋大小。陈兆棠俯下身来，盯着那黑洞洞的枪眼发愣，他拿布擦干了背上的血迹，盯着枪眼端详了好久，随后又从地上捡起了那颗子弹壳，打量了一番，他心里一惊，这不是毛瑟枪的子弹吗？这种短枪是法国刚生产出来的新枪，清军今年才开始采购换械，且都是绿营管带以上的军官才有配备，难道这是……劫财？劫枪？还是杀人灭口？他心里嘀咕着，拿眼瞄了下一旁的洪兆麟，稍后，才用净布包起两颗子弹壳，坐上轿子回了府衙。

四十二

　　除掉了王大彪，陈纯了却了一桩心事，他翻开那本失而复得的《堪舆全书》，只见上面被王大彪画满了记号，在望江茶摊、古仙村头、水口严村、张村等地又标上三角符，这些地方，陈纯原来做过暗记，虽然写的是"吉穴""癸山大利"等暗语，但都是会党的联络点或居住地。王大彪打上三角符，究竟是何用意？是不是已经起了疑心，并在此地布上了线人，正待下步搜捕？陈纯苦苦猜想，丝毫不敢大意。为保险起见，凡是被王大彪打上记号的地方，终止一切活动，放弃各种联络，更重要的一点，他要对武装暴动的地点，重新进行一番考察和选择。因此，他决定与陈亚双在七女湖走一圈。

　　惠州的初夏，江涨湖满，到处是水盈盈、绿油油的景象，城外的山冈上树木一片葱茏，城郊稻田秧苗开始分蘖拔节，山水一色，一片青翠。但正是这样一个充满勃勃生机的季节，穷人们却面临着青黄不接的大饥荒，断炊的农民开始采摘嫩绿艾叶等野菜当饭，路上的乞丐比平时增加了好几倍，上苍真是和人类开了残酷的玩笑，把一个草长莺飞的美好季节，变成了穷人生死两重天的鬼门关。

　　陈纯与陈亚双踯躅在七女湖圩镇的街头。街上的行人还没有要饭的乞丐多，圩镇的店铺，大都关着门。有一间米店开了铺，米价奇贵，除了这家米铺，还有一间中伙店和打铁店开着门，因为不是圩日，中伙店内顾客很少，门前却围着一群乞丐和与乞丐争抢骨头的野狗。

　　通街店铺的空白处或断墙上，都是饿汉在画饼充饥，用粉笔、瓦片、木炭画上了大饼、鸡、鸭，并写上一行行诱人口水直流的菜谱名单，什么东江酿豆腐、梅菜焖猪肉、红焖大鲩鱼、手撕盐焗鸡、子姜焖火鸭、豉汁碌肥鹅，等等，让路人看了更加饥肠辘辘、垂涎三尺。陈纯从南庆街走到横头街，又从正西街来到琼华祖庙的门前，破落的庙门上悬挂着一副对联：火眼金睛护法天界，将才显赫福荫万民。陈纯不由在心里嘀咕道：对联写得多好，但上苍神仙何不显灵，饥荒四月，天灾人祸，路人沿街托钵，万民乞食，何来福荫？

陈纯实在不忍心细想下去，他拉着陈亚双折头往北街上庙走去。这是一座道教小观，已有七八百年历史了，虽只有一个道士主持，却香火旺盛，四邻八乡赶圩的人，都会汇集在这里烧香叩拜，遇到庙会打醮，更是人山人海，偌大的庙前广场，被挤得水泄不通。陈纯对这里可有着特别的感情，当年初进天地会，他就是在此和兄弟们滴血盟誓的，后来洪门活动议事，也大多在这里进行。若遇上五谷丰登之年，乡绅或族老还会牵头请来戏班，在这里演上几天，逢年过节，这上庙广场就更是大家聚集娱乐的好去处。

陈纯在道观门前那棵木棉树下站着，木棉树粗壮挺拔，树干上圆锥状的凸刺，像古宅大门上的门钉，一排连着一排。此时正是木棉花开的季节，树枝上的花朵层层托托，红艳艳地串成一片，好不壮观。他从树下走到庙前，开始仔细地打量庙中的一切陈设，他不知多少次来到这里，却没有一次像这回这么认真仔细地打量和观察。道观不大，庙门上一样悬挂着一副醒目的对联：南天瑞启三尊池，北关思流七女湖。进了门楼，可见正殿放有三尊神像，一大二小，大的正是北帝公，左是文昌公，右是三国时期的怒目金刚关公。他站在三尊神像前，恭身叩拜，尔后才从侧门走出，来到道观的后山。后山其实是个小土坡，坡上有一棵数百年的古榕树，榕树遮天蔽日，掩映了整个道观和半个广场。而观前又有一株龙眼树，这棵龙眼树也应该有些年岁了，龙眼树虽不像古榕那样茂密如伞，但苍老多皱的树身却盘根错节，曲虬缠绕，树节如瘤，丈余高的弯曲处，挂着一口大铜钟。树下摆放着一个长方形的香鼎，鼎上刻有甲骨经文。一前一后，一高一矮，古树钟鼎，构成了一个古色古香，又神秘莫测的道教圣地。

陈纯来到道观旁的土戏台，他在这里伫立了很久，他曾在这个古戏台看过戏，也曾在此舞狮舞草龙，戏台侧边盖有一排瓦房，是庙会打醮时的膳房和道士居所。陈纯今天特地把陈亚双带到这里转悠，并非闲逸游观，他在实地考察，并在思考着一个重大计划，这个计划包括暴动起义的选址。

按原来计划，他们是选在梁化、龙门、罗阳三处同时举事的，但如今枪械不足，三地相距甚远，万一被清兵察觉，难以相互接应，陈纯不得不重新考虑。起义暴动切忌孤军深入，一旦三路义军被切割成三个零星的散兵队伍，根本无法形成合力。如果七女湖作为主场，在博罗、龙门设分场，情况就完全不同。七女湖进可顺江而下，直达归善县城，罗阳与惠府一江之隔，龙门再打后卫，一下子形成对惠州的夹攻之势。退一步说，即使情况有异，可往泰美、公庄边打边撤，与龙门义军集结，往南昆山转移。还有一个重要原因是，目前所购的枪械，大部分藏在七女湖周边，敌人往往会把注意力集中到城郊的几个大圩镇，很难想到会在府城的眼皮底下发生起义暴动，这也是陈纯日思夜想的一个险招。

陈纯至今还没有把自己的计划与林旺、孙稳和陈亚双等人通报，因为他还在酝酿阶段，他要想得再细致些。陈纯是这次暴动的副总指挥，成败得失全在此一举，丝毫的疏忽大意，都会给同盟会和兄弟们带来不可挽回的损失。在事情没有考虑成熟之前，对于暴动的地址，绝对要保密。

陈纯带着陈亚双又转到了广场边的塘堤上，他指着一池碧水的大池塘，对陈亚双说：“这就是七女湖。”

“怎么会把一口大池塘叫作湖呢？”陈亚双不解地问。

“这里原是一片低洼地，东江洪水时，决堤内涝，低洼地便成了一片湖泊，后来堤坝加高，这片湖泊大都成了稻田，仅存这口十余亩的大池塘。”

“真有七仙女下凡，在此洗澡吗？”陈亚双越发想知根知底。

“那是编的神话，真实的故事是七女沉塘。”

接着陈纯便讲起了“七女湖”这个名字的来历：“这要从晚明礼部尚书韩日缵说起。韩日缵是博罗人，明万历年间进士，崇祯五年（1632）官至礼部尚书，兼经筵日讲官，后因积劳成疾，崇祯九年

（1636）殁于任所，只活了五十八岁。韩日缵生有四子，分别是韩宗骒、韩宗骕、韩宗骏、韩宗骊。长子韩宗骒才华横溢，弱年即闻名海内，后出家为僧，法名'函可'，为曹洞宗传人。

"清兵入关后，南明将领张家玉起兵东莞，反清复明，鏖战惠州。当时的博罗望族，韩氏兄弟及其家人纷纷响应，高举反清复明的义旗，投于张家玉麾下。后来函可从叔韩日钦，从兄韩如璜、韩如琰，从子韩子兄、韩子亢皆战死。顺治四年（1647）博罗城被清兵攻陷，韩宗骏率人抵抗兵败被杀。韩氏部分家小逃出县城，欲往外地避难，当他们逃至汝湖圩镇时，清兵追到，来不及逃脱的七位女子，含奶妈、侍女，为避免被擒受辱，毅然跳进了庙前的大池塘中。消息传到辽阳，函可悲愤万分，泣血写下：'长边独立泪潸然，点点田衣溅血鲜。半壁山河愁处尽，一家骨肉梦中圆……'后人为了纪念投湖的七位刚烈女子，便把那口大池塘称为'七女湖'。为防清兵追查此事，人们又编了个'七仙女下凡'的故事来做遮掩，于是便有了另一个神话版本流传于世。为了进一步蒙住清府，他们又将江边的另一村庄称作'古仙村'。传说很久以前，该村有对张牛夫妇带着女儿居住江边，渔耕为生，一天，一名叫'人山'的丑陋青年来到张家，表示愿意入赘为婿，女儿不太愿意，但父命难违，洞房花烛之夜，人山却变成了个美男子，原来人加山就是'仙'，后人为了纪念这个任劳任怨的下凡仙人，撰联'古风百忍，仙境千秋'，从此这个村庄，便称为'古仙村'。"

陈纯说完，陈亚双一番感慨。他也是土生土长的当地人，却不知七女湖有如此悲壮的来历，这个山环水绕、千里沃野的客家地方，孕育出多少惊天地、泣鬼神的故事。

四十三

丁未年怎么了？周馥掰着指头，用拇指点着指节用历法掐算，口中念念有词。丁未为干支之一，前一位是丙午，后一位是戊申。论阴阳五行，天干之丁属阴之火，地支之未属阴之土，火生土本是相益相生，今倒像是土灭火相生相克，克沈传义、克陈兆棠、克岑春煊，也克他周馥。丁未年的广州城，正值春夏之交，是木棉花开的季节，这个姹紫嫣红的南国之城，没有带给两广总督周馥一番好心情，反而让他抓耳挠腮，日夜不得安宁。

首先是广东、广西两地的饥荒引发的抢米潮，一经孙中山会党鼓动，崇庆州会党蠢蠢欲动，搅得地方鸡犬不宁，各府官员的牒报隔三岔五地送来，不是要人就是要钱。接着是东江的两船军粮被抢劫一空，而且两案前后隔了不到一个月，一宗发生在惠州府眼皮底下的七女湖，另一宗发生在博罗的观音阁河段。这中间又冒出了一个香溪堡大劫案，连他亲自派兵护送的致仕官员，都照劫不误。第一个案子还没告破，第二个案子接着就发生了，而这两船优质稻谷，都是提督征调的军粮，除了有兵丁押运之外，船上还挂着官船的明显标志。灾民抢米店、抢钱庄，不足为奇，抢官船、抢军粮，那就匪夷所思了。再接着，广州的坊间，街头出现了不少传单和《民报》，这显然是同盟会搞的，其中有幅叫《天讨》的漫画，画了三幅头像，首位是德寿，其次是岑春煊，第三幅是他自己，德寿居左，岑春煊居中，自己居右，头颅均已被砸破，龇牙咧嘴，血流满面，岑春煊的断头横搁颈上，而自己的断头倒置垂挂在胯下，只有德寿的头颅还在颈上，除了血迹，还眨巴着一双死鱼般的眼睛，人不像人，鬼不像鬼。

这幅《天讨》漫画传得很广，开始在香港，后来传到广州、惠州，周馥因为此事，被岑春煊、德寿多次责怪，他只好致电香港华民政务司，要求查封同盟会创办的所有报纸，追捕缉拿煽动舆论、暗杀要人、扰乱治安的孙中山，并致电清廷外务部，即与英驻华大使交涉，协助缉拿驱逐邓子瑜。这一天，他又亲自操刀草拟电文："查邓子瑜、许雪秋为孙文党首，邓、许若留港，党徒（伙）均有所附，惠、潮不安，其危害实无异于孙文，速当斩杀或驱离。"

　　周馥是安徽人，他来广东接任岑春煊出任总督只有一年多时间，这个在别人眼中炙手可热的两广总督宝座，却让他如坐针毡，整日战战兢兢，度日如年。他虽在淮军军营起家，却没有带过兵打过仗。李鸿章算是他的大贵人。他从一个小小的县丞做起，先升知县再提知州，再到后来，因帮助筹建北洋水师第一所武备学堂，被李鸿章提为天津武备学堂总管。周馥虽然屡举不中，也不会带兵打仗，却练得一手好字，又谙知古代历法而深得李鸿章赏识。坊间说他因文案抄录而成为李鸿章的红人，也成为书法家。

　　沈传义为了惠州府衙大门移位，特地来广州求周馥题"岭东雄郡"四字，拟做惠府新建牌楼的匾额，周馥欣然命笔，一气呵成。只见那"岭"字笔墨所到如泰山屹立，"雄"字似雄凤四起，区区四字，粗细疏密，笔画构架，尽显书法的简洁与精微，写出了"岭东雄郡"的气势神韵，那融会贯通的境界，内行人一看便知，是苦习《兰亭集序》的圣人笔法，用沈传义的话来说是：藏灵动于风骨之内，寓冷峻于敦厚之中。

　　若要进一步了解周馥对李鸿章的感恩之情，从他的诗作中，也不难窥见一斑。李鸿章签下了一系列的丧权辱国条约，称自己为"裱糊匠"。《辛丑条约》签后的第二年，他气得吐血，奄奄一息，却又不肯闭目，周馥跪在床前，只说了句："老夫子啊，您快走吧，您没做完的事，学生会继续去做。"李鸿章听罢便慢慢地闭上了眼睛。李鸿章去世后，周馥悲伤感怀，并手书诗轴挂于厅中：

　　吐握余风久不传，

穷途何意得公怜。
偏裨骥尾三千士，
风雨龙门四十年。
报国恨无前箸效，
临终犹忆泪珠悬。
山阳痛后侯芭老，
翘首中兴望后贤。

　　且不说周馥是如何感恩戴德，只说他面对广东如此混乱紧张的局势，再也不敢掉以轻心。孙中山、邓子瑜的东江会党活动，惠州府连连发生的大案要案，已经惊动朝廷。他以前听德军对惠州府颇有微词，并无太在意，甚至觉得德军有些小题大做，如今他感觉德军并非听雷是雨，空穴来风。于是即召德军来府，面授机宜，要德军带着他的指令，进驻惠州，督察协助陈兆棠，尽快破案捉拿会党。德军当然乐于受命，且又有两广总督的尚方宝剑，多年来对岑春煊、陈兆棠的那些微妙积怨，终于让他找到了一个泄洪口。

　　恰恰是这一年的初春，岑春煊在繁华的京都也一样心情郁结，度日如年。他经历了仕途上最不顺心、最晦暗的一段日子，史称"丁未政潮"。正是这次朝臣内讧，失势一派的瞿鸿禨被驱逐回籍，岑春煊面临遭贬或革职，这让德军出了一口恶气，他心里想，陈兆棠的靠山一倒，他是不是还有取而代之的希望？

　　手臂吊着绷带的秦林被德军传来之后，心里有些忐忑不安，他担心德军又会给他派什么特别任务，香港的打斗让他险些丢了性命，人虽然没死，但手臂被打断了，毛瑟枪的近距离射击威力很大，连骨头都击碎了。医生把他的两处关节固定成一个"L"形，用白色绷带缠成两段棉纱团，两根竖着的白布条挂在脖子上，连吃饭、睡觉也不能放下，医生还断言，即使是一年半载后愈合了，手也出不了力，提不了重物，算是废了。此时德军并没给他派任务，也没关心询问他的伤情，而是兴高采烈地告诉他京城有好戏，钦州出大乱，岑春煊和陈兆棠都要走倒霉运了。秦林已闻知钦州防城上万农民抗捐，刘思裕的"万人会"欲与府衙对抗，局势一触即发，总督把协统都派去了，但京城有什么好戏这事与岑春煊、陈兆棠有何关系？德军拿眼盯着秦林："你的脑瓜也中枪啦？岑春煊被罢官了，陈兆棠的靠山没了，拔出萝卜带出泥，广西不是岑春煊老家吗？乱源不正是陈兆棠当年主政的地方？岑春煊不力荐，陈兆棠能来惠州吗？陈兆棠到任惠州，对三洲田余党清剿不力，对暴乱分子网开一面，擅加粮赋，民怨载道，贼匪横行，越治越乱。"德军一串连珠炮般的诘问和一口气罗列出的罪状，把秦林噎得哑口无言。经德军如此一点拨，秦林茅塞顿开，立马对陈兆棠生出一股仇恨来：你杀不了邓子瑜、陈纯，却害得老子惹祸上身，在港遭人报复，手臂断了就算了，又查扣了东航003号，断了我的手，还断了我的财路，我今就断你前程！在德军的授意下，一份弹劾奏折很快送出，他们要趁势而动，把陈兆棠彻底拉下马来。

四十四

邓子瑜要严德明假借乡绅名义，分别给周馥和李准写告状信，信中特别提到了东航003号货船："此船长年借东江内河往返香港、惠州之间，在淡水走私食盐，在澳头接运违禁物品，在惠州倒卖烟土军火，并打着提督军门旗号假公济私，致使大量枪械烟土流落民间，助纣惠州匪患日益泛滥，望总督提督大人彻查，以堵祸源。"

严德明不解地问："这究竟是告陈兆棠还是告德军？"

邓子瑜笑笑说："管他告谁，顺藤摸瓜，谁沾边谁就脱不开关系，我们就是要把水搞浑，让他们狗咬狗去！"严德明领命，立马去惠州学堂找人写诉状。

德军临来惠之前，果然看到了广督转给他的这封举报信，他看后恨得咬牙切齿，心里骂道：陈兆棠呀陈兆棠，你不用使阴招，这分明是想拿东航货船的事来堵我的口。德军来到惠州，前前后后待了近二十天，除了奉命在惠州府城督察稽查，还到东江边上的几个县调查走访。他带着两广总督的"尚方宝剑"，对惠州府的军务防务、命案劫案、保甲推行、徭役税赋、乡丁兵勇以及陈兆棠新组建的棠字军进行了最全面最彻底的督察稽查。同时他还视察了惠州的监狱，调阅了数百份人犯卷宗，至于那两宗抢粮案和毛汉生的活动踪迹，他不想也无法协助侦查，其实他根本就找不出可以破案的切入口。他要的是弹劾陈兆棠的材料，他把这些材料整理成一份长达十页的奏状，并差人专程送回广州，他人还没回到广州销差，这份奏状却已提前送到了总督府的案头。

德军除了自己的报告外，还差亲信，在惠州府各县用乡绅的名义，上奏了许多反映惠州治安问题和弹劾陈兆棠的信札，他想用奕劻对付岑春煊的办法，趁势而上一鼓作气，彻底把陈兆棠扳倒在地，直至看到省督的罢文为止。香港的《华字日报》在秦林的操纵下，也跟风助势刊出了一条新闻，醒目的大标题是《粤督派专员赴惠调查东江乱事》。报称：东江乱事，颇遭举报，实指陈兆棠治理不善之因，粤督周馥特派德军一行赴惠各县，详查祸案起事缘由及民情若何。尤对乱党如何猖獗，营勇如何剿办，官佐如何带兵，县令如何履职，将逐一详查禀复，本报将跟踪报道。

周馥听了德军的汇报，看了各地送来的材料，眉头越皱越紧，他想不明白，这个以铁腕治乱而闻名的陈兆棠，怎么在惠州就越治越乱了？周馥虽然对惠州不甚熟悉，但也知道惠州这块地方的重要，如今的局面该如何控制呢？他脑里闪过一些想法，陈兆棠太硬，沈传义太软，是把潮州的黄金福调去惠州接任，还是让德军去接替陈兆棠？周馥一直没拿定主意，在这件人事任免上他不能草率，就想着要找那几个心腹幕僚好好地谋划谋划。

就在周馥煞费苦心思虑谋划的时候，陈兆棠也在惠州总兵府的衙内来回踱步。他倒背着双手，一会儿踱到窗前，一会儿又踱到案头。他的台面放着几份让他焦虑、烦恼、气愤的信函，一封是省督催其捉拿匪首长毛贼，另一封是限期破获军粮抢劫案的公函，除此之外，还有数封是省督转来惠州乡绅联名状告他的信札。信中抓住长毛贼劫案大做文章，说陈兆棠剿匪不力，为蒙骗众人和邀功请赏，把劫贼强迫而去的挑脚山民无辜枪杀；还指控陈兆棠主政惠州期间，水利失修，农田荒芜，教堂失修，通过增加税赋、横征暴敛组建棠字军，甚至连赈灾的粮款也挪作他用，以致惠州府内乞丐满街，饿殍遍野；非但如此，陈兆棠培植乡党，任人唯亲，倚重湘籍乡谊，重用洪兆麟——一个小小管带，官邸数处，侍妾近十，走私军火，冒领军饷，压榨商贾，铁腕敛财，无恶不作，惠州府官民怨声载道，但因有陈兆棠庇护，皆敢怒不敢言；棠字军扰民欺民，兵匪勾结，沆瀣一气，越治越乱，抓的尽是鸡鸣狗盗之徒，真正的会党没有抓住一人，棠字军成了陈兆棠的私人卫队……

陈兆棠自知这与德军在惠州的稽查行动有关，加上惠州会党鼓惑，串通惠籍乡绅学子从中作梗。据他初步掌握的情况，有个叫严确廷的激进分子，与孙中山、邓子瑜在海外来往甚密，在广州求学期间又与陈炯明多有交集，最近这两人又与钟作新串到一块儿，四处煽动游说，除了鼓动乡绅，还到惠州学堂串联学生。严确廷、陈炯明这两个家伙，还带着一班惠州学生，专程跑去广州省督衙门，要求面见总督，状告惠州滥杀无辜和税赋成倍增长之事。严确廷、陈炯明是不是同盟会会员，目前尚不清楚，但邓子瑜一定是这次活动的幕后黑手。因为硬的软的、明的暗的全冲着他陈兆棠，他们联手行动，无非要把他这颗眼中钉、肉中刺彻底除去而后快。

陈兆棠心力交瘁，心事重重，他不但为自己喊冤伸屈，又为"丁未政潮"中失势的岑春煊抱不平，岑春煊如此赤胆忠心地维护清廷江山，却因为一纸黑状被罢官。他就想不明白，加入"保国会"算什么罪？"保国会"不就是保护大清帝国，让它长治久安的吗？光绪皇帝不就是想利用康梁变法，来拯救岌岌可危的大清江山吗？清政府真正的敌人，不是康有为，不是梁启超，而是孙中山的同盟会，以及各地潜伏的反清复明的天地会组织。如果太后、皇上、朝中大臣和两广总督，连这点都还看不明白，那大清的寿数，也真是屈指可数了。他想到别有用心的人不分青红皂白地把惠州的匪情、军粮劫案一股脑儿地写成诉状上报朝廷，弹劾自己的同时更是打击恩师岑春煊。他更应该把自己的利益得失放置一边，说委屈说怨气，岑春煊的冤屈比他更深、更多，岑春煊能忍受，他为什么不能坦然面对呢？中国有句老话，叫"士为知己者死"，既然是岑春煊当年力荐他来惠任职，他偏要干出一点儿模样来，除了证明岑总督的光明磊落，也证明自己对朝廷的赤胆忠心。

想到这里，陈兆棠觉得应该立即对总督申明是非，于是提笔给总督周馥、水陆提督李准各写了一份回函，陈述事实真相，表明自己的决心。他在信函中说：

同盟会有人串通乡绅学子，所指控的八大罪状，全为不实之词。这里除有小人作梗，公报私仇，更有同盟会黑幕操纵。他们不谋而合，千方百计，欲除下官而后快，如若不信，督府可另派巡检司大员核查，如查实有所列罪责之一项，甘当受罚处罪。下官唯有一请求，如被免职，仍愿留在惠州与乱党斗争到底。如需调任，请调到乱党最猖獗的地方，吾决心与同盟会血战到底！今惠州城乱党四起，贼匪呼应，危及清廷江山，总兵知府乃一州军政主官，位子重中之重，此请求可对苍天起誓，如有私心杂念，唯利是图之不轨，当诛当斩，任由发落，恳望两位大人明察。

　　陈兆棠的信，可谓披肝沥胆，剖白心迹，措辞激愤，让李准大受感动。他感慨道："荡荡中国，大清王朝，像陈兆棠这样的州官太少了。"李准也是个急性子，拿着信函就去总督府，他要为陈兆棠讨公道。

　　李准，原名李继武，1871年生于四川邻水县，父亲李征曾任南海县令，后升四川矿务钦差大臣，李准十七岁随父入粤，两次科举不中，曾任广东候补道员、总兵，直至前几年才被岑春煊提为巡防营统领，水陆提督兼巡两广各江水师，对两广地区的情况比较熟悉。

　　周馥一看见匆匆来到的李准，猜知他是为陈兆棠的事而来，周馥知道李准与岑春煊的特殊关系，想他即使是来为陈兆棠说情，也一定会婉转地说，故未待李准开口，周馥先试探地问了一句："李大人，我看了陈兆棠的述职信，你也一定看到了，你怎么看待惠州的事？"

　　"捕风捉影，无中生有，小人作梗，不可轻信。"李准毫不避讳，直截了当地为陈兆堂一通辩解。

　　"陈兆棠任职数年，惠州匪情不减反增，地方上怨声载道，不撤陈兆棠总兵之职，不足以平民愤啊！"

　　"两广地区哪里不是窝案四起，此起彼伏，会党扰兹，地方不宁？照此说来，最该被免职的，就是你和我！"

　　李准硬生生的一句话，硬是把周馥的话噎在了喉咙里，他没想到，这个行伍出身的提督，说起话来竟如此毫无顾忌。周馥忍住没有发作，说道："你是粤省水陆提督，我听听你的意见，如果不免只换，你看谁更合适在惠州？"

　　"陈兆棠！"

　　"有无更合适的？"

"陈兆棠！"

"调黄金福来惠州如何？"

"万万不可！黄金福统兵潮州多年，轻车熟路，布防治贼，井井有条。"

"如果让德军去惠州，把陈兆棠与之调换，你认为如何？"周馥酝酿了好些时日的人事调动，终于说出来，想进一步探探李准的态度。

"万万不可！让他去管盐场、管漕运倒合适。"李准就是个直性子，不拐弯，不抹角，一句话就把问题说到了点。

周馥忍着没有发火。其实在此之前，他已分别找过水师提督、陆路提督问询过对德军的意见，几乎大多数人的意见都与李准相同，这就让他不由得慎重。他只好召集一个联席会议，专门来讨论决定惠州总兵和知府的人选。

在两广总督主持的联席会议上，到会的官员皆表情严肃，一待总督亮明议题，大家面面相觑，气氛一时沉闷。周馥见状，只好先破僵局，把朝廷的旨意和惠州府的情况对大家简单地通报了下，最后才放缓口气说道："惠州有事，广府不宁，对惠州主官人选，大家不必拘谨，都谈谈个见。"即使这样，一些官员碍于周馥的面，仍然不敢直说。有的不敢说穿，有的模棱两可，唯水陆提督李准与众不同，死保陈兆棠。他还列举了陈兆棠打击会党、维护治安、强化府治的一系列措施，并认为惠州府奸党辈出，贼匪横行，非有陈兆棠这种铁腕人物，才能重典治乱，扭转局势。李准甚至提出，最好连惠州知府一职也由陈兆棠兼任。他最后还放出狠话，如果要撤陈兆棠总兵一职，他要上奏皇上，为陈兆棠讨回公道。

李准死保陈兆棠，有其道理，陈兆棠、黄金福确实是他手下的得力干将，作为担负两广防务的最高军事统帅，如果连辖下的地方匪情和武官都不了解，也确是草包一个了。客观地讲，李准力保陈兆棠，并无太多私心，确实是为惠州府的防务考虑，而陈兆棠在惠州的所作所为，也绝非为图自己的私利，而是为了坚决打击孙中山会党，推行李准的防患平乱大纲。由此可见，无论是李准，还是陈兆棠，都在为清朝江山的安危废寝忘食，呕心沥血，这两位算是清廷豢养的忠实走狗了。

保住了陈兆棠惠州总兵的位子之后，李准差人专程给陈兆棠、黄金福送去急件。那是一份水陆提督收集的情报，说近期有许多海外华侨经香港回到内地，据海关登记的情况，惠州、潮州、广州三地最多。华侨中鱼龙混杂，不少是可疑分子，情报中还说，因为有了香港警署的配合，同盟会在港的报馆以及多个活动据点已被查封，孙中山、许雪秋、邓子瑜、黄耀廷等，估计暂时不敢在港公开露面，开展活动，但他们极有可能转移阵地回到内地，甚至狗急跳墙，铤而走险地策划暴动，故对惠州、潮州，丝毫不能放松警惕。

陈兆棠看完之后，马上差人把洪兆麟叫来，一见面就问："长毛贼的案子有没有进展？劫案与邓子瑜、陈纯到底有没有关系？"

"回大人，今还没抓到匪首，很难确定。"洪兆麟深感为难地答道。

"那观音阁的粮船劫案是会党主谋，长毛贼有无参与呢？"

"长毛贼只取细软。邓子瑜、陈纯是发动饥民聚集哄抢，河源龙川有一伙儿专劫船只的土匪，这回全都被陈纯他们利用起来了。"

"王大彪的案子有无进展？能够用毛瑟枪一枪命中的，除了同盟会还会有谁呢？"陈兆棠似在问洪兆麟，其实也是在问自己。

"麻烦就在这儿，王大彪一死，我们很多线人一下子也失去了联系，我们抓捕邓子瑜、陈纯和其他同党，就更加困难了。"

"香溪堡劫案发生不久，邓子瑜就在香港露面，我猜他现在八成是潜回了惠州，看来即使是抓不住长毛贼，也要先封住山口，不能让邓子瑜、陈纯与山匪接上头。"

"请总兵大人放心，属下已在全部路口布下重兵。"

"邓珍最近有没有新的口供？他究竟与会党有没有联系？"

洪兆麟照实答道："审也审了，刑也用了，他就是不承认帮会党购枪。"

"与其这样，不如干脆把他放了怎样？"

洪兆麟一怔，正想说出一个好字，又马上就打住了。他多了个心眼，怕陈兆棠在试探他，他心里嘀咕：难道又有人向陈兆棠打小报告，说我收了邓珍的银子，看我会不会顺水推舟地了却这份人情？想到这里，他心里发怵，为了保险起见，他不由得反问了一句："如果邓珍是会党同盟，岂不是放虎归山？"

陈兆棠并非故意考验他，听洪兆麟如此一问，便直截了当地答道："就算邓珍真是会党，也未必是放虎归山，为何不叫引蛇出洞？"

洪兆麟仍然不大放心地问道："邓珍即使不是会党，私购军火数目巨大，也该判刑入狱，如此释放，会不会重罪轻判惹人非议？"

"大敌当前，特事特办。"陈兆棠说完，顺手把省督转来连同告他的信函，递给了洪兆麟。

洪兆麟看了之后，惊愕地瞪大眼睛，他激动地说："知府大人为属下蒙受委屈，属下当一切听您吩咐，肝脑涂地，也在所不辞！"

"个人委屈恩怨，我们不要计较，要以大清江山为重。你在释放邓珍时，加个条件——以罚代刑，重罚一千两白银。如果他很快拿出了这笔钱，说明他背景就复杂了，你就可以继续跟踪他，抓捕他。我要的是邓子瑜和陈纯，不是邓珍。"

洪兆麟听完这话，完全没了刚才的顾虑，他已经领悟了陈兆棠的一箭三雕之计。陈兆棠今要试探的，不是他洪兆麟而是邓珍。陈兆棠这么做，一来是想通过释放邓珍，来缓和他与惠州乡绅的矛盾；二来可以狠狠地敲上一笔银子；三来也是最重要的目的，把邓珍作为新的线索，顺藤摸瓜，抓捕邓子瑜和陈纯。洪兆麟想到惠州商会的请托，刘金生的一次次求情，还有三姨太欲言又止的哀怨神情，他还记起太太对他说过的话："受人钱财，要代人消灾。"今终于可以对他们都有个交代了。此时的洪兆麟，抑不住内心的欣喜，赶忙奉承了一句："属下明白大人的妙计了，真是高！高！我从速办理就是了。"

四十五

陈纯获悉邓珍一案可出钱赎人的消息，高兴得一夜睡不着。这段时间，他不知为这事伤了多少脑筋，动用了多少力量，现在终于有了结果，他怎能睡得着呢？

第二天一早，他来到泰美与邓子瑜秘密接头的地点，把邓珍获释的事一说，邓子瑜听后也十分高兴："银子没问题，砸锅卖铁也要凑出来，确实不够，我再去一趟香港。"

陈纯说："你暂时不能去香港了，贴有你照片的通缉令到处都有，就是邓珍出来，你都绝不能与他会面。"

邓子瑜点了点头没吱声，释放邓珍他感觉有些突然，他心里想，是陈炯明、钟作新他们那份联名状起了作用，还是托刘金生送上的银子奏了效？这会不会是陈兆棠的一个阴谋？陈兆棠这人是铁了心要与我们斗狠的，银子对他并无太大作用，对洪兆麟有用，但洪兆麟今做不了主，商会商董又未必能左右得了他。想来想去，放邓珍出来，就是放长线钓大鱼，引我们上钩。

邓子瑜仍没吭声，他点了一支烟，重重地吸了一口，沉思了许久才对陈纯说："你说得对！我暂不与邓珍会面，你也别和他见面，银子更不要急着交，甚至到了期限，也不要一次交齐，免得陈兆棠怀疑邓珍有同盟会接济。邓珍出来之后，要他把店铺典了，把家杂存货当掉。再凑不够的话，一是通过商会借贷，二是干脆叫刘金生担保，分期还款。"

陈纯点点头，"这是个办法，那邓老板出狱之后，叫他去哪儿？"

"不躲不走，继续去乡下放青苗，凑罚款，这样既便于开展工作，又可掩人耳目。再下来，去严德明的药房做事，粮米店砸了，老板破产了，帮严老板打工，挣钱还债，对外也说得通，总之邓珍大哥须继续潜伏，对革命之事作用更大。"邓子瑜说道。

陈纯听完这话，觉得邓子瑜的计划非常缜密，枪械是起义的硬件，粮店一封，下来的主要海外渠道，靠的就是严德明这条线。协助严德明搞枪，邓珍是最好人选，除了搞枪，还要搞药品，那都是举事时必不可少的军需，他不由得佩服邓子瑜考虑问题的周全细致。"我明白邓大哥的意思了，我会差可靠的人去办理，有急事我会及时来向你请示汇报，接头地点，我觉得很有必要在四角楼多设一个。另外，我考虑了好久，起义地点也多设一处，就在七女湖圩镇，因为梁化与博罗相距太远，不好接应。"

邓子瑜一听，高兴地拍了下陈纯的肩膀说："我们想到一块儿了，水东街药店的枪械，我已叫严德明转到水口家中，与七女湖一江之隔，取用极为方便。另四角楼有个兵站，有一哨清兵驻守，起事前叫梁慕光带人把它端掉，一可夺械，二可打通退路。"

四角楼地处象头山下，东是七女湖，西是公庄圩，南是罗阳镇，北是泰美圩，正是要冲，端掉了这个兵站，也就打通了进出的路口。邓子瑜除了考虑进攻罗阳和龙门，也考虑到万一义军失利，往象头山后撤的退路，只要义军进了山，陈兆棠纵有千军万马，也难以围捕了。

邓子瑜要陈纯谈谈他的攻城计划，陈纯掏出那张与陈亚双实地勘查后一起绘成的简易攻城图："这是七女湖圩，这是江边码头，这是街尾上庙，从码头沿江直下，这是惠州府城，惠州府门前有一堵高墙，围墙内是太岁、城隍、文昌、琼花四座庙宇。我想起事前，派陈亚双带人潜伏在此，而在城墙外侧，则由孙稳带一干人在风神庙里埋伏。起义一旦打响，七女湖义军顺江而下，主攻合江门和东门，博罗义军攻平湖门和朝京门，龙门义军、梁化义军接应断后，扼住进山路口。三军会合后，立即炸掉惠州府衙和提督署。陈亚双即可带人从城内接应，打开朝京门和合江门，迅疾拿下桮山高地，逼清兵从南门退出，再在飞鹅岭打他个措手不及，一举攻下惠州府。"

邓子瑜看着地图上的红点，已知陈纯在上面花了不少心思。

"好，很好！想攻下惠州府，一定要有迅雷不及掩耳之势，且须内外夹击，互相接应，让陈兆棠措手不及，防不胜防。"邓子瑜赞许地点头说道。最后他们又谈到了起义日期的问题，邓子瑜说："如果没有意外的话，原计划是在8月中下旬，因为8月20日，是同盟会成立两周年的日子。"但如今的邓子瑜，既见不到孙中山，也联系不上许雪秋，原来的计划是否如期进行，自己心里也无底了。"原定在同盟会纪念日举行大暴动，有其特殊意义，我们还是按此计划去筹谋准备。"邓子瑜随后又续了句。

陈纯掰着指头一算，离公历8月还有两三个月的准备时间，虽不充裕，但也还来得及。

陈纯从泰美回来之后，即通过陈亚双与邓珍家人联系，让邓珍家人贴出启事，要低价转让桥东米行的店铺存货。除了典当房屋，邓珍家人还向所有亲朋好友举债，甚至连老家的几亩田地也典了，七凑八凑，直至官府限期交款的最后一天，钱还没凑够，邓珍家人再去求刘金生，托请洪兆麟可否缓期一个月。洪兆麟不敢做主，跑去请示陈兆棠，陈兆棠心生疑惑：难道邓珍的确不是会党之人？或者是邓子瑜、陈纯已知道这是一个圈套？若是前者自然好办，如果是后者，那么他们就潜藏得太深了。刚好此时，差役送来一张传单，上边写着：嘉庆伊秉绶，重文兴教，修丰湖书院，从此"从者云集，人竞向学"；光绪陈兆棠，重典兴狱，建棠子新军，继而"人者从匪，民不聊生"。陈兆棠看罢，一下把传单撕碎。他心烦意乱，一时也拿不出好主意，只是不耐烦地把手一挥："行了，你定夺吧！"

其实陈兆棠也听到了邓珍典房卖地的事，还听说了邓珍的米铺就是惠州大名鼎鼎的首富刘金生解封收购的。刘金生在惠州，虽被人称为"奸刁滑"的商人，但收购邓珍店铺却没怎么压价。大家都说，刘金生做生意头一回大方，不讨价还价。陈兆棠看得明白，刘金生收购了米行，并非要做粮油生意。邓珍的门面，门对东江码头，背靠归善县城繁华大街，实在是一个人气极旺的商埠之地。不待多日，这个粮油行将易名为某某赌馆、某某典当行，抑或是某某钱庄。刘金生不算趁机打劫，而是顺势而为。陈兆棠暗自揣摩：盗亦有道，商也有套，惠州城自赌馆闹劫案以来，诸多钱庄、烟馆倒闭，刘金生却越开越多，倒闭一间他收购一间，东江水路、府县两城，到处都有刘金生的店铺，这正是刘金生的精明之处，亦是他做大做强的经营之道。

刘金生做生意尚且如此，而治理惠州，对付匪党呢？陈兆棠一直是沿用崇州和广西的成功经验，甚至与刘金生的经营之道有相似之处，道理很是简单，那就是毁掉一个少一个。一个做大做强，一个越打越少，直到全部剿灭。但如今惠州的贼匪、会党怎么就越剿越多？他至今仍不太相信，邓珍掺和会党的事，仅是为了几个铜板银圆。如果是为了几块银圆，这倒简单多了，正因为会党不是冲钱而来，而是冲着大清江山而来，这才令人揪心。同盟会的组织策划者，哪一个缺钱的？孙中山、黄兴、冯自由、郑士良、陈少白以及邓子瑜和陈纯，都是一班有理想、有信仰的有钱人。这些有钱人带着一帮没钱的穷苦人搞暴乱，名曰革命，历次革命，前者是为了信仰，后者是为了温饱，精神诉求和物质需求捆绑在一块儿，革命的力量就摧枯拉朽，势不可挡。如今的邓珍如果说是一条蚯蚓，邓子瑜、陈纯倒像极了钻进田里的泥鳅，钓又钓不出，捞又捞不着，该如何引出这帮会党，陈兆棠再一次陷入了不着边际的苦苦思索之中。

潮戏风波

四十六

再说许雪秋来到香港之后，马上就知道了薄扶林坟场和潮州客栈发生的事，他耐心地在香港待了些时日，既没见到孙中山，也没见到邓子瑜、黄耀庭他们，更没人上门联络。等来等去，等到中国日报社的陈少白差人送来的信：在港暂停一切活动。许雪秋自知情况不妙，万般无奈的他，只好悄悄地回到了潮州。

许雪秋是海阳人，原名许有若，是新加坡华侨富商之子，他父亲为了光宗耀祖，彰显家族地位，特地为他花钱捐了一个候补道的官衔。但许雪秋在海外受到革命思想的影响，无心顺从父意入仕为官，却立志"逐满兴汉"。1904 年，他毅然回国参与革命活动。第二年，他会同嘉应州革命党人何子渊、丘逢甲等人，以承筑潮汕铁路工程的名义招募工人，聚众千余，约期举事，但此事很快被泄密，许雪秋险遭抓捕，脱险后不得不再返新加坡。1906 年，许雪秋在邓子瑜的客栈里与孙中山会面并加入同盟会，入会后被孙中山委命为"中华国民军东军都督"，主持岭东军务。说心里话，他很佩服孙中山的胆识和坚韧，说干就干，敢作敢为，百折不挠，屡败屡战。但他对孙中山的那种盲目、轻率的行动又极其反感。比如他这个"中华国民军东军都督"就是一个名副其实的光杆司令，一无人，二无枪，就这么一纸空文。连东路军的影子都还没见着，又急着去组建什么西路军，急着发动湖南和广西起义，如此仓促的最终结果，不说也可以猜想得到，最后均以失败告终。

萍浏醴起义失败后，孙中山只好再次流亡日本，清政府获悉后，通过外交途径，强烈要求日本政府驱逐孙中山出境。走投无路的孙中山又辗转越南，在河内甘必达街 61 号设立了一个临时指挥部，继续筹划组织广东、广西、云南三省的武装起义。按照当时的形势分析,孙中山认为这些省份地处边陲,远离京城,民间会党活跃,易于发动,且地阔人稀,进可攻退可守,便于迂回作战。除此之外,还有一个更为重要的原因是,利于从海外输送武器和人员。故一个庞大的暴动计划便日渐明晰:"惠潮钦廉,四州同举。"四州即广西的钦州、廉州,广东的潮州、惠州。西部的钦州、廉州毗邻越南、缅甸,东部的潮州、惠州有开阔的海岸线,都是水陆交通方便的要塞之地。为了保证四府起义计划能够顺利进行,孙中山分别派邝敬川、许雪秋、邓子瑜等同盟会会员,分赴各地,动员民众,静待举事时机。其中,许雪秋和邓子瑜分别负责在潮州和惠州的策划起义之事。

许雪秋做事绝不含糊,当年他与何子渊、丘逢甲等人,为了举事,秘密组织发动了千余人,革命虽因叛徒出卖而夭折,但打下的基础还在。他赞同"四州同举"的暴动计划,虽然在香港没见到孙中山、邓子瑜等人,但这并不影响他的行动计划,他相信孙中山在越南河内是有可能搞到枪支弹药的,故他先回潮州,欲与何子渊、陈涌波等接上线,这也是争取主动的一着棋。

许雪秋计划把起义的地点设在黄冈镇,这是经过深思熟虑的。黄冈是饶平的古镇,位于南海之滨,与福建交界,又有"凤冈""瓮城"的别称。相传此名缘于这一带均为黄土山岗,故称"黄冈"。由于黄冈镇南朝大海,背依群山,又是粤闽交界的咽喉之地,早在宋淳祐三年(1243),潮州知府郑良臣便在此首建城寨。李遇继任知府后,增设军防哨关,并以石砌加固城墙;至明洪武三年(1370),两广总督府在此设置黄冈巡检司。明嘉靖二十八年(1549)设海防馆,明嘉靖四十年(1561)增设通判一名,移潮州府右营军力,在此镇守长驻。到了清代,增设黄冈协左右两营,兵力倍增。至光绪年间,清廷对这处军事要塞愈加重视,屯兵派将,除了增派兵员之外,还增设左营副将、都司守备各一员,千总两名,把总四名,兵马近千,黄冈完完全全成了一个军事重镇。许雪秋认为,在黄冈举事,比在潮州城举事有诸多便利:一是两省交界,清廷鞭长莫及;二是此处清兵的驻军比潮州少且比较分散,武装暴动胜算大;三是依山傍海,既便于得到外援枪械,万一失利,也易于躲避隐藏和水路出逃。

　　许雪秋回到海阳之后，很快便联系上了陈涌波。

　　陈涌波又名陈静山，出生在饶平县黄冈镇，他出身贫寒，行侠好义，被推举为三合会黄冈分会的首领。许雪秋前两年与何子渊、丘逢甲于潮州举事时，与陈涌波相识，并有相见恨晚之感。陈涌波为人侠义，敢作敢为，当他获悉许雪秋筹谋反清义举后，即与黄乃棠在潮闽各县发动会党支持革命，许雪秋见其忠心耿耿，且武功高强，遂与其结为盟友，并在 1906 年秋，带他来到香港谒见冯自由等，在中国日报社加入同盟会。土生土长的陈涌波，对黄冈镇的地形地貌和清兵的布防情况十分熟悉。为了让许雪秋进一步掌握情况，熟悉地形，他效法前段时间与陈纯活动时的办法，把许雪秋扮成堪舆风水的地理先生。

　　这一天，黄冈城天空晴朗，郊外的桐子树开满了白花，附在树上的蝉儿一阵鸣叫，远处的蝉儿随即呼应，蝉声连成一片，此起彼伏。许雪秋打着阳伞，挂着文明棍，和陈涌波在城郊走走停停，指指点点，一会儿又停下来，就着墙垛土墩摆出罗盘，像煞有介事的样子。这一举动，引起清兵的注意，只见几个巡逻的清兵走向前来，终究也没看出什么。有个领头的清兵，对着陈涌波他们呵斥道："防营要地，过往行人切勿停留，快走！快走！"许雪秋见状，只好收起罗盘，乘机退了出来。

　　这个地方是黄冈城的东门，也是许雪秋这次要实地勘察的一个重要地点，黄冈城在建造之时，考虑到它的军事防御功能，除了按其他城郭的布局设置了东西南北四门外，在东门又特别设置了城楼和垛堞。站在黄冈城后面的山上，许雪秋可见厚厚的城墙，从菜场顶绕着城基经北门、西门、南门，在东门的街口处，形成了一个椭圆形的城郭，要取黄冈城，必先取东门。此时陈涌波指着东门外一排参差不齐的瓦房说："那里是黄冈协的营房，驻防着一营清军，柘林司也设在那里，若取东门，先解决黄冈协。"

　　许雪秋看着巍峨的城郭，沿着城郭筑有炮台，炮台下一排营房紧挨着柘林司衙，这种布防，可见清兵对东门的把守从未放松。他问陈涌波："我们到时进攻黄冈镇，怎么才能快速夺下东门？"

"只可智取，不能强攻，声东击西，内外接应，先夺下城郭，扼住东门炮台，再居高临下，轰击军营。"陈涌波似乎成竹在胸，一口气地答道。

　　"如按原来的计划，武器弹药走南澳，要送到黄冈，如何绕过柘林湾？"许雪秋继续问道。

　　陈涌波回答说："走南澳估计走不通，柘林湾有清兵的水上巡逻，巡检叫王绳武，他们对出海过往的船只检查得特别仔细。"

　　"难道清兵已经察觉到什么？"

　　"这倒不是专对我们，因为惠、潮、嘉道台转发了广东提督的官文，白纸黑字印着严防孙文匪党在沿海骚乱，可能是陈兆棠嗅到了什么，但主要还是冲着惠州那边的。"

　　"惠州那边有消息吗？"许雪秋不觉问了句。

　　"有，上个月我还与陈纯在这里见了面，随后又一起去了嘉应州，何子渊还带我们去了一趟八乡山，他近日与我们一样揪心，就是怕拉起了队伍弄不到枪。"

　　许雪秋听到这里没有吱声，他也在为这个枪械的事伤脑费神。孙中山如今远在越南，越南本身不造枪，只不过想通过越南转运，这一转弯子绕得更大。谁都知道线路越长，危险就越大。他一直认为最便捷的途径不是香港便是台湾。

　　陈涌波似乎看出了许雪秋的心事，他对许雪秋说："既然汕尾走不动，南澳走不通，可不可以从诏安来？"

　　许雪秋眼睛一亮："走福建？这是好主意！到了福建怎么走？"

　　"水路不通，走陆路，诏安与黄冈接壤，如果水路让清军水师一卡，即走陆路，从山上转过来。"

　　"好，这是个办法！你对诏安的情况熟悉否？"

　　"熟悉，我去过两次诏安了，且与诏安的沈牛大哥搭上线，并且还有了一个初步的计划。"接着陈涌波便把他们上回在福建境内勘察的运输线路、贮藏地点等，向许雪秋做了汇报。

　　诏安古属漳州府管辖，地处福建最南端，南邻大海，西与黄冈及南澳岛接壤。为了保证武器运输顺利，陈涌波与沈牛他们一番实地勘察，并做出了两个偷运武器弹药的方案。方案一是通过会党雇用的小渔船，在海上与大船分装后，从赤石湾宫口入宫口湾内海，在诏安镇偏僻处靠岸，先把武器弹药分散隐藏在南山寺一带，再择机走陆路，过西坑、梬朗，集结在与粤闽交界的地方，这条线路大部分是在福建境内，完全绕过了柘林湾的海巡船。

许雪秋觉得陈涌波的方案很是周密，地段侦察得十分细致，只是偷运的线路太长，沿途周折中转的地方太多，对路途中的安全仍是有些担心。

陈涌波似乎看出许雪秋的顾虑，他对许雪秋说道："诏安的会党众多，群众基础好，只要枪械一到了我们手里，人手一枪地发放下去，即是一支强大的武装队伍，而且我们这次起义的骨干，很多来自诏安地区。"

许雪秋对诏安地方是有所了解的，反清复明的民间组织，最早发端于福建，黄冈的天地会组织，也受诏安影响而发展起来，他猜测陈涌波的第二个方案，就是从福建边地打过来。为了证实自己的猜测，他还是试问道："那你的第二个方案呢？"

"把人员集结在福建边界，武装队伍打过来！"

果然不出许雪秋所料，他对陈涌波的整个行动计划，内心是默默赞许的，说到底无非两种选择，偷运不行就打进来。接下来他要考虑的，倒不是潮州接械的事情，而是孙中山的船只能否驶进内海？如果运载枪械的船不能按时到位，潮州接应安排得再稳妥缜密，都是瞎忙活。

许雪秋与陈涌波边走边谈，此时他们已走到了城郊的一座山包上，极目远眺，沃野千里，满目青翠，就在这时，山下传来了一阵阵的喊杀声。许雪秋循声望去，不禁紧皱眉头。

陈涌波指着那排参差不齐的房屋对许雪秋说："那是清兵新建的另一处营房，他们正在操练新兵，听说巡防营的兵士已全部换上了无烟新枪。"

许雪秋许久没答话，他思索了好一会儿才继续说道："潮州的头号敌人是黄金福，不是周馥。周馥虽为广东提督，但他鞭长莫及，远水救不了近火，而这个黄金福这几年，死心塌地为清廷经营潮州，把它筑成密不可破的铁桶，要捅破这个铁桶，就要拿下黄金福！最好找机会把他干掉！"许雪秋说完此话，拿眼看向陈涌波。

"难！此事我与陈芸生、余既成他们合计过，此人兵强马壮，狡兔三窟，恐一时难以得手。"陈涌波回答道。

黄金福为潮州潮阳关埠人，曾追随他叔父黄武贤到过许多地方为官，由于这一层关系，黄金福结交了不少清廷高官，大得李鸿章、张之洞等人的赏识，被任命为潮州总兵之后，更是春风得意，踌躇满志。

陈涌波与陈芸生他们曾多次密谋除掉黄金福，甚至有一次还乔装成牛贩，摸进了黄金福的老家。黄金福发达之后，在官埠下底村乡下建了幢"驷马拖车"的大宅子，虽不算豪华，但颇气派。他有时候会回来小住几日，但进进出出总是戒备森严，兵丁簇拥，陈涌波他们在村子里潜伏了好几天，一直无法下手。后来他们又在黄金福经常出入的地方，伺机行动，却也找不到下手的机会。

许雪秋了解到这些情况后，不再主张陈涌波他们去冒险行事，以免打草惊蛇，他反复交代陈涌波，遇事一定要多与陈芸生、何子渊他们商量合计，特别是惠州邓子瑜、陈纯那边要加强联系。这次暴动，是潮、惠联合行动，任何一方的轻敌和草率，都可能让整个计划前功尽弃。第二天，在黄冈城的一幢小房子里，许雪秋会见了何子渊、陈芸生、余既成等人，他们再次对行动计划做了部署，还是按照原来的计划拟在秋天起事，起事前，各人按照各自的分工，进行部署和准备。一切交代完毕，许雪秋才离开了黄冈回去香港，他想尽快联系上邓子瑜，一起去河内见孙中山，一是落实枪械粮饷，二是定下起事日期。没想到他刚回到香港不久，黄冈镇的一场意外变故，彻底打乱了他的全盘计划，也把惠州的邓子瑜和陈纯拉进了仓促的举事之中。

四十七

　　这一天，黄冈镇城隍庙土戏台前贴出了一张醒目的广告，写着饶平商会请来了远近闻名的戏班，演出的曲目是传统的潮剧《苏六娘》。难得的戏班，难得的名旦，一经传开，戏迷奔走相告，平日里冷冷清清的黄冈圩镇，顿时人声嘈杂，空前热闹起来。

　　潮剧又叫"潮州戏"，是宋元南戏的一个分支流派，它凭着特有的曲调和大锣大鼓所演奏出来的戏味，在潮汕地区独成一绝，这种用潮汕方言演唱的民间曲艺，几百年来在潮汕地区经久不衰，颇受青睐。加上《苏六娘》这个凄婉而动人的爱情故事，在潮州地区家喻户晓，口口相传。演出这个传统曲目的戏班里，有一个叫秋婉儿的名旦，她的姿色和美貌，正如传说中的苏六娘一样，令人心仪神往。

　　演出的当天，城隍庙的土戏台前人山人海，四邻八乡的人，早早地赶来占个好位置，目的就是为了听一听秋婉儿清脆如铃的唱腔，目睹她那貌若天仙的姿容。黄冈同知谢兰馥看到这个热闹而混乱的场面，不觉有些担心，为保险起见，他还是差县衙兵差前去给都司隆启和巡防营的哨长蔡何宗各送了一封信，信中说："城内兵单，演戏时人多混杂，为防不测，请予派兵协助维持秩序。"隆启接信后，也自感同知所言并非小题大做，因为近日连连接到总兵黄金福指令，说惠州府陈兆棠发来照函，惠州会党似与潮、嘉会党有利用宗亲拜祠和拜山祭祖之机频繁来往，恐有串通作乱之嫌疑，须联防联守，严加防范。隆启自感黄金福有些过于谨慎，他虽然不会把一台潮戏的演出与会党暴乱联系起来，但在自己的辖地，因口角摩擦引发宗族械斗、民事纠纷，也常有发生，一旦有事，也是自己的失职。想到这一层利害关系，他也不敢怠慢，马上命哨长蔡何宗，率一干人马，去城隍庙戏台巡逻警戒，协助维持秩序。

戏一开场，嘈杂的场面即刻安静下来，那排巡警兵丁早就忘了自己的职责，争先挤到戏台的前排，占着好位子坐了下来。他们似乎不是来维持秩序的兵差，而是被请来看戏的贵宾，都争着想一睹名旦秋婉儿的美姿芳容。

秋婉儿真的名不虚传，她浓妆艳抹，柳眉杏眼，那华丽的戏服和轻盈的身姿，一转身、一踮足都入情入戏，引得台下一阵阵喝彩和掌声。当演到苏六娘与郭继春渐生情愫，私订终身，却被苏员外发现，将其强行许配给杨公子，苏六娘以死抗婚的戏段时，只见秋婉儿水袖一拂，一句长长的拖腔，含悲茹痛，如泣如诉，接着再一亮相转身，欲往江中一跃而殉情的动作，更是把观众的心都提到了嗓子眼。此时乐声骤响，灯光忽暗，剧情进入高潮，随着台上一阵锣声爆响，鼓瑟同鸣，台下爆出了一片唏嘘声……接着是一阵经久不息的掌声。

坐在前排的兵丁，被撩得手舞足蹈，竟按捺不住地要去拉秋婉儿下来，有个兵差还在打着娘娘腔，一摇一晃地哼唱着酸曲儿："欲食好鱼金针鲳，欲娶美女苏六娘，欲要亲嘴秋婉儿，一吻一抱变新娘。"

"抱一下，亲一口。"兵丁越发胆大，一阵大呼小叫，嚷着戏班头儿，要秋婉儿陪他们喝花酒。

戏班是商会请来的，当然要把控好场子，这班兵丁，本来是官府派来看场的，却在大庭广众之下出言不逊，调戏妇女，商会人看不惯，便前去劝阻，与之理论，这倒惹怒了带队的哨长。戏一演完，几个兵丁一拥而上，非要把秋婉儿留下来。戏班头儿见状，双手打揖，又是赔礼，又是道歉，好话说了一箩一担，兵丁一句也不听，硬要拉着秋婉儿走，还把上前劝阻的几个戏班的人推了个趔趄。一个叫邱保的后生实在看不下去了，挺身上前一拦，护着商会的人，另一个叫张善的人立即带着戏班撤离，几个兵丁根本不把邱保和张善当回事，拿起枪托，二话不说就扫了过来。邱保与张善都是黄冈本地人，从小练过拳脚，又是余既成手下的天地会成员，自然不怕与这几个兵丁打斗，只是想到余既成的事先嘱咐，凡事得忍一忍，不能逞一时之气，而坏了举事大计，故不敢与之交手，只是左避右闪，刚躲过扫来的枪托，又闪开飞来的拳头，就这样躲躲闪闪，直至戏班的人全部撤离现场，他们俩才瞅空溜走，躲进了商会的一家客栈里。

若是到此收场，双方本可相安无事，却偏在此时，营哨蔡何宗巡防至此，这家伙仗着有人有枪，在黄冈横行霸道惯了，听了几个兵丁一通添油加醋的胡说，他不问青红皂白，气势汹汹地把手一挥："搜！挖地三尺，也要把那两个肇事的家伙抓起来！"清兵听令，一下子把客栈团团围住，不一会儿，张善、邱保被捆得结结实实地推了出来。戏刚散场，门外站着不少围观的人，大家都指责清兵蛮不讲理，随便抓人，蔡何宗脖子一梗，非但不肯放人，还声言要抓捕商会头领和戏班领班，查抄泰兴杂货店。张天赐见状，赶忙跑了出去，把刚刚发生的情况一五一十地报告了余既成。

余既成也叫"余丑"，是饶平本地人，也是黄冈三合会的首领，从小习拳练武，在当地小有名气，1904年与潮州三合会首领许雪秋在黄冈余氏家庙中结盟，1906年加入同盟会。他听张天赐这么一说，不觉怒火中烧，他一撸袖子，手上青筋暴突，口中愤愤骂道："他妈的，这清兵也太欺负人了吧？他不惹老子，老子憋着气，都还躲着忍着，他偏要惹老子，今骑在老子头上，尿都拉了，还要拉屎，我怎么忍得了？走，带几个兄弟去，一定要把被捕的兄弟营救出来！"

待余既成带人来到出事地点，这里已经有几百人围观。就在张天赐跑出去向余既成报告的时候，蔡何宗也差人向都司隆启报告。蔡何宗故意夸大事实，说在演戏时有人故意作乱，估计是会匪所为，今已抓捕到两名嫌犯，会匪煽动不明真相的观众，正在与兵差对峙，欲解救人质，人已越聚越多，要迅速决断。隆启听罢，二话没说，命令蔡何宗再带一班人马，全副武装赶到现场，把邱保和张善强行押入协署的大牢。

余既成火急火燎地找到陈涌波，正欲向陈涌波报告情况，陈涌波摆摆手，说："我已经什么都知道了，关键是下一步我们该怎么办？"离举事的时日尚早，且万事都不具备，许雪秋又不在黄冈，千斤担子一下落在了他身上。

余既成看陈涌波犹豫不决，气愤地说道："我已通知兄弟们都到城郊集合了，大哥还犹豫什么？还等清兵把刀架在我们的脖子上，再来动手？"

"我们除了有人，什么都没有，一旦事情泄露，我们的整个计划都会即刻泡汤。"陈涌波十分为难地对余既成说。

"有人就什么都有，乘敌还无防备，打他个措手不及，单是黄冈协，都驻有一营清兵！"

"你的意思是偷袭巡防营，缴他们的枪？"陈涌波不觉眼睛一亮，随后又说道，"那我们也得先给许雪秋大哥报个信，让他回来指挥队伍，同时让邓子瑜、陈纯也知道我们已提前动手了，以便有个接应。"

正在说话的时候，一个人急匆匆地冲了进来，大声地说道："陈大哥、余大哥，不好了，可能出叛徒了，清兵已动手查抄会馆，还说要捉拿会党，血洗黄冈城！"

"反了，与他们拼了！"陈涌波被这突然而来的变故一激，终于下定了决心。

连厝坟位于黄冈城郊外，这里黑压压地聚集着上千人的队伍，他们有的拿着鸟铳，有的拿着大刀、长矛，还有些扛着锄头和扁担。此时的天阴沉沉的，似乎要下雨的样子。何子渊、陈芸生把一束束白布条和红布巾分发给各位，白布条系在辫发上，红布巾系在袖子上，这是起义军的记号，然后余既成一马当先，领着队伍，趁着黑夜向城内都司协署快速扑去。

清兵没有料到这一出，他们正在组织兵力，要对城内进行搜查，突见一队人马高擎火把冲进城内，急忙喝令站住。队伍非但不停，还迎着清兵大踏步地走来，清兵急了，"砰、砰"几声枪响，划破了黑夜的宁静。陈涌波见清兵已开枪，立即指挥众人散开还击，义军借助城内掩体与敌对射，陈涌波悄悄吩咐余既成率领一班人马，抄近路从巷子里摸进协署，先营救被捕的会员。

清兵用的全是无烟新枪，火力很猛，一下子压住了义军的火力，有几个冲在前面的义军中弹倒下。何子渊见状，举起大刀，正欲指挥大家冒着枪林弹雨冲过去，陈涌波赶忙制止，他知道如果这样硬冲，等于让兄弟们去送死。他把手持火铳枪的义军集中起来，利用城内的临时工事，轮番向清兵开火，只要火力能压住对方，再让何子渊带大刀队冲杀上去，就能直取都司府门。可就在此时，天公不作美，一阵夜风吹过之后，接着就下起了绵绵细雨，下着下着，雨点越来越大，不但把义军的衣服打湿了，也把火铳的弹药打湿了，义军的枪声稀稀落落。清兵捕捉到这个天赐良机，一阵阵枪声越发猛烈，一下子压住了义军的火力，何子渊指挥的大刀队无奈地又退了回来。

处于下风的义军，隔街与清兵对峙，陈涌波、余既成心里明白，两军对垒宜速战速决，必须尽快地攻下都司府，如果不在天亮前解决战斗，清军的援兵一到，义军则会四面受敌。余既成此时出一计谋，乘着义军人多势众，干脆分成多路进攻敌人，有枪的开枪，无枪的击鼓助威，吓也要把敌人吓退。陈涌波不同意这样蛮干，他说这样伤亡太大，不如来个声东击西，由他带主力与敌正面对峙，何子渊从昭忠祠方向接近都司府，余既成仍从小巷偷袭协署兵营，陈芸生则带大队人马作为后应。这一说提醒了余既成，他提议道："干脆用火攻，都司府四周都是木楼，大火一烧起来，把清兵全熏成烧猪！"

"好，烧了！"陈涌波一声令下，余既成即选了几个熟悉黄冈城的本地人，带着火把火柴，火速向昭忠祠摸了上去。

昭忠祠位居圩镇的三角地带，是一座木头结构的大房子，有二进二横，义军把干柴放在木屏风上，一经点燃火便烧了起来，借着风势火越来越大，冲天的火光把都司府照得如同白昼。火一上梁，风助火势，火借风力，滚滚浓烟带着火星儿，噼里啪啦地飞向四周，引燃了周边的几座木楼，此时的黄冈镇，浓烟滚滚，火光熊熊，街上燃起了一片火海。清兵见火势凶猛，开始还在打水救火，火势一大，只能步步后退，最后全都龟缩在都司府街门前的高墙内。

见时机成熟，陈涌波一声令下，各路义军从四面蜂拥而出，杀声震天地冲向都司府，来不及逃走的清兵被大刀队拦腰斩杀，鬼哭狼嚎，场面十分惨烈。清兵巡检王绳武见状，欲率清兵在院门阻拦抵抗，冲锋的义军正欲举枪射击，一支长矛先刺中了王绳武的后心，他随即倒下。城守把总许登科见状，赶忙持枪过来救援，正要扶起倒在地上的王绳武时，三把大刀架在了他的头顶上，一阵乱劈，许登科身首异处，血肉飞溅，把周围的清兵吓得一窝蜂地往都司府内钻。

义军乘胜追击，上千义军把都司府围得水泄不通，躲在里面的都司隆启和哨管蔡何宗自知抵抗无效，只好束手就擒，同知谢兰馥却乘着混乱逃了出去，先藏在马厩的草堆里，然后又从马厩处潜进水沟，趁天黑逃到城外。义军占领了署衙，此时，诏安的沈牛早已把准备好的青天白日旗插到了楼顶，在都司衙门的大门柱上挂出了"大明军都督府"的招牌。天将亮时，都督府内召开了起义军第一次军事会议，各路头领一致推举陈涌波为都督军总司令，余既成为副总司令，陈涌波把各路人马分成若干个纵队，任命了统兵和队长，统一打出"大明都督府孙"的旗号。天一亮，黄冈城的大街小巷插满了起义军的旗帜，墙壁上贴满了义军的布告。

　　这一年是清光绪三十三年四月十一日公元 1907 年 5 月 22 日。

四十八

黄金福接到黄冈失陷的消息后，大惊失色。事情来得太突然了。这几个月他先后两次收到陈兆棠发来的照函，他不认为陈兆棠的联守联防是无的放矢，但对潮汕地区，他多少还是有些心存侥幸的。虽然潮州地阔人多，海岸线长，海匪山贼时常扰乱地方，搞得潮州府焦头烂额，但会党聚众起事，未必敢在他的地头轻举妄动。开春时节，听闻许雪秋网罗会党在浮山议事，黄金福即派巡防营，将浮山一带严控起来，并在柘林湾一带加强警戒巡逻，严防海匪与山贼勾结成伙。不知是清兵防患严密，让会匪有所察觉，还是情报有误，浮山一直平安无恙。即便如此，黄金福也不敢麻痹大意，他带着马弁不断在潮汕地区各个哨所来回巡视，检查布防，增强军力，调兵遣将，训练兵士，以震慑会党，让他们不敢轻举妄动。但怕什么来什么，他日夜担心的事，终于发生了，而且还不是一般的暴动，而是公开打出孙中山的旗号，与清廷开战的武装暴动，简直是捅破天的大事！

黄金福一边差人向省督报告，向水师求援，一边调兵遣将，把潮州、汕头等处的巡防营调集在一起，接着又下令各县的乡丁民团马上集结向黄冈进发，意欲在黄冈镇内把义军全部剿灭。

黄冈城内，新成立的军政府门前人山人海，陈涌波、余既成站在台上歃血盟誓，"攻下潮州府，活捉黄金福"的口号声此起彼伏，在旧都司衙门的高大门楼上，还挂出一条巨幅标语："驱除鞑虏，恢复中华，创立民国，平均地权。"偌大的广场上到处插满了"广东国民军大都督孙"的旗帜，这震撼河山的雄浑气势，把整个黄冈古镇搅得天翻地覆，热血沸腾的贫民子弟纷纷拥到都司衙门，踊跃报名参加起义军。短短的两天时间，义军的队伍一下发展到了五六千人。陈涌波对部下重申军纪，严格要求各路义军对城内百姓秋毫无犯，这一招深得民众拥戴，城内的富商大户见状，主动捐出了大量粮食，为这支庞大的起义队伍提供了后勤给养。但令陈涌波、余既成最感头疼的是，没有足够的武器供义军使用。坐镇黄冈显然不是个办法，黄金福一定会调集重兵围攻。陈涌波决定打出黄冈去，通过与敌作战来缴获枪弹，不断发展壮大武装队伍。

临时军政府内，陈涌波主持的军事会议正在进行。此时，有义军侦探前来报告，潮州总兵多路人马已向饶平进发，最先的一路即将抵洪洲，离饶平城只有三十里地。陈涌波摊开地图，指着上面的红点对大伙儿说："你们看出黄金福的意图了吗？他无非是想乘我们立足未稳，把义军围死在饶平城内。"

余既成接着说："与其这样束手待擒，不如主动出击，以攻为守，我们要与清兵在潮汕平原决战。"接下来，陈涌波与余既成根据局势，调整了原来的进攻路线，决定兵分两路，一路由余既成、张跃率领直插洪洲，占据义军通往汕头的要塞之地；另一路由陈涌波和余永兴率领，同步并进，伺机绕道攻进潮州城，切断黄金福后路，形成前后合击之态势。何子渊、陈芸生等人则负责镇守黄冈，组织后勤供应和预备接应。

任务一旦明确，大家马上分头行动。何子渊领命后，即对城内富户豪门发出通牒，让他们捐筹粮饷，支援义军出城作战，同时派出精干信使，一方面通知惠州方举事呼应，一方面偷渡出港，接许雪秋回潮主持大局。陈涌波、余既成、张跃、余永兴等，则把各路纵队集中广场，誓师进攻潮汕，直取黄金福老巢。誓毕，起义队伍分为三路，绕场一圈，鸣枪盟誓。一切仪式就绪，各路义军列队出征，队伍浩浩荡荡，向着既定目标进发。一时间，黄冈城外的土路上，尘烟滚滚，战旗猎猎，场面尤为壮观。

洪洲，位于饶平和澄海之间的一个半岛小镇，面临大海，是通往汕头的必经之路。余既成选择此路，除了想占据有利的地形，迎击敌人，更重要的一点是希望在此等到许雪秋的武器弹药。洪洲的海岸线长，大小岛屿众多，偷渡船只一靠岸，又易于躲开柘林湾的清兵水师的巡查。黄金福似乎料到了余既成的这一手，他把一个巡防营的重兵放在了洋洲，并在洋洲境内的海城调集了众多的船只，又控制了这一带的一个制高点，义军经过的路线和通往海边的道路，全在高地的射程之内。

余既成的义军刚抵洋洲，即与清军交上了火，因为清军早有防备，又居高临下，且武器精良，火力猛烈，义军对清兵防守的高地发动了几次冲锋，皆被敌人的火力压了下来。义军每一次冲锋，都有数十人倒下壮烈牺牲，余既成打红了眼。虽然他组织了敢死队，准备与敌近身搏斗，但是义军根本无法近前。清兵的火力交叉，把进攻路线封死，一待义军靠近前沿阵地，火力更加猛烈，手持大刀的敢死队员，又倒了一大片。看到眼前的情形，无奈中的余既成只好下令停止进攻，他与萧惠长、姚竹英商量对策。姚竹英提出一个声东击西的办法，即由一路义军正面进攻，把义军的两门土炮也用上来，用炮火轰击开路，集中火铳枪弹一齐开火，造成佯攻假象，吸引敌方的注意力；而与此同时，则组织两路敢死队，手持大刀，身系炸药，从山的两侧摸进高地，寻机一举拿下清兵高地。余既成觉得此法可行，便命令义军把两门笨重的土炮抬到土岗前架了起来，一边装药一边轮流发炮，"轰、轰、轰"的几声巨响，山上燃起一片火光，接着义军的枪手齐把枪口对准山上，一排排子弹射向敌阵，敢死队冒着炮火枪弹，一步步接近敌阵，从两侧偷袭敌阵的大刀队，也同时行动。清兵让义军的土炮一轰，初始被轰蒙了头，一时间敌方火力有所减弱，但不待多久，清军知道是单响的土炮后，又缓过神来，因为土铳土炮，发一次装一次药，火力既不密集也不连贯，清兵清醒之后，架起火炮开始反击，"轰、轰、轰"一声声巨响，义军的阵地随即就被炸开了花，接着敌兵的排枪扫射过来，打得义军抬不起头，此时义军的一路敢死队不得不再次退了回来，而试图从高地两侧偷袭上山的敢死队，还没冲到山边，也被猛烈的枪炮压了回来。义军再次付出惨重代价，败下阵来。

陈涌波远远听到洋洲方向的激烈枪炮声，自知余既成遇到了强劲的阻击，为了减轻余既成这边的压力，陈涌波急令部队昼夜兼程直取潮州，欲让黄金福回兵救援。哪知道黄金福早已料到了义军的这一招，除了在铁铺、官塘等处布防兵力进行阻击外，潮州城内更是严阵以待。

陈涌波指挥义军好不容易击败了铁铺、官塘一带的小股清兵，待来到潮州城下时，已是 5 月 25 日黎明。多日奔袭，且一夜激战，风餐露宿，义军已是又困又乏，早成疲劳之师。清兵瞅准这个机会，乘义军生火造饭之时，杀出城外，把立足未稳的义军一下赶到了潮州城郊，待义军组织力量反击，反攻到潮州城下时，清兵依据潮州城的坚固城墙和工事，居高临下，把陈涌波的攻城义军打得抬不起头，义军在此寸步难进，伤亡不断增加。

洪洲、潮州两地失利，久攻不下，义军给养后勤不继，伤亡数百，陈涌波心急如焚，而前去香港接许雪秋的人杳无音信，惠州也无回音，陈涌波自知如此硬攻对峙，义军无法得利。再说余既成，正准备绕过洪洲，择路直取汕头时，陈芸生赶来助战，并得悉潮州告急，陈涌波的一路兵马与清兵激战昼夜，伤亡惨重，今已成胶着状态，潮州城久攻不下，队伍又撤不出，城外已有多路清兵把陈涌波部夹在中间，处境十分危险。

余既成听此情况，即与众首领合议，最后决定放弃洪洲，不攻汕头，马上集合队伍驰援潮州。次日，余既成的大部队赶到潮州城外，即与外围的清兵展开激战。守在外围的清兵并非巡防营的正规军，而大多是从柘林司调来的巡逻兵，加上黄金福临时从各县拼凑的乡丁民团组成的防线，战斗力显然没有巡防营强，一经交火，余既成的义军连连获胜，缴获了不少无烟新枪。义军有了武器，顿时士气大增，一路冲杀过来，把清兵的外围防线全部冲垮。陈涌波部看余既成人马一到，两路义军再度集结，士气大振，加上缴获的上百支新枪发挥了威力，一下子把潮州城外的敌兵赶回了城内。接着义军重新部署，在潮州城外分成若干个敢死队，架起土炮，轮番向城门开炮攻击。激战到 5 月 26 日深夜，潮州城竟被义军攻破了一个城门，数百义军冲进潮州城，在东门内与敌展开巷战。守城清兵大惊失色，守将一边把巡防营集中在东南门一带与义军对峙，一边差人向黄金福紧急求援。

黄金福身任潮州总兵，对潮州的各方情况了如指掌，且戎马军旅多年，作战经验老到，见陈涌波放弃洪洲，悄悄退兵后，他分析陈涌波不可能退回黄冈，摆在陈涌波面前的只有两条路：一是继续往汕头方向绕道占据海城，以图外援或外逃；二是孤注一掷，会合余既成部，硬攻潮州城。取汕头的那一路他尽可放心，洪洲离汕头路途遥远，且在沿路要塞已有布防，另调集的水师船只回援汕头，义军只能望海兴叹。潮州古城倒是重中之重，义军虽然缺枪少弹，但人数众多，作战勇敢，全是亡命之徒，若是攻破城池，占据城内，依据潮州城的坚固工事，那就真叫引狼入羊圈。潮州城内有食物给养，有枪械库，一旦落进义军之手，别说潮州总兵，就是把惠、潮、嘉三州的总兵全调来，没有一年半载，恐怕也难拿下潮州来。

黄金福想到这里，额头冒出一串汗珠，潮州城如果失守，不但他这个总兵干到头了，连这颗头颅恐怕也保不住了。在这个危急的关头，他不敢再有前两天的侥幸心理，他如今就是拼着老命，也要把黄冈暴乱快速平息下去，活捉陈涌波、余既成及一批匪首，再提着许雪秋的人头去省督交差。为了这个平乱计划，他将手下四个巡防营全部都召集起来，并把各县的民团、乡丁、县差都集中起来，但这几千人马，在广阔的潮汕大地围捕义军，也是捉襟见肘，如今兵营内再也无兵可调，无将可遣。他只好再派出两个亲信，带着自己的亲笔信，一去求助提督李准，二去求助陈兆棠。只要李准的水师和陈兆棠的陆军一到，即可解潮州之危急。

信送出之后，黄金福马上带着清兵，星夜驰援潮州城，26日深夜赶到潮州时，正是义军与清兵在城内激烈巷战的时候，城内守军看援军一到，士气大增，又把义军压在了城内一角落。陈涌波、余既成万分焦急，他们明白，如果不在今夜攻下潮州城，一待天亮，清兵的后援再到，义军将腹背受敌，难以招架。于是他们组织了一轮又一轮的冲锋，但时近黎明，毫无进展。清兵熟悉城内地形，占据有利掩体，一明一暗，终是难以攻下。至27日清晨，义军再次向守敌发起冲锋，而且用土炮向清兵火力点发了几发炮弹，一时压住了对方的火力，但黄金福很快布置了新的火力点，而且把城内的几座楼房设成临时工事，三面的火力对义军形成了一个立体的射击圈，又一批义军倒在了血泊中。此时，有人向陈涌波报告，城郊的高地已被敌人占据，李准的大批援军已经赶到，陈兆棠也正在组织兵力驰援潮州。陈涌波正准备重新部署，城郊密集的枪声已经响了起来，清兵分成多路纵队，向义军直扑过来。城内的黄金福得知援军已到，指挥守军倾巢而出，高喊着："冲啊，活捉陈涌波，活捉余既成！"前后两路开始夹击义军。

陈涌波赶紧分一路抵挡城内清兵，一路抵挡城郊进攻的清兵，两路人马与敌激战至中午时分，已是粮尽弹绝，外援无望。余既成把衣衫一脱，光着膀子，提着大刀把手一挥，要率义军与敌肉搏，准备同归于尽，战死城外。陈涌波、何子渊一把将他拉住，余既成吼了句："不拼个鱼死网破，难道等黄金福来活捉？"陈涌波大声回答："还不到拼死的时候，我来掩护，你带队伍转移！"陈涌波说完，即召集众首领商议，大家决定集中弹药，武装一班人马，掩护大队伍突围，有两个方向可供转移，一是丰顺八乡山，一是海边一带。何子渊主张逃往八乡山，分散隐蔽，保存力量，只要进了大山，就可以暂时稳住脚跟，随后分批向莲花山转移，往惠州靠拢。主意已定，陈涌波率敢死队打掩护，余既成带领大队人马，在重重的包围圈中，杀出一条血路，逃进了茫茫的深山。

义军退后，黄金福即向周馥电告剿平捷报，周馥也刻不容缓，当日便向清廷奏报：

此次黄冈土匪起事，实为孙文会匪所为，事起仓促，暴乱突发。据李准、黄金福、陈兆棠、沈传义电称：系会匪陈涌波勾结匪首余既成等，并由福建诏安匪首沈牛参与，事前在沈家塔、乌山、浮山、柘林等处拜会密谋，并在本年正月刊刻伪示谕贴勾结会党，以图抢劫黄冈协署军械起事。适于五月二十一日警兵拿获匪党邱保、张善二人，余既成纠党打夺，经都司隆启、哨长蔡何宗率兵将人犯押入协署，余仍率众匪围攻。至次日辰时，匪党糜至，焚攻益力，兵勇伤毙多者，力竭被困。维时黄冈同知谢兰馥，城守把总许登科、柘林巡检王绳武各率兵差巡警抵御，奈贼众兵寡，援绝力尽，把总、巡警登时被戕，同知被掳，各匪遂占据衙署，焚拆关厂局所，抢劫副将、都司两署旧械，号召各路匪党，逼胁乡民，同叛外匪陈芸生等即于五月二十二日乘机入寨，将所刊伪示填写四页，妄称'大明都督府孙'等字样，竖旗起事，分发伪谕，勒索殷富银米，胁从颇众……

　　清廷军机处悉电后，即给两广总督周馥复电，电旨如下：

　　奉旨：周馥电奏悉。此等匪徒，聚众戕官，目无法纪，亟应认真
拿办。着即严饬李准迅速防剿，及早扑灭。并将被匪煽诱之人，妥筹解
散，毋阵滋蔓。所有各处村镇及教堂，着该地方文武加以保护，勿再疏
虞。黄冈同知、都司，仍着查明有无下落？并将现在匪势军情随时电
奏。钦此。

汝湖枪声

四十九

"咚咚咚"，一阵急促的敲门声，把睡梦中的陈纯、陈亚双惊醒过来，陈亚双点亮油灯，披上外套，刚拨开院门的木闩，邓子瑜和梁亚珍一下就闪进了屋里。陈亚双惊奇地问："邓大哥，怎么了？半夜三更，你怎么会找到这里？"

"我有十万紧急的事情要找陈纯，顾不得那么多了。"

陈亚双见状，自知情况紧急，便自个儿拿起一把长矛，走到屋外警戒去了。

"潮州出事了，我们的计划全打乱了。"邓子瑜还没坐下，劈头就对陈纯说了一句。

陈纯没问潮州出了什么事，而是先给邓子瑜倒了一碗水，拿来凳子让他坐下，又探出头对门外看了看，随手把门掩上，才听邓子瑜一脸焦虑地说："潮州黄冈出了意外，暴动之事提前了。"

听邓子瑜这么一说，陈纯如同后脑勺被重重地击了一闷棍："原定八月的行动，怎么会一下提前了几个月？今八字没一撇，我们怎么配合？"

"我也是刚接到潮州方面的报信，今连许雪秋都还在香港没回来。陈涌波、余既成的队伍，已被黄金福的清兵切成碎块，李准的水师已增赴潮州，陈兆棠的兵又往潮州赶，义军的形势十分危急。"

"这不是乱套了？怎么能如此盲目呢？现在我们许多工作准备不当，草率举事，不是拿兄弟去送命吗？"陈纯愤愤地说了一句，十分痛苦地摇了摇头。

邓子瑜紧接着说："事到如今，火烧眉毛，万分火急，只能见机行事了。你立即准备在七女湖发动起义，我带梁亚珍马上赶去博罗，想法与龙门天地会的兄弟谋合。事不宜迟，越快越好！"

陈纯不放心地说："你现在怎么能公开露面呢？万一让敌人盯住，不就全暴露了？要不让林旺、孙稳负责这边，我去博罗顶替你的工作，我始终想把长毛贼争取过来。"

邓子瑜不待陈纯说完，就接过话茬："我就是要在博罗抛头露面，才能转移陈兆棠的注意力，以便掩护你这边举事。"

陈纯一听觉得在理，但考虑到邓子瑜的安全，又说了句："让陈亚双跟着你去吧，多个帮手好使唤。"

"不用了，你现在更需要人手，你尽快行动吧，天一亮就是农历二十了，后天圩日，越快越好！"

陈纯万万没有想到，邓子瑜会把举事的日子选在后天，他睁大眼睛迟疑了好一会儿："后天？来得及吗？下一圩吧？"

邓子瑜一字一句地说道："就定在农历四月二十二日，今晚就开始着手准备行动，我现在就去博罗，如遇紧急情况，老地方联系，如老地方联系不上，去水东街寿康西药房找严老板。我在严老板老家存有几十杆枪，邓珍今在水口乡下，你即派人与之联系，全部取出武装队伍。我以中华革命军东江首领的名义，任命你为七女湖武装起义的总指挥！"说完放下一纸条，便与梁亚珍急急地出了门，一下子消失在浓重的夜色中。

陈纯一听说水口还有几十杆枪，增加了不少胆气，他真没想到邓子瑜的这一手，原来邓子瑜去香港陆续购来的枪支全隐藏在水口，这说明他早就有在七女湖举事的计划。邓子瑜走后，陈纯再无困意，即差陈亚双去找林旺、孙稳等一行人连夜过来商量。他把邓子瑜留下的纸条打开，原来是一首起义战歌：

东江举义旗，东江风雷起，当长工、壮丁、乞丐、仆人，不如跟孙文闹起义。荡平惠州府，扯下广督旗，耕者有其田啊，天下皆欢喜。人生有一死，人穷有志气，被饿死、累死、冤死、逼死，不如与清兵战到死。推翻清王朝，中华阳春至，耕者有其田啊，天下皆欢喜！

陈纯从头至尾看了两遍，眼前突然涌现出当年三洲田起义暴动的一幕幕，他想到了被税赋压迫的百姓，想到了枉死在石矶头的脚夫，还想起在七女湖街头成群结队的乞丐，一股壮士的豪情再次油然而起，他不由得拍了下大腿喊了声："写得好！天地会个个孤胆英雄，从来就不怕死！"

就在这时，林旺、孙稳陆续赶来，陈纯便把要提前举事的计划告诉了大家，林旺、孙稳睁大了眼睛，大家都不同意仓促举事。林旺说："枪弹不足，人手不齐，如何举事？这不是玩命吗？"孙稳说："要不我们带一班人，从永安丰顺方向过去，在八乡山一带接应他们？"

陈纯说："黄冈的义军在潮州失利了，黄金福调集重兵正在追剿，李准的水师都调了过去，陈兆棠也已出动，现今只有我们这里行动起来，才能解救潮州之急。潮州告急，刻不容缓，邓大哥已经下令了。"

一听说邓子瑜下了命令，林旺、孙稳一脸无奈，又不好再说什么。

陈纯说："我知道造反不是小事，被清兵抓到，除了全家抄斩，还要株连九族，弟兄们把生命交给我们，他们早已把生死置之度外，我们更要慎重。但事已至此，一切计划都已打乱，今召集大家，正是商量如何踢好头三脚，打响第一枪，给义军信心，给会党们一个希望，解潮州之危急。"

林旺、孙稳站着不再说话，陈亚双招呼他们坐了下来。陈纯沉思一会儿，才对他们说出下步计划："邓大哥去了博罗、龙门，目的是转移清兵视线。我们今枪械不足，没有炸弹火炮，原来的计划实现不了，只能拉起队伍，边打边缴获武器来壮大自己。"

林旺说："七女湖在清兵眼皮底下，江边还有巡船，一有响动，马上会惊动清兵，不如选在偏僻的地方举事更保险些。"

"但是枪械都藏在七女湖附近，只能拉起队伍打出去。"陈亚双插了句。孙稳也接着说道："只有这样了，选在圩日，就是为了避人耳目。""我们拉起队伍后，不是为了攻城，而是要与博罗义军会合，拖住惠州援军，解救潮州。"陈纯再一次把意图跟大家说明白。

接着他们又讨论了一些具体细节，比如起义前派人扼守二八渡口，伏击清兵水师；在水宛、夏村至望江茶亭一带，设三处卡哨，拦截伏击陆路进来的清兵乡勇；并对可能出现的情况，做了充分的预案。

这时公鸡已啼四遍了，陈纯推窗一看，东方已出现鱼肚白，他对大伙儿说："天快亮了，大家回去准备吧，成败在此一举，一定要保密！"

天将拂晓，陈亚双把用大红纸抄写好的几份文告，分别贴了出去。

1907年农历四月二十日，七女湖不是圩日，街头铺面上行人寥寥，显得冷冷清清，倒是街口和大码头上，一张醒目的红纸文告招来许多驻足观看的人。那文告上说，本月二十二日（恰逢七女湖圩日），将在上庙广场举行隆重的庙会，届时有高僧前来传授法事，有当地麒麟狮、舞草龙表演，庙会住持将动用多年善捐的粮款招待各地香客。过客行人闻知，口口相传，奔走相告，此消息便一下传遍四邻八乡。其实在同一天，林旺、孙稳、邓珍等人，已分别到了梁化、三栋、马安等地的天地会骨干家中，陈亚双则带着七女湖狮队，从水口、横沥一路串演，秘密通知集会。

五十

　　七女湖庙会的消息，当然也传到了陈兆棠的耳朵里。他心忖道，不是闹元宵，不是龙抬头，非年非节，青黄不接的饥荒四月，谁拿得出粮款办庙会？香客善捐，那些香客又是什么来路？如今讨饭的灾民，成群结队地等着一周一回的官仓粥膳，若是知道了七女湖庙会，那还不是一窝蜂地拥上七女湖圩场？他再往下想，钦州的"万人会"不就是刘思裕发起的"抗粮会"？两广总督已派统领郭人漳、标统赵声赶去弹压，这显然就是孙中山的同盟会背后捣鼓的暴乱。潮州的暴动乱源，不就是因为一场潮戏？那不该是巧合，可能是暴徒们蓄意制造的时机。七女湖办庙会，是否有人操纵？即使没有，到时鱼龙混杂，人满为患，谁知会又捅出什么大乱子来？陈兆棠正想差人去召洪兆麟，要他派人去七女湖圩镇严密监视，以防不测。这时，突然接到博罗县令差人送来的一份急件。博罗县令在信中说：博罗县人氏梁亚珍，有与会党聚事的嫌疑，有密探举报，邓子瑜已潜回博罗，并在柏塘一带串联发动，意欲与梁亚珍在公庄谋反。除此之外，他们又在邮所截获一份邓子瑜发给族亲的电报，电报从香港发出，内容是有关回乡祭祖修坟之事。陈兆棠一听，眼珠都放出了绿光，他想：这条大鱼终于露出水面了，果然借口修坟祭祖意欲举事。陈兆棠当即急召洪兆麟、李声振前来官邸议事，同时又派信差即去罗阳，命博罗县令想尽办法稳住邓子瑜，不要打草惊蛇，等待官军秘密抓捕。

　　陈兆棠对洪兆麟说："盯住邓子瑜乃重中之重。七女湖的道场庙会不过是一个诱饵，说不定邓子瑜正是声东击西，想让我们转移注意力，以方便他在博罗起事。"陈兆棠越想越感到邓子瑜的老谋深算。几个月了，只有传闻，没见人影，现在终于有了线索，我就紧盯住你邓子瑜，你邓子瑜走到哪儿，我就派人跟到哪儿，看你邓子瑜还能上天入地，隐姓埋名到几时？！

洪兆麟、李声振经陈兆棠一点拨，立即联想到近几个月来所有的大案都发生在这一带，抢粮、抢枪、抢船……陈兆棠越发相信自己的推测，他摊开地图，把洪兆麟、李声振召到台前，在南昆山和象头山画了两个圆点，再沿着点把罗阳、泰美、观音阁、公庄、柏塘、麻陂、石坝圈了起来，偌大的地方让他一连，恰似一个椭圆形的大鸭蛋。他指着那个"鸭蛋"对他俩说："你们要成为两块坚硬的石头，顶住'鸭蛋'的两头，到时一齐发力，把鸭蛋挤碎。"

陈兆棠胸有成竹，除了河源永安的驻军驰援潮州之外，他把洪兆麟、李声振的巡防营，还有他的棠字军全部调往博罗、龙门一带，惠州城周边只留下一个巡防营的兵力。

洪兆麟不无担心地问了句："总兵大人，如此调防，府、县二城的守军会不会过于单薄？水北、望江、七女湖一带，万一……"

没待洪兆麟说完，陈兆棠就打断了他的话："留下一营足以应对，万一有情况，有东江巡逻的水师接应，有在四角楼一带的两路兵勇回援，也不至于单薄。料七女湖那些衣衫褴褛的刁民，也翻不起多大的浪。"

再说博罗县令接报后，丝毫不敢怠慢，急召县丞和衙差若干，快马赶到麻陂，把乡长保长一干人召齐，随后又赶至丰门村。他们找来邓氏族长，来到邓子瑜的祖屋里。只见邓子瑜的屋子门户紧锁，连那座高高的三层角楼，也不知多久没人上去过了。族长两手一摊，一脸无奈地对来人说："我一未见其信，二未见其人，我怎能知晓他何时回村？"

县令想想也是，陈兆棠叫他"稳住"，怎么个稳法他可没细说，于是便对族长说："你一旦发现，一要报官，二要规劝，只要他不聚众闹事，仅是造坟祭祖，可不深究。"县令说完转而对保长乡长说："联防联保，辖地有责，上头有令，出了乱子必拿你们问罪！"县令说完，领着一干人回衙了。

县令他们走后，保长乡长没敢回去，而是拉着族长想法儿怎样规劝邓子瑜。乡长对族长说："你是族中长辈，德高望重，若是见到邓子瑜，劝劝他，做点儿什么生意不好，怎么就要造反呢？害得我们整日受气挨骂。更何况与政府作对是要砍头的。"

"他爸都劝不了他，何况是我？村里最大的房子是他的，最好的田庄是他家的，麻陂圩还有好几个店铺，他缺钱吗？他大把钱，他便要拿钱去闹起义，邓通泰三代人的家产都给他败光了。"族长说完叹了口气。

"真是个败家子、麻风头，丰门村怎么出了这样的一个逆子，邓家风水过代，连累我们倒了八辈子霉！"保长咬牙切齿地看着族长骂道。

"话却不能这样说，闹事的不单我族中有，你族中也有，博罗有，归善也有，广东有，广西亦有，谁不知道抛家弃子，性命未卜？可就是有这么多人，义无反顾、舍生忘死地跟着去，你说这是什么道理？"族长顶了保长一句。

保长被族长一顶，一时不知如何回答，许久才说："我族中的几个逆子是因为穷才上山为匪，他邓子瑜衣食不愁，吃饱了撑着？"

"这才是我要问你的，穷人造反是因为没饭吃，邓子瑜不愁吃喝，郑士良缺钱吗？孙文缺钱吗？怎么这些大户人家都吃饱了撑的？"

乡长见他俩越说越气，也越扯越远，快要争吵起来，赶忙出来圆场："别吵了，别吵了，只要看见邓子瑜回村，报官、劝离、驱赶。"乡长不知是听错了，还是故意把县令的"规劝"改了个字，反正他是认为，只要邓子瑜不在他的地头上闹事，他就会轻松许多，于是加了个"驱赶"。就在乡长与族长争吵着如何劝离和驱赶的当儿，邓子瑜与邓珍悄悄地潜回了老家，得悉县乡正在圩镇，梁亚珍便把他们安置在近村的一座民房里。邓子瑜悄悄地去山上看了下祖坟，又远远地看了下那座高高耸起的阁楼，算是拜过了列祖列宗。清明刚过，路边的野花开得很是灿烂，邓子瑜随手折了一把，带着邓珍在通往村外的山坳里去寻找当年的坟冢。凭着记忆，坟冢在一个山坡上，旁边有一座老坟，碑上刻着名字，只是字迹模糊，看不清内容，旁边有几株大松树，有棵在丈余高的地方分开两枝，挺拔地张开，如同一把弹弓。这些地方邓子瑜并不陌生，虽然已多年没来，树会长高，路会变宽，但山没变矮，小溪没改道。他们约莫走了几里路，在这地方转了几圈，果然看见了那棵弹弓般的大松树，树下的坟上一个老妇人弓着腰，正在拔草，土堆前三炷香袅袅生烟，一边还有烧纸的灰烬。邓子瑜走上前去问了句："大嫂，这是你什么人？"老妇人转过身抬起头，四目相对，邓子瑜一下愣住了。虽然面前的"老妇人"一头蓬乱的头发，面色黄蜡，颧骨凸起，眼窝凹陷进去，眼角上又爬着几条皱褶，一件土布大襟衫把人包得松松垮垮，他还是一眼就认出了她："阿英？"老妇人一怔，哽咽无言。少顷，她才带着哭腔喊了一句声"子瑜哥"，便扑上邓子瑜伏在他的肩膀上大声地痛哭起来。邓子瑜的眼眶红红的。一旁的邓珍看着这令人动容的一幕，眼泪竟跟着流了出来。

"你……"邓子瑜心中有千言万语，却不知从何问起。

"我这些年过得还行，日子虽然难，咬咬牙也就熬过来了。"

"孩子呢？"邓子瑜不忍看她那张与年龄极不相符的脸庞。

"在家呢，马上八岁了……"

当年，男人牺牲不久，邓细英就收到了邓子瑜捎来的抚恤银两。那时她已怀有六个月身孕，四下打听后，她终于找到了男人的坟冢。她在坟前大哭了一场后，擦干眼泪回家去了。邓细英原打算回丰门娘家把儿子生下来，但此时清乡开始了，清兵到处抓人，逼着乡长、保长挨家挨户搜查"匪属"，她只好跟人逃进了深山，日躲夜藏，最后在山坳里把孩子生下——是个男孩儿。孩子早产了，山坳里缺吃少穿，无医无药，孩子得了佝偻症。邓细英则落下了产后的月风，直到风声过后才敢下山，一边打工一边治病。看着她那双长满老茧、手指还呈弯曲状的伸不直的手——这是类风湿病没及时根治留下的后遗症——邓子瑜一行热泪夺眶而出，心中涌起一股隐痛和难以言说的愧疚之情。

"明叔还好吧？"

"他过世了，我夫家、娘家都没亲人了，现就剩我们母子俩相依为命……"

邓子瑜低头听着，没敢抬眼。

"没事，我、我们还好……"邓细英倒安慰起邓子瑜来。

邓子瑜看着她那饱经沧桑的脸庞，恍惚中又看到了当年那个跟在自己屁股后面的小女孩——当年那么依赖自己的小女孩，如今已经长大，变得如此坚强和勇敢。他忽然觉得心里的那块石头落下了。

他对她有不一样的感情，但是从未说出口。自走上革命这条路，邓子瑜就告诉自己，从此以后，他只能做她的本家大哥，否则，他不管死了还是活着，都是害她。这些年，他们更是已经走上了完全不同的道路。这一意外的重逢，将邓子瑜多年的心结解开了——他不再耿耿于怀。他嘱咐邓细英好好地活下去，并交代邓珍照看他们母子。

1907年6月1日晚，七女湖起义的前夜，天气格外闷热，天上没有月亮也没有星星，一道闪电划破漆黑的夜空，随着一阵响雷，雨就噼里啪啦地下了起来，瓢泼大雨越下越大，打开窗户，密密的雨线在天地间织成水帘，溅起水花在地上形成了一团团白雾，屋檐的滴水哗啦啦地流到天井，弹起的水珠又把一面铜盆打得叮当作响，这声势犹似一队兵马擂着战鼓，呐喊着从远方杀伐而来，冲锋陷阵，势不可挡。陈纯、林旺、孙稳、陈亚双等一行，戴着竹笠，披着蓑衣来到上庙，他们要在这里举行一次重温誓言的庄重仪式。

七女湖上庙中，厅中摆着一张方桌，桌上放着供果祭品，香火袅袅，烛光摇曳，把神龛上的三尊塑像映照得肃穆而神秘。陈纯一脸虔诚，手捧线香在神像前跪下，口中念念有词。林旺、孙稳等人依次下跪敬香。事毕，陈纯在四方台上摆上酒碗，拔出匕首在手臂上用力一划，殷红的血水滴在了酒碗中……陈纯等人端起酒碗一碰，"砰"的一声，齐齐仰脖喝下，随即举右手对天盟誓。陈纯往前站出一步，举手握拳领誓："明日起义，须同心协力，杀灭清廷，以报五祖火烧之仇，如有三心二意，死在万刀之下。倘被官府捉获，敢作敢当，不得攀害兄弟，如有违背，五雷诛灭……"誓毕，陈纯又抖开了一面大旗，只见上面绣着十六个醒目的大字：驱除鞑虏，恢复中华，创立民国，平均地权。

1907年6月2日，丁未羊年阴历四月二十二日，这一年也是清光绪三十三年。七女湖圩镇，雨过天晴，凉风习习，由于将有一场盛况空前的庙会，又恰逢圩日，圩镇显得特别热闹和拥挤。一清早，从街口的各条大路上，就络绎不绝地出现了行人，有挑着担子的，有推着独轮车的，有踽踽独行的，也有成群结队的老老少少。他们分别从梁化、水口、横沥、泰美、三多祝、三栋、马安等各乡各村汇聚这里，一是赶集赴圩，二是一睹庙会盛况。

七女湖圩镇的上庙门前，插满了飘着黄色绥带的三角旗，人们从四面八方聚集到这里，一时间人声嘈杂，喧闹盈天。这一天，上庙的广场边杀了十几头猪，广场一侧搭起了几十口大锅，柴火在灶下烧得正旺，一阵阵肉香从锅里飘出，拥挤得水泄不通的街上，行人被引诱得引颈探身，直咽口水。到了中午，广场上支起两排案板，庙厨抬来大坛大坛的土泡烧酒，赶圩的人蜂拥上来，场面有些混乱。主持人手持开口喇叭筒，高声呼喊："不要挤，不要乱，十人一围，见人见分，大碗喝酒，大块吃肉。"一时间，上庙广场欢声雷动，热闹非凡。

酒过三巡，突然两声炮响，人们为之一振，整个广场顿时鸦雀无声。这时，一个洪亮的声音如炸雷般高喊："亮旗——"

随着喊声，只见一名壮汉赤裸着上身，腰扎红色绸带，双手擎着一面黄色的大旗，雄赳赳迈上土台。那大旗长有近五尺、宽有二尺，上面绣有八个鲜红大字：驱除鞑虏，恢复中华。接着另一边又有两位壮汉走上台来，他们高擎着一条红色横幅，上书：创立民国，平均地权。这十六个字，正是孙中山先生创立同盟会时的行动纲领。

黄色的旗帜迎风飘扬，鲜红的大字如熊熊烈火，点燃了众乡亲的一腔激情。人们多年来所遭受到的痛苦，在这一刻奔涌而出，他们立起身，有的挥舞着双手，大声地高呼，有的舞起了拳脚，跟着旗帜走，个个热血沸腾，豪情万丈。

陈纯见众乡亲的情绪被调动起来，马上站立起来，在陈亚双、林旺、孙稳等人的簇拥下走向土台。他一身黑色装束，腰束红绸，脚穿布鞋，显得格外矫健。陈纯手持阔口喇叭，宣读起义檄文：

泱泱中国，荡荡中华，千邦进贡，万国来朝。夷人夺占，此恨难消。招兵买马，脚踏花桥，木杨起义，剿绝番苗。军民人等，英雄尽招。正面天子，立转明朝。

陈纯刚宣读完毕，随即把早就印好的传单散落下来。紧接着，一班早已布置好的天地会成员掏出枪支，"砰砰砰"鸣枪助威。林旺、孙稳带着一班天地会成员，手拿铁耙、菜刀、长矛、红缨枪，站到土台前面列队，人们见状一呼百应，纷纷把酒碗一放，拿起扁担、木棍加入起义军队列。此时，陈亚双扯开嗓子，教唱起东江起义歌。陈亚双唱一句，下面跟一句，台上台下，春雷滚滚，地撼山摇："东江风雷起，东江举义旗，当长工、壮丁、乞丐、仆人，不如跟孙文闹起义，荡平惠州府，扯下广督旗。东江风雷起，东江举义旗，被饿死、累死、逼死、冤死，不如与清兵战到死，推翻清王朝，中华阳春至，耕者有其田啊，天下皆欢喜……"

一看到这个阵势，王二麻随即傻了眼，他赶紧溜出广场，想找机会将突发的情况传出去。他刚走开，陈亚双有事要找王二麻，一时不见他人影，急得团团转，见人就问："见到二麻了吗？见到二麻了吗？"好一会儿才见王二麻满头大汗地出现在广场一侧，他若无其事地站着，"我在这里，找我吗？"

陈亚双嗔怪道："去哪儿了？害我到处找你。"

王二麻随口应道："肚子不舒服，可能吃肉太多了，上了趟茅房，拉肚子。"

陈亚双也顾不得多问，说了句："走，我们有任务，打巡防营的伏击去。"

原来陈纯已做好了布置，他考虑到，广场上闹出这么大的动静，洪兆麟江上有巡船，大码头有兵站，很快就会传扬出去的。他早已与大家合计好，派林旺、孙稳一干人在江堤边守水路，陈亚双、陈兴一干人堵陆路，盯住进犯七女湖的清兵。

陈亚双、陈兴、王二麻一班人，拿着武器在江边的竹林里埋伏下来时，陈亚双反复交代大家："听着，没有我的命令，不准开枪！"

清兵哨长这时完全不知详情，他以为七女湖庙会发生了什么纠纷，像以往一样，带着一干人马大摇大摆地撞了进来，要对肇事者进行惩处。他们从河堤上岸，走进竹林，直至进了陈亚双他们的伏击圈内，那清兵的长枪还倒背着，根本没有做好战斗的准备。陈亚双数了下，清兵只有十来个人，稀稀拉拉，队伍却排得很长，走在前面的已到跟前，打尾的还在河边。陈亚双想把清兵来个一锅端，故迟迟不肯扣动扳机。谁知"砰"的一声枪响，清兵很快反应过来，"砰砰砰"地一阵对射。陈亚双立即喊道："打！"伏击的排枪一响，有几个清兵中弹倒地，领头的一看子弹全从竹林处打来，方知中了埋伏，慌忙丢下几具尸体快速往江边撤退。陈亚双喊了声："追！夺下清兵的枪！"清军看义军来势凶猛，且全都荷枪实弹，来不及跳跑的吓得丢下枪支，跪地求饶。义军冲到江边，欲夺清兵停在码头的小火船，船上的清兵一边开枪还击，一边掉转船头，快速往惠州逃命。陈亚双看着远去的巡船，气得直跺脚，这如同一块肥肉刚到嘴边又掉进了水中，他恨恨地瞪了王二麻一眼，脸上掠过了一层疑云。王二麻见状，赶忙附在陈亚双的耳边说道："双哥，是我的错，没把这帮龟孙子全收拾掉，但我忍不住，一看到清兵我恨不得把他们的眼珠挖出来，你不知道，我在监狱里十个脚趾都被敲碎了。"陈亚双听罢没再吱声。

五十一

陈兆棠接到巡逻船的报告，气急败坏。一个班的清兵还没赶到上庙现场，突然遭到武装袭击，死伤过半，显然暴徒是有备而来，这哪是什么宗族械斗，分明是武装暴动。他立即命令洪兆麟调大部队到七女湖弹压。洪兆麟说博罗那边也打起来了，一时难以分身，确是邓子瑜拉起的队伍。

"大概有多少人？"陈兆棠忙问道。

"梁亚珍、梁慕光有百余人，石亚佛有数十人，据内线报告，龙门还有一帮匪党正在往公庄集结。"洪兆麟回答说。

陈兆棠破口骂道："他妈的，我们上当了，邓子瑜想拖住我们，声东击西，假戏真做，博罗乱起来，一下子还打不过江，七女湖顺风顺水，不消半天工夫就能打到府城门外。"

陈兆棠立即下令封住平湖门、环山门和遵海门，然后从会源门开闸放水灌满护城河，再往朝京门、合江门派重兵把守，一时间城墙上布满荷枪实弹的清兵。

洪兆麟至此才幡然醒悟，邓子瑜的声东击西之计，原来是掩护七女湖的陈纯举事，急忙调兵勇护卫江防，堵死闸口，全城戒严，以防陈纯义军偷袭城池。惠州城一派肃杀，如临大敌。

毛汉生等一帮山匪，让洪兆麟围了一个多月，这一日忽然听到密探来报，说围山的清兵乡勇纷纷撤了，毛汉生忙问："撤去哪里？"

"要撤回惠州城去打邓子瑜、陈纯。"

毛汉生一经打听，方知七女湖闹起了暴动，邓子瑜、陈纯的起义军与洪兆麟、李声振的巡防营打了起来。

小首领高兴地对毛汉生说："老大，我们终于解围了，是不是赶紧召集弟兄们，趁机逃走，转移到安全地带？"

毛汉生一瞪眼睛，吼了声："转移个屁！追着洪兆麟的尾巴打，我要助邓子瑜、陈纯一臂之力！"毛汉生说完，操起家伙一声令下，南昆山的土匪倾巢下山，与洪兆麟的部队又绞在一起。

洪兆麟要调出大队人马奔赴七女湖，尾巴却被毛汉生的匪徒拖住了。他抓耳挠腮，顾此失彼，只好命博罗县令调民团上去拦截。洪兆麟好不容易从龙门脱开身来，梁亚珍、梁慕光带领的天地会，又与博罗民团杀将起来。罗阳、公庄、平陵一带枪声四起，硝烟弥漫，博罗县令担心罗阳失守，也知陈兆棠、洪兆麟无兵可来解围，只得连夜起草信函，差人快马送往省督。信函中说："窃照土匪梁亚珍、梁慕光等人，近由香港潜回博罗谋图起事，伙同邓子瑜、陈纯等匪首，策划七女湖起事，夹击水陆营勇，劫枪夺船，匪情泛滥。目前匪踪已分博罗、龙门、归善多处，山贼毛匪，也蠢蠢欲动加盟其中，竟拟先攻博罗，而后大举夹攻惠府，万分火急，迭次禀报钧鉴在案，请速增兵援救……"

而归善县令，也忙着给广东水陆提督发去急函："近日，钦、潮肇事，归善、博罗土匪潜图蠢动，警报迭闻，今日辰时距府城二十里，七女湖巡扒船被劫，毙勇夺械，并闻由港、澳逃来村乡伏莽者数以千计，府城营勇调遣四散，城内兵单，人心惶惶，请速增援……"

广东水陆提督惊闻惠州举事，急调在潮州黄冈镇压义军的部分清兵回援惠州。陈兆棠也把援潮清兵调回惠州布守。邓子瑜闻悉之后，自知初步目的达到。为了继续牵制清兵，发展壮大起义队伍，他改变了夹攻惠府的原定计划，命令陈纯溯江而上，他与梁亚珍、梁慕光则率博罗义军在泰美一带与清兵作战，接应陈纯的队伍。

陈兆棠得知义军改变进攻府城的计划，并有在城郊集结会合的意图，急令洪兆麟抽集精锐部队，赶去夹击两路义军。洪兆麟有些担心府城安全，他对陈兆棠说："总兵大人，巡防营全部调出，府城兵力空虚，会不会又是邓子瑜的诡计，是否再留一营兵丁守城？"

说起邓子瑜的"诡计"，在七女湖起事前，陈兆棠已被邓子瑜狠狠地要了一把，他实在不愿意再听别人提及此事，今洪兆麟又在老调重弹，充当事后诸葛，陈兆棠极不耐烦，不由得一声呵斥："惠州府墙高城厚，有棠字军驻守，何须担心？你速带主力追击陈纯，李声振追击邓子瑜，决不能让陈纯与邓子瑜这两股逆匪会合，更不能让匪党潜进象头山。"

"是，卑职领命。"洪兆麟只能按陈兆棠的指令，亲自带兵作战。洪兆麟骑着一匹高头大马，尾随七女湖义军追到了泰美，他想把义军在泰美拦腰截断，没想到陈纯与梁亚珍抢先了一步，起义军会合后，已在泰美的一处山谷处布下了伏击圈。

洪兆麟带着数百清兵，仗着精良的武器一路追杀过来，来势凶猛，如入无人之境。梁亚珍率一路义军，事先埋伏在敌兵的来路上，欲断其后路。6月5日早晨，当洪兆麟的大队人马出现在山下时，梁亚珍率人伏在山岗上，义军屏住呼吸，眼睁睁地看着敌人过去。敌兵刚抵泰尾圩镇，便与陈纯的义军交起火来。由于敌兵的火力猛烈，义军抵挡不住，开始往杨村方向边打边退。按照邓子瑜的部署，在泰美这条狭谷里，是要打一场伏击战的，原计划是，放清兵过去，待清兵与陈纯的队伍接上火后，梁亚珍率领埋伏义军，出其不意地从敌后扑上去，来个两面痛击敌军。现陈纯的阵地被清兵冲垮，倒成了洪兆麟追着陈纯的队伍打。梁亚珍又错过了伏击敌人的最佳时机，被拉开了一段距离，让伏击计划彻底落空。梁亚珍一看不对劲，只好一跃而起，率义军尾追而上。刚过泰美，就看见洪兆麟的部队与陈纯的义军拼杀在一起，梁亚珍一腔怒火油然而起，"砰砰砰"，一排枪口对准了洪军的后背猛烈射击。洪兆麟正要取胜之际，忽悉后方被打，赶忙回过神来，方知有小股博罗义军抄了自己的后路。他立即把队伍分成两大部分，一部分正面攻打陈纯，另一部人马负责对付从后边攻上来的梁亚珍。

陈纯见敌人分头布阵，马上停止撤退，倚在一处矮山坡后，又与迎面赶来的清兵打了起来。陈纯举枪瞄准，几个清兵中弹倒地。陈亚双几次瞄着洪兆麟的高头大马，却就是打不中，子弹从战马的左右飞过，吓得那马儿嘶嘶地扬蹄子转圈。洪兆麟拉紧缰绳，仍控制不住惊慌的战马，几次差点儿被从马背上摔下来。他恼羞成怒，干脆翻身下马，端起步枪向义军扫射过来。洪兆麟不认识陈纯，也没见过邓子瑜，但从对方拿着的毛瑟枪，他断定是起义军的头领。梁亚珍刚把一个向陈纯开枪的清兵击倒，正欲反身向洪兆麟射击，不觉胸口一热，一注血水从左胸涌出，他踉跄一下，伏地倒下。恍惚片刻，他睁开眼睛，看到的是一片混乱的战场，听到的是杂乱的脚步和厮杀声。他竭力支撑着身子，举起手臂，想继续向敌人开枪，终因流血过多而昏死过去。

不知过了多长时间，一阵带着雾水的夜风把梁亚珍吹醒。他勉强睁开眼睛，只见黑锅似的天穹，缀着几颗昏蒙的星星，近处像是有人走动，还断断续续地听到了说话声，他下意识地伸了伸手，知道自己还没死，他想摸自己的枪，却摸到了身边的一具尸体，冰凉冰凉的。此时脚步声越来越近，他侧耳细听，只听一人喊道："不管是死的还是活的，通通补上一枪了事。"梁亚珍才知道，是清兵在打扫战场，他想挣扎起来，却动弹不得。不一会儿，就有两个清兵走到他的跟前，有个持枪的清兵对着他屁股踢了踢，看梁亚珍一动没动，便说了句："这都死僵了，还补枪，浪费子弹。"此时的梁亚珍心里非常难过，他担心邓子瑜和陈纯的安危，这一仗肯定是败了，是队伍被打散了，还是全军覆没？他后悔在清兵进山时没抓住时机伏击，让陈纯遭受袭击，而在酣战时，又没击中洪兆麟，掩护陈纯撤离阵地。

原来，陈兆棠闻知洪兆麟在泰美受到了义军的阻击，赶紧派兵前去增援，除了把一部分棠字军派上去外，还把一队机动的骑兵增补上去，三路兵马汇集，陈纯与梁亚珍的队伍很快被冲散。洪兆麟乘势追击，陈纯他们只好边打边退，刚到杨村的地头，闻悉从潮州赶过来的援兵已到石坝，邓子瑜意识到不能恋战，必须尽快撤离此地。他计划从杨村打进公庄，再从平陵永汉往南昆山一带撤退。谁知陈兆棠已料知义军的这一手，早已在公庄布下重兵，截断了义军的退路。邓子瑜、陈纯见无路可退，只好再在杨村布阵，准备与清军决一死战。

五十二

陈兆棠摊开地图，洪兆麟、李声振赶忙伏下身子，一边看着地图，一边听陈兆棠布置战局。只见陈兆棠把弯弯曲曲的东江河，用红笔，在观音阁处打了一个大圆圈，再在东江西岸的另一边，把泰美、杨村又画了条红线，在柏塘、公庄再画第二条红线，然后对在场的人发布命令："泰美、杨村是第一道防线，柏塘、公庄是第二道防线，重兵布在这两条红线内外，绝不允许暴徒往博罗、龙门靠拢，必须把他们往江边赶。而在观音阁和芦洲两个渡口，要严密控制码头及渡船，严防会党强行渡江。"陈兆棠说完，用力在地图上画下几个箭头，笔直的线条像一柄柄利剑凶狠地刺向义军的驻地。陈兆棠似乎还不解恨，又在上面写上"暴徒""拳匪"，再用红笔打了两个大叉，大声地说了句："就在这两个地方全歼他们！"

"总兵大人，若是会匪溯江而上，与河源龙川会党会合，也不好对付和追击。"洪兆麟盯着地图续了一句。

陈兆棠摆摆手："得逞不了，匪徒肯定有此打算，但如今这一招我们已早有防备，李准的援军已到埔前，河源龙川已有各县乡勇负责拦截，且水师游击船艇机动穿插巡逻，给邓子瑜和陈纯两个胆，估计他们也不敢再走水路。"

"总兵大人，从观音阁到麻陂，江边的河坝地种的都是甘蔗，这样一拦截，逼他们钻进了甘蔗林里，这样也不好围捕呀。"李声振插了一句。

李声振说得确实没错，这一带都是河坝沙地，适宜种甘蔗，甘蔗林长成人头高，与河边的竹林连成一片，犹似一片青纱帐，钻进甘蔗地里，不亚于在象头山里捉兔子。

陈兆棠却信心十足地说："让他们钻，逼他们钻，我们就要设法把他们困死在这片甘蔗地里，只要切断了他们与公庄方向的联系，没有外援，没有弹药粮食，在甘蔗地又能坚持几天？"

沈传义明白了陈兆棠的意思，陈兆棠采取的是围困战术，于是他也想了个点子："干脆把麻陂到观音阁沿江的甘蔗地，砍出一条隔离道来，每相隔一里之地搭一个瞭望哨，日夜轮值，会党出来一个抓一个。"

陈兆棠赞许地点点头，说了句："好主意！"

最后他们商定了一个"瓮中捉鳖，围困打援"的缜密计划，一切布置完毕，陈兆棠才打道回府。

6月7日早晨，天降大雾，田野和山峦在浓雾中隐去了轮廓，邓子瑜一时难以辨别队伍所处的具体位置，只是凭着记忆，估摸自己大概是在柏塘一带。他并没有按照陈兆棠设想的那般往江边撤，而是计划把队伍分成两路，他与陈纯各率一路，伺机寻找有利的地形，对小股清兵进行伏击。邓子瑜对陈纯说："我们没有外援，缺少枪弹，只有靠伏击敌人，缴获武器来补充自己。"太阳出来的时候，大雾渐渐散去，待他们爬到一座长满松树的矮山坡上，站在坡顶往前一看，一切都明朗起来，山川河流，田畴村舍，历历在目。山下正是通往杨村的大路，路边是一条流向东江的小河，河边则是浓密的竹林。邓子瑜看了看地形，对陈纯说："这山坡是个制高点，河边的竹林便于隐蔽，我们就在这里设伏，打清兵一个措手不及！"为了侦察敌情和引清兵上钩，邓子瑜故意抛出了诱饵，他派陈亚双、陈兴带着一二十人，沿着大路往杨村方向走去。陈纯对陈亚双说："如碰到大队清兵就隐进竹林，往柏塘方向撤退，如小股巡逻或卡哨，就伺机打掉。"

"不知有无好运气，最好能碰到洪兆麟，来个引君入瓮！"陈亚双打趣道。

"好！擒贼先擒王，打蛇打七寸，要是洪兆麟来打头阵，我们就在这里送他上路！"陈纯点头应道。

这条大道是杨村进柏塘的必经之路，洪兆麟在泰美险遭夹击，又丢了一匹跟随自己多年的战马，他恼羞成怒，乘着人多势众和兵强马壮，正准备摆开阵势与义军大战一场，邓子瑜和陈纯却四下逃散，一时又没了踪影。洪兆麟带着队伍，一路横冲直撞，刚从泰美追进杨村，就碰见陈亚双、陈兴带着的数十义军，看着他们躲躲闪闪、无心恋战的样子，洪兆麟一下就猜到对方是在泰美被打散的残兵败卒。他求胜心切，举起马鞭一挥，立即命令清兵全速追击。陈亚双佯装"惊慌"败退，一路往柏塘方向逃遁。洪兆麟不知是计，扬鞭跃马紧追不放。陈亚双一行眼看被追上，一下闪进了路边的竹林里。

大队清兵一过，邓子瑜、陈纯分别从两边矮山跃出，把清军队伍拦腰斩断。起义军纷纷举枪射击，冲到近前的起义军敢死队举起了大刀，上前肉搏，一时间杀声四起，血光冲天。清兵让这突然的袭击杀晕了头，洪兆麟一时乱了方寸，正欲策马指挥冲出包围圈，陈纯已瞄准洪兆麟扣动扳机。没想到受惊的战马扬蹄转身，子弹击中了马脖子，一声嘶鸣，战马前蹄扬起，后蹄直立般地挺了挺，轰然倒地，血水喷了洪兆麟一头一脸。战马倒地后，把洪兆麟重重地甩了下来，洪兆麟落马后抹了一把脸上的血污，抽出佩刀，凶相毕露，龇牙咧嘴地举刀砍杀过来，那柄雪亮的长刀，在阳光下划了一道耀眼的弧线，向陈纯的头上砍去。就在这千钧一发之际，邓子瑜扣动了扳机，只听见洪兆麟杀猪般的一声号叫，倒在了地上。义军们见状大喜，手持大刀蜂拥而上，都想手刃这个杀人魔王。正在此时，柏塘方向的数百清兵突然杀了回来，把义军团团围住，数十个清兵一拥而上，拼命把倒在血泊中的洪兆麟拖了回去，洪兆麟死里逃生。

邓子瑜、陈纯只好重新组织队伍往柏塘方向边打边撤，清兵紧追不放，起义军抵挡不住，计划往河源方向转移。河源城有清军兵站，守军不多，义军想夺取军械库，弄一批枪支弹药。短短几天，邓子瑜的队伍已发展到了六七百人，如今别说人手一枪，连大刀也不够分，有些赶来参加起义的农民还拿着锄头扁担。这样的队伍与全副武装的清军对战，如何取胜？正在这时，忽接来报，李准的大量援兵已经赶到，东江水路已被封堵，河源城也有援军驻守了。邓子瑜当机立断，立即率队伍打往公庄方向。敌人似乎察觉出义军意欲进入象头山，早有钟子才的巡防十营在此截击，起义军又被逼折了回来，不久，新的包围圈形成，三面都被敌人包围得水泄不通。

面对困境，邓子瑜、陈纯心里十分焦急。他们稍做商议后，决定兵分二路，从八子爷方向突围：由陈纯带领一百人枪打掩护，邓子瑜带着大部队先突围出去，随后把没有武器的农民军暂时解散，隐蔽待命，免得徒增伤亡，最后各路人马想法在龙门会合。

突围的枪声响起，陈纯带领的队伍拼死阻击掩护，邓子瑜带领另一路杀向八子爷，这一仗，从早晨打到晚上，双方都打得精疲力尽。直到入夜，激烈的枪声才渐渐稀落下来。

天黑之后，清兵停止了进攻，陈纯料定邓子瑜的队伍已经走远，他清点了下人数，准备趁着这个月黑风高的深夜突出重围，跟上队伍。为了迷惑敌人，陈纯在草棚边扎了草人，树上挂了几件衣服，起了火堆，极像义军的营地。到了下半夜，他带着队伍悄悄地出发，快到八子爷时，看见对面山头有丁点火光，那是清兵的临时宿营地，再走近山窝时，能看见清兵的巡逻哨了。

陈纯对陈亚双悄声地说："从山下绕过去，向后传话给大家，不许说话，不能开枪。"

陈亚双向后传令：不许响动，不许开枪。队伍里，大家一个接一个低声往后传。义军摸黑一口气走了七八里地，又饿又渴。此时，前面出现了一条小溪，陈纯估摸已经离开了清兵的包围圈，便让大家去溪边喝口水、洗把脸。没想到，义军们刚走到小溪边，还未来得及喝水洗脸，突然一声枪响，藏在树林里的清兵一哄而出，"砰、砰、砰……"的枪声夹杂着冲杀声，漫山遍野地向义军袭来。

陈纯被这一偷袭打蒙了头，但他并没有惊慌失措。他一边指挥义军立即疏散，马上抢占有利地形还击；一边命令陈亚双、陈兴带领小分队，阻击断后，掩护大队人马边打边撤。

幸好是天黑，清兵既看不清目标，也分不出方向。八子爷的地形又特别复杂，山包起伏，小溪纵横，田畴开阔，树木茂密，道路纵横交错。此时的八子爷，到处都是枪声和喊杀声，却弄不清是谁跟谁在打，更不知道义军有多少人马。陈亚双、陈兴这支小分队，灵活机动，这边放几枪，又跑到另一边放几枪，把清兵弄得晕头转向。一时间，战场混乱不堪，以至洪兆麟的巡防营与棠字军干了起来，棠字军又把博罗的乡勇团练打得鬼哭狼嚎……

陈纯瞅准时机，带着大队人撤了出来，一时间，他也难以分辨具体位置，只知道往西南是龙门，往西北是河源，但无论是西南还是西北，都有清兵把守，冲了几次都冲不出去，七拐八转，却又转到了八子爷的东边。此时陈亚双、陈兴他们也跟了上来，陈亚双说："大队清兵又追来了，我们几个在此阻击断后，大哥快快带大家往东撤离！"

危急之下，陈纯只好同意陈亚双带人打掩护，他带领义军边打边往东边退，枪声越来越密集，陈纯料知陈亚双的阻击尤为艰难，也料知与邓子瑜的队伍越来越远，走出了十几里山地，还能隐约听到八子爷方向传来的枪炮声，此时的陈纯，脸上掠过难以察觉的担忧。

五十三

"陈总兵，广州来电，总督周大人要您立即报告惠州战况。"

"报告陈总兵，邓子瑜、陈纯已兵分两路，有再次强攻公庄的迹象。"

"陈总兵，李准大人要您立即报告惠州战况。"

"陈总兵，陈纯带着乱党从八子爷突围，有改攻河源的迹象。"

"陈总兵，邓子瑜已与陈纯分开，龙门境内发现暴徒的队伍。"

…………

一个接一个的报告，不知是真是假，把陈兆棠的头都搞大了。义军一会儿向北，一会儿向南，一会儿向东，一会儿向西，飘忽不定，来去神速，真让陈兆棠晕头转向，顾此失彼。

陈兆棠正在给省督草拟一份电文，详细报告惠州七女湖暴动之后的进剿情况，他还来不及多看一遍和修改一番，就随手丢给了身边的马弁，要他即去发送。现一听说邓子瑜、陈纯又兵分两路突围撤退，忙把电文要回，草草地在最后又加了一段，只见电文中写道：

省督钧鉴：顷据洪、李两管带禀报，二十七日由柏塘拔队跟追，午刻到八子爷城地方，匪徒百余人，各持枪支先登山埋伏，我军追至。匪亟放枪拒敌，标下等督率弁勇，分投兜剿，各团练陆续接应，四面攻击，枪弹如雨，鏖战至酉，匪渐弱，随战随退，由山仔一带沿山逃窜，标下等仍督队穷追，务期扑灭，计当场击毙悍匪数十名，斩获匪徒首级三颗，擒获要匪石亚佛一名；获得快枪七支，小枪六支，大号旗尖角旗各一面，小令旗一面，上书"革命军都督朱令"字样；雕毛扇一把，匪赃银千余元。该处地势险阻，匪徒负山拒敌，我军奋勇前进，被匪拒毙五名，受伤三名，督队穷追，随后获匪再行禀解外，先将获匪石亚佛并斩获匪目首级、夺获匪旗枪械等件，由何千总培清解府呈验等情。查此股匪并经先饬贺管带由响水驰赴堵截，匪党若由博属之横河逃窜增城等处，亦必堵击穷追，不日复由吴统带拨队，由博属之湖镇驰赴横河一带会同追剿，如何情形，容后续禀，兆棠禀报。刚悉邓、陈两贼纠合残军，兵分两路，一往增城，二往河源。

"陈总兵，陈总兵！"一阵急促的呼喊声，把正在写电文的陈兆棠惊得站了起来。他转过身，只见一个面色苍白的士兵跌跌撞撞地跑了进来，上气不接下气地说道："陈总兵，陈总兵，洪管带他……他……"

"洪管带怎么样了？"陈兆棠焦急地问。

"洪管带的腿被打断了，他多处受伤，无法行走，特差我速来报告，乱党如同发了疯似的拼命往龙门方向突围，欲进南昆山，长毛贼有派兵救援接应的迹象。"

"他人在哪儿？"陈兆棠一听洪兆麟受伤了，心里不免有些担忧。

"还在杨村，我们要用担架抬他回来治伤，他不肯回来，现让两个兵丁抬着，仍在前线指挥作战。"

陈兆棠心里一阵紧缩，想不到洪兆麟还真是一条硬汉。他一刻都待不住了，忙把电文一放，喊了声："备马！"立即带着随从马弁，往杨村的方向一路飞驰。

李准接到陈兆棠的电报后，匆匆跑去向总督周馥禀报。

周馥也收到了此电，他扬了扬手中的电文，对赶来的李准说："石亚佛之流，只是邓子瑜手下的一股小匪，陈纯的队伍才是主力，你要集中兵力围堵剿杀，不能让暴徒越过增城，更不能让他们逃窜到省外。"

"总督大人放心，卑职已与陈兆棠、黄金福制订了一个新的围捕清剿计划，不消半月，惠潮乱党即可全歼。"

"别提黄金福了，连潮州老巢都差点儿让许雪秋给端了。至于陈兆棠，一个邓子瑜，就把惠州府搅得鸡犬不宁……这些总兵呀……我看是一个比一个……"周馥说到此，故意停顿下来，看着李准又不往下说。

李准自然听得出，周馥对惠、潮两地的总兵不满，这也许是因他曾力拒德军接任陈兆棠的总兵之职，而心存不快。此时此刻，李准并不准备与之争辩，更无必要去解释。他心想：若真让德军去接任了惠州总兵之职，此时的广州总督府，可能又要被埋下炸弹了。李准还是认为陈兆棠的"重典治乱"非常管用。潮州的暴乱，无非是会党劫持了军械库，有了枪支弹药陈涌波才敢攻城拔寨，与黄金福打阵地战。而陈兆棠对枪械管控严格，防患有方。七女湖暴动后，邓子瑜的队伍迅速发展壮大，据可靠情报，举事的第三天，匪徒已有千余众。此外，七女湖离惠州府近在咫尺，匪徒本可依靠人数优势和地理条件攻城，但苦于管控严格，无枪无械，非但不敢攻城，还得绕道进山，只能让清兵追着打。如果孙中山购到的军火及时送到邓子瑜的手上，不出半月，邓子瑜、陈纯即可拉起几万人的队伍，比他这个水师提督带的兵都要多。如果再让邓子瑜与许雪秋两股匪党一会合，别说惠州、潮州，恐怕连广州都守不住了。

想到这里，李准不想与之计较，他接着原来的话题，把"围捕清剿"的计划复述了一遍："总督大人不用担心，我们的水师已把潮汕的海域封锁住了。而在东江流域，从东江石龙到龙川老隆已经封航。在陆路，德军一队派守增城，防住龙门暴徒过境。嘉应州的总兵在兴宁、五华、丰顺一带切断潮州会党与惠州会党的联系。黄金福在潮州清剿余党。陈兆棠把邓子瑜的队伍困在归善和博罗两个地方打，决不会让暴徒流窜扩散。"

周馥听到李准的这番部署，连日来紧张的心情才稍稍放松下来。其实，李准在这之前，已增派了四个巡防营分赴河源、汕尾和惠州的博罗、归善二县，这几乎动用了广东水、陆两师的半数兵力。对李准的东江督战，《羊城访函》还专门发了一则消息："潮州乱事未平，钦廉余党未散，惠州乱事又起。故粤督刚电饬李准赶往廉钦搜剿余党，办理善后，现惠州乱事日亟来势凶猛，昨周督又急召李准回粤，面授机宜，速率援兵亲赴东江，坐镇惠州剿办"，云云。由此可见，李准确被孙中山的"四地同举"搞得焦头烂额，疲于奔命。

再说陈兆棠赶到杨村的时候，天已大亮，他在一个简易的茅棚里见到了裹满绷带的洪兆麟，心里五味杂陈。

洪兆麟顾不得身上的伤痛，欲从床上爬起来，向陈兆棠汇报战况。陈兆棠一步上前，按住了洪兆麟的双肩，目光里透出无限的欣慰和信赖。

洪兆麟在八子爷一场恶战之后，一闭上眼睛，眼前晃动的都是狰狞的头颅，梦里梦外，全是扭曲的脸孔举着刀剑齐刷刷地砍杀过来，空气中飘着令人眩晕的浓烈血腥味。他不是第一次与邓子瑜、陈纯交手打仗，但打得如此惨烈还是头一回，这一仗让他这个久经沙场、嗜血成性的杀人魔王都心有余悸。洪兆麟想起黄铁嘴的占相，看来他并非信口雌黄，东北角，血光之灾一一应验了，那"虎进深山如鱼得水"呢？这如同指点迷津，助他布防。洪兆麟忍着伤痛，双手用力撑着床沿，沙哑着声音说道："总兵大人，会党已让我们截成多块。泰美、杨村一战如此激烈，邓子瑜、陈纯简直是鱼死网破地拼死一战。他们的意图十分明显，就是想与公庄零星的叛匪会合，然后撤向南昆山，得到长毛贼的接应。属下已命令巡防营封住进山路口，各要津大道已布兵拦截。"洪兆麟喝了口水，继续禀报，"据侦察，目前邓子瑜的一股已逃向龙门，而陈纯的队伍，在八子爷突围之后，又窜进观音阁一带。"

陈兆棠很是满意，他一边点点头，一边轻轻地拍了拍洪兆麟的肩头，安抚道："洪管带，你身先士卒，身负重伤，我要为你请功。今已把叛军隔开，下一步要缩小包围圈，让广州、增城的援兵扼守南昆，切断邓子瑜的退路和外援，再把杨村、公庄、埔前三方的兵力不断收缩，将乱党赶至江边。那时，陈纯他们就插翅难飞了，唯一的出路，就是跳河自尽。"

"总兵大人，千万不可轻敌，邓子瑜、陈纯鬼点子多，会打仗，我们这次吃亏，就吃亏在与暴徒的近身搏斗上。"接着洪兆麟就对陈兆棠细细地分析道，"暴徒的队伍人数虽多，但缺枪少弹，自七女湖以来，一直让我们追着打，从不敢摆开架势，与我们打阵地战。但他们善于分分合合，声东击西，一待我们进攻，即刻后撤，一旦来不及撤退，他们立马把队伍分成三拨，一拨佯攻，一拨专打马队，待马队阵脚一乱，另一拨立即冲上来助战。暴徒练过拳脚，熟使刀枪，一旦近身搏斗，我们的无烟新枪火力再猛也没了优势。暴徒不怕死，使狠劲蛮功，有的肠子都打出来了，还要举刀劈过来，有的胳膊都断了，还在使飞腿，还有的干脆把刀枪一丢，抱住我们的人来当靶子挡子弹，这玩命的架势一下就让他们占了上风。"陈兆棠听后也暗暗吃惊，看来他的"铁腕"只能对山贼海匪生威，对付这些被同盟会洗过脑的暴徒完全无效。

"那接下来该如何调整布阵？"陈兆棠问道。

"以毒攻毒，以牙还牙，我们也分成三个进攻梯队，对付他的三拨用兵法。"

"具体如何分法？说来听听。"

"我已将属下防营重新做了布置，先是围而不打，待暴徒狗急跳墙要突围时，把枪法好的兵员集中起来，一齐向暴徒开火，用密集的火力压住对方。对方无力还击，只能分出小股力量阻击，掩护大队人马转移，此时步兵发起冲锋，马队同时追击，对方阵脚一乱，马队挥刀冲杀，暴徒即时溃不成军。"陈兆棠听罢，不得不承认洪兆麟战阵妙策。他明白了洪兆麟的战术关键，就是一鼓作气，不给对方任何近身搏斗的机会，此外还要防虎进山。"虎进深山，如鱼得水"，洪兆麟一再重复说道。陈兆棠立即展开地图，在南昆山、象头山的周边重重地画下两条红杠。

五十四

　　陈纯的队伍被围困在观音阁的山沟里，已整整一天没有吃喝了，义军饥渴交迫，疲惫不堪，伤员又在不断增多，药品缺乏，这给义军的突围带来了极大的困难。陈纯自知这样下去，处境非常危险，趁着天没亮，他赶紧叫伙夫埋锅造饭。俗话说，人是铁，饭是钢，只有让士兵们吃饱肚子，才有力气去对付那四面扑来的清兵。造饭的时候，义军们抱着枪就地休息，坐着的士兵有些竟然打起了呼噜。看到这一情形，陈纯想着，若能找个安全的地方，让吃饱饭的兄弟们再好好地睡一觉多好。陈纯心里盘算，下一步向南还是向北？向南必须突破泰美这条防线，想法打进象头山，象头山麓横亘百里，山高林密，可建立根据地，有了立脚的地方，别说陈兆棠，就是李准把广东水、陆防营的兵力全部调来，也无异于盲人上山，找不着北。向北又得回到杨村，伺机进攻石坝和埔前，从河源打进连平，进入九连山脉，再迂回辗转，寻找机会与邓子瑜会合。除此之外，就是绕过公庄，进入南昆山，想法与毛汉生的人马会合，他知道，义军无论进南昆山，还是进象头山，都会如鱼得水。但进山是一个险招，清兵怕的就是义军进山，故敌人早就在山下一带重重设防，如果不侦察清楚、选准突破口而贸然行动，极有可能落入清兵设下的圈套，甚至有全军覆没的危险。陈纯进一步想，无论进哪一座山，选哪一条路，总得从四处重围中杀出一条血路来，不能坐以待毙。想到这里，陈纯随即选几个本地义军，化装成当地农民，分赴各地侦察情况。为了保险起见，他还一再对他们如此这般地交代了一番，并把遇到紧急情况后联络的暗语、接头地点一一交代清楚。天色微明的时候，起义军饱餐了一顿，侦探趁着天还没亮各自上路了。为防敌人偷袭，陈纯在村口又仔细地布置了几道岗哨，然后命令义军们就地休息。连日来的奔波劳累，让这些起义的兵士早已疲惫不堪，刚在地上躺下，便传来了一阵阵鼾声。

陈亚双也困，打从起事时始，他就没睡过囫囵觉。但他负责警戒，强撑着困意在山边巡逻查哨，没敢合眼。王二麻关心地说："双哥，你眯一会儿，有我查哨，你不用担心。"陈亚双不放心，他来到了营地外的一处暗哨，王二麻也跟了出来。清晨的雾水打湿了陈亚双的头发和裤脚，走在山间小路上，缕缕晨风吹来，有丝丝凉意，陈亚双打了一个寒噤，困意顿时跑得无影无踪。他似乎从夹带着露水的晨风中嗅到了一股阴冷的杀气。

正在这时，对面山上不远处传来了一阵嘈杂的脚步声，树林里隐隐约约还有走动的人马。陈亚双警觉地握紧枪，一下子闪进了路边的草丛里。王二麻推弹上膛，正要扣动扳机，陈亚双一把按住，并做了个切莫开枪的手势。过来的是一小队乡勇团练，有二三十个人，稀稀拉拉的队伍，个个帽歪肩斜，一副无精打采的样子，看来也是一夜没睡。

只听那领头的说："见鬼去吧，这一过去又回到杨村了，乱党怎么会藏在这里？"

另一个说："我敢断定，若不是过了东江，去了芦洲、横沥一带，一定是转回七女湖了。邓子瑜、陈纯都是土生土长的本地人，他们对这些地方太熟悉了，他们才不会那么傻，等着我们来搜山围捕呢。"

领头模样的人站在山边的岔路口上，停了会儿，望了望，便对乡勇说了句："那我们原路返回，今夜搜了好几个村，连匪党的影子都没见到，肯定是过江了。"

陈亚双听到这里，心里不由一惊，暗暗焦急，乡勇搜山都已搜到这里，那巡防营的大部队肯定离他们不远了。他不知道，这是洪兆麟重新拟定的"以毒攻毒""三拨进兵法"，首先派出乡勇在各处山头转悠，而把大队人马埋伏在外围，一旦有了目标，马上缩小包围圈。

王二麻问陈亚双："八成是走迷路的小股清兵，马上组织人力干掉他们？"

陈亚双犯了难，是把这小股清兵干掉，还是放他们回去？陈亚双一时没了主意。

王二麻看着陈亚双犹豫不决的样子，极力纵容道："二三十杆枪哩，我们不是没枪弹了吗？正好补充武器，要不让我带人干掉他们？"说完就要推弹上膛。

陈亚双正要答应，突然一激灵地清醒过来。他忙对王二麻摆摆手："别动，千万别开枪！把这一队人干掉，易如反掌的事，但枪声一响，必定惊动其他地方的敌人。陈大哥他们刚刚入睡，毫无准备。既然敌人要原路折回，还不如待他们走后再做打算。"

王二麻还在坚持，陈亚双一把拉住他，猫着腰就要往回走："我们立即回去向陈大哥报告情况，不能暴露目标，尽快想法突围才行……"

陈亚双的话还没说完，"砰"的一声，王二麻的枪就响了。听见枪声，刚刚准备撤离的清兵立刻掉转头，向着枪响的地方包抄过来，子弹如雨点般地从陈亚双的头顶飞过去，把山包里的灌木树枝打得哗啦啦地响，陈亚双赶紧匍匐在地，对着冲过来的清兵开枪还击。

陈亚双抵挡了一阵，发现越来越多清兵围了上来，果然是中了圈套。一想起还在睡觉的起义军，他心急如焚，赶忙对一旁的王二麻说："快！快撤，快去报告陈大哥，不能耽误！"

陈纯躺在一堆干草上，刚打了个盹儿，就被枪声惊醒了。他马上站起身来，边掏枪边侧耳细听。枪声好像来自两个地方，南边的越来越密集，也越来越近，北边的隐隐约约好像还有一段距离。是不是义军的驻地让敌人发现并包围了？他自知情况紧急，赶紧集合队伍，并迅速将队伍分成两路，分头抢占两边的制高点。一路义军刚刚冲上山顶，四面的枪声都响了起来。陈纯一下子搞不清方向，带着队伍左冲右突，企图从包围圈中打开一个缺口，但每冲一回，都被密集的子弹压了回来。

陈纯爬上一棵大松树，仔细地观察地形，他看到了不远处的东江河，河流像一条绿色绶带从远处飘来，江水流到观音阁，在那里拐了一个大大的弯，继续向南流去，最后隐没在浓密的竹林深处。顺着这条河流南下是横沥，横沥再下去就是七女湖码头。他对这条河流太熟悉了，前不久为拦截那几艘粮船，他曾多次来这一河段踩点，至此他才知道，起义军冲杀了一天一夜，仍然在观音阁一带的山窝里。这里离东江不远，一条大江就是一道天然屏障，陈纯意识到义军已陷入绝境，脑子里突然冒出"背水一战"这个词。他心里明白，往西是杨村和公庄，往南是泰美，往北是麻陂、石坝，往东是东江河，除了江边，三面都是清兵压境，目前的境况是，如果仍打不开泰美这个缺口，只有向北挺进，如果向北也打不通，唯有渡江这一险招了。

陈纯正在紧张地思考着突围的去向，派出去侦察的义军陆续回来，其中有一个还带来了一个陌生人，只见他头戴草帽，满是油污的衣服上还围着一条脏兮兮的围裙，一见陈纯便双手打揖："陈纯大哥，我终于见到您这位大恩人了！"陈纯一怔，似觉有些面熟，但仍想不起在哪儿见过。来人见状忙接着说："您帮我还了十两银子啊，救了我一家，此大德大义鄙人三生不忘，来世难报。"

陈纯打量着面前的人，这才想起原来他是当时自己去南昆山路上碰到的那位老农，赶忙上前问道："老大哥，你怎么跑这儿来了？"

原来老农那回被陈纯解救之后，一直在打听侠客的姓名，费了不少周折，终于打听到，"东江小老虎"就是天地会的大哥，后来又听说是陈纯，还拉起了队伍，打进了公庄，老农便特地跑来投奔陈纯，没想到半路上被巡防营抓了差，要他为清兵烧饭，已经干了好几天了。

"过不去啊陈大哥，这山沟沟里全是清兵，还有许多马队，单前边这山头就有好几百人。"老农对陈纯说道。

"清兵是什么时间吃饭的？"

"没定时，我们十几个伙夫从早做到晚没停歇，做好一锅吃一拨，清兵轮流着吃。"

"伙房设在哪里，离营地有多远？"陈纯又问了句。

"设在营地后面的小溪边，离营地百来步吧。"

听老农如此一说，陈纯没再问话，许久他突然说了句："砸锅！"

"砸锅？"陈亚双不知"砸锅"是怎么回事。原来陈纯是想砸清军的饭碗，清军兵强马壮，以逸待劳，义军冲不过去，既然砸不了敌营，便想到砸清兵的饭碗。陈纯把此计划一说，大伙儿个个说好。陈纯马上把陈亚双几个组成"砸锅队"，老农自告奋勇要求带路，陈纯担心他的安全，要他留下，老农不肯，坚决要求与陈亚双同行，陈纯只好应允。陈亚双他们带上短枪匕首，化装成当地的牛贩子，悄悄穿过清军的封锁线来到驻地，把敌军的伙房铁锅全砸了。陈纯的这一招还真管用，没饭吃的清军饿得哇哇叫。山旮旯里荒无人烟，铁锅被砸后，敌人只能到山下的村子或圩镇去找食，陈亚双一不做二不休，干脆盯着敌兵的后勤开刷，清兵派出人力，好不容易找到新锅，用几匹高头大马驮着一路奔来。陈亚双一行，早已埋伏在进山的树林里，一枪一个准，干掉了马匹，再砸了一次铁锅，这一来二去，清兵一天没得吃食，个个饿得两眼昏花，有气无力，他们骂骂咧咧地跑到营部嚷道："一天无粮不驻兵，饿着肚子怎么打仗？死也得做个饱死鬼！"到了第二天，敌人派出武装队伍，好不容易押回新锅，老农按照陈纯的吩咐，悄悄在稀饭里放了少许桐油，老农除了自己放，还发动其他营地的伙夫都放，清兵喝下这些稀饭，开始是肚子隐隐作痛，接着又拉又吐，躺倒了一大片。陈兆棠、洪兆麟，什么预防手段都想到了，就没料到陈纯的这一手，这叫什么阵法？打不过棠字军，就打伙头兵，冲不出封锁线，就砸烧饭的锅。

陈纯趁着清兵有气无力的当儿，立即把队伍召集起来，他命令陈亚双带二十人当前锋，林旺、孙稳各带十人负责两翼和断后掩护，自己则带剩下的人马，强行从观音阁往泰美方向突围。

五十五

　　炒豆般的枪声，在这山窝里噼里啪啦响了半天之后，到了半夜才逐渐稀落下来，山谷里一时变得沉寂，这种宁静充满着诡谲和恐惧。邓子瑜带着几十个义军，与清兵捉迷藏般地转了好几个山头，但七拐八弯转了几圈之后，他们自己竟也分不清如今究竟是在哪个地方了。邓子瑜一直想往龙门突进。他为什么和陈纯约定在龙门会合？首先这是守兵较为薄弱的地方，再则是万一进不去南昆山，可以往北绕道，进入河源的九连山脉。他是土生土长的本地人，对这一带本不陌生，但无论他如何调动记忆，努力辨认，就是辨认不出具体位置，他想看看地图，但苦于没有灯光，只能带着队伍继续摸索着往前走去。

　　初夏的夜晚有些湿冷，尤其是在山里，雾水把衣服都打湿了，夜风一吹感到有些寒意，邓子瑜怕大家受寒，更怕露水打湿了铳枪，正要找个地方支个简易的雨棚，却发现不远处的山腰上有个草寮。山寮是用茅草搭成两边倒的三角形小屋，中间很高，两边很低，靠里的一头用两根竹竿支起一排竹子床，山寮的一侧还有口水洼，旁边有几块砖头垒成的灶台，邓子瑜一看就知是山民们劳作歇息的地方。他安排了在周边警戒的岗哨，便把大家招呼进山寮。邓子瑜清点了一下人数，叫大伙儿仔细检查了下各自的武备，才掏出那张随身携带的地形图，就着用竹子点燃的光亮，他在地图上寻找如今所在的位置。从地图上来看，凭着东江的坐标，虽不能确定自己的具体位置，但可以确定方位，他们如今仍在雷公河和黄果沥的中间地带。这就是说，他们连日奔波，打了几天几夜，其实就是在泰美、公庄、杨村一带与清兵兜圈子。上半夜最激烈的枪声是从东江边的方向传来的，那么可以肯定，陈纯的队伍已经被清军赶往江边了。今起义军已被分成几块，他接应不了陈纯，陈纯也打不过来，由此可知，陈纯的处境将越来越危险。

看到邓子瑜的焦虑和担忧，梁慕光也很是不安，他想单独出去，抓个清兵活口回来，把外面的情况打探清楚。梁慕光说："从昨晚的枪声来辨别，靠近山边的枪声中，夹杂着火铳枪的声音。清兵新军早已换械，都是清一色的子弹枪，由此可知那火铳枪不是陈纯的队伍，就是毛汉生的人马。"

"应该是毛汉生的队伍，只有他的队伍才可以从山边打过来。"邓子瑜肯定地说，接着他又说道，"我们不能坐以待毙，不能在此等死，陈纯那边一定比我们更艰难，要马上行动，你带几个人往西，我带几个人往东，集合地点还是这座山寨，摸清楚情况再来合计后续事宜。"

梁慕光不同意，他说："我们刚从东边撤回来，又往东边？那不就是往清军的枪口上撞？只有往西南方向才有路可走。"

邓子瑜点点头说："我知道，你别误会。往东边不是去与清兵作战，是侦察清兵的布防，看接下来如何救援陈纯他们；往西是侦探我们的后撤退路。"

邓子瑜一行摸黑走出了三五里地，看到不远的山头上有隐约的火光，还传来时断时续的说话声，邓子瑜停下脚步，听不清对方说些什么，他估计此处不是清兵的营地，就是一处哨所。他们隐藏在一片灌木丛里，两个身手敏捷的义军摸上前去，只一会儿工夫，就抓了个清兵俘虏回来。

那俘虏一见邓子瑜，"扑通"一声跪了下去，他伏地不起，还带着哭腔哀求道："老总，别杀我，我上有老下有小，家中还有一个半瘫的老母躺在床上。我不是当兵的，没有打过仗，我连枪都不会使，只是个挑夫。村里保长说要剿匪了，棠字军招人挑担，每天发白米一升，我就被招来了，进山还不到十天。"

邓子瑜打量了下跪在地上的俘虏，只见他佝偻着背，身上一袭破衣服，脚上穿着一双烂草鞋，头发蓬松，皱纹满脸，身上还散发着一股浓烈的汗酸味，惊恐得瑟瑟发抖，一看就知道不是个兵丁。邓子瑜用温和的口气说："你不用害怕，站起来说话，把前边的情况给我讲讲。"

挑夫仍然不肯起身，还在地上磕了两个响头。邓子瑜再次表示，义军只打清兵，不杀穷人，挑夫这才从地上爬起来。根据挑夫提供的信息，这一带的清兵布置了三道防线，挑夫虽然说不清楚清兵的编队番号，但从他讲述的着装武备，邓子瑜可以判定：打前阵的是巡防营，穿插机动的是棠字军，最外围的一道是乡勇团练杂牌军。除了这三道防线之外，每个出入的路口都布置了哨所，两支机动的马队在三道防线之间穿插巡逻。现在他们所在的位置，往南是泰美，往北是石坝，往东是杨村和观音阁。邓子瑜还从挑夫口中得到了另外一个重要情报：前边不远的亮灯处，是清兵的一个临时仓库，有二三十个挑夫、十来个清兵看守。白天挑夫到山下接马队驮来的弹药和食品，再在清兵的护卫下把物品押送到各营地，一时没送出的物品，都放在那临时仓库里。听完挑夫的讲述，邓子瑜从衣兜里摸出一块光洋递给挑夫说："你回家去吧，这点儿钱给老人家买些米，你说家在四角楼，那得绕路回家，不然碰到清兵，会把你当逃兵毙了的。"

挑夫抬起头看了看，他一时不敢相信邓子瑜饶他不死还给他钱，他激动地对邓子瑜说："这一带我熟悉，我不走大路，从象头山下一条小路过去，如果老总信得过我，我可以给老总带路……"

邓子瑜还没想过撤往象头山，他在想着如何接应陈纯，于是便打断了挑夫："你不用管我们，你走你自己的。"挑夫听罢，赶忙转身走了，走出数十步，他又回过头来，像是向邓子瑜告别，又像是看看背后有没有枪口对准他。邓子瑜向他招招手，挑夫又赶忙跑回来，他似乎知道了邓子瑜接下来的打算，拿根树枝在地上画了一排屋子，接着说："这里共有三间草房，打头的一间住兵丁，中间的放物品，子弹手雷有的用木箱，有的用箩筐装，麻袋装的是腊肉，最里一间是挑夫住的。"

邓子瑜握住挑夫的手："明白了，好兄弟，路上小心。"

再说往西走的梁慕光几人，刚翻过一座小山，便听到对面传来一阵窸窸窣窣的踩踏声，听得出是一行人沿着林间小路匆促走来。正待梁慕光几人要闪进树林，对方似乎发现了情况，"砰砰"几枪便打了起来。梁慕光躲闪不及，只能掏出家伙与之对打，打了一阵之后，双方都听出火力稀稀拉拉，里边还有火铳的声音，枪声又慢慢地停了下来。梁慕光停下射击，壮着胆子喊道："对面的兄弟，是哪一部分？不会是毛汉生兄弟吧？"对面一个粗嗓门的人也喊了起来："在下是毛大哥的部下。你们是邓子瑜的人马，还是梁慕光的人马？毛大哥要我们来接应你们。"

对方果然是毛汉生派来接应的人马，领队的姓张，叫张强，是公庄人。梁慕光领着张强来见邓子瑜，随后张强把他们带到山下的一座茅房中。毛汉生想得很周到，除了把队伍分成几股，与清军周旋来设法接应义军外，还在这座茅房里储藏了粮食和枪弹。当天晚上，邓子瑜领着大伙儿把清兵的临时仓库端了，除了弄来十余支新枪，还搬回了不少子弹和食品。这一夜，大家吃了一顿腊肉焖饭，又缴获了枪弹，还在铺着稻草的大铺上睡了几个时辰。天亮后，大家都还在睡觉，邓子瑜精神抖擞，又在与梁慕光商量下一步如何来救援陈纯。

"江上拦住了，路口卡住了，人进不去，船进不去，陈纯他们弹尽粮绝，不用清兵攻打，困也得困死了。"梁慕光不无担心地说。

"清兵就是要困死他们。粮食还好办，陈纯早已在江边藏有几处粮食，最最难办的是没有弹药，没有武器如何组织突围？"邓子瑜紧锁着眉头，来回踱步。

正在他们说话的当儿，远处忽然传来了一阵凄婉的唢呐声，还隐隐夹杂着哭叫声和噼里啪啦的爆竹声。邓子瑜他们警觉起来，赶忙出门，站在高处一看，原来是附近村子里出来的一支送葬队伍。死者看来是一大户人家，因为送殡队伍很长，棺柩前边有十余支火把，后面跟着一队飘摇的幡幡，披麻戴孝的老老少少，一路哭哭啼啼，跟着棺柩缓缓行进。到了一个三岔路口，棺柩被条凳支放着，有木鱼在敲击，有和尚在诵经，一阵拜祭之后，爆竹再次响起，哭声震天，棺柩被"八仙"重新抬起，往大山走去，送殡的人则在岔路口跪拜后折头绕路回村。

"有了！"邓子瑜不自觉地叫了声。

梁慕光不解，拿困惑的眼神盯住邓子瑜："什么有了？"

邓子瑜扬起嘴角，伏在梁慕光的耳边如此这般地一说，梁慕光也不禁叫起好来。

张强差人找来一口薄棺材，把子弹炸药一包包地放进棺材里，上面用一张破毡子盖住，然后安排了八个人，抬着棺材往山边路口慢慢走去。走在队伍前边的是梁慕光，他戴着顶破草帽，腰间系一条白布，肩上扛着一把锄头，锄头的木柄上挂着一个小篮子，篮子里放着纸钱和爆竹。只见他时不时把一沓纸钱撒向路边，稍后又从篮子里拿出几粒小爆竹，一阵噼里啪啦地响。

靠近哨卡的时候，几个守卡的清兵听见响动，赶忙上来拦截，一个领头的吼了声："封路了，打仗了，还往哪儿抬？"

梁慕光忙哈着腰过来，一脸"哀伤"地说："老总，通融通融，早已挖好墓穴了，就在前边不远，翻过两个山坳就是了，人死了总不能一直放着不埋吧？"

"他娘的，不识好歹。子弹可不长眼睛，我就怕你死的还没埋下去，活的又被打死了！"领头的清兵没好气地骂了一句。

梁慕光从衣袋里摸索出一把碎银子，往清兵手里一塞，口中念道："利是，利是，大吉利是！"

"走！走！快去快回，别让老子沾了晦气！"

梁慕光鸡啄米似的点头哈腰，苦着脸赔笑道："老总别生气、别生气，见棺发财，好运常来。"

说完又往路边撒了几张纸钱，丢了几粒小鞭炮，领着棺椁继续往靠近江边的山头走去。

陈纯带着义军东奔西突，在江边与清军周旋了一天，终归没有冲出清兵设下的重重包围圈，只得又沿丘陵小山折回了河坝地带。东江河畔一带的地形很是特别，越靠西边越多丘陵小山，而往江边则多是河坝开阔地。起伏的山坡都被清军当高地把守住了，开阔地带又有清军的马队来回巡逻，无奈之中的陈纯，只好带着队伍钻进了江边的甘蔗林里。这一带的甘蔗地成片成林，去年冬没砍完的已长过头，砍过后长出的新苗也已齐胸，高高低低，浓绿茂密，倒是个隐蔽藏身的好地方。但长时间待在此，终归不是长久之计。粮食倒不是问题，水更不是问题，关键是子弹不多了。清兵一旦围剿过来，义军没有子弹，只能拿甘蔗秆与清兵搏斗。

陈纯越想越是焦急，他把林旺、孙稳叫来跟前，吩咐他们去把大家的枪弹都集中统计一下，重新分配：枪法好的多分一些，差的少分一些。尽量节省子弹，不到关键时刻不轻易开枪，一开枪不击毙敌人，起码要击中打伤，这才能削弱对方的战斗力。陈纯接着又把大伙儿分成三个小队：他自己带无烟新枪队，人员全是枪法好的，在一线与清兵作战；林旺带火铳药枪队，近前时与敌作战，专打马队；孙稳带大刀长枪队，用大刀、长矛与敌肉搏。三支队伍也是三支梯队，依次进击，既分工又合作，远近搭配，互相支援，一旦与敌交火，须一鼓作气，立刻要让对方溃败。陈纯已从与洪兆麟的多次交战中得出了一些经验和教训，洪兆麟因与义军近身搏斗时已吃过大亏，便想着如何发挥新枪和马队的优势。上一回突围时的搏斗，义军没能取胜，正是因为洪兆麟调整了阵形，发挥了马队冲锋的优势，逼得义军无法与清兵近前肉搏。陈纯的重新布兵，就是为了对付洪兆麟的"三拨进兵法"。

　　接着陈纯叫孙稳把藏好的炸药全部取来，那是龙川的罗伟万好不容易弄到的烈性炸药，他们要马上赶制出一批炸弹来。孙稳会做炸弹，他把十几个比较熟手的义军召集在一起，先给大家做示范：首先把炸药分装在大大小小的酒瓶里，再在瓶子内塞进一些钢珠铁碎，用竹竿捣实，然后用竹签插一小孔，安下雷管和导火索，最后把瓶口用蜡纸封住，只留出一根约莫五寸长的导火索。很快，几十颗小炸弹做好了，孙稳吩咐大伙摘了些甘蔗叶，把炸弹盖住。

　　"盖严实点，千万别让导火索湿水，一受潮就炸不响了，接下来我们可能就得靠这几十个酒瓶子，拼杀出一条血路了。"陈纯随后把林旺、孙稳、陈亚双召到跟前，就在地上给他们讲如何应付"三拨进兵法"。"端枪的打步兵，火铳多加生铁，瞄准马队打，选几个臂力大的人做投弹手，炸弹要往清兵多和马群处扔。"陈纯说完拿眼看着大家，林旺、孙稳等会意地点点头。

　　到了正午时候，远处传来了疏疏落落的枪声，派出的几个侦探也都陆续回来了。派去博罗的陈兴向陈纯报告说："邓子瑜率领的博罗义军也在与清兵兜圈，因寡不敌众，被清兵打散，邓子瑜、梁慕光带着几十个人突围出去了。梁亚珍因受重伤，被赶来支援的毛汉生救到了象头山，得以死里逃生。"

"你见到邓子瑜和梁亚珍了？"陈纯焦急地问。

陈兴摇摇头："没见到，见到了长毛贼。"

"长毛贼怎么说？"

"他要我转告你，找准机会，从泰美突围，往象头山靠拢，他会带人接应你，他还在山上的石洞里，为义军备了许多粮食和药品。"陈兴答道。

陈纯听后，心中尤感欣慰，只是如今他们已很难越过泰美，更别说靠近象头山了。

正在此时，陈川兴冲冲地一头钻出了甘蔗林，一见到陈纯，立刻大声地说道："陈大哥，有子弹了，我们有子弹了，邓大哥给我们送来了一棺材的枪弹。"

陈纯听罢，赶忙跟着陈川来到山边，揭开棺盖一看，果然是光灿灿的新枪和子弹，他高兴得跳了起来。大家一看到有了弹药，马上想着与清兵再干一仗，打通封锁，与邓子瑜会合。

陈纯对林旺、孙稳说："现在是邓大哥打不进来，我们打不出去，各自被困。我们要从公庄、泰美再次组织突围似乎不太可能，而河源、埔前一带的清兵今又增多，转移路线也长，容易遭到清兵的围捕。我想来想去，我们还是不能贸然行动。"一想到同样身处险境的邓子瑜、梁慕光，大家不免心生忧虑，神情黯然。

"清兵在陆路三面合围，目的就是防止我们从公庄、埔前两地突围。敢不敢走步险棋，孤军深入？"林旺问。

陈纯想了想说道："我们已经无路可走了，唯有一个铤而走险的路径——渡江，一跃过江，就是孤军深入。"

"孤军深入历来是兵家大忌，我们有无更好的办法？"林旺不无担忧地问道。

"不是还有句话叫'狭路相逢勇者胜'吗？说到孤军深入，我倒要给你讲个故事，汉时的霍去病，领命率军与匈奴人作战，大家都劝霍去病，步步为营，稳扎稳打，切忌孤军深入。霍去病偏是一改常规，率兵深入敌后，且不备粮草，断绝给养。人们料定，如此战法必败无疑，谁料，霍去病正是通过孤悬敌后、缺食少衣的恶劣处境，激发将士们背水一战以命相搏的豪气。结果霍去病胜利了，他的兵以一当十，英勇无比，把匈奴人打得四处逃窜，赶到了荒凉的漠北。霍去病只用了六年时间，就解决了汉朝六十年没解决的边疆袭扰的老问题，可谓是一战永逸！"

林旺当然听过这个故事，但陈纯与他重温这个典故后，他才想清楚，陈纯不打算与清兵硬拼，而是想引开清兵，让邓子瑜的大队人马得以突围进山。"我明白你的意思了，拉开战线，分散清兵，渡江是最好的办法，孤军深入，我们还有一线生机。"

陈纯听林旺如此一说，赞许地点点头。

五十六

　　渡江，从何处渡江？陈纯一时难以决断。渡江之后又往哪个地方开拔？是向永安方向与潮州义军会合，还是往梁化稔山方向，杀向海边以得到武器援助，这些都是陈纯在反复考虑的问题。东江这一带有两个渡口，一是观音阁，另一个就是芦洲对岸，他料定这两处渡口早已被清兵控制了。派人到实地一侦察，果然不出所料，不单是渡船被封了，临近码头和山道都设置了卡哨，部署了守军。这两条路显然走不通，还有什么办法可想呢？陈纯从甘蔗地里钻了出来，透过密密匝匝的竹林，盯着滚滚南流的东江水，一时茫然起来。此时天低云暗，滔滔江水挟着江风吹来，站在江堤上的陈纯，突感萧萧凉意。

　　陈纯与林旺沿着河堤继续向前走去，行至石坝境内，东江在此处有一狭窄的河段，河面只有一两百米宽，但是水流湍急，如果没有船只，水性不好的人是无法泅渡过去的。义军中多半是当地人，都在东江河边长大，自然会游水，但也有不少是旱鸭子，从来没在江河湖海里扑腾过。林旺脱掉衣服，下河试水，他想游到对岸察看下地形。此时江面上传来了"突突"的电船声，是清兵的巡逻艇开来了，林旺赶紧往回游。上岸后，他们又待了一会儿，又一艘巡逻艇顺江而下，原来清兵水师每隔一个时辰一巡，日夜轮值，两船上下对开。

　　陈纯决定在此过江，他对林旺说："掌握了巡船的规律，我们选在下半夜行动，争取一个钟全部过完。"为了准备渡江，陈纯命陈亚双带一班人悄悄到江边的小村附近寻找可用的木船。陈亚双、陈川转了几个小村庄，好不容易才在江边的村子里找来了几艘小木船，这些小船都是村民夜钓捕鱼用的，最大的也只能坐下五六人，远不够渡江之需。陈亚双看着河边的竹海和蕉林，突然灵机一动，马上想到赶制竹筏，并砍下一些芭蕉树。一百多人的队伍，陈纯计划分两次渡江，旱鸭子坐木船，水性不好的坐竹筏，会游水的抱着蕉筒游过去。一切准备就绪，陈纯把老农叫到跟前，他从身上掏出两块银圆递给老农："大哥，我们要过江了，你不能跟着我们走，这点儿钱你带着回家。"

老农一听，随即把银圆还给陈纯，他拉着陈纯的双手说道："陈大哥，上刀山下火海，下半辈子我跟着你干，你千万不能把我丢下，我虽不会打枪，但可以给大伙儿背枪弹、做饭菜。"

"我没有要把你丢下，而是要你帮我去办一件大事，给东江大老虎送一封密信，我想了好久，在我这里挑来挑去，只有你去最合适，因为你是本地人，地方熟悉。"

老农听陈纯如此一说，虽然仍不太情愿，但看到陈纯那真诚期待的眼神，自然无话可说。

陈纯把写好的纸条藏进老农的布腰带里，又如此这般地交代了一番，才嘱咐他说："你抄小路往泰美方向走，他们就在那一带，梁大哥你上次见过的，找到他就可以见到邓大哥了，只有把这封信送到邓大哥手里，他才知道我们已偷渡东江。当清兵发现我们会随即跟上来，乘此空隙他才能领着大伙儿突破防线，转移到山上。不待多久，我们也会杀回去与你们会合的。"陈纯说完，再次把银圆放进老农的衣兜里，然后才依依不舍地送他上路。

当天深夜，月明星稀，江风把水面吹起片片粼光，四周静寂，只有江水拍岸的声音。一切准备就绪，陈纯命林旺带着十来个人，分乘三条小艇，作为前锋驶向对岸。林旺顺利登岸后，即刻发出信号，陈纯随即指挥大队人马快速渡江，只留下陈亚双带一小队做掩护，义军全部过江后，陈纯立即集合队伍往芦洲、永安方向转移。

再说陈兆棠，他在杨村设立了作战指挥部，在出入公庄、泰美、麻陂、石坝、埔前的各处路口和山谷都布下了伏兵，按照他"瓮中捉鳖，围困打援"的战略部署，针对会党的"三拨用兵法"组成了三个进攻梯队，紧接着把棠字军和巡防营的精锐部队拉到了泰美和观音阁一带，并不断向江边推进，慢慢缩小包围圈，铆足劲儿要在这一带全剿会党。他料定邓子瑜、陈纯不会束手就擒，一定会伺机再次组织突围，为了防止起义军化整为零，分散隐蔽，他命令各营守军，凡是在此地过往的行人，一律抓捕，严格审查。陈兆棠整整等了两天，除了抓到一些赶牛的贩子、挑柴的山民、赶集的农人，连个起义军的影子都没看见，而埋伏在老虎岭和黄果沥一带的巡防营，也没有发现突围的义军。陈兆棠为了侦察对方，又派出小股团练围捕搜山，故意造成大兵压境的态势，引诱陈纯的义军强行突围，但令陈兆棠意想不到的是，数百人的队伍突然无声无息，像人间蒸发了一般。陈兆棠颇觉奇怪，难道是飞上了罗浮山、象头山、南昆山？还是仍蛰伏在茫茫的甘蔗林里或分散潜藏？想来想去，上述两种都似乎不大可能。公庄、平陵一带有重兵埋伏，邓子瑜、陈纯插翅难飞。分散转移相当于解散队伍，像邓子瑜、陈纯这种诡计多端、决不言败的亡命之徒，他们不可能走此下策。如果甘蔗地里搜不到，唯一的可能就是偷偷渡过了东江。可是转而一想，过江也不可能啊！汛期的惠州春雨绵绵，河水暴涨，汹涌的东江是一道天然屏障，况且江中的船只已全部收缴，渡口已严密管控，江河对岸部署了卡哨，江面上还有水师巡逻船只来回穿梭。假如暴徒要强渡东江，对岸没有接应，又没有给养，不更是自投罗网，自寻绝路？退一步说，即使邓子瑜、陈纯狗急跳墙，渡江也总不会不露一点儿蛛丝马迹吧？怎么到如今还没有人来报告新的匪踪呢？棠字军有侦探队，洪兆麟还安插有内线，难道他们都送不出片言只语的情报？

正在陈兆棠苦思冥想、不得其解的时候，一匹飞骑奔驰而来。快马还未到陈兆棠跟前，兵差"吁"的一声，立刻回缰勒马，信差一骨碌翻身下马，单膝跪地，把一份信函递给了陈兆棠。陈兆棠打开一看，原来是惠州水师的特急快报，上面写着："七女湖暴徒于昨晚深夜偷渡东江，已转到芦洲、芦岚一带，有向永安方向逃窜的迹象。"

陈兆棠的脑袋"轰"的一声炸响，一口闷气噎在心头，上不来，下不去。这个该死的邓子瑜，竟是走了一着奇招，一下子把他甩在了江对岸，让他的几千人马在这里白守了几天几夜。陈兆棠稳了稳心神，正要传令洪兆麟速带巡防营，话欲出口，才想起洪兆麟身负重伤，卧床就治。于是他赶忙写了一份手令，吩咐快马，立即赶往永安，将信送到县令手上。手令要县令迅速组织乡勇堵住义军往嘉应方向逃窜的去路。陈兆棠随后又命令杨村的李声振率全营开拔，立即从观音阁渡江，追击陈纯的队伍。一时间，杨村、公庄、泰美等地的各路驻军，纷纷往江边集结会合，清军水师的十几艘船只在江面来回横渡，整整忙了一整天，才把近千人的队伍送到了江对岸。

清兵一过江，陈兆棠不得不重新部署围追计划。想到他一周来的风餐露宿，竟然前功尽弃，不禁恼羞成怒，他对前来禀报的水师巡营呵斥起来："你们这群饭桶！是怎么搞的？从惠州到河源，不足百里的河段，数十艘巡逻船，怎么就拦截不了渡江的暴徒？拦截不了也就算了，连匪情都没有发现，真是一群废物！"

"总兵大人，匪党贼精，他们是趁我们巡逻的间隙偷渡过江的。"

此时洪兆麟瘸着腿走到陈兆棠身边，附上前低声道："大人，如果不是我们的内线，恐怕水师至今还蒙在鼓里，搞不清邓子瑜、陈纯的动向呢。"

洪兆麟告诉陈兆棠，水师的巡逻船看到江上漂来一根根芭蕉筒，捞起来一看，发现芭蕉筒上画有"今夜过江""芦州上岸"等字样，水师立马在江边堤岸巡查，发现岸边堆放着许多芭蕉树，竹林里有一行行杂乱的脚印，这才知道陈纯带领着义军已经偷偷地渡江，这才赶紧跑来向陈兆棠汇报匪情。陈兆棠知道，这是王二麻传来的消息，这时他不由得想起了王大彪，如果王大彪不死，跟王二麻的联络就不会中断，清军的围剿行动根本就不会如此被动，洪兆麟这个久经沙场的兵油子，也未必会中弹落马。

陈兆棠的大部队一撤走，杨村、泰美一带少了许多卡哨，邓子瑜不知清兵的葫芦里又在卖什么药，赶紧派人前去侦察。正在此时，老农来到了象头山下，从那条布腰带里取出陈纯的密信，至此，邓子瑜方知陈纯引着清兵过了江。邓子瑜知道陈纯的这一着险棋，是故意扩大与清兵周旋的范围，好让他趁着这个空隙带领义军冲过清军山下的最后一道防线，迅速撤进象头山。邓子瑜当机立断，当天晚上就冲破公庄防线，从北侧进了山。义军在进军路上还拾到了好些传单，传单上写着："陈总兵见你们死伤殆尽，已被重兵包围，插翼难飞，故特此网开一面，只要放下武器，列队受降，一律宽赦，不再追究，枪杀或逮住匪首邓子瑜、陈纯者，重重有奖赏。"陈兆棠虽然把大队人马调去江东，但仍未放弃拦截义军进山的防线，他除了留下一个巡防营之外，还把博罗的民团乡勇组织起来，归李声振统一指挥。这天清晨，浓雾灰蒙蒙、白茫茫，吞没了村庄和山岭，就连平时高耸入云的象头山也被浓雾淹没了，等到云开雾散，清兵才大吃一惊，营地前不远的山路上是一行行杂乱的脚印，不用猜，义军已趁着浓雾，在他们严密封锁的眼皮底下溜走了。李声振指挥队伍，一边打枪一边追击，一直追到象头山下，仍不见义军踪影，毫无所获，如同把一群山兔赶进了深山。

邓子瑜带着大队人马继续往深山走去，一直走到雷公峡腹地，他把队伍安顿好之后，这才独自一人爬到了东面坡。此时月已中天，山谷里分外幽静，只是在那遥远的对岸，仍传来隐隐约约的枪炮声，他知道那是陈纯在血战。邓子瑜不由得一声长叹，他为陈纯及兄弟们担忧，也为这次仓促起事而自责，他明知不能提前举事，但又不得不提前举事，事到如今，又一次功败垂成。他要做的，就是无论如何都要把这支队伍在象头山隐蔽下来，把火种保存下来，只要有火种，革命的燎原之势就指日可待。邓子瑜又把老农叫来，他要老农帮忙做件事。

老农问："邓大哥，不知我能帮忙做点儿什么？"

"你能帮我做大事，如今也只有你去最为合适。"邓子瑜接着交代，"四角楼边上有一户人家，你给屋主送个信，他那里存有药品，山上的伤员急需救治。"

"我拿到药品就进山？"

"你不用再进山，信一送到就可以了，然后你直接进城，去桥东寿康西药房找英嫂，只要见上英嫂或邓珍，他们就会吩咐你帮忙做些事。都是大事、紧要事。"老农点头，他一听如此重要，赶紧把纸条放进了贴身的口袋里，随后又觉得不稳妥，再拿出把信卷成长条，捆在裤腰带里，绑在腰上，这才与邓子瑜告别上路。

话说，邓细英与邓子瑜重逢不久，身体羸弱的儿子便死于急症。邓珍知道消息后，第一时间前去探望慰问，一路上还想着如何来安慰这位既没了丈夫又失去爱子的苦命女人。令他没有想到的是，这个女子是如此坚强，邓珍只问了句："嫂子，现有什么困难？今后有何打算？需要我如何来帮着解决？"她抹干眼泪便对邓珍说："我已孤身一人，无牵无挂，哪儿都不去，就跟着你们闹起义……""一个女人家，扛枪打仗如何使得？""我可以帮你们烧水做饭，缝补浆洗，我有力气，还可以帮你们挑挑抬抬，运送弹药……"邓珍反复劝阻，她就是不依，非要去找队伍。邓珍拗不过她，想将她安插进寿康西药房做"用人"，一听说做用人，邓细英又不干了，直到邓珍说出药房里有起义军急需的药品，这个"用人"就是起义军的情报员，她才答应下来。

却说陈纯过江之后，领着起义军马不停蹄地杀向永安城。起义军走出一片山地，接近大岚时，陈纯不敢轻敌，他爬上一处高坡，拿着单筒望远镜，向着北方的山头观察了许久，又向东面、西面瞭望了一会儿，才放下镜筒对林旺他们说："目前还没发现清兵的人马，说明敌人还不知道我们的动向。走，趁此机会，继续前进。"

队伍正欲继续前进，北边的山坳处突然传来了一阵枪声。陈纯一怔，正在一头雾水的时候，只见陈亚双急匆匆地向他跑来，气喘吁吁地说："大哥，前面出现敌情了，我们的前哨人马已经和清兵交上了火。"

陈纯诧异地问道："是小股乡勇还是巡防营的大队人马？"

"情况不明。"陈亚双一边喘气一边摇头。

陈纯刚喊一声"准备战斗"，前方就传来了轰隆隆的火炮声，随后，升腾的浓烟四处扩散，带着一股呛人的火药味，树林里草丛中忽然钻出无数清兵，洋枪、火炮对着起义军的队伍，密密地扫射过来。

"瞅准机会与清兵近战！"陈纯一声令下，陈亚双就操起家伙，勇敢地冲向了敌阵。"砰、砰、砰"，一阵枪声响过，冲锋的清兵倒下了几个。但很快，一队冲到最前面的敌人，一下跃到了义军的阵地。陈亚双见状，把枪一丢，操起一把鬼头大刀，左右开弓地砍杀起来。那刀银光闪闪，寒锋逼人，大刀闪电般划过之后，不是一颗头颅掉了下来，便是鲜红的血浆飞溅而起，场面实在令人胆战心惊。林旺、孙稳见状，也纷纷操起家伙赤膊上阵。刀光剑影，拳棒相交。霎时间，清兵乡勇被这些身手不凡的武功高手杀得晕头转向，死伤无数。

打斗正酣，陈纯的身后突然传来三声巨响。爆炸声后，传来了一片鬼哭狼嚎般的喊杀声，这声音如涨潮的海啸，又如洪水泛滥时的惊涛骇浪，铺天盖地而来。陈纯扭头一看，不由一惊，竟是陈兆棠的棠字军赶到，敌人一下抄了义军的后路，起义军又一次陷入了敌军的前后夹击中。

陈纯当机立断，把起义军分成两路，一路对付永安方向的敌人，一路对付陈兆棠的援军。义军个个奋不顾身，以一当十，拼死搏杀，由于起义军的近前搏杀，优势得以发挥，竟杀得敌人退出了几里地。退出肉搏的战阵后，清兵重新摆开洋枪、洋炮，筑起防守阵地，一时间竟然没对起义军发起进攻。

趁着两军对峙的当儿，陈纯在紧张地思考着义军接下来何去何从，如今的陈纯面前只有两条路：一是从永安方向强行突进嘉应州的山区，在八乡山与潮州义军会合；二是往梁化、稔山转移，以便得到海上的武器援助。而此时的陈纯，还全然不知黄冈的义军已兵败溃散，而海上的武器接济，更是一张无法充饥的画饼。

当天晚上，潮州总兵黄金福给陈兆棠发来电报，电文称："黄冈暴徒已在潮州被全部击溃，陈涌波一小股流窜到了海边，有向海外逃跑的迹象，已被广东水师截获；余既成、何子渊则带着另一股，转移到丰顺五华一带的深山密林中，得到了丘逢甲的接应，疑与嘉应会党会合，望严加防范。"陈兆棠心里明白，要死死地守住通往嘉应州的防线，绝不能把陈纯往山里赶。即便在横沥、梁化、多祝一带无法全歼会党，也要逼迫陈纯往海边走，到时再与李准的水师来个前后夹击，重新布阵"瓮中捉鳖"。清兵在这一带，除了棠字军和巡防营主力，还把永安、归善的乡勇团练也调集起来，参与拦截和围捕。陈纯并非不清楚陈兆棠的意图，但苦于没有足够的兵力火力撕开永安方向的缺口。

五十七

　　此时的义军已不足百人。林旺、孙稳、陈亚双，都争着要留下打掩护，陈纯想了想，还是觉得把陈亚双留下合适，因为陈亚双对这里比其他人熟悉，起事前，他又曾带着狮队来这一带演出联络，结识了好些族亲，无论遇到什么情况，都容易有个照应。于是他对陈亚双说道："你带二十个兄弟，先佯攻，后阻击，迷惑和拖住敌兵，掩护我们往海边撤退。然后你再找机会，往澳头、大亚湾方向会合。"说完他还把那支勃朗宁手枪交给了陈亚双，陈亚双知道这枪是陈纯的命根子，睡觉都插在裤腰上，一时不敢接。陈纯说："这家伙好用，你带在身上方便。"

　　陈亚双带着阻击的一干人刚走，林旺、孙稳不约而同地问道："若去澳头海边的道路被堵，又该往哪儿集中？"这一问，陈纯不由一怔，他真的还没细想过，一时不知如何回答。进山当然比下海好，他们都是大山的儿子，山里刨食，山里长大，离开了大山，便没有了生存的根基，如同漂在水上的一片叶子。他突然想起当年三洲田暴动，打进惠州不久，也是在这个地方决定往海边撤退，难道这是一种宿命？转移的途中，陈纯接到了总指挥那道"自定行止"的命令。"自定行止"，那是一个多么悲壮，又多么无奈的指令。是行还是止？只能根据局势来判定，而义军的命运选择、革命的前途，也会因为这四个字……想起这四个字，他感到一种耻辱，同时又感到一种愤怒。是呀，大敌当前，重兵压境，他如今要把兄弟们带到哪儿？带进火坑，带进死亡？还是让大家分散隐蔽下来，留下种子，留下力量？事到如今，他不怪邓子瑜，他们的仓促起事，拖住了陈兆棠和李准的大队人马，让潮州的义军得以分散，潜入八乡山。陈纯明知孤军作战难有胜算，但仍要孤军深入，背水一战！他无非是想把大部清兵引过江来，让邓子瑜有个喘气的机会，让更多的义军骨干得以疏散隐蔽，免遭全军覆没。至此时，他说不出"自定行止"那句话，但又不得不按那句话去做。他只能对林旺、孙稳说道："召集大家一起来商议，问问兄弟们，想走的今天就可以离开队伍，自行隐蔽，给每人发两块光洋做路费。"孙稳解开那条绑在身上的褡裢，银圆在布兜里碰撞的声音清脆，他打开布袋，白花花的银子在星光的照耀下发出炫目的光亮。

当陈纯对大家宣布了这个决定之后，近百名义军个个表情严肃，却没有一个去领光洋的。一个义军站了出来说："人生地不熟，黑灯瞎火的能走到哪儿？横竖是个死，不如跟清兵拼了！"

另一个义军说："自那天在七女湖出来，我就没打算回去，如今让清兵追杀，不如与清兵搏斗，战到死为止。"

"陈大哥，千万不能解散队伍，我们愿意跟着你血战到底！"

"打死了一个够本，打死两个赚一个。陈大哥下令吧，我们豁出去了，决不投降，也不解散。"

正在此时，不知是谁突然哼起了那首起义歌："东江风雷起，东江举义旗，当长工、壮丁、乞丐、仆人，不如跟孙文闹起义。人生有一死，人穷有志气，被饿死、累死、逼死，不如与清兵战到死……"开始是一个人小声地唱，接着多了几个人，然后是几十个人一起唱，歌声由低渐高，声音虽然有些低沉沙哑，却雄浑激越，在静谧的山峦中发出了撼天动地的回响。陈纯眼里含着泪花，把手一挥，大声地说："好的，兄弟们，我的好兄弟！我们一起突围出去，决不投降！"

当天深夜，陈纯领着队伍强行突破清兵的封锁线，冲向梁化，敌人发觉后，紧追不放，两边的枪声激烈地扫射过来。陈亚双带着二十个义军，利用一个山坡拼命阻击掩护，清兵的火力很猛，陈亚双的火力渐渐不支。清兵此时突然发起了冲锋，敌人越来越多，打掩护的义军又有几个中弹倒下。陈亚双不想与之硬拼，正想转移阵地继续掩护，情急之中，连忙大声招呼王二麻："王二麻，王二麻！"但王二麻突然不见了。就在这时，却看见前边不远处出现了火光，那火光越来越大，原来是山腰的草丛起火了，山下正是陈纯刚刚撤退时走的路线。陈亚双一惊，这不是帮清兵引路吗？他忙赶去扑灭火堆，却与王二麻撞了个正着。

陈亚双疑惑地瞪着双眼："是你点的火？"

"是……是烟头不小心掉在……了草丛上……"王二麻支支吾吾地应了句。这会儿谁还有闲工夫抽烟？陈亚双脑子飞快地转了起来，越发感觉王二麻行踪可疑。观音阁开枪引来清兵围捕，渡江时把蕉筒往水里推，永安路上遭到清兵伏击，如今又点燃草丛……往事一幕幕浮现出来，越发让他难以置信。难道王二麻真是内奸？当初自己带着一班兄弟拼着老命从刑场搭救出来的，竟是清兵潜伏的奸细？

想到这里，陈亚双强压住怒火，厉声问道："王二麻，我们是生死兄弟，我如今问你，是不是有什么事瞒着我？"

王二麻听后晃了晃脑袋，忙不迭地说："没……没有，我王二麻与你兄弟一场，有什么事也不会瞒你的，别想那么多了，快追上我们的队伍，再迟就找不到陈纯大哥了。"

陈亚双听王二麻如此一说，灵机一动，想进一步试探他，便顺着王二麻的话说："好，我们现在就去追赶队伍。"

他们翻过了两座大山，来到了老虎岩下，仍然能听到清兵稀稀落落的枪声。陈亚双知道陈纯的队伍如今就在老虎岩上的山窝里，却故意带着王二麻走向与老虎岩方向相反的野猪嶂。野猪嶂是这一带最高的一座山峰，看似很近，走起来却很远，他们走过一条狭长的山谷，又翻过了两座山梁，才到了野猪嶂下。

陈亚双气喘吁吁地对王二麻说："我们的子弹不多了，陈大哥他们就在山上，凌晨再想办法突围出去。打掩护的一共二十个人，如今死了八个兄弟，只剩下十二人了，在这里就我们两个了，今晚就是死，我们也要守住这个路口，除非清兵从我们的尸体上踏过去！"

王二麻点点头："我听你的！"

陈亚双又对王二麻说："我们这一路人手太单，我得去山上接几个兄弟下来，你先埋伏在这里，不能开枪，不能生火，记住千万别让敌人发现了我们所在的位置。"

王二麻点着头应道："知道了，你快去快回吧。"

陈亚双一转身，钻进了黑黝黝的树林里。过了一会儿，王二麻沿着陈亚双的去路跟了上去，压低声音叫了两声："双哥，双哥，多带点儿子弹！"陈亚双可能是走远了，没有回话，只有一只野鹰发出了一声回应，在静寂的山谷里，显得特别尖厉刺耳。

此时一团乌云飘过，遮住了月亮，少顷，星光也被遮住了，天穹如同一只倒扣的铁锅，黑沉沉的，只有远山的尽头，晃动着一些时显时隐的火光，那是清兵巡夜的队伍。王二麻料定陈亚双已经走远，慌忙捡起一些杂草松枝，快速捆成一个小火把点着，他找了一个视野开阔的土坡，站在那里用右手举起火把，一圈一圈地转动，发着信号。不久，田埂上，对面的山坑里突然冒出许多火把，忽闪忽闪地往野猪嶂扑来，枪声也开始叭叭地响起，嘈杂声由远而近。

王二麻知道清兵发现了目标，赶紧熄灭火把，躲回原处等候陈亚双。王二麻一转身，却见陈亚双一声不响地直挺挺地站在面前，像一堵墙。其实陈亚双根本没有走远，他就躲在山腰的一棵大松树下，监视着王二麻的一举一动。当他看到王二麻燃起火把，一摇一晃地发出信号时，他真想马上开枪打死这个叛徒，但陈亚双忍住了，他正是要借助王二麻的信号，把敌人引过来，这样陈纯的队伍就可以趁此机会走得更远，走得越远也才越安全。陈亚双早已把自己的生死置之度外，当清兵的火把越来越多地出现在这片山坡上时，陈亚双才出其不意，突然出现在王二麻面前。

王二麻内心充满恐惧，他意识到陈亚双已经知道了他的全部秘密，转身拔腿想跑，但已经迟了，陈亚双举起了枪。

王二麻喊了声："双哥，我们可是歃血的兄弟啊！"

这一喊，陈亚双举枪的手一抖。"砰"的一声，子弹擦着王二麻的头皮飞了过去，紧接又是"砰"一声，王二麻顺势倒地一滚，躲过了陈亚双打来的第二颗子弹。

陈亚双正欲追赶王二麻，此时大队清兵举着火把杀了过来。密集的子弹从陈亚双的头顶飞过，把身旁的树枝打得沙沙作响，陈亚双对着火把"砰、砰"放了几枪，一转身钻进了树丛里，消失在浓重的夜幕中。

陈亚双把幸存的人集中起来，除了王二麻，还剩十一人，其中有两个负了重伤，陈亚双挑了两个身材高大的兄弟，要他们背着伤员转移下山，伤员死活不肯，卧在地上非要与清兵血拼到底。正在争执不下时，一阵杂乱的脚步声从树林里传来，随着一阵排射，子弹如雨点般地从陈亚松头顶飞过，陈亚双随即卧倒，大喊一声："邓大哥快带队伍往后山撤退，我来掩护！"义军一听，自知是陈亚双的迷敌计，赶忙散开，借着树木做掩体，开枪还击。清兵一听到邓子瑜、陈纯全在这里，高兴得一拥而上，数百人的队伍冲着陈亚双所在的山坳一层层包抄过来，陈兆棠高喊着："抓活的，赏银一百两！"清兵听到后争先恐后地从丛林中冲出，直扑陈亚双他们。十一支枪一齐响起，冲在前面的几个清兵应声倒地，但清兵乘着人多势众，一边开枪扫射，一边继续冲锋，义军不断有人中弹倒下。陈亚双瞄准清兵，"砰、砰"两枪，又打死了两个敌人，他看见了一个军官模样的人，一下扣动扳机，只听到"咔"的一声，枪里没有了子弹。他把空枪往地上一掷，随即在地上一滚捡起了另一支枪，正要举枪射击，敌军官开枪了，子弹击中了陈亚双的左腿，他重重地摔在了地上。清兵蜂拥而上，一旁的两个义军要来营救陈亚双，还没近前就被清兵排枪射中，倒地的时候血水喷在了陈亚双的脸上。此时除了清兵的枪响，再无还击的声音，陈亚双心里知道，除了自己之外，十个兄弟全战死了。陈亚双挣扎着站了起来，枪又响了，他侧歪着身子似乎要倒下，但很快又站直了，转身要朝开枪的清兵扑去。敌军官再次朝陈亚双的腿上开枪，他摇晃着身子，像醉汉般晃了两下，终于倒在地上。他站不起来，拖着一条断腿用力地蠕动着，最后倚靠在一棵松树下，喘着粗气，怒目圆睁，瞪着一步步走前的清兵。

清兵停止了射击，山上一时归于死寂。那军官正是陈兆棠，他让清兵举着火把，几把手电筒聚焦在陈亚双的脸上，火把照亮了一片松林，只见斜靠在树干上的血人儿，左手护住肚子，右手仍握紧大刀，眼睛睁大，一动不动，面无表情，僵硬如同已经死去，又似乎还没断气。王二麻在不远处看着这无法辨认的狰狞面目，恐惧得浑身战栗。陈兆棠握着军刀，一边走近一边说道："你是邓子瑜还是陈纯？算是条汉子，可惜跟错了人。你还没死，快把刀枪放下投降，我立即给你包扎疗伤。"

陈亚双没有答话，仍然是那个僵硬的姿势，陈兆棠又走前了一步，看见伤者的肚子上有个大血团，原来肠子已被打出来了。他正要继续开口说话，"僵尸"突然动了一下，紧接着那把大刀突然向他猛力地劈过来。陈兆棠一躲一闪，大刀砸在了跟在他身后的清兵头上。陈兆棠双手握着军刀向陈亚双用力捅去，陈亚双一阵痉挛，左手抓住军刀，右手拔出陈纯送他的那支勃朗宁手枪，用尽最后的一点儿力气扣动了扳机。陈兆棠一侧身，子弹打中了他身后的卫兵，随着陈兆棠的一声号叫，五六支无烟新枪对准陈亚双一阵狂射，三四把军刀同时扎向陈亚双的胸腔。鲜血、火把、灯笼与树干浑然一色，把陈亚双的躯体映照得一片通红。

五十八

　　再说，陈纯带着队伍突出重围之后，刚刚来到梁化的大山脚下。大队清兵在野猪嶂扑了空，又尾随而来扑向老虎岩，山高天黑，清兵没敢搜山，只在山下屯兵不动，围而不打，新的包围圈又逐渐形成。起义军无路可退，只能趁着天黑继续往大山深处退去。此时的义军疲惫不堪，全都满脸烟尘，一身血污，但个个斗志昂扬，纷纷要求天亮后继续与清兵血战到底。陈纯清点了一下人数，还剩六十余人，集中清点了下子弹，仅有四十三颗。陈纯看着那仅有的四十三颗子弹，真是到了弹尽粮绝、英雄气短的境地，此时此刻，还能拿什么与清兵血战？想到此，陈纯脸上不觉掠过了一丝愁云。他沉思了片刻，突然抬起头来对林旺说道："林旺，集合队伍，把钱分给大家做路费，立即分散下山。"

　　林旺提着布袋过来，那是他随身携带的义军粮饷。孙稳帮着打开钱袋，林旺一个一个地将光洋发下去。山窝里没有一人吭声，寂静得近乎令人窒息。

　　陈纯开了腔："领了钱的兄弟们，把枪留下，现在马上解散，分散突围。"义军们看着陈纯，默不作声，都直挺挺地站着，如同一根根竖着的木桩。陈纯见仍没一人动身，大声地吼了句："你们走呀，再不走就来不及了！"

　　义军们依然一动不动，静静地站立着，人群里突然有人喊了句："陈大哥，不要解散队伍，带着我们跟清兵拼了！"

　　"陈大哥，我们无处可去，横竖都是死，跟清兵拼了！"

　　陈纯听后，想哭想骂想吼，但许久却吼不出来，待大家安静下来，他才用低沉的声音对大家说："兄弟们，我们如今只有六十个人和四十三颗子弹，粮食一粒没有了，炸弹也一颗也没有了。山下是数千的清兵，他们里三层外三层地把我们包围住，一到天亮，大家就是插翅都难飞了。"

陈纯正待继续对大伙儿往下说，林旺从一边走到近前，伏在陈纯的耳边说："高大哥来了。"

陈纯忙与林旺走进丛林中，只见高佬全和他的侄子正站在那里，旁边还放着两只装着炸药的金埕。

陈纯一阵激动，赶忙上前一把抱住高佬全："高大哥，这个时候你是怎么上来的？你不能来啊！这里太危险了。"

高佬全看了看陈纯，沮丧地说道："兄弟，我就是知道有危险才赶来。我要来告诉你，别指望海上的枪械了，我已去了三趟岛上，根本就没有枪械可接。我后来又去找了那个联络员，他说在越南购到的枪弹根本无法运进来。"

陈纯听后心里一阵酸楚，想说什么终归没有说出来。

"我听说你打过江后，就怕你们硬往海边冲，兄弟，这条路走不通了，稔山、平海一带全是清兵水师，我特地赶来，就是怕你们中了他们的圈套。你们如今只能往莲花山一带转移，这一带我熟，我能给你们带路，我还把这些老药带上了，可能用得上。"说完指了指那两个金埕。陈纯看着那金埕摇了摇头："这深山野林的，没有瓶子，有药何用？"高大哥听后忙说："我带来了！"说完解开一条布袋子，哗啦啦地倒在地上，全是大大小小的玻璃瓶子和锡罐子。孙稳见状，高兴地赶忙把那两个金埕里的炸药倒出来，迅速组织人力，分别塞进几十个酒瓶子里，做成了三十来个简易炸弹。人堆中不知是谁又喊了一句："陈大哥，有炸弹了，我们不走，我们不散，就拿这些炸弹，与清兵同归于尽！"

"对，与清兵同归于尽！"人群中发出一阵阵怒吼，"同归于尽！同归于尽！"

陈纯看大伙儿如此激动，不由得百感交集，他两眼通红，噙着泪花，高声说道："谁说横竖都是死？我要你们都活着出去。你们不能死，你们是反清的火种、同盟会的力量，都要活下来！兄弟们，留得青山在，不怕没柴烧！"

看着大伙儿吞声忍泪的表情，陈纯一时不知再说些什么。少顷，才对旁边的林旺说："去把那面起义的大旗拿出来。"

林旺、孙稳把那面满是弹孔的起义大旗拿了出来，陈纯先向义旗行礼，然后拿起匕首，把义旗对中割开，再对中割开……一共撕成了六十多块，然后一一分给大家，边分边对大家说："你们拿着义旗的一角，作为以后联络的标志，我们这六十多人，无论是少了哪一个，这红旗就缺了一角，所以你们要好好地活着。你们如果不能回家，就去象头山找邓大哥，只要有这块红布就能找到会党。不用多久，我们又可以再走到一块儿，拼起来又是一面起义大旗。"

义军们眼里噙着泪水，把那块小红布小心翼翼地放进贴身的衣袋……大家齐刷刷地举手盟誓："倘被官府捉获，身做身当，决不攀害兄弟，如有违背，五雷诛灭……"

誓毕，陈纯教大伙念了一首诗：

我家住在大东江，
面对青山日月长。
兄弟寻祖循江去，
左右三间是祠堂。

"大家记住了，日后去到哪里，只要一念这首诗，都可以找到自己的盟友。"陈纯接着又宣布，"我现在命令陈纯、林旺、孙稳留下打掩护，其余的人立即分散下山！"

高佬全一听傻了眼，他非要与陈纯一道留下来，给他带路。

陈纯坚决不依，他抓着高佬全的手说："高大哥，我有要事拜托，你一定替我把这本书保管好，你先走一步，在家等我，说不定明晚此时，我又到你家中去借宿哩。"

高佬全接过那本《堪舆全书》后，还要坚持留下，陈纯把他用力一推："这地方你熟，几十个人都指望你叔侄俩带路下山哩。快走！再不走清兵就要来了。"高佬全仍然不走，呆呆地立在原地，几十个满脸血污的义军，面无表情地肃立着一动也不动。陈纯见状，只好指着对面黑黢黢的山头说："好，既然大家不肯走，那就转移到对面的山上去，林旺、孙稳你们打头，从木桥上过去，一个个来。"

三根丈余的松木并排地扎在一起，架在山窝间的深沟之上，连接着两边的山崖。林旺走在桥上，身子摇摇晃晃，木桥发出"吱吱呀呀"的响声，把浓密树木中的野鸟吓得扑扑地飞出来。林旺过去了，孙稳过去了，陈纯过去之后，高佬全正要跟着过桥，陈纯突然把木桥一掀，"哗啦"一声抛下了涧底，涧底响起巨大的溅水声。陈纯几乎是用哀求的口气说："拜托了高大哥，快领着大伙儿撤。"

木桥断了，隔着深涧的高佬全一时傻了眼。

"快撤，再不走就来不及了！"陈纯又吼了声。

对面山上的枪声响了，越来越密，也越来越近，高佬全无奈地扭转身，领着大伙儿快速地往山下撤。队伍中没有一个人回头望，他们无疑都听见了桥梁断塌的声音——惊天动地，山崩地裂。他们强忍热泪，谁也不看谁，谁也不言语，他们坚信，前方的路隐去了，但光明不灭；一个故事结束了，另一个故事又将开始；他们走进历史，走出黑暗，只为让后人迎接黎明的到来。

此时已是下半夜，那天幕黑得如同铁锅。此时陈纯又把简易炸弹分成三堆说："剩下的子弹你俩各十五粒，我十三粒，炸弹一人拿一堆。"陈纯、林旺、孙稳，看着那些子弹炸弹，三人不约而同地紧紧搂抱在一起，许久许久才分开。"我们把炸弹都带上，分别往清兵集中的地方投，投几颗换一个地方，等弟兄们走远了，我们再分散下山，无论我们中谁活着出去，都要记得这里的枪，记得给死去的弟兄们烧炷香。"陈纯继续说道。

"陈亚双怎么到如今还没赶来？难道他……"林旺心里难过，哽咽着没把话说完，眼里便噙满了泪水。

"他估计回不来了，你们不用去找他，但出去之后，可去桥东寿康西药房联系严老板，找到严老板就能找到邓珍大哥，找到邓珍就可联络上邓子瑜和队伍，现在边打边撤，各自下山。"陈纯说完此话，各人抄起弹枪，很快消失在黎明前的黑夜中。

天色微明的时候，陈兆棠对这片山地发起了猛烈的进攻。一阵枪炮之后，清兵开始密密麻麻地进行地毯式搜山了。

时至中午，仍没发现陈纯他们的踪迹。陈兆棠把几千人马组成几个梯队，撒网式地搜捕了好几天，仍一无所获。陈兆棠出神地盯着眼前的大山，自言自语道："难道他们是穿山甲，钻进地下去了？难道他们是飞鸟，插上翅膀飞上天了？上天落地总会有个踪迹呀。"生不见人，死不见尸，他仍然不放心，又将另一个巡防营调来围捕。一周之后，各路营管纷纷来报，连续搜山三天，还是没见暴徒影迹。陈兆棠这才完全相信，七女湖的会党逆贼，已经被他彻底剿灭了，至此才敢下令撤兵。

尾　声

　　从梁化撤兵回来，陈兆棠立即向省督致电并布报：惠州七女湖乱党暴动已被平息，匪首邓子瑜、陈纯、林旺、孙稳、梁亚珍、陈亚双、陈兴、陈川等均被击毙，参与暴乱的七女湖逆匪石亚佛、陈兴等十余人被抄家活捉并斩首示众，余党分散藏匿，已张榜公赏举报，惠府棠字军、巡防营正在合力缉捕，不日可悉数归案。

　　陈兆棠因镇压七女湖暴动有功，被破格提拔为总兵兼惠州知府；洪兆麟被提为协统；王二麻领了一大笔赏银，刚买宅院，又要娶老婆，还要去棠字军当哨长了。

　　可惜，两周之后，王二麻在望江茶亭不知何故滑进了河里，再也没有爬上来。几天后，被江水泡胀的尸体浮了上来，漂到了石矶头的河湾上。打捞上来的尸体放在岸边，洪兆麟瘸着腿上前揭开破草席看了一眼，他蹲下身子，翻了翻死者的嘴唇和眼睛，又看了看发黑的喉结，不由得感到后背发冷，站起身来说了句"水怪？"便扭头走了。他心里嘀咕道：难道陈亚双没死？

　　一个月后，邓子瑜、陈纯、林旺、孙稳在港、澳各处陆续出现。广督的密探在港侦知后，德军旋即报告粤督，粤督周馥闻讯后大吃一惊，陈兆棠的电文中不是说匪首邓子瑜、陈纯等一干人已被击毙，怎么突然死而复生？那可是谎报军情的欺君之罪啊！他怕德军的情报不实，丝毫不敢怠慢，即再致电清廷，说明原委，深究其因。他最后在电文中说：

　　为防匪首邓、陈蛰伏粤地，纠集余党，继续鼓惑民众，滋扰地方，需政府出具外交照文，强行驱离，越快越好，越远越好。

军机接悉后，即去照文，并复电周馥。电文如下：

自粤督周馥电致政府，称港督允将革命党副首领驱逐出境后，近日又得杨副将洪标由港电禀督院称"革命党首邓子瑜，蒙港官勒令出境，本月初九日派差押赴鸭家轮船，六点钟引往新加坡"等情。

周督接电后，即转电饬新加坡孙领事留意防范，并电咨外务部查照存案，其致新加坡孙领事电云：

新加坡孙领事，密，孙党头目邓子瑜，引外匪到惠州滋事，获犯讯有确据，已商港官将邓匪逐出，于五月初九押赴鸭家轮船，六点钟行往新加坡，望留意防范，馥。

五月初十致外务部电云：

外务部长，昨港督已将孙党大头目邓子瑜，押上轮船送往新加坡矣。至孙文实未在港，闻港官云：如上岸，亦必驱逐。至前闻孙文在河内请大部密商法使，告越督驱逐，不知有回信否？近日探得越南实有革命党三人，私入两广边界，欲到三那煽惑。前日攻那时，已获一犯正法，现仍密拿，并闻，馥。初十。

周馥以为，潮惠之乱得以快速平息，他功不可没，正在等待着朝廷的旌表和奖掖，但等来等去，却等来了一纸任免圣旨："两广总督周馥著开缺，另候简用。岑春煊著补授两广总督。钦此。"接悉此旨，周馥如被兜头泼来一盆冷水。而岑春煊也高兴不起来，他已因"丁未政潮"累得疲惫不堪，欲弃官致仕，便一再向朝廷上奏请辞，诉述重病在身，须回乡疗疾，但等来的谕旨却是如此批复：

岑春煊奏，恳请收回成命，另简贤员一折。岑春煊病尚未痊，朝廷亦甚廑念。唯广东地方紧要，现在廉、钦等处均有土匪滋事，潮州、惠州更有匪党聚众暴动，攻城戕官，扰乱地方，受惑者众，虽经围剿一时平息，但孙文余党潜伏待动，危局四起。周馥恐难胜任，非得威望素著、情形熟悉之人，不足以资震慑。该督向来办事认真，不辞劳怨，前在该省筹防，一切深合机宜，是以与特加简畀，务当迅速赴任，通筹布置，安良除暴，消患未萌。该督世受国恩，绥靖岩疆之意，毋列再行固辞。广西系兼辖省份，毋庸回避。所请赏假之处，并毋庸议。钦此。

悉知岑春煊将复出两广总督，陈兆棠对惠州会党大开杀戒，他亲率棠字军清乡严查，并定下铁律多条：凡是参加七女湖暴动的人，杀！凡是给七女湖暴动提供枪械粮饷的人，杀！凡是为七女湖暴动传送情报、运送物资的，杀！凡是参加七女湖暴动者的家属，查抄，关禁，处罚！一年之后，陈兆棠因镇压七女湖起义和铁腕手段、杀人如麻，积怨太多，屡遭惠州乡绅上报弹劾，并有革命党人多次行刺，为保护他的人身安全，新任两广总督张人骏将其调去潮州任知府。

让德军意想不到的是，陈兆棠被调离后，接替惠州知府一职的仍然不是他，而是秦炳直。

陈兆棠履新潮州，继续打压会党，一如既往地执行他的暴力政策，再创下"一日报诛三百人，郡中震怖，令人齿寒"的"显赫政绩"。

三年之后的1910年，在七女湖起义中没有暴露身份的同盟会会员严德明，受孙中山委派由港回惠，主持东江革命党务。严确廷协助其兄严德明开展工作。由于邓子瑜、陈纯等仍被通缉之中，无法回惠活动，严确廷用邓子瑜留下的《惠州府志》、高佬全处的《堪舆全书》，通过邓珍在惠州府联络上了一大批分散隐蔽下来的会党和起义骨干，并把水东街的寿康西药房和水口老家设作秘密联络点。为筹备再次武装暴动做足全功，广州起义前夕，严德明、严确廷、陈晋仁在港秘购大批枪支，武装惠州会党，准备参加黄兴的广州起义，罗仲霍则率领惠州敢死队参与起义时的暗杀爆破行动。在这次起义中，罗仲霍、严确廷、陈晋仁先后牺牲，成为黄花岗七十二烈士中的"惠州三杰"。

1911 年，武昌起义胜利，辛亥革命轰动全国，潮州光复，陈兆棠在潮州被革命军所擒。11 月 22 日上午 8 时，革命军将陈兆棠缚于竹梯上，梯顶悬挂着一长幅标语，上面写着"处决民贼陈兆棠以谢天下"。陈兆棠被押至署前的照壁下枪决。潮州城万人空巷，目睹了"陈屠帅"的下场。《清史稿》记载为"中十三枪乃绝"，也有中十九枪和中七枪之说。临刑前，陈兆棠拟好遗言致其家属："不死于君，不死于国，死于因果。"同年 11 月，陈炯明、邓铿、翁式亮带领的东江起义军把惠州古城四面包围起来，起义军的骨干大多是七女湖起义失败后隐藏下来的天地会、三点会成员，他们一马当先，冲在攻城的最前面。王和顺在广州起义失败后，受孙中山委派，潜入东江，组织民军万人，号称"惠军统领"，与陈炯明、邓铿的循军共同光复惠州。循军突进城外，惠军布兵城郊，四面重围，大兵压境。时任惠州知府的秦炳直不想束手待擒，企图凭借惠州天险负隅顽抗，并在四门城下埋下巨量炸药，准备与古城同归于尽。洪兆麟看到大势已去，自知回天无力，且多次与起义军浴血奋战，几经较量，毫无胜算，不想也不敢继续与之抵抗。于是，他主动找到刘金生，通过邓珍搭线，派人与陈炯明、邓铿讲和，提出只要革命军保他一家性命财产安全，即率八营清兵撤出惠城，向起义军投降。革命军为保护惠州千年古城和市民百姓，答应了洪兆麟的要求。1911 年 11 月 9 日，惠州府城门大开，北门的城楼上，锣鼓喧天，鼓乐齐鸣，陈炯明、邓铿各骑着一匹高头大马，率领着一班衣衫褴褛但斗志昂扬的农民起义军，浩浩荡荡地进驻了惠州城。邓珍、严德明、高佬全、陈川、陈兴等，走在这支队伍的最前面。队伍中，还有一个熟悉的女人邓细英——她原先那头蓬乱的毛发已剪短，凹陷的眼窝里目光明亮，整个人显得精神且干练。

　　陈炯明进城后，将所属民军改编为七个旅，取"惠州古循州"之义，打起"循军"旗号，任邓铿为参谋长兼旅长，下令全体市民百姓剪掉发辫，并将归善县更名为"惠阳"。惠州府从此结束了清廷两百多年的封建统治。

后　记

　　早在 2010 年，为纪念辛亥革命一百周年，本人曾应约写过一部题为《七女湖枪声》的书，这部小说不足十万字，充其量只可称之为中长篇小说。由于时间仓促，小说写得很是粗糙，但故事框架还是梳理出来了的，这得感谢时任汝湖镇的相关领导。特别是带我走村串户做田野调查的两位老同志，其中一位是汝湖当地人，在镇文化站退休，据说他爷爷曾跟着陈纯闹起义，因为这个缘由，老先生除了把多年来收集整理出的七女湖起义的历史资料给了我，还带我到汝湖东江古码头、上庙和周边下寮、夏村、水苑、下围、古仙等几个村庄转了一大圈。那几天田野调查，除了有关七女湖之役的故事，还了解到许多当地民俗。老先生说他一直想写这次起义，但苦于读书不多，又不会写小说，希望我能尽快地写出来，让他了却这份由来已久的心愿，也让世人知道这个名不见经传的小圩镇曾经发生过一件如此惊天动地的大事件。当我的《七女湖枪声》写出来之后，我第一个想送给他看，但文化站的陈站说，老先生前不久刚刚去世。我听到很是心沉，世间有太多的不测也有太多的遗憾，以至于多年来我一直忘不了老先生的音容笑貌和殷切期待。故到了2019 年，我向省作协申报了这一历史选题，论证入围后我从没停过案头工作，决心在原小说的基础上推倒重来，一定得把"丁未惠州七女湖之役"的故事向世人讲述。

　　都说十年磨一剑，我前后已经十几年了，我在想，磨不出剑磨出一把刀也当欣然，于是我阅读了大量的历史小说，想从这些经典作品中找出适合我表达的范本来。我看好《侠隐》里的散文式标题和江湖刀客，又十分推崇《张居正》小说中的宏大叙事及章回结构，这两种版本体裁都尝试过，但当初稿出来之后，我感觉初始的认知存在很大的误差。《侠隐》类似武侠小说，信马由缰般追求惊险传奇的故事情节；《张居正》是历史小说，故事有虚有实，有真有假，但作者可以站在历史的高处，来讲叙宫廷官宦的明争暗斗，描写举步维艰的万历新政，且不挟带情感色彩。而作为以辛亥革命为历史背景的小说，它讲的是革命党人推翻清王朝的武装暴动，褒贬色彩一定会显得浓郁而鲜明。有了正反人物的区分，在形象塑造上便会产生某种制约和拘谨，这也就出现了反面人物刻画得比较典型丰满，正面人物较为单薄甚至有些脸谱化、符号化的落差。广州改稿会之后，专家给我提了好些意见，还有让我在结构上参考《九三年》的建议，我花了几天时间，重读了雨果的这部小说，"在海上""在巴黎""在旺代"的三大部分，的确如三个大笼筐，可以把我的"在潮州""在惠州""在广州"的内容装进去，若是初稿创作前，有人如此点拨，我真会尝试用此方式来写，但事到如今，事件始末、章节时序基本定型，若要推倒重来，实在是时间仓促，无力问鼎。后来我综合大家的意见，着重在"调结构、塑形象、化肿块"三个方面进行修改补充。在结构上把全书内容分为四大部分，补充了邓子瑜与陈纯的矛盾冲突和与邓细英的情感线索，增加了一些闲笔和章节之间的过渡文字，删减了一些事件背景和人物介绍，让小说更有节奏张弛、缓急有度的阅读感受。

至于正面人物形象的塑造，仍显单薄，这与本人的创作技巧和水平直接相关。高明的小说家可以驾驭各种文体和成功地塑造各式人物，无论是正是反，或褒或贬，都可以写得有血有肉，栩栩如生。他们磨出来的是一柄寒光闪闪的利剑，我呢，六易其稿，已竭全力，磨不出利剑，也未必磨得出刀，但磨出一把笨拙的锄头也当欣慰。起码我已用这把粗粝的锄头，挖掘出这方水土一段快被湮灭的历史，为辛亥革命和英勇的东江儿女留下了浓重一笔。

2023 年 12 月定稿于惠州枫园阁

参考书目

刘潍年著：《惠州府志》，中国图书馆出版，1881 年版。

谭力浠、朱生灿编著：《惠州史稿》，中共惠州市委党史研究小组办公室、惠州市文化局出版（内部资料），1982 年版。

张友仁著：《惠州西湖志》，广东高等教育出版社，1989 年版。

李敖（台湾）著：《孙中山研究》，中国友谊出版社，2006 年版。

陈延一著：《共和之路——孙中山传》，河南文艺出版社，2007 年版。

陈少白著：《陈少白自述》，人民日报出版社，2011 年版。

熊召政著：《张居正》，长江文艺出版社，2016 年版。

张北海著：《侠隐》，上海人民出版社，2018 年版。

冯自由主编：《革命逸史》，新星出版社。

潮州市地方志办公室编：《潮州文史》。

雨果著：《九三年》，中国友谊出版公司，2012 年版。